Collana
Giallo & Nero

Ben Pastor

La Camera dello Scirocco

Mystery

Traduzione di Paola Bonini

HOBBY & WORK

Della stessa autrice presso Hobby & Work:

Lumen

Luna bugiarda

L'uomo con le scarpe gialle
(racconto dell'antologia *Cronache di delitti lontani*)

I misteri di Praga

Kaputt Mundi

La canzone del cavaliere

Il morto in piazza

La Venere di Salò

Titolo originale
The Wind Rose Room

Questa edizione è realizzata in accordo con
Piergiorgio Nicolazzini Literary Agency
Prima edizione: ottobre 2007
ISBN 978-88-7851-663-2
Art director: Laura Cazzaniga
Copertina: Gabriella Alzati
www.hobbyework.it - info@hobbyework.it

La Camera dello Scirocco

A tre grandi J,
Jan Palach, Jan Neruda e John Ford,
così lontani, così vicini.

Il fronte dell'Europa dell'Est durante la Prima Guerra Mondiale.
SVEZIA
FINLANDIA
SAN PIETROBURGO
Narva
Revel
Pskov
Riga
Libau
Dvinsk
Kovno
Dvina
Königsberg
Danzica
PRUSSIA ORIENTALE
Vilna
Minsk
Tannenberg
Grodno
Prasnysz
RUSSIA
GERMANIA
Vistola
Brest-Litovsk
Pinsk
Varsavia
Lodz
Paludi di Pripet
Desna
Radom
Lublino
Lutsk
Rovno
Kiev
Vorskla
Jaroslaw
Lemberg
Brody
Cracovia
Przemysl
Ternopol
Gorlice
Dnepr
GALIZIA
RUSSIA
Danubio
Stanislau
Budapest
Dnestr
Bug
Nikolajev
Prut
Kišinev
AUSTRIA-UNGHERIA
Odessa
MOLDAVIA
Drava
TRANSILVANIA
BESSARABIA
Tibisco
Sava
ROMANIA
BELGRADO
BUCAREST
Valacchia
Avanzata tedesca
Avanzata alleata
1914-15: limite dell'avanzata russa
1915-16: limite dell'avanzata tedesca
giugno-agosto 1915: offensiva Brusilov
settembre 1917: conquiste tedesche
3 marzo 1918: conquiste tedesche in Russia (trattato di Brest-Litovsk)

PERSONAGGI

MILITARI

KAREL HEIDA	*tenente degli ulani*
VON TROTT	*comandante di Heida*
ROZHMBERK	*capitano degli ulani*
OSKAR	*attendente di Rozhmberk*
MOUREK	*sergente degli ulani*
JAKUB OSTROPOLIER	*volontario ebreo*
KARPEL	*volontario ebreo*
VON COMANO	*tenente degli ulani*
PLASHKA	*capitano degli ussari*
CZITÒ	*maggiore degli ussari*
PARS	*sergente degli ussari*
VON SICKINGEN	*tenente colonnello prussiano*
KESSELRING	*capitano tedesco*

CIVILI

SOLOMON MEISL	*medico*
RIVKE OSTROPOLIER	*attrice del teatro yiddish*
VERA MANN	*cugina di Rivke*
ALTSHUL	*rabbino*
MARGULIES	*ingegnere*
NOVAK	*scultore*
ALESCH E KOTAS	*modelli di Novak*
UHER	*editore scandalistico*
MITROVITZ	*alto funzionario delle Ferrovie*

BOZHENA MARAKOVA	*fioraia*
EMA	*sua figlia*
JIRANEK	*neo-segretario della Curia*
MIKA	*sacerdote ausiliario*
HONZAK	*monsignore*
EDER	*ex farmacista*
FRAU PLASHKA	*moglie del capitano Plashka*
YELENKA	*cameriera di Frau Plashka*
ZINA PLASHKOVA	*madre del capitano Plashka*
MAREK E NIKOLA	*domestici di Zina*
FERENCZI	*psicoanalista*
VON MAZZARA	*conte italo-polacco*
MADAME LIPA	*tenutaria di bordello*
FRANZ KAFKA	*scrittore*

PARTE PRIMA

LA MORTE E LA FANCIULLA

Se ti serve un mulo e non ne hai uno,
caricati il fardello sulla schiena!

detto proverbiale ebraico

PRAGA

Domenica 16 agosto 1914

C'era un punto, sull'isola dei Cacciatori, da cui si potevano scorgere il Castello sulla collina e il grande mulino del Priorato al di sotto, incorniciati dai rami e dai tronchi di cinque giovani alberi.

Solomon Meisl l'aveva scoperto un anno prima, quell'angolo muscoso all'estremità dell'isola stretta, tagliata come un diamante al centro del fiume, che dava le spalle al ponte Franz lanciato sopra di essa. Ci tornava ogni volta che ne aveva l'opportunità, non perché a Praga non ci fossero luoghi più belli, ma perché *laggiù* il panorama esprimeva un equilibrio perfetto: sullo sfondo, come un merletto, la cittadella immobile del Hradchany sul suo sperone roccioso; più vicino, il rapido corso verso la chiusa della Moldava, e in mezzo il moto indolente della ruota ad acqua del vecchio convento. Negli ultimi tempi aveva preso a pensare che quella vista fosse una metafora delle prime settimane di guerra: la città immutabile, come sempre; e le vite degli uomini che incalzavano e si dissipavano come la corrente carica di detriti. Lui, il medico ebreo che odiava la guerra ma nondimeno si era arruolato, manteneva un moto appena percepibile, risoluto, come la ruota di legno stillante.

Il suo amico Heida, dall'inebriante altezza dei suoi ventiquattro anni, scriveva o telegrafava da ovunque transitasse il suo reggimento, nel desiderio irreprimibile di comunicare quell'entusiasmo che nei giovani prende il sopravvento sulle riflessioni cupe. *Non manchi di partecipare ai raduni che celebrano i soldati e raccolgono fondi per l'esercito, dottore!* aveva raccomandato nella sua ultima missiva, scribacchiata su un foglietto di fortuna. *Significa molto, per i contadini in armi, sapere che la Patria pensa a loro.*

Era proprio da Heida definire *Patria* il caos di un Impero diviso e multirazziale. Meisl indugiava con le mani in tasca al cospetto dell'incantevole scenario, che il passaggio delle nuvole di fine estate illuminava e velava a turno. La città, in effetti, pulsava di iniziative, balli, lotterie, concerti bandistici; le fidanzate portavano nastri nei colori del reggimento sui cappelli e intorno al collo, i civili appuntavano foglie fresche di quercia ai baveri. Anche il teatro yiddish metteva in scena allestimenti patriottici, dimentico del fatto – o proprio in virtù di esso – che Yakuv Ostropolier, il suo primo attore, era partito volontario per il fronte. Alla compagnia teatrale Meisl aveva promesso, o quasi, che la sera successiva non avrebbe mancato di assistere a una farsa. Intitolata con impertinenza *Ka-Ka-Ka*, l'acronimo tedesco della Guerra Imperiale e Reale, prometteva emozioni, risate e lacrime. Il motivetto, pubblicizzato e già canticchiato per le strade, ricordava un rullo di tamburi: *Ka-ka-ka, ka-ka-ka, kaka-ka, kaka-ka, kaka-ka,* e poi c'erano gli scioglilingua con altre parole che contenevano la K, come *Kuß*, bacio, *Kinder*, bambini, o *Rucksack*, zaino. Era stata la stessa Rivke Ostropolier, da sotto la sua nuvola di chiome corvine e il gran cappello a forma di budino, a invitarlo con un sorriso la domenica precedente: — Lo deve alla Causa, caro dottore, e ai giovani ebrei come mio fratello che hanno risposto prontamente alla chiamata della *Ka-Ka-Ka.* — Poi gli aveva preso il gomito con la mano guantata, avvicinandosi abbastanza da fargli sentire l'olio di *macassar* nei capelli e il sano odore del corpo olivastro nell'abitino estivo. — Nell'ultimo quadro interpreto la Gloria che si scopre il petto davanti al nemico, per essere d'esempio ai soldati sul campo.

— Come nel dipinto di Delacroix, eh? — aveva commentato Meisl restituendo il sorriso. — Non ha paura di risvegliare *altre* passioni nei combattenti?

— Ah! In città sono rimasti ben pochi maschi dell'età giusta per confondere *quei* pruriti con il patriottismo, dottor Meisl!

Le nubi dinanzi al sole appiattirono la vista del fiume, rendendola meno suggestiva. Tornando sui suoi passi, Meisl risalì le scale del ponte, raggiunse la banchina della Città Nuova e prese un tram per il suo studio. Poco dopo la Niklasstraße, pavesata di bandiere, gli diede il benvenuto al luogo che venticinque anni prima era stato il ghetto ebraico, a quei tempi inalterabile nella sua angusta miseria come il Castello era fitto di guglie. Ormai le sue strade non si distinguevano più dalle sofisticate arterie frequentate dai boemi, dai tedeschi e dai nobili cechi germanizzati come Karel Heida.

Quel che *Fräulein* Ostropolier aveva osservato sulla penuria di giovanotti a Praga era evidentissimo nelle vie, sui campi da gioco, nella baraonda dei caffè e delle birrerie. Ben presto sarebbe stata una città di pingui burocrati, le cui fortune sentimentali avrebbero potuto cambiare in meglio dopo essere stati per anni ignorati a favore di ufficialetti impettiti, con le loro spalline e le spade al fianco. Capitava già più spesso che uomini di mezza età si presentassero nella sua sala d'attesa con le loro lagnanze (di solito la sera, quando il crepuscolo dissimulava discretamente la targa d'ottone: *Solomon Meisl-Horowitz – Specialista in malattie del sistema riproduttivo*). L'appuntamento medico di domenica sera, particolarmente riservato, era con un sottosegretario sifilitico che si presentava travestito: occhiali scuri, sciarpe, addirittura barbe finte, Meisl c'era abituato. I più irritanti erano i pazienti che soffrivano degli effetti collaterali di certe "pillole rinvigorenti". Invano predicava contro i *rigeneratori* a base di stricnina e "*Acanthea virilis*, indispensabile agli sposi novelli"; c'era il richiamo delle ragazze sole, e i ciarlatani rischiavano di finire per ammazzare qualcuno, non metaforicamente.

Meisl aprì il suo studio ed entrò. Considerò che la salacità degli spettacoli – ora che le maglie della censura si erano allentate sotto l'onda del fervore patriottico – influiva sull'aria che si respirava per strada; si avvertivano le pulsioni, la lascivia, mentre i giovani sposi partivano per il fronte dopo un'ultima notte di passione (la conferma sarebbe stata data dalla quantità di nascite nel maggio del 1915) e gli scapoli lasciavano saltare i tappi della repressione e della paura delle malattie. I bordelli, confermavano le sue fonti, facevano gli straordinari, "perché più in là, caro dottore, per noialtre saranno tempi di magra, a meno che non ci accodiamo all'esercito. Non ci vorrà molto prima che gli uomini rimasti vadano a caccia delle zitelle e delle vedove di Praga...".

Meisl, dunque, fu tanto più sorpreso di vedere, uscendo dal lavoro per andare a cena, gli attacchini intenti a spalmare di colla acquosa le vivaci locandine della farsa *Ka-Ka-Ka* per affiggervi di traverso avvisi in bianco e nero con la scritta: *Annullato.* Dapprima pensò a un'ingerenza della Chiesa in ragione dell'annunciata esibizione della Ostropolier, e non ci fece attenzione. Fu solo sedendosi al suo solito tavolo di ristorante che scoprì di cosa si trattava.

— Sì, glielo dico io! — gli spiegò Kamil Pechinka dopo l'immancabile ping-pong del "Ma non ha saputo?", "No, non ho saputo", "Ma deve aver saputo!". Seduto di fronte a lui con una pasta alla crema in mano e un bocchino vuoto fra le labbra, diede a Meisl la notizia. — Rivke Ostropolier è scomparsa.

— Scomparsa?

— Rapita, portata via!

— Cosa vuole dire? A Praga, *ora?*

Pechinka, un funzionario delle *Assicurazioni Generali*, annuì mentre lasciava scivolare il bocchino nella tasca della giacca. — Da un maniaco. — Poi si infilò la pasta in bocca. Attento a non impiastricciarsi i baffi con la crema, si godette lentamente il dolce, prima di aggiungere: — Portata via da un maniaco, come le ragazze a Marienbad.

— Come fa a saperlo?

— L'ho appreso da una fonte personale molto riservata al Quartier generale della Polizia sulla Ferdinand Straße. Ma non lo dica in giro.

Il caso degli omicidi di Marienbad, particolarmente doloroso, si era verificato nella stazione termale a ovest di Praga nell'estate del 1912. Tre giovani cameriere erano scomparse per settimane da quella cittadina geograficamente remota. In ogni episodio, a beneficio degli inquirenti erano state disseminate prove singolari e sinistre (raccolte sulla scena con imperdonabile ritardo allo scopo di non allarmare i facoltosi villeggianti). Le scarpe delle donne e altri capi d'abbigliamento erano stati rinvenuti, nascosti o in bella vista, insieme a messaggi scarabocchiati che indicavano i luoghi dove si sarebbero reperiti "altri effetti della ragazza". E, ogni volta, dopo i capi di vestiario si era scoperto un arto mozzato della povera vittima. Alla fine i corpi mutilati erano affiorati nella palude del vicino bosco, la cosiddetta *foresta di confine* che penetrava fino in Germania, trovati dai cacciatori e dai loro cani.

Gli atroci eventi avevano fortemente colpito le numerose attività di quell'abbeveratoio di lusso, legato a una clientela internazionale in prevalenza femminile e di indole nervosa. Per contenere lo scandalo erano stati compiuti sforzi eroici. I dettagli più truci – e il fatto che l'assassino aveva sfidato le autorità a sconfiggerlo prima dell'omicidio successivo – erano stati passati sotto silenzio. E così l'inevitabile conclusione che un intervento tempestivo avrebbe potuto salvare delle vite. Gli specialisti come Meisl erano stati messi al corrente con regolarità, ma in segreto, di ciò che veniva occultato al pubblico, con la richiesta di segnalare qualunque paziente mostrasse "un atteggiamento potenzialmente criminale nei confronti delle questioni sessuali e procreative". Fino a quel momento il maniaco non era stato catturato, e nemmeno sommariamente identificato. All'inizio della primavera del 1913, il rinvenimento nel laghetto nei pressi di Eger-Cheb di un corpo in avanzato stato di decomposizione – la vittima sconosciuta di un annegamento, forse del tutto estranea alla vicenda – era stato prontamente riconnesso ai crimini.

Così, in assenza di altri omicidi, Marienbad-Marianske Lazne, come il resto della Boemia, si era sforzata di dimenticare l'intera faccenda.

— Ma cosa spinge le autorità a ipotizzare un legame fra l'assenza di Rivke Ostropolier e quei delitti? — Meisl si trovò a formulare la domanda malgrado si fosse ripromesso di porre termine a quella sua passione investigativa, ora che al mondo c'erano da considerare eventi ben più gravi.

Pechinka si succhiò la punta delle dita coperte di zucchero. — Le prove. Qualcuno ha già trovato la prima: una scarpetta da ballo.

— Qualcuno? Qualcuno *chi*? Non la polizia?

— Ssh… La polizia al momento non è ufficialmente coinvolta. C'è un solo agente a seguire il caso, e senza fanfare. Non è saggio scatenare il panico in una città dove tra poco sempre più donne si troveranno senza mariti, padri o fratelli.

Se il maniaco era davvero lo stesso, pensò Meisl, e con lo stesso *modus operandi*, era dissennato ripetere l'errore dello spreco di tempo, al possibile prezzo della vita della ragazza. — *Tra poco* — scelse di replicare. — Lei ha una visione ben ottimistica della guerra!

Il bocchino rispuntò dalla tasca dell'agente assicurativo e prese il posto della pasta fra le labbra. Il volto di Pechinka assunse un'espressione divertita, rubiconda per un uomo che trascorreva gran parte della sua giornata al chiuso.

— Perché mai dice una cosa del genere, dottore? Russia o non Russia al suo fianco, la Serbia crollerà nel giro di tre settimane, e tutto finirà in una grande pacificazione. Ma quale che sia il tempo in cui gli uomini resteranno lontani da Praga… be', è meglio non spaventare inutilmente le signore. — A voce più bassa, per non farsi sentire dagli uomini in uniforme al tavolo accanto, aggiunse: — Non ero un gran sostenitore del defunto Arciduca, perché a mio modo di vedere corteggiava noi cechi ma non avrebbe mantenuto le promesse, come tutti gli Asburgo. Però a causa del suo assassinio abbiamo dovuto dichiarare guerra, per salvare le apparenze. Appena avremo tirato qualche gancio alla mascella dei Balcani potremo marciare di nuovo verso casa, tutti amici come prima, proprio come è successo l'anno scorso con i turchi.

— Costerà sofferenza.

— Si fidi: ci abbiamo fatto dei soldi. E siamo nella posizione di fare dei soldi anche stavolta. L'Austria, però, deve aggiudicarsi una prima grande vittoria, se non vuole perdersi il bottino di guerra. Lei deve ragionare negli stessi termini temporali, visto che ho sentito dire che vuole arruolarsi.

Per ritegno, Meisl si astenne dal rispondere che l'aveva già fatto.

Le mani ben curate di Pechinka cercarono il tovagliolo. — Come affermato uomo di scienze e volontario, avrà rango e benefici adeguati, e al più tardi la prossima primavera la vedremo di ritorno a Praga, abbronzato e vittorioso, e pronto ad accettare la direzione di un ospedale. Non prova pena per i passacarte della polizia e per le guardie da due soldi che dovranno accontentarsi di dare la caccia al rapitore di un'attrice?

Hustopece (Auspitz), Moravia meridionale,

Quartier generale provvisorio del IX reggimento ulano "Principe Lobkowicz"

— Buon Dio, guardate cosa ha ricevuto Karel Heida per corriere speciale! — Il tenente Jiri Vilem strappò dalle mani dell'attendente la blusa invernale foderata di pelliccia, staccandone, per sventolarlo, il biglietto con il nome dell'amico dattiloscritto sopra. — Chiunque sia *lei*, deve pensare che staremo ancora correndo dietro ai russi quando cadrà la neve!

Heida, che stava rientrando in quel momento, lanciò un'occhiata in fondo al corridoio; pochi passi affrettati lo avvicinarono abbastanza da riuscire ad ammirare l'impeccabile taglio della *pelzulanka* che il suo amico gli mostrava come in passerella, tenendola sul petto. Mentre Jiri Vilem, Bruner-Labek e gli altri lo stuzzicavano nella loro giovanile invidia, fu lui il primo a chiedersi chi gli avesse spedito il regalo. I suoi commilitoni pensavano senza dubbio a Polyxena Kinska, ma Heida sapeva che non era così. Dopo un'altra notte di indicibile passione, lo splendido soprano gli aveva messo al collo un medaglione d'oro, dandogli il permesso di tagliarle un ricciolo biondo per conservarlo al suo interno.

— Cosa avrai fatto mai per meritartelo, mi piacerebbe sapere... — Jiri tirava i cordoncini d'oro intrecciati intorno al bavero di agnellino, con cui l'*ulanka* si poteva allacciare al collo se indossata come un mantello, alla moda ungherese.

— Siete tutti così provinciali! — reagì con stizza Heida, mentre toglieva la blusa dalle mani dell'amico e si metteva a esaminare entrambi i lati del biglietto.

— Non c'è firma, ed è scritto a macchina. Lei non vuole che sappiamo, Karel.

— O magari non vuole che sia *lui* a sapere. — Il tenente Conrad non si trattenne dal contrariarlo ulteriormente. — Magari è vecchia, grassa e semplicemente sposata con un sarto di classe.

— Ti piacerebbe fosse così. — Scartate sua madre e sua sorella, Heida non riuscì a pensare a una signora che potesse avergli fatto un regalo così personale. Passò rapidamente in rassegna le ragazze che aveva conosciuto alle feste prima di lasciare Praga, compresa la graziosa vedova di Marienbad, una tedesca dagli occhi scuri che con disinvoltura aveva fatto scivolare le dita nude giù per la sua spada rinfoderata. Oppure poteva trattarsi di una delle ragazze da marito Mitrovitz, la cui famiglia, imparentata alla lontana con i Czernin von Heida, ogni anno invitava Karel per le vacanze estive: era stata una di loro – Sdenka Louise – a misurargli ridendo le spalle con la mano guantata, sussurrando alla sorella qualcosa che le aveva fatte arrossire entrambe, e distogliere lo sguardo.

— Cerca il nome della sartoria all'interno, Karel. Così possiamo mandare un telegramma e chiedere chi glielo ha commissionato.

Heida guardò. — Non c'è alcuna etichetta.

— Deve essere una signora importante, se è riuscita a impedire al sarto di firmare il suo capo.

Jiri guidò il gruppo verso le scale. — Andiamo di sopra a chiedere al capitano Rozhmberk. Se c'è uno che conosce i sarti per uniformi militari, quello è lui.

Il capitano Rozhmberk, di solito la quintessenza del cameratismo con i suoi subalterni aristocratici, era di umore contrariato. —

Ho altre cose di cui preoccuparmi, signori miei. Stamattina hanno comunicato pessime notizie a uno degli uomini; fra l'altro dovrò fare qualche domanda anche a lui. No, non avete il tempo di andar via, il soldato in questione vi vedrebbe e si spaventerebbe. Entrate nella stanza accanto e restate in silenzio. Heida, lei resti. — Lanciò comunque uno sguardo alla *pelzulanka* e commentò: — Chi di voi può permettersi un capo confezionato da Fries?

Appena i giovani ufficiali si furono spostati nella stanza adiacente, Rozhmberk rispose all'attendente che bussava rispettoso alla sua porta. — Sì! Fai entrare il soldato Ostropolier.

Yakuv Ostropolier, che fino alla sua decisione di arruolarsi aveva portato la barba, sembrava macilento, con gli occhi infossati. La sua magrezza, una caratteristica che in teatro gli consentiva di alternare comicità e pathos, ora gli dava solo un aspetto emaciato. Il pallore della parte inferiore del volto contrastava con l'abbronzatura di quella superiore, tanto che l'attore sembrava indossare una maschera, oppure essersi cosparso di farina sulla bocca e sul mento. Aveva i tratti di una malinconia abituale, il cui segno risultava nella curvatura all'ingiù delle labbra e delle sopracciglia folte; l'angoscia del momento non faceva che accentuarla.

All'alba, quando l'ufficiale di turno l'aveva brutalmente informato del rapimento della sorella, Ostropolier aveva barcollato come se fosse stato colpito con violenza. La notizia giungeva nuova a Heida: ricevuto da Rozhmberk un foglio con pochi telegrafici dettagli mentre il soldato entrava, dovette obbligarsi a non mostrare sorpresa, trattenendosi perfino dall'alzare le sopracciglia.

Quanto a Rozhmberk, si espresse con invidiabile sicurezza, a dispetto della scrivania improvvisata dietro cui era seduto.

— Ostropolier, mi è stato riferito come hai reagito alla triste notizia della sparizione di tua sorella da Praga. Perché mai, dunque, hai rifiutato la licenza per andare a occuparti delle tue faccende familiari?

Il soldato fissava un punto fra i due ufficiali, con la fermezza che senza dubbio gli era stata impartita durante la leva obbligatoria qualche anno prima. — Non sarei di alcun aiuto andando lì, *Herr Rittmeister* conte Rozhmberk. Se Rivke è scomparsa e la polizia non riesce a scoprire che cosa le è successo, di certo non posso farlo io.

Dall'altra stanza, una fessura nella porta consentiva agli ufficiali subalterni di sbirciare la scena e origliare lo scambio; riuscivano a scorgere il volto del capitano e il profilo serio di Heida, oltre alla schiena del soldato e alla sua nuca rigida. Rozhmberk sventolò un telegramma.

— Ti ricordo, Ostropolier, che stando al capo della polizia di Praga hai avuto una violenta discussione con tua sorella prima della tua partenza, il 6 agosto.

Il volto dell'attore rimase impassibile. — Si è trattato di un dissapore. I dissapori possono capitare, fra fratelli e amici. È stato prima che partissi... ma sono partito, no? Dopo mi sono arruolato come volontario.

— Sono passate quasi due settimane fra la tua partenza e il tuo arrivo a questo Comando, ieri. Disponiamo di treni moderni. Un viaggio in treno da Praga ad Auspitz via Iglau può durare fino a sette ore, ma anche solo cinque. Nulla vieta che la sera di venerdì scorso tu ti trovassi ancora a Praga.

— Eccetto il fatto che il 10 ho incontrato un altro volontario mio amico al distretto militare di Iglau, dove ci sono stati consegnati i documenti e le uniformi. Da quel momento ho viaggiato in sua compagnia. Può garantire per me, *Herr Rittmeister* conte Rozhmberk. Abbiamo risparmiato denaro camminando e chiedendo passaggi sui carretti dei contadini, visto che non eravamo attesi qui prima del 15. Ora siamo nella stessa truppa. *Herr Rittmeister*, quando avrei avuto il tempo di tornare a Praga per fare qualunque cosa, o commettere un fratricidio?

— È maledettamente vero. — Rozhmberk si rivolse a Heida sussurrando: — Se solo l'altro villico lo conferma, cosa si suppone che faccia con lui? — Poi, aggirando abilmente la domanda del soldato e la sua, il capitano sollevò l'indice per chiedere l'intervento del collega. — Tenente Heida, il volontario di Iglau – come si chiama – è stato interrogato?

Heida parlò con gli occhi sul foglio. — Il nome è Karpel... Naphtali Karpel, di Polnà, vicino a Iglau. Giura che non si sono mai separati durante il viaggio di due giorni dal distretto militare, e che il soldato Yakuv Ostropolier non ha parlato d'altro che di teatro e vita militare. *Dato il fatto,* cito, *che il detto Karpel, per via della sua giovane età, non era mai stato sotto le armi ed era curioso.*

— Ah, bene. Faccia in modo che il soldato Karpel confermi a lei in persona la sua deposizione.

— Sissignore.

Qualche momento dopo, appena congedato Ostropolier con l'ordine di restare a disposizione per ulteriori indagini, Rozhmberk impose il silenzio ai subalterni con anomala durezza. — Il primo di voi che fiata su questa faccenda resterà consegnato finché non incontreremo il nemico: ordini diretti del colonnello Trott. — Prima di lasciarli andare, comunque, si appropriò della *pelzulanka*. — È proprio lavoro di Fries, mio Dio, viene dritto da Monaco. È suo, Conrad?

— È mio — fece Heida.

— Lei non ha nemmeno conoscenti, a Monaco!

— È mio lo stesso.

Una volta che furono rimasti soli nell'ufficio, Rozhmberk sospirò: — Gesù, insieme a Riccius, Fries è il fornitore della Corte reale bavarese. Se avessimo la stessa taglia glielo comprerei, Heida. — Con le mani sui fianchi, esaminò la blusa stesa di traverso sulla scrivania. — Chissà, forse *potrei* buttare giù qualche chilo...

— Che mi dice di questa faccenda dei due Ostropolier, *Herr Rittmeister*?

— Mi dispiace per quel tesoro di brunetta. Quanto a Yakuv, ha lo sguardo falso. Non mi è mai piaciuto quando si pavoneggiava sul palco del *Savoy.* Il capo della polizia mi ha assicurato che ci telegraferà i dettagli della sua fedina penale, se ne ha una. *Lei* cosa dice?

— Sono meno informato di lei, signore. Si sa che alcune

reclute eludono i controlli per tornarsene a casa, e malgrado nove di esse siano state fermate, il tentativo in sé non è impossibile. Solo sciocco e vile.

— Però...?

— Però se – Dio non voglia – fossi nei panni di Ostropolier, coglierei al volo l'opportunità di andare a vedere di persona che cosa è successo, e ad aiutare in qualunque modo potessi le autorità.

Praga, Ferdinandstraße,
Quartier generale della Polizia

— È solo perché ci fidiamo della sua riservatezza professionale — disse il capo della polizia a Meisl — e non perché brancoliamo nel buio. — La scarpetta da ballo giaceva orfana sulla scrivania lustra che li separava. La verità era che a Praga fermentavano disordini politici, e tenere un occhio vigile sul nazionalismo ceco, che schiumava contro l'Impero, alle autorità premeva assai più della scomparsa di una cantante "senza nemici noti".

— Deve promettere di avvisarci in caso di indizi concreti, dottore, senza fare di testa sua. — Fissandolo, con l'intenzione evidente di mitigare qualunque cenno di cordialità potesse scaturire dalla fiducia accordatagli, il poliziotto aggiunse: — Forse sa che nelle settimane degli omicidi di Marienbad un chirurgo dell'esercito magiaro, assegnato al Sessantesimo reggimento di cavalleria nella vicina Eger-Cheb, fu sospettato per qualche tempo.

— Non ne ero a conoscenza. — Meisl fu lì lì per aggiungere: *Voglio credere che l'abbiate sospettato per via della sua nazionalità, e non della sua professione*. Ma non era proprio il momento di lanciarsi in dimostrazioni di umorismo politico. Si limitò ad annuire con sollecitudine, come se quell'informazione fosse allo stesso tempo importante e confidenziale.

Dal gendarme assegnato al caso, un tipo dagli occhi impastati di sonno che aveva svolto gli interrogatori di rito degli amici di Rivke,

Meisl apprese come la scarpetta fosse stata rinvenuta il giorno prima, all'alba, sul monumento al maresciallo Radetzky, nella piazza del Quartiere Piccolo intitolata all'eroe austriaco.

Un vetturino in attesa a bordo della sua carrozza a cavalli, proprio lì davanti, aveva notato la scarpetta sotto l'ascella di uno dei soldati bronzei che simbolicamente – come avevano fatto nella realtà, morendo a migliaia – sostenevano il vecchio generale in cima a una piattaforma. Cedendo alla curiosità, l'aveva tirata giù e consegnata a un gendarme di passaggio, che a sua volta, consapevole della scomparsa della Ostropolier, aveva riconosciuto le sue iniziali scritte all'interno della tomaia e l'aveva portata subito al Quartier generale.

Bandiera alla mano, con i suoi baffi felini, Radetzky sembrava dimentico delle miserie del mondo e delle vittorie in Italia, quando a metà pomeriggio Solomon Meisl si fermò davanti al memoriale. Il plinto indicava il maresciallo come *Führer der tapfern K.K. Armee in Italien*, perché era tipico dell'Impero celebrare la vittoria su una minoranza nella capitale di un'altra minoranza. Uno degli eroi di quel coraggioso esercito – il milite con lo stivale sul cannone riverso e una mano sul fianco – era quello sotto la cui ascella era stata infilata la scarpetta, delicatamente rosa contro il verderame.

Il raso della calzatura, con la suola sottile e morbida di cuoio che impediva di calzarla per strada, ne limitava l'uso al balletto o al teatro. Le iniziali *R.O.* avevano suggerito alla polizia l'appartenenza a *Fräulein* Ostropolier ancor prima che una sua collega, Vera Mann, confermasse il fatto. Nella sua deposizione la ragazza aveva aggiunto che Rivke stava portando le scarpette di raso in un sacchetto di stoffa mentre tornava a casa con lei la sera del 14 agosto.

Non c'erano messaggi scritti nella scarpa. Spinta all'interno, contro la punta, gli inquirenti avevano però trovato una fotografia accartocciata dell'Arciduca morto – non Francesco Ferdinando, di recente assassinato a Sarajevo; ma il figlio di Francesco Giuseppe, Rodolfo, deceduto anni prima per sua stessa mano (o per una congiura) a Mayerling. Dando le spalle al monumento, Meisl fissò il cruccio nevrotico dell'erede al trono, ragionando fra sé e sé che non una volta, bensì due – occasionalmente – il Fato cercava di salvare un Impero dal disastro. Eppure, principi ereditari o no, erano in guerra. Cosa significava quella fotografia, sempre che significasse qualcosa? Era ritagliata da un giornale (in quei giorni i reali vivi e defunti ne costellavano le pagine); la polizia l'aveva liquidata come tampone infilato nella scarpa per proteggere l'alluce della proprietaria, ma Vera Mann negava quell'ipotesi.

Malgrado stesse declinando, un sole ancora impietoso inondava la piazza e i suoi imponenti edifici militari e civili; dietro di essi, in noncurante vicinanza, casamenti umidi si affastellavano su cortili infossati, dove si poteva passare una vita senza mai godere di una parte della luce del giorno. Meisl infilò la foto nella sua borsa di pelle per raggiungere l'ombra del caffè all'angolo con la Nerudova. Lì, fino a un mese prima, più di una volta si era congedato da Heida dopo una delle loro chiacchierate investigative, e l'aveva visto affrettarsi su per la salita in cima alla quale il palazzo dei Czernin apriva le sue nobili porte.

La loro curiosità combinata, in parte scienza, in parte idealismo, aveva condotto alla soluzione di alcuni crimini insoliti, pensò. Non paga di aver scombussolato l'Europa, la guerra sembrava aver messo fine a quella collaborazione, e chissà a quante altre amicizie ancora.

Sorseggiando una bibita fresca, Meisl ricordò di essere stato informato del fatto che, negli omicidi di Marienbad, vicino a ogni capo d'abbigliamento delle vittime l'assassino aveva lasciato un foglietto con qualche parola sibillina; indizio – ma questo era stato compreso troppo tardi – dei passi successivi da compiere nella ricerca. La fotografia di Rodolfo era davvero un caso (anche se la posizione della scarpa su un monumento certo non lo era), o era stata acclusa dal criminale come diversa forma di messaggio, in guisa di rebus o sciarada?

Andando per tentativi, Meisl si trovò a considerare che "Rodolfo" poteva rappresentare diverse località dentro e fuori

Praga, tutte legate alla dinastia o al governo imperiale. Quante scuole, istituzioni e luoghi pubblici gli erano intitolati? Ci si sarebbe potuti aggirare per mesi solo fra i distretti della città. Malgrado ciò, respingendo l'idea di perdersi in vicoli ciechi, si sforzò di concentrarsi sulle occorrenze più vicine, per coincidenza tutte situate a nord della città: il lungofiume Rodolfo sulla Moldava e il quartiere ebraico di Josefov, o ancora il parco Rodolfo, proprio di fronte, sul declivio verdeggiante della collina Belvedere, e la cosiddetta Casa degli Artisti, meglio nota come *Rudolfinum.*

Sembrava tutto così freddo, così meccanico. Faceva rabbrividire quanto spudoratamente un maniaco potesse fare di Praga lo scenario di una macabra caccia al tesoro. Ma tutto ciò che assomiglia a un gioco immancabilmente attrae i giocatori. Meisl stava già cercando di capire se il tempo – la tempistica – costituiva di nuovo un fattore nel salvataggio di una vita. Dal caffè, grato che il caldo avesse fatto scemare il numero dei passanti, percorse la via Letenska, oltre l'incrocio con la Bruska, dove le truppe territoriali sfilavano con i tamburi e i *glockenspiel,* fino al Ponte nuovo. Pragmatico, anche se poco romantico, quest'ultimo sostituiva il *kettensteg* di ferro sospeso che tante volte aveva attraversato a piedi dal Quartiere Piccolo – Mala Strana – alla Praga vera e propria.

Infastiditi dalla fanfara dell'esercito, i gabbiani volavano verso i colli, mentre sulle barchette leggere la gente levava remi e braccia dalla corrente vivace in segno di saluto. Quanto poteva sembrare benevola, quella città, con i suoi suoni estivi e le finestre aperte a tutti i piani; eppure, allo stesso tempo, nascondere le prove di un omicidio, così che gli stessi angoli delle strade, gli androni e le vetrine dei negozi finivano per assumere una tinta nefasta!

Anche all'osservatore più superficiale, il lungofiume Rodolfo appariva un'indicazione troppo generica, un'ampia passeggiata che si estendeva a sud verso la chiesa dei Cavalieri della Croce, e nella direzione opposta verso i boschi a nord della città. Meisl scrollò il capo e girò sui tacchi. Ancor meno probabile sembrava il dedalo del parco Rodolfo, i cui viali lussureggianti, stabilimenti balneari, panchine per picnic e ristorantini affollavano la riva opposta della Moldava, quella sinistra. No, razionalizzò Meisl. *Se* la foto era una prova, doveva indicare la riva cittadina del fiume, dove si trovava in quel momento; lì, dove il luogo più promettente era il massiccio edificio sul lungofiume che portava il nome del principe defunto.

Ancora un dietrofront, schivando un omnibus e un branco di studenti presi a cantare, ed ecco risplendere di fronte a lui il *Rudolfinum,* con la sua facciata neo-rinascimentale sul lungofiume e il retro al vecchio cimitero ebraico. Si supponeva che ne dovesse esplorare le sale e le gallerie d'arte, o la prova sarebbe stata all'esterno, più prontamente visibile? Se c'era stata lasciata a un'ora tarda, per sfuggire a sguardi indiscreti, si sarebbe trovata per necessità fuori dal palazzo. Meisl scrutò la gradinata, i tre ingressi, la folla di statue sulla balaustra superiore, l'ampio perimetro della costruzione. *Se sto sprecando un pomeriggio,* si disse, *lo faccio per una giusta causa.* Nella maniera più discreta possibile – benché una giovane che usciva con una custodia di violino fra le mani si fosse fermata a studiarlo e a chiedere se poteva essergli d'aiuto – scandagliò la gradinata, dalla statua che la ornava a sinistra fino al lato opposto, dove l'allegoria della Musica sorrideva alla Moldava su un trono a forma di organo portatile. Non aveva nulla in grembo, ma, infilato fra il piede e le rigide pieghe della veste, Meisl riconobbe uno dei guanti che Rivke Ostropolier indossava l'ultima volta che si erano parlati.

Era all'uncinetto, di un indimenticabile giallo canarino, con una piccola macchia che poteva essere vino, o granatina. O sangue. Ricordava a Meisl la battuta crudele che l'attrice yiddish ripeteva sul palco interpretando la figlia di un arricchito del ghetto: *Mamma, per andare all'Opera devo mettermi i guanti o lavarmi le mani?* Meisl era fra i pochi a non trovarla divertente.

Dentro al guanto c'era qualcosa di duro, eppure leggerissimo. Nel palmo della mano, il medico si lasciò scivolare il fornello spezzato di una pipa di schiuma, a forma di testa di cervo.

— È quella che stava cercando? — La giovane donna del violino, con gli occhi luminosi e un sorriso, lo richiamava a pochi passi di distanza. — Deve essere proprio vero che i fumatori lasciano ovunque i loro arnesi!

Meisl mise rapidamente in tasca il fornello. — Mi capita di essere distratto — si giustificò, malgrado fosse vero il contrario. Era stato scambiato per uno di quegli uomini di mezza età in attesa di una svolta nelle loro sorti sentimentali? Forse no. La ragazza fece un cenno di saluto e si allontanò.

Una pipa. Tornando al lungofiume, si mise a scorrere una lista mentale di tabaccai, locali dove il fumo era di casa, mercanti di schiuma e di ambra. Ci sarebbero potuti volere giorni per controllarli tutti. E se poi la prova fosse stata nella figura intagliata sul fornello – la testa di cervo? Il cervo in sé era un'indicazione complessa. Ciò che era vero per l'indizio precedente, lo era ancor più per un termine generico. L'animale si poteva riferire indifferentemente agli omonimi terreni di caccia del fossato del Castello – un'impresa senza speranza, perquisire i boschi rigogliosi dello *Hirschgraben* che si estendevano da St. Caetano a Palazzo Fürstenberg – o a uno dei tanti ristoranti in cui cervi, stambecchi e caprioli erano sulla lista delle consumazioni. Anche una squadra intera di gendarmi sarebbe stata di poco aiuto, senza considerare che un capo d'abbigliamento estraneo rischiava di essere rimosso da spazzini, camerieri, donne delle pulizie e chiunque altro quotidianamente ramazzava la città.

Era sconcertato. Per quasi un'ora camminò lungo il fiume, restio a continuare la ricerca fino a quando non avesse avuto un'idea più precisa dell'indizio. Come erano lontani i campi di battaglia occidentali, dove gli uomini già si massacravano gli uni con gli altri. Era notizia del giorno prima che Liegi era caduta in mano ai tedeschi, e solo il mercoledì precedente le truppe austriache erano entrate in Serbia. La sua equanimità, si rese conto, per anni era stata legata in maniera impercettibile al senso di pace durevole che aveva cullato tutti quanti loro; ora sembrava che nessuno avesse il diritto di sentirsi equanime rispetto al massacro. E Heida scriveva della sua preoccupazione che la guerra potesse tagliarlo fuori!

Più si pensa a una soluzione, più involuto si fa il percorso. Meisl si era spinto verso sud, fino all'isola Sofia. Sul cammino si era informato presso un tabaccaio, che gli aveva detto che la pipa era comune e poco costosa. Dopodiché era entrato in una *pivarna* che era l'apoteosi delle teste di cervo e stambecco, dove non era incappato in alcunché di più promettente di un buon boccale di birra. Aveva attirato la sua attenzione anche un ristorante lungo il fiume, *Il corno d'oro*, ma era chiuso da due settimane, *per via*, come spiegava un cartello affisso sulla porta, *dell'arruolamento del proprietario nel vittorioso esercito di Sua Maestà Imperialregia.* Il termine "vittorioso" era forse prematuro, considerò Meisl.

Si accingeva a tornare verso il suo capo della città, quando dal bel portale del Tribunale Civile spuntò una sua conoscenza, che aveva di recente aperto uno studio dentistico e senza dubbio si stava ancora occupando dei dettagli burocratici. I loro sguardi si incrociarono, e i due uomini si avvicinarono per stringersi la mano. Scherzando, l'amico disse che da allora in poi avrebbe dovuto prendere il ponte Carlo ogni volta che attraversava il fiume, "per risparmiare i due soldi che fanno pagare sugli altri ponti. Le spese per mettermi in proprio mi stanno spellando. Puoi credere che il tribunale ha fissato un incontro speciale di domenica, per spillarmi qualche altra autorizzazione firmata? Mi chiedo come tu riesca a farcela, Solomon!".

Educatamente, Meisl evitò di rispondere che gli ci erano voluti vent'anni per raggiungere il suo attuale benessere. Gli presentò i debiti auguri per il nuovo studio, facendoli seguire – non aveva niente da perdere – dalla domanda che gli era ronzata in testa fino a quel momento.

— Se ti dico "cervo" riferendomi a un luogo di Praga, cos'è la prima cosa che pensi?

Il dentista rise. — Che c'è, fai le parole crociate nel tempo libero? Be', la prima cosa che viene in mente *a me* è il vecchio edificio sulla Tomasska, nel Quartiere Piccolo, vicino a casa mia. Sai, il rilievo di Brokoff: *U zlatehu jelena*, vicino alla birreria di Schnells.

Certo! La facciata elegante dell'edificio borghese a Mala Strana, dove il santo cacciatore Uberto era ritratto in una nicchia insieme al cervo miracoloso con la croce di Cristo fra le corna. Perché no? Ci avrebbe provato. Improvvisamente ansioso di continuare la sua ricerca, spiegò amabilmente: — È un'associazione di parole ciò a cui sto giocando. A Vienna fa furore.

— Oh! Credevo che a Vienna facesse furore tassarci fino al midollo in modo da potersene andare in guerra. — Il dentista sventolò la cartelletta che teneva fra le mani. — Mi hanno già fatto spendere una risma di carta!

Un ultimo beneaugurante *Mazel tov* e Meisl ritornò sui suoi passi dall'altra parte del fiume. Che tortuoso sentiero sembravano tracciare questi rebus... Rinviavano, più che dirigere, a una sottigliezza crudele da parte di chiunque avesse inventato il gioco.

Il Quartiere Piccolo era già pervaso dall'ombra; il suo groviglio digradante sotto la massiccia cittadella permetteva a ogni muro centenario di soffocare vicoli e scale in un crepuscolo bluastro. Una volta calata la sera, quel vagabondaggio di ricerca avrebbe dovuto interrompersi per necessità.

Diretto verso la via Tomasska, Meisl ricordò l'agile cervo di bronzo dei vicini giardini di Wallenstein. Ne fu tentato, ma mantenne la direzione stabilita. Poco dopo, l'edificio *Al cervo d'oro* gli si presentò in tutta la sua grazia barocca. Lo colpì immediatamente il pensiero che per mettere una prova nella nicchia scolpita si sarebbe dovuta scalare la facciata; ma l'impresa non era più difficile di quella di raggiungere il plinto del monumento a Radetzky. Come un turista eccentrico, Meisl arrivò a farsi prestare la sedia da un vicino seduto sulla soglia di casa, per poterci salire e godere di una vista migliore del rilievo. Eppure i suoi occhi non notarono nulla di insolito.

Lasciando via Tomasska, concesse il beneficio del dubbio alla sua prima intuizione. Appena prima che i cancelli dei giardini di Wallenstein fossero chiusi per la notte, attraversò il labirinto di aiuole e siepi per raggiungere lo snello cervo di bronzo. Ai suoi piedi, legato stretto contro il piedistallo, giaceva un brandello di pizzo annodato che sembrava il colletto di un abito femminile. Furtivamente Meisl lo recuperò e se lo fece scivolare in tasca, aspettando di essere di nuovo in strada prima di scioglierne il nodo. Nelle pieghe del merletto scoprì una cartuccia di cartone, di quelle che usano i cacciatori.

Una deludente sensazione di futilità lo accompagnò lungo il ponte Carlo. Le passeggiate estive non erano cambiate molto dalla fine di giugno. Solo, la presenza dei soldati si era diradata, specialmente il blu-rosso degli ulani di stanza al Castello. Meisl incontrò diversi conoscenti e li salutò distrattamente. Un proiettile di carta, svuotato della polvere da sparo, era ancor meno chiaro degli indizi precedenti, ma assai più minaccioso. Suggeriva che qualcuno avrebbe sparato a Rivke Ostropolier, o che l'aveva già fatto? Il capo della polizia aveva ammesso che non erano state formulate ipotesi sui luoghi in cui, dentro o fuori città, avrebbe potuto essere nascosta la vittima di un rapimento. I depositi di munizioni abbondavano in una capitale di caserme e scuole militari, circondata da poligoni di tiro e riserve di caccia. Se l'indizio della cartuccia si riferiva a luoghi simili, tanto valeva rinunciare subito. Senza fretta Meisl cercò un telefono pubblico da cui riferire le sue scoperte al Quartier generale della polizia. Suscitò un interesse moderato e un'enunciazione dell'ovvio: col calare del buio, ogni cosa doveva comunque attendere il mattino.

Consultò il suo orologio da tasca. Il gendarme che aveva condotto l'interrogatorio sosteneva che, prima di esibirsi, *Fräulein* Mann del teatro yiddish si fermava al *Caffè della Città* dalle 19:30 alle 20:30. Il locale, fra la Niklas e la Shiroka, vicino a casa sua, fu la destinazione migliore cui Meisl riuscì a pensare a quel punto.

Auspitz, Moravia meridionale

Di ritorno dall'addestramento sul campo, la truppa sfilò in cortile. Nell'aria tersa del tramonto gli uomini smontarono di sella, si stirarono e condussero i cavalli alle stalle; vedendo l'ufficiale scattarono sull'attenti, e uno di loro rimase di fronte a lui per parlargli.

Pochi istanti dopo Rozhmberk si allontanò dalla finestra e andò incontro a Karel Heida sulle scale di sotto. Non gli diede il tempo di aprir bocca. — Sì, sì, ti ho visto parlare con quel mangiarape di Karpel proprio ora. Cosa ti ha detto?

— Anzitutto ha un accento che si taglia con l'accetta, *Herr Rittmeister*. Certa gente di campagna è incomprensibile. Ha ripetuto di aver incontrato Ostropolier a Iglau, il loro distretto militare. Si sono sottoposti alla visita medica, al taglio dei capelli, eccetera. Avevo già chiamato il distretto per accertarmene, e loro hanno confermato tutto.

Amante dei cani, Rozhmberk aveva portato con sé i suoi due danesi, e in quel momento si stava dirigendo agli alloggi che condivideva con essi. Per una forma di familiarità vecchio stile dell'esercito, parlando a un collega fuori orario passava al *tu*. — Il mangiarape potrebbe voler coprire l'attore, Karel. Nei quattro giorni da Iglau a qui, Ostropolier potrebbe essere andato in treno a Praga e tornato indietro, in tempo per raggiungere il suo amico prima di presentarsi a rapporto.

— Non vedo perché Karpel dovrebbe correre il rischio. E al di là del fatto che le sembra abbia lo sguardo falso, cosa le fa pensare che Ostropolier abbia accumulato tanto rancore da uccidere sua sorella?

— Non lo so. Non mi piace, ecco tutto. È infido. — (Tutti gli ebrei erano infidi per definizione nella mente di Rozhmberk, che non ne faceva mistero). — Al colonnello Trott verrebbe un colpo per il possibile imbarazzo a carico del reggimento. Tanto che mi ha ordinato di chiederti in privato se sei ancora in contatto con quell'esperto di stravaganze sessuali e investigatore autodidatta, quel Masel.

— Meisl? — Heida ardeva già dalla voglia di chiedere il parere del medico, e dovette controllare il suo entusiasmo all'idea di riprendere il contatto. — Ho i suoi numeri di studio e di casa.

— Bene, allora puoi usare il telefono nel mio ufficio. Fammi sapere se lo trovi, e se è disposto a darci una mano. Io sarò nelle mie stanze a dar da mangiare ai *ragazzi*.

Le telefonate a lunga distanza dovevano essere passate da un centralino all'altro, un processo lento e laborioso. Siccome la telefonata di Heida partiva da un comando di reggimento, però, le fu accordata una priorità speciale, e poco dopo uno squillo precedette il suono incerto della voce di Meisl, gracchiante e lontana, ma riconoscibile.

Heida lo salutò come se dopotutto non avessero collaborato fino alla settimana precedente, su riluttante richiesta dello stesso colonnello Trott. — Speravo di trovarla a casa, dottore...

— È solo una felice coincidenza. Sono passato a cambiarmi le scarpe per la serata. — Meisl fu sorpreso dalla chiamata, e combattuto fra l'indulgere nella conversazione o l'annunciare che aveva in animo di uscire a breve. Appreso il motivo della comunicazione, tuttavia, non faticò a decidere. Sì, disse, aveva sentito di Rivke Ostropolier, "rapita e temuta morta". Il tenente sapeva degli indizi disseminati, così simili a quelli degli omicidi di Marienbad? No, e Heida non ne aveva nemmeno mai sentito parlare, degli omicidi di Marienbad.

Ripetendo di tanto in tanto le parole, perse nella statica dei cavi, ben presto Meisl stava dando la sua versione del battibecco scoppiato fra Rivke e il fratello minore, quando quest'ultimo le aveva annunciato la sua decisione di arruolarsi. — Potrebbe non avervelo detto, ma gli Ostropolier sono originari della Polonia russa: i soldati di ogni specie e uniforme per loro sono un anatema. I soldati significano *pogrom,* e nient'altro. Stando ai testimoni, Yakuv ha spiegato le sue ragioni, dicendo che ormai erano sudditi austro-ungarici, e lui aveva una sola scelta: arruolarsi volontario o essere chiamato alle armi. Lei non ne voleva sapere, l'ha implorato, minacciato, schiaffeggiato, ha fatto tutto tranne che cavargli gli occhi. Si è offerta di comprargli un biglietto per l'Italia, che è neutrale, e perfino un medico che gli confezionasse un certificato di inidoneità – sì, ho detto ini-do-neità – alla leva, a costo di pagarlo in natura.

— Offerta difficile da accettare, per un fratello, credo.

— Infatti Yakuv non aveva alcuna intenzione di accettare. In qualche modo l'ha placata promettendole di pensarci, ma lo stesso giorno, mentre lei era impegnata a provare la canzone del *Ka-ka-ka* al *Savoy*, è montato sul convoglio ed è partito con gli altri volontari.

— Sì, per Iglau. La canzone del *Ka-ka-ka* cosa sarebbe?

— Non importa. Vede, come molte donne che abbaiano più di quanto non mordano, *Fräulein* Ostropolier ha apparentemente accettato il fatto che Yakuv si unisse all'esercito, e in scena avrebbe dovuto addirittura interpretare la Gloria.

Le parole che seguirono da parte di Heida si persero, ma dovettero esprimere il dubbio su quell'accettazione. — ...Manovrando dietro le quinte... fare come voleva lei. Non ha idea, dottor Meisl, di quanti ingegnosi stratagemmi possano inventarsi le donne per ritardare la partenza dei loro uomini. Il colonnello Trott sta preparando un dossier per il Ministero della guerra. Non voglio dire che Rivke potrebbe aver spinto Yakuv a farle del male, o peggio... Ma devo aggiungere – non è un segreto, anche se il colonnello si infurierebbe all'idea che è trapelato dai circoli militari – che Ostropolier ha reagito in maniera ambigua al rapimento della sorella.

— Ah, questo è interessante. Ma come avrebbe potuto essere implicato, se si trova con il resto della sua unità in Moravia?

Heida spiegò. — ...Quindi, vede, abbiamo solo la sua parola e la dichiarazione di Karpel per cui si sarebbe trovato lontano da Praga quando il crimine ha avuto luogo.

Meisl parlava con gli occhi all'orologio, chiedendosi se Vera Mann fosse ancora seduta al caffè di sotto. — Questa conversazione richiede più tempo e una migliore acustica, tenente. Il caso presenta dei dettagli che portano a escludere un omicidio non premeditato, e ci sono diverse somiglianze con le morti di Marienbad. Il suo comandante desidera vedermi di persona?

— Glielo chiederò, dottore.

— Mi mandi un sì o un no per telegramma domattina. Io sto già seguendo una traccia, e devo andare. No, è troppo complicato da spiegare per telefono. Ma dovrebbe sapere che, stando alla polizia, due anni fa le autorità di Marienbad hanno interrogato fra gli altri, per procedura, anche Yakuv Ostropolier, che conosceva una delle vittime.

— Ma dottore: se avesse avuto intenzione di disfarsi di sua sorella, non sarebbe stato attento a evitare qualunque *modus operandi* fosse stato usato a Marienbad?

— Sì. Al contrario, se fosse innocente per gli omicidi di Marienbad, avrebbe ben potuto dissimulare un fratricidio facendolo passare per un crimine di quell'assassino ignoto. Il suo comandante cosa ha intenzione di fare riguardo a Ostropolier, nel frattempo?

— Assolutamente niente. Dobbiamo tenerlo d'occhio, ma senza dargli l'impressione di essere sottoposto a un'indebita vigilanza. Il colonnello Trott è certo che si tradirà spontaneamente, se solo gli daremo abbastanza corda per farlo.

Una scarica statica a quel punto interruppe la conversazione, lasciando Heida, eccitato e incerto, a chiedersi al buio che cosa fosse la canzone del *Ka-ka-ka.*

Praga, Caffè della Città

La migliore amica e cugina di Rivke Ostropolier, Berta Mannova, nota con il nome d'arte di Vera Mann, era ancora seduta a un tavolino appartato, da sola. Meisl la conosceva di vista, avendola sentita cantare *A Jidische Mame* e *La canzone della passeggiata* con voce decisamente più bella di quella di Rivke. Quella sera, con tutte le rappresentazioni della sua compagnia sospese "fino a nuovo avviso", sembrava schiacciata dall'immensa mole di capelli rossi, esaltati da una quantità di ciocche posticce tale da far sembrare l'acconciatura una montagna lucente di rame filato. Il fatto che fosse in pena per la sua parente sembrava una naturale conseguenza della sofferenza provocata da quell'innaturale fardello, completato in cima da un gran cappello azzurro.

Meisl si presentò. Sapendo per esperienza che nei luoghi pubblici le emozioni tendono a restare sotto controllo, le disse, mostrandoglieli, degli oggetti che aveva rinvenuto. Vera riconobbe con voce tremante il guanto e il colletto come parte dell'abbigliamento indossato da Rivke il venerdì precedente. Del fornello della pipa non seppe cosa commentare. — Non credo di averlo mai visto, nessuno di noi a teatro fuma. Ma forse mi è capitato, da qualche parte: è un tipo comune di pipa, non è vero?

Quanto ai luoghi in cui erano stati trovati gli oggetti, essi non significavano alcunché di particolare per Rivke – non che Vera sapesse – e non più che per chiunque altro, come loro, si fosse trasferito a Praga dalla Galizia.

— Come ho detto alla polizia, *Herr Doktor*, ha finito le prove con me, il pomeriggio del 14. — Vera trattenne i singhiozzi. — Ce ne siamo andate in anticipo, come facciamo sempre il venerdì, per arrivare a casa prima del tramonto e rispettare il *sabbath.* Sulla Ziegenplatz ho accettato un passaggio da un signore a me noto. Rivke ha detto che era una bella serata, che preferiva andare a piedi perché aveva mal di testa, e che le avrebbe... le avrebbe...

Arrivarono le lacrime, Meisl distolse lo sguardo. Ziegenplatz, la piazza delle capre, era uno dei luoghi per cui aveva vagabondato mentre seguiva l'indizio della pipa, chiedendosi se l'indicazione implicata dal nome potesse riguardare corna animali, non necessariamente di cervo. Era anche il luogo in cui si esibivano le compagnie yiddish, sul palco del *Café Savoy.* — ...Fatto bene? — completò la frase di Vera.

— Esatto. Lei sa che Praga può farsi inquietante dopo il tramonto, anche nelle sere d'estate, con la luna e tutto. Quindi, a prescindere dal *sabbath,* le ho detto di non farlo, anche se non sarebbe stata la prima volta che lei o io andavamo a casa per conto nostro. Ma... non so spiegarlo, è stata una premonizione.

— Perché, sua cugina non era del solito umore?

— È questo il punto, dottore, no. Aveva ricevuto un messaggio, quel giorno… un messaggio consegnato a mano; non ci ha detto di chi fosse, o di cosa si trattasse. Non so nemmeno se era un telegramma o un biglietto manoscritto. Qualunque cosa fosse, per tutto il pomeriggio ha confuso le sue battute, sbagliato le entrate, sembrava completamente sottosopra. E pensare che dopo il colpo della partenza di Yakuv all'inizio del mese, aveva appena iniziato a farsene una ragione! *Cos'altro è successo*? ho pensato. Al principio tutto quel che sono riuscita a carpirle è stato che era meglio non chiedere. Solo dopo che ho insistito e sono esplosa in un "Per caso sei spaventata?", lei ha confessato: "Spaventata a morte. Qualcuno mi insegue". — Vera si soffiò il naso in un fazzolettino minuscolo e già fradicio. — Vede, pensavo che ci fossero di mezzo dei soldi. Rivke spende molto più di quanto guadagni, e di tanto in tanto esagera i suoi problemi. Poi mi sono detta di no; per l'aspetto che aveva, doveva trattarsi di qualcosa di più serio. Problemi di uomini, magari. Potrebbe aver conosciuto qualcuno da cui sarebbe stato meglio stare alla larga.

Meisl si sfilò il fazzoletto dal taschino e glielo porse. — Cosa intende?

— Be', vede, a giugno ha fatto amicizia con un uomo – un professionista, mi ha confidato, ebreo di Galizia, a Praga per affari. Uno che per lei aveva perso la testa, o almeno così ha detto. Lei di certo sembrava esserne innamorata, anche se non hanno mai… mi capisce. Non era quel tipo di relazione. Non mi ha mai rivelato il suo nome, quindi forse lui era conosciuto in città per via del suo lavoro, e Rivke non voleva metterlo in imbarazzo.

— Ah. — Mentre il suo fazzoletto veniva messo immediatamente in opera, Meisl scorse un vecchietto intento a scegliere uno dei quotidiani appesi alla rastrelliera a muro. Parole scritte, pensò. Gli vennero in mente lettere, o un biglietto firmato. Chiese: — L'ammiratore segreto ha mai mandato biglietti, fiori o dolci?

— Non che io sappia, e stando a Rivke, non è nemmeno mai venuto agli spettacoli.

— Perché, aveva obiezioni di carattere morale?

— Lei non ne ha parlato. Forse per lo stesso motivo per cui ha tenuto segreta la sua identità. Poteva trattarsi di un banchiere importante, chissà, anche se di solito i banchieri sono più generosi con i regali. Yakuv sospettava che fosse un vedovo i cui figli avrebbero disapprovato una giovane attrice, chi può dirlo.

— Da parte di Rivke c'è stata una risposta al messaggio del pomeriggio?

— Ci deve essere stata. Più tardi, come ho detto alla polizia, aveva fretta di raggiungere l'ufficio del telegrafo, e ha fatto anche una telefonata. A chi, vai a saperlo. Vedendo quanto ero preoccupata, quando ci siamo lasciate Rivke mi ha assicurato che sarebbe andata dritta a casa, e a letto, per farsi passare il mal di testa. Quindi mi sono messa il cuore in pace. Il signore che ho incontrato era un tesoro, e, per farla breve, sono rincasata il mattino dopo. Rivke e io abitiamo insieme sulla Petersburgergasse. La mattina del 15, la donna delle pulizie mi ha rimproverata perché passavo dove stava pulendo, ed è da lei che ho saputo che Rivke era arrivata a casa sana e salva, alle sette e trenta circa della sera prima.

— Da sola?

— Da sola. Ma perché non era arrivata prima del tramonto, come previsto? C'è di peggio, dottore. Alle nove e mezza di sera, quando la donna delle pulizie ha portato di sopra l'acqua calda e ha bussato, nessuno ha risposto. Poi sua figlia – quella della donna delle pulizie – le ha detto di aver sentito *Fräulein* Ostropolier uscire di nuovo, pochi minuti prima delle nove. Per dire la verità, il resto della compagnia non ha iniziato a preoccuparsi prima di domenica pomeriggio, quando non si è presentata alle prove dopo il *sabbath.*

— Parliamo quindi della sera del 15 agosto.

— Giusto. — Vera si soffiò il naso. Quando ripiegò scrupolosamente il fazzoletto di Meisl e fece il gesto di restituirglielo, il medico la invitò a tenerlo. — Grazie. A quel punto mi sono offerta di andare alla stazione di polizia più vicina per esporre le nostre preoccupazioni. Mi hanno detto che quella mattina un vetturino, parcheggiato accanto al monumento di Radetzky, proprio lì sopra aveva notato una scarpetta rosa da donna. Il resto lo sa. I gendarmi non l'hanno detto apertamente, ma io ho intuito i loro sospetti con tanta chiarezza da svenire, e hanno dovuto darmi i sali.

— Gli omicidi di Marienbad?

Il fazzoletto tornò nuovamente utile. — Ero lì quando quelle poverette sono state razziate come galline. Stavamo mettendo in scena *Catena dorata* di Peretz in un teatro del luogo, così avevo preso una stanza sopra la pasticceria Reismann, e ho sentito tutto. Perché? Perché fra i clienti abituali del negozio c'era *Frau* Halbmayr. Forse ricorda che la prima vittima era una cameriera del nuovo *Caffè Klinger* di *Herr* Halbmayr. La signora ci ha raccontato di come il cappello buono della povera ragazza (è scomparsa mentre andava in chiesa, *oy a broch!*) sia stato ritrovato alla fonte di Lesni Pramen, su una roccia del torrente presso la loggia a forma di tempietto. Nel cappello c'era una striscia di carta... ma, come sa, nessuno ci capì nulla. Solo più tardi hanno compreso che il mostro stava lasciando degli indizi lungo la via. Non voglio nemmeno pensare al luogo e allo stato in cui l'hanno trovata alla fine, dottore!

— Conosceva di persona qualcuna delle vittime?

— No, ma ricordo che le altre due lavoravano all'albergo *Delfino* e in un altro caffè. L'*Alm,* mi pare. Yakuv... hanno detto che Yakuv conosceva la cameriera del *Klinger*.

— Una ragazza ebrea, Fanny Liebscher.

Vera si premette la stoffa sulle labbra, gli occhi sgranati. — Quindi lei crede...

Meisl non voleva parlare del fratello di Rivke in quel momento. — Che siamo impegnati in una corsa contro il tempo come a Marienbad? — replicò. — Può darsi. A ogni modo, a meno che lei non abbia altra scorta, lasci che la riaccompagni a casa.

La Petersburgergasse era a soli tre isolati di distanza. Nel giro di pochi minuti il dottore lasciò Vera Mann al suo modesto portone, sotto gli occhi guardinghi della donna delle pulizie che faceva anche da portinaia.

— Se le dovesse venire in mente di aver visto la pipa che le ho mostrato, e dove, mi telefoni: ecco il mio biglietto da visita.

La luna non era ancora sorta. Quando Meisl imboccò la strada dove abitava, dalle chiese dello Spirito Santo e di Sant'Agnese, guardiane del ghetto scomparso, le nove risuonarono nel cielo ingiallito dai lampioni. A casa lo attendeva la cena, e la sua governante, già di cattivo umore perché lui non si era ancora deciso a sostituire il vecchio servizio di piatti, si sarebbe innervosita per il ritardo. Era quanto di più vicino a una famiglia avesse a Praga, dunque si affrettò per non fare aspettare *Frau* Platzer.

A quell'ora, da una stradina laterale o dall'altra spuntava regolarmente un giovane vicino che usciva per una passeggiata solitaria. Lo incontrò anche quella sera, e quando le loro strade si incrociarono, si salutarono levandosi il cappello.

— Ha finito il trasloco, *Herr* Kafka?

— Già da due settimane, dottor Meisl.

— La Bilekgasse è meglio, quanto a rumori?

— Peggio.

— Mi dispiace per lei. Be', almeno per il momento ci viene risparmiato il fracasso dell'artiglieria.

La lunga sagoma di Kafka si affrettò in direzione della via Hybernska. — Non mi ricordi i combattenti e la loro stupidità. Auguro il peggio a tutti loro.

Nei pressi di Velkà Bitesh (Grosse Bittesch),
Moravia meridionale,
lunedì 17 agosto

L'incrocio era l'unico tratto riconoscibile nell'erba alta, e solo perché un cartello di legno affiorava a indicarne la presenza. Il sole di mezzogiorno gettava ombre avare sui cespugli radi; corte ombre blu avanzavano sotto i cavalleggeri, nella polvere. Karel Heida precedeva la pattuglia con l'agio di una giovinezza trascorsa in sella e la sicurezza di chi sa che prima o poi – meglio prima che poi – guiderà una carica contro il nemico. Per il momento, con la Serbia e la Galizia già in fiamme, si trattava ancora di esercitarsi, pattugliare, "prepararsi alla dannata mischia", come il colonnello Trott aveva iniziato a chiamare la guerra. L'ordine di marciare contro la Russia si faceva ancora attendere. Alla chiesa di Santa Croce, ad Auspitz, dove si era trovato per la festa dell'Assunta il sabato precedente, aveva pregato la Vergine Maria di accelerare le cose: richiesta blasfema e non poco scriteriata, con il senno di poi.

Fervore a parte, il caldo aveva portato un intorpidimento che assediava lui quanto tutti gli altri. Cavalcavano sotto il sole estivo dalle quattro del mattino, senza scorte d'acqua a disposizione al di là di quelle che riuscivano a trovare agli abbeveratoi, nei pozzi o nei canali d'irrigazione lungo la via – "Perché una volta che siete in marcia", aveva ringhiato Trott, "non dovete dipendere dalle quantità di liquidi che voi figli di mamma avete nelle borracce". E se invece dei rovi e dei cartelli ci fossero stati cecchini nemici? Il pensiero fu come una spugna sulla sua stanchezza, e Heida rimase ritto in sella lanciando un'occhiata critica agli uomini alle sue spalle. I loro volti erano bianchi di polvere e di spossatezza sotto i berretti da campo senza visiera. Anche la leggera *czapka* ricoperta di stoffa cominciava a pesargli sul capo.

Solo il sergente Mourek manteneva la postura di chi con un pacchetto di trinciato in tasca potrebbe cavalcare fino alla fine del mondo. Ma nemmeno Mourek, che fra di loro era quello con più esperienza, e neanche l'ultrasessantenne colonnello Trott, erano mai stati in guerra. Quelle considerazioni a Karel Heida facevano una certa impressione. L'ultimo vero conflitto, contro gli attuali alleati prussiani, risaliva a cinquantotto anni prima, quando il suo nonno materno, più o meno all'età che lui aveva oggi, e appena diventato padre, era caduto sotto le raffiche dei fucili ad ago. I russi, invece, avevano combattuto una guerra appena dieci anni prima (perdendola); per non parlare dei bulgari, dei greci e dei serbi, che avevano posato le armi solo pochi mesi addietro, dopo aver sconfitto i turchi. Solo un pugno di generali, e naturalmente l'eterna Sua Maestà Imperiale Francesco Giuseppe, ricordavano i veri conflitti. La maggior parte di loro, dunque, doveva temprarsi in vista della battaglia, senza curarsi della fatica e della temperatura.

Dietro di lui, finalmente Mourek mormorò, nel suo tedesco della *Kleinseite* in cui un cavaliere diventava *gavaliere* ma un governo era un *coverno*: — Posso rispettosamente suggerire al tenente che sarebbe auspicabile permettere agli uomini di fare una sosta? — Il che significava, a giudicare dal rapido moto dei suoi occhietti giallastri verso la truppa alle sue spalle: *Faremmo meglio a fermarci prima che caschino tutti di sella.*

— Sì, naturalmente.

Lo scambio telefonico della sera prima sembrava a mondi di distanza, così come il grugnito con cui il colonnello gli aveva dato il permesso di convocare Meisl al Quartier generale. — Solo perché le autorità civili sono anche peggio di un ebreo ficcanaso, Heida! — Aveva spedito immediatamente un telegramma a Praga, e si aspettava una risposta dal medico il giorno seguente. Su ordine di Mourek, gli uomini rallentarono fino a fermarsi. Subito gli ulani smontarono di sella, legarono fiaccamente i cavalli agli arbusti o li condussero verso i ciuffi d'erba ancora verde.

In quel punto il paesaggio ondulato si apriva in una distesa di prati e di vigne. I graticci, vide Heida con il binocolo, erano appesantiti dai grappoli che iniziavano appena a cambiare colore. Se spostava le lenti a destra, le colline apparivano disseminate di boschi e affioramenti di granito; oltre, i tetti di Velkà Bitesh vibravano nel caldo meridiano. Più vicino, passato il letto in secca di un torrente, si scorgeva una fattoria abbandonata o un granaio, di quelli che in guerra ospitano mitragliatrici pronte a spazzare la strada. *Quali ordini darei, in quel caso? Quanto coraggio riuscirei a dimostrare sei i miei soldati fossero falciati via?*

Solo il suono degli insetti riempiva l'aria pacifica. Gli uomini anelavano a ogni chiazza d'ombra; anche un misero ponticello di pietra sul torrente prometteva sollievo. Per dare il buon esempio, Heida aveva economizzato l'acqua della sua borraccia fino a sentirsi riarso, e a quel punto sorbì il tiepido liquido in sorsi brevi e appaganti. Mourek stava facendo lo stesso, accovacciato sulla riva polverosa del greto del torrente.

— Ci sono un paio di pozze sotto il ponte! — gridò un soldato.

— Sembra pulita?

— Sembra pulita, sergente.

— Allora abbeverate i cavalli

Oltre le colline boscose, se Heida prestava attenzione, un orlo di un bianco accecante, minuto come un'unghia in prospettiva, sembrava sorgere alla vista, svanire e riemergere lentamente. Poteva essere una nuvoletta gonfia nell'enorme cielo azzurro, oppure una prima avvisaglia di temporale. Si avviò verso il greto per dirlo al sergente, quando lo stesso Mourek si voltò verso di lui e, restando acquattato, se ne uscì con uno spontaneo — *Pane obrlajtnant!* — per poi correggersi immediatamente: — Tenente conte von Heida, guardi lì.

Sdrucciolando sulla convulsa distesa di sassi e ciottoli che formavano il letto del ruscello, il sergente si alzò per indicare la chiazza ai suoi piedi appena l'ufficiale l'ebbe raggiunto.

— Che c'è, Mourek?

— C'è parecchio sangue secco qui. — Con lo stivale, atteggiando indifferenza in modo che i suoi uomini non se ne accorgessero e prendessero a fare domande, Mourek indicò le croste scure.

— D'accordo, le vedo. Cosa ne pensa?

— Non saprei. Potrebbe essere di un animale ferito, signore. Non ci sono altre tracce in giro. Ma è parecchio sangue, eh?

Heida smosse i ciottoli con il tacco. Erano a oltre duecento chilometri da Praga, lontani da qualunque città, in una diversa provincia. Si disse che la sola ragione per la quale stava lontanamente pensando a Rivke Ostropolier, la ragazza rapita, era che ce l'aveva in mente. — Sì, con ogni probabilità si tratta di un animale — decretò. Attese, deluso dalla nuvola che era di nuovo scomparsa dall'orizzonte, finché a giudizio di Mourek gli uomini e i cavalli non si furono ripresi a sufficienza. Allora ordinò di riprendere la marcia.

Praga

Nel cuore della notte, rigirandosi nel letto, Meisl aveva continuato la sua immaginaria passeggiata per Praga in cerca degli indizi rimanenti. Il mattino avrebbe già potuto essere troppo tardi, si ripeteva come un ritornello nel sonno agitato, vagando da una caserma all'altra, fino al deposito di esplosivi a Vyshehrad, e oltre, al poligono di Motol, e così via. All'alba – mentre Karel Heida montava in sella alla testa dei suoi uomini – lui giaceva a letto con gli occhi ancora chiusi, a rimuginare. Nella sua mente aveva fatto un lunghissimo viaggio tutto intorno alla città, ed esaurito ogni luogo in cui avrebbero potuto essere immagazzinate munizioni, insieme all'indizio successivo per la salvezza di Rivke.

Una folata di caffè preparato dalla governante in cucina lo obbligò a mettere fine al suo vagabondaggio incerto. Da Zhizhkov, idealmente, stava tornando alla Città Vecchia, osservando le insegne dei negozi e le targhe delle strade a destra e a sinistra, i circoli di tiro al bersaglio e le botteghe di articoli per cacciatori, e per quando fosse mentalmente arrivato sotto l'antica porta sulla Hybernska, il caffè sarebbe stato servito. Come Kafka la sera prima, Meisl pensò di aprire gli occhi mentre il suo doppio addormentato camminava lungo la Hybernska e oltre *Prasna Brana*, l'antica santabarbara della città.

Il nome lo fece trasalire, consegnandolo a una piena veglia. Hybernska, *Prasna Brana*... L'indizio gli era fluttuato di fronte molte ore prima, e lui non lo aveva riconosciuto: la torre gotica scurita dal tempo, la *Pulverturm* in tedesco, la Torre delle Polveri!

Buttò giù in un solo sorso il caffè che la governante gli servì in una tazzina significativamente priva di manico, e uscì.

La libreria *Andre* era ancora chiusa quando Meisl la oltrepassò di buon passo, e i marciapiedi del *Graben* quasi vuoti quando giunse all'incrocio. Con i suoi ornamenti anneriti di fumo, la *Pulverturm* era larga abbastanza da essere attraversata dai binari del tram; ma essendo ormai da tempo svanite le mura che la affiancavano, su entrambi i lati una serie di passaggi stretti consentiva ai pedoni di evitare il traffico che scorreva avanti e indietro. Nella foschia mattutina, la sommità della torre aveva confini vaghi, e solo gli angeli dorati agli angoli brillavano nell'aria.

Proprio in quel momento uno spazzino si stava chinando per raccogliere qualcosa dalla strada. Bofonchiando fra sé e sé, sollevò la giarrettiera ad altezza d'occhio. — Queste donnacce non hanno altri posti dove battere? — fece disgustato ad alta voce, mentre Meisl prendeva al volo la giarrettiera giallo canarino prima che finisse nel secchio del pattume. Il suo aspetto distinto impedì allo spazzino di esprimere ulteriori commenti. Si limitò a sputarsi alle spalle e continuare a pulire.

La giarrettiera era arrotolata su se stessa. La banda elastica creava un anello stretto in cui, osservò Meisl, era infilata una comune carta da gioco. Logorata dall'uso ma priva di segni particolari, rappresentava la figura del giullare, altrimenti detto *Jolly, Matador* o *Bagatto*, a seconda dei luoghi e dei giochi.

Sale da gioco, casinò, circoli di bridge, giochi di parole con i nomi delle figure delle carte – cosa significava il Jolly? Alla mente di Meisl bussarono naturalmente le città di villeggiatura come Karlsbad e Marienbad, con i loro rinomati tavoli verdi. Il messaggio era legato al centro termale in cui due anni prima avevano avuto luogo gli omicidi? Tutti gli altri indizi, però, conducevano a luoghi di Praga, proprio come ognuno di quelli trovati nel 1912 portavano a Marienbad e ai suoi immediati dintorni. Continuando a studiare la carta riprese la strada di casa, dove una seconda tazza di caffè lo preparò alla giornata. Prima di aprire lo studio, Meisl aveva già informato la polizia della sua ultima scoperta, acquistato un biglietto del treno per Auspitz via Beneschau-Iglau e confermato per telegrafo al

Comando di Heida che, salvo imprevisti, sarebbe arrivato in serata.

Fino a mezzogiorno la sua attenzione fu equamente distribuita fra i pazienti e un'intensa ricerca negli intervalli fra gli appuntamenti. Compulsò l'annuario commerciale di Praga (c'era un *Ristorante Spagnolo Matador* nella Città Nuova, ma nessuno rispondeva al telefono, e una modisteria a Mala Strana, *Bagatelle*, le cui proprietarie dall'altra parte del filo gli assicurarono che si trattava di "un posticino al secondo piano, molto distinto e riservato..."); dopodiché mandò a chiamare il giovane collega dell'ospedale di Santa Elisabetta che occasionalmente lo sostituiva nei pomeriggi meno impegnativi.

Stava chiudendo l'austera porta del suo studio, quando un sordo rumore di passi sulle scale lo obbligò a voltarsi. Solo i poliziotti potevano ignorare gli ascensori allo scopo di farsi sentire con il proprio incedere autoritario; e in effetti si trattava dello stesso gendarme che aveva interrogato Vera Mann. Si fermò sul pianerottolo, con le penne di gallo cedrone sul berretto che, vibrando, tradivano un fiatone silenzioso. L'avevano mandato dal Quartier generale, disse, per dare una mano. Meisl avrebbe voluto rispondere che era una decisione tardiva da parte della polizia. Invece condivise con garbo il suo progetto di dare un'occhiata al ristorante spagnolo e sfruttare l'ora del pranzo per decifrare il significato della carta da gioco.

Il gendarme – aveva un impronunciabile nome ungherese – chiese quale fosse il nome del ristorante, poi scosse la fronte pennuta. — Quello *era* il *Matador*, *Herr Doktor.* Ora ha una nuova insegna, nuovi proprietari e un nuovo nome, *Tivoli*. Niente a che fare con le carte, no? — Proseguì spiegando che in questo caso Tivoli non si riferiva al parco di Vienna ma a una cittadina vicino a Roma, poiché i nuovi gestori erano italiani. — Ho fatto il servizio di leva in Italia, quindi ho imparato ad apprezzare il cibo di laggiù. Appena il *Tivoli* apre, ho intenzione di provarlo.

— D'accordo, buon per lei.

Rientrato nello studio, Meisl allineò sul tavolo della sala d'aspetto il guanto e la giarrettiera gialli, il colletto di pizzo e la carta da gioco accanto alla scarpetta rosa. Uno a uno, senza commenti, il gendarme prese in mano gli oggetti, li fissò, li annusò e atteggiò tutte le espressioni compunte di un *sommelier* intento a giudicare dei vini pregiati. — Ha! — Sollevò il jolly alla luce. — È come le carte che usavamo in caserma a Riva — osservò. — La *matta*, la chiamano laggiù. — E si picchiettò l'indice sulla tempia per indicare la follia.

La *matta?* Meisl fece un gesto imperioso per zittire il gendarme. Quando meno se lo aspettava, l'indizio e la soluzione del messaggio si avvicinarono a tutta velocità nella sua mente: la parola italiana e il fatto in apparenza estraneo che il suo sostituto sarebbe arrivato dall'ospedale di Santa Elisabetta, si stavano fondendo. In effetti l'ospedale amministrato dalle suore sulla Albert Straße era collegato al padiglione del manicomio regionale, proprio vicino alla stazione ferroviaria di Vyshehrad da cui presto sarebbe partito.

— Vale la pena di provare — comunicò all'incuriosito gendarme. Senza spiegare o aspettare un cenno d'assenso, fece strada giù dalle scale e verso la più vicina fermata dei tram.

Nei pressi di Velkà Bitesh (Grosse Bittesch),
Moravia meridionale

Il fetore di morte impauriva i cavalli e li fece rinculare a occhi sbarrati. Erano avanzati lungo il ponticello, dopo la sosta di pochi minuti prima, ma Heida e Mourek si scambiarono uno sguardo e diedero di nuovo l'alt. — Viene dal granaio laggiù — mormorò il sergente, e la pressione delle mani sulla sella indicò che stava per smontare.

— No, vado io. — Heida balzò a terra con l'agilità che i suoi compagni gli invidiavano.

Mourek strinse le redini del lipizzano dell'ufficiale, tenendo d'occhio i soldati, fermatisi dove era stato loro ordinato. — È un vitello morto, o qualcosa del genere — disse con un soffio di voce, attento comunque a non abbassare la guardia.

Un nugolo di mosche bluastre si levò come un vortice per poi posarsi di nuovo sul corpo esanime in un angolo del granaio, quando Heida aprì con uno strattone la porta già dischiusa. Spostandosi prontamente di lato, dovette coprirsi il volto con la mano guantata per reprimere la nausea, voltandosi in modo che i soldati non potessero scorgere la sua reazione di disgusto fisico al miasma. Il granaio non veniva usato da qualche stagione; ciocchi asciutti e rami interi erano accumulati in disordine, il pavimento di terra battuta era stato spazzato di tutto il grano e della paglia, e a completare il lavoro dei contadini erano stati topi e formiche. Da dove si trovava, Heida riusciva a capire che era il cadavere di un uomo; un contadino, sembrava, steso con le spalle alla porta. Gli sciami di mosche intorno alla testa – coperta con una giacca o un panciotto intrisi di sangue – probabilmente si stavano nutrendo di una ferita ben grave.

— Be', qualcuno gli ha dato una bella botta — commentò dietro di lui Mourek, smontato a sua volta. Anche il sergente dovette portarsi una mano al naso e alla bocca. Entrarono per dare un'occhiata più da vicino. Mourek afferrò un ramo dalla catasta e smosse il corpo, risvegliando una nuova spirale di mosche carnarie. Ci volle un altro passo per agganciare il braccio del cadavere e voltarlo di schiena. La giacca gli scivolò dal capo. — *Jezismarja!* — sfuggì al sergente alla vista degli insetti che brulicavano sul volto gonfio del morto. Accanto a Mourek, Heida tratteneva il respiro, chiedendosi quanti uomini avrebbe dovuto uccidere nei mesi a venire, abbandonandoli alla mercé delle mosche.

Velkà Bitesh era il paese più vicino. A esso conduceva la sterrata diritta, incrociata da un'altra ai piedi del ponticello a schiena d'asino. A malapena visibile sul suo terrapieno, verso nord correva un tratto della ferrovia proveniente da Praga, quegli stessi binari su cui dopo poco sarebbe passato Meisl per arrivare ad Auspitz. In piedi di fronte al granaio, Heida si guardò intorno esalando piccoli respiri, temendo che altrimenti avrebbe vomitato.

— Morto civile, niente da vedere. — Mourek era andato a informare i soldati con l'arida concisione del militare.

— Sergente, vado a Velkà Bitesh per avvertire le autorità e un medico, se ne trovo uno.

— Preferisce che me ne occupi io, signore?

— Resti con la truppa, Mourek. Che nessuno di voi tocchi niente.

A Heida ci volle più di un'ora per tornare. Su un calesse lo seguivano un gendarme e un uomo occhialuto con l'aria da rabbino, il medico del paese. Ai soldati fu permesso di stare all'ingresso del granaio mentre il poliziotto perquisiva gli abiti del morto. Non trovando documenti né denaro, decretò che fosse, nell'ordine: sconosciuto in quella zona, probabilmente un ambulante, e vittima di un'aggressione a scopo di rapina, "se non qualcuno che ha cercato di derubare il suo prossimo e ha avuto quel che si meritava". Il medico per il momento si limitò a confermare la causa della morte – un colpo violento alla parte posteriore del cranio, risultante in una frattura multipla e in una copiosa dispersione di materia cerebrale.

Quando la truppa stava per rimontare, dal paese arrivò una bara di pino. Si riempirono le borracce a un vicino abbeveratoio, si consumò un frugale pasto in sella, e gli ulani si apprestarono ad attraversare di nuovo i campi e i sentieri bianchi come polvere, considerato che erano attesi ad Auspitz al più tardi alle nove della sera.

Heida rimuginava sul macabro rinvenimento. Nessuna traccia di sangue portava dal granaio al torrente, e il gendarme non era certo che vi fosse un legame fra i due luoghi. D'altronde il passaggio di persone e veicoli, specialmente delle truppe a cavallo, doveva aver rimescolato il fondo della sterrata dal giorno - chissà quale - in cui l'uomo era morto. Le tracce, di conseguenza, erano andate perdute. Nei cinque minuti che gli ulani impiegarono per attraversare il fiume e arrivare alla curva successiva, il tenente si chiuse in un silenzio tanto impenetrabile che Mourek si sporse sulla sella per chiedergli se stava bene. Heida rispose di sì. Ma con la sola pressione delle ginocchia, sbrigativamente, stava facendo voltare il cavallo per tornare indietro. — Conduca gli uomini per un tratto, sergente. Vi raggiungerò fra un quarto d'ora.

Nel granaio la danza macabra delle mosche si era placata, il tanfo dissipato. Gli insetti affollavano ancora l'angolo in cui avevano trovato il cadavere, quando Heida si avvicinò per dare un'occhiata in giro. Il gendarme non aveva perso tempo a cercare l'arma del delitto: uno sguardo alla catasta di legno asciutto per verificare se qualche ramo era insanguinato, nonché al correggiato - il bastone usato per battere il grano - lo avevano convinto che era stata rimossa. Heida ripeté la procedura del poliziotto, incerto della ragione per cui si sentiva insoddisfatto. Cercando di non scomporre la catasta più di quanto non lo fosse già, prese il correggiato e lo conficcò a fondo dietro il legname, contro la parete del granaio. Niente. Ripetendo il gesto con maggior vigore perse l'equilibrio, si puntellò contro il bastone per riacquistarlo, e il movimento fece spostare alcuni tronchi. Il correggiato affondò in qualcosa di più cedevole, come stoffa.

I guanti del cavaliere si tuffarono. Rami e tronchi volarono. Quella cosa *era* stoffa, un tessuto verde scuro simile al raso, con puntini o fiorellini gialli stampati. Heida si sporse per estrarre un abito arrotolato da donna e una sottoveste di poco valore. Contro ogni buonsenso si sfilò il guanto destro per tastare in cerca di altri capi d'abbigliamento. Dapprima pensò di aver toccato un nastro di raso sfilacciato, magari un pezzo di cintura. Un unico lieve strappo gli riempì il pugno di lunghe ciocche di capelli femminili, corvini e lustri.

Praga

— Dottor Meisl, non avevo capito che ci fosse fretta. — Il giovane collega del Santa Elisabetta gli andò incontro di fronte all'ospedale. — Ero proprio sul punto di prendere il tram per venire al suo studio…

Meisl gli diede una pacca sul braccio. — Ecco le chiavi. — Gli fece cadere il portachiavi in mano. — Apra lei, amico mio, e si metta a suo agio. Il primo paziente non arriverà prima delle tre.

— Ma c'è qualche guaio, dottore? La polizia...

— Non si preoccupi, va tutto bene. Lo studio è suo fino a mercoledì sera.

L'edificio principale del manicomio si affacciava sulla Karlhofer Gasse. Quant'era più massiccio e deprimente quel luogo che sulle piantine di lingua tedesca veniva semplicemente indicato come *Irrenhaus*. Meisl aveva osservato impotente i pazienti agli ultimi stadi della sifilide finire negli spaventosi padiglioni dell'istituto; dei molti sgradevoli aspetti della sua carriera medica, la perdita della ragione per una malattia venerea era il peggiore.

Molto meno turbato dalla vista, il gendarme si informò: — Dove guardiamo? All'ingresso principale, dentro le mura, ho visto delle fioriere l'ultima volta che ho scortato qui un criminale.

— Dubito che chiunque abbia lasciato gli indizi possa entrare nel complesso, a qualunque ora del giorno.

— A meno che, dottore, non ce l'abbiano portato. In tal caso si troverebbe *dentro*.

Non era un'ipotesi inverosimile. Con il suo compagno della polizia, Meisl interrogò alienisti e infermieri, dai quali apprese che nessun internato era stato rimesso in libertà – o tantomeno era scomparso – durante l'ultimo mese. Sotto gli sguardi curiosi del personale, il medico e il gendarme perlustrarono l'area intorno al cancello prima di tornare per strada, dove si spostarono da un davanzale di finestra all'altro, da una grata metallica alla successiva. Un senso di urgenza li pungolava, specialmente Meisl, che in quel luogo avvertiva qualcosa di tetramente definitivo. Ignorò i perdigiorno che rallentavano il passo per osservarli, le domestiche con i cesti della spesa che si sussurravano all'orecchio. Un cane randagio, avvicinatosi al muro per orinare accanto a uno scolo, si allontanò con un ringhio mezzo spaventato e mezzo minaccioso.

— Il tubo dello scolo è tappato — disse il gendarme chinandosi per controllare. Fu Meisl ad agguantare la carta arrotolata che lo ostruiva.

— Cos'è, dottore? Buone o cattive notizie?

— Cattive, temo. Una pagina del programma di un concerto al Teatro Nazionale. Il ciclo sinfonico *Ma Vlast* di Smetana. — Meisl mostrò il foglio, su cui il titolo del *tema della Moldava* era sottolineato a matita. Al di sotto erano state incollate due parole ritagliate da un quotidiano: *Troppo tardi*. Quell'espressione era apparsa a caratteri cubitali sulle prime pagine per settimane: *Troppo tardi per la pace... Troppo tardi per la diplomazia... Troppo tardi per evitare la guerra...*

Il gendarme sembrò avvilito. — Dunque le cose stanno così. Vado al Quartier generale per chiedere di dragare il fiume. — La sua laconica resa all'evidenza fu tutto ciò che seppe offrire a Meisl, che dal canto suo si sentiva amaramente sconfitto. Gli ci vollero diversi minuti per farsi coraggio e cercare il più vicino ufficio del telegrafo. Scegliendo accuratamente le parole, mandò al Comando di Heida un messaggio che avrebbe potuto cambiare la posizione di Yakuv Ostropolier dentro e fuori il reggimento: *Si teme il peggio STOP. Sinistra caccia al tesoro per Praga conclusa STOP. Oggetto della fallita ricerca probabilmente nella Moldava STOP.*

Auspitz, Moravia meridionale,
hotel "Deutsches Haus", ore 21:10

— Il mio nome è Hendel Margulies, dello studio di progettazione *Margulies & Mayer*, a Praga da gennaio per lavorare al ponte Francesco Ferdinando. Posto che manteniate la debita riservatezza, potete usare come referenze i miei colleghi nel progetto, gli ingegneri Mencl e Novy, come anche l'architetto, *Herr* Mechislav Petru.

— Un altro dannato ebreo — brontolò Trott, a voce non così bassa perché Heida, due sedie più in là, non potesse sentirlo. Esauriti i preliminari, Margulies arrivò al nocciolo della questione. Era un marcantonio dal volto allegro, un prototipo di decoro borghese. Premise che, pur essendo "scapolo e libero da qualunque altro legame", aveva pur sempre un'anziana madre, il cui fragile cuore chiedeva rispettosamente ai signori ufficiali di preservare nel modo più ovvio, non citando il suo nome in relazione a quella faccenda.

— Vedremo — rispose brusco il colonnello. Avendo convocato quell'incontro fuori dal Quartier generale per evitare uno scandalo, era al limite della sua scarsa capacità di sopportazione dopo aver parlato, nei trenta minuti precedenti, con Meisl, appena arrivato da Praga, Heida, di ritorno dal pattugliamento, e quel civile, con la sua storia improbabile. — Esponga agli ufficiali il resoconto che mi ha appena accennato.

— È presto fatto, signore. Il giorno 14 agosto, *Fräulein* Ostropolier mi disse che sarebbe fuggita con me. Io ho sessantun anni, comprenderete quanto fosse lusinghiero pensare che una giovane della metà dei miei anni avrebbe lasciato ogni cosa per amor mio. È tutto quel che sapevo, tutto quel che volevo sapere. Non ho fatto domande.

— Si è chiesto quali fossero i suoi veri piani, considerato che non si era portata alcun bagaglio?

— Perché? Ringraziando l'Onnipotente posso ben permettermi di rinnovare il guardaroba di una donna, e con gli interessi! Ai miei occhi, *Fräulein* Ostropolier meritava di meglio delle sue scarpette dozzinali e di qualche abito comune.

— Quindi le ha dato un appuntamento serale di fronte alla stazione di Vyshehrad?

— Per le nove, esattamente. Lei era in ritardo di qualche minuto, ed è arrivata saltellando nelle sue scarpette. Oh, la gioia di scorgere la sua sagoma…

Trott lo interruppe in modo non troppo amichevole. — D'accordo, d'accordo, si è presentata. E poi?

— Poi, in auto – oh, sì, ne posseggo una tutta mia – l'ho portata fuori Praga. Ho i documenti e i lasciapassare grazie ai numerosi contratti che legano la mia azienda a voi dell'esercito, quindi non

abbiamo fatto fatica a prendere la via di Modrany verso Iglau. Ho affittato un villino estivo nei pressi della città, sul fiume Oslowa, che in quei momenti di incanto ho immaginato come un nido d'amore...
— (*Coglione d'un civile!* sputò Rozhmberk sottovoce). — Quando abbiamo raggiunto il bivio, a Velkà Bitesh, *Fräulein* Ostropolier mi ha chiesto di fermarmi. Fino a quel momento era stata molto cara con me – lor signori potranno capire l'ebbrezza di un viaggio notturno con una donna focosa – ma all'improvviso è sembrata tesa, inquieta. Nel paio di chilometri precedenti si era fatta progressivamente silenziosa. Le sue mani...

— Egregio signore, non potrebbe saltare i dettagli e arrivare al punto? — grugnì Rozhmberk.

Margulies lanciò un'occhiata in direzione del capitano, deciso a ignorare la sua lamentela. — Le sue mani si sono raccolte intorno alla gola, come se avesse paura, e riuscivo a percepire il suo petto che si sollevava. Nulla intorno alla macchina, o nei campi bui ai lati della strada, suggeriva alcuna sorta di pericolo. Rassicurato, ho presunto che... be', che fosse stata presa dalla passione, e che avremmo potuto coronare il nostro idillio. Sono un uomo perbene, signori, ma sfido chiunque di loro a formulare altri pensieri quando una bella ragazza si solleva la gonna per sfilarsi le calze. Lei... lei mi aveva fatto aspettare tutta l'estate... niente più di un bacetto sulla guancia di tanto in tanto. E ora...

— Abbiamo sentito abbastanza! — tuonò Rozhmberk, ma Trott gli rivolse uno sguardo che avrebbe gelato un lago del sud. Heida ruppe la punta della matita quando la stessa occhiataccia lo investì come una tempesta polare.

— A ogni modo, signori, è successo tutto troppo in fretta perché potessi rendermene conto. *Fräulein* Ostropolier mi ha fatto toccare il Cielo – perdonate la blasfemia, ma il Cielo è quel che ho toccato con lei in grembo. Un cielo sfolgorante, tanto intenso che dopo sono rimasto con i sensi obnubilati. — Heida teneva gli occhi bassi. *Sì, sì,* pensava, *è proprio così che ci si sente.* Salvo che per Heida quell'intervallo di stordimento non era che il preludio ad altro Cielo. Non così per Margulies, che, come andava spiegando, una volta ripresa coscienza di quel che lo circondava aveva scoperto che la sua affascinante compagna era scesa dall'automobile. Per discrezione aveva atteso, immaginando che "questioni private di natura femminile" l'avessero attirata verso il margine cespuglioso della strada.

— Ho aspettato fino all'alba — proseguì, tamponandosi la fronte con un fazzoletto così inamidato da sembrare una fetta di *matzoh*. — Non chiedetemi perché non sono sceso dall'auto per chiamarla. Mi vergognavo per aver infranto il *sabbath,* e in quella maniera. Sono rimasto seduto, paralizzato dallo stupore. Ho dormito un po', forse. Alle prime luci dell'alba mi sono accorto che al crocevia, fra gli arbusti in mezzo ai quali avevo perso di vista *Fräulein* Ostropolier, dei mozziconi di sigaretta e delle impronte chiodate indicavano che un uomo era rimasto lì in attesa per parecchio tempo.

— Aspettava la ragazza?

— Col senno di poi, è probabile — sospirò Margulies. — Si figurino, invece di sospettare un incidente o un crimine, mi sono fatto consumare dalla rabbia e dalla gelosia. Ora mi spaventa il pensiero che qualche atroce misfatto possa essermi attribuito; un'eventualità che ucciderebbe la mia anziana madre, senza parlare della rovina della mia carriera.

— E perché è venuto proprio qui? — Rozhmberk intervenne con l'ovvia autorità del suo comando diretto sul fratello di Rivke, e il meno ovvio (ma altrettanto noto) interesse nelle interpreti femminili di ogni tipo. — Perché non è andato alla polizia?

— *Fräulein* Ostropolier ha accennato a questo reggimento in quanto unità di suo fratello. La mia residenza estiva non è lontana da qui, quindi ho pensato di chiedere del suo parente, in caso sapesse dove si trovava la ragazza... Lascio a voi immaginare come mi sono sentito quando il colonnello conte Trott mi ha informato dei fatti. Rapimento, forse omicidio! Non ci sarebbe modo di fermare i pettegolezzi se il mio nome fosse citato in relazione a simili atrocità.

Trott tirò fuori un sigaro, senza accenderlo. Si voltò verso Meisl, che fino a quel momento era rimasto seduto a braccia conserte, senza dare segni specifici di una qualunque opinione. — D'accordo, dottore. Cosa pensa di tutto questo?

Meisl fece scorrere lo sguardo intorno al tavolo, sui volti degli uomini. Paffuto e di mezza età, Trott sembrava a disagio nella sua divisa azzurro acceso; accanto a lui, il capitano Rozhmberk era il ritratto dell'impazienza, mentre Heida, arrossato per la cavalcata sotto il sole, aveva un aspetto di giovanile apprensione. Quanto a Margulies, alla sua sinistra, non staccava la fronte dal fazzoletto inamidato.

— Devo iniziare con il resoconto del mio viaggio in treno da Praga, signori, premettendo che ho lasciato la città alle tre di questo pomeriggio, nello stato d'animo dettato dal misero fallimento della mia ricerca di indizi sulla scomparsa di *Fräulein* Ostropolier. Un telegramma ricevuto dal tenente conte Heida, qui, mi ha reso ancor più pensieroso. Malgrado i vagoni di prima classe – per tacere di quelli di seconda e terza – fossero pieni, non ho parlato con nessuno fino all'arrivo a Deutschbrod. Durante la breve sosta lì, però, sono incappato in un rabbino di campagna a corto di contanti…

— Dottor Meisl, cosa c'entra tutto questo? — protestò Rozhmberk, ma Trott lo zittì con un'occhiata.

— Il rabbino — continuò Meisl — aveva denaro solo per un biglietto di terza classe, così gli ho prestato la cortesia di tenergli l'ultimo posto a sedere disponibile nel mio vagone. Rabbi Altshul – un "parente povero dei negozianti accanto alla chiesa di Tyn, a Praga", come ha modestamente specificato – viene da Polnà, dove stava tornando dopo un viaggio a Deutschbrod. Nel tratto da Deutschbrod a Iglau, nella sua loquacità contadina mi ha informato di aver pregato con le reclute e i volontari ebrei, alcuni del suo villaggio, altri momentaneamente di stanza ad Auspitz. L'accenno al vostro Quartier generale mi ha incuriosito, così ho rivolto ad Altshul qualche domanda. Il rabbino mi ha risposto di essere soddisfatto della visita ai soldati, essendo riuscito a dare la sua benedizione a tutti tranne uno, "uno dei fratelli Karpel", come ha voluto precisare.

Trott e Rozhmberk, e anche Heida, si scambiarono rapidi sguardi.

— "Naphtali Karpel?" gli ho chiesto. Altshul ha annuito: "Precisamente. Lo conosce?". No, ho ammesso. Ma ho aggiunto che, per quanto ne sapevo, il soldato Karpel aveva fatto rapporto a quest'unità due giorni prima.

Rozhmberk lo interruppe. — Certo che l'ha fatto.

— Non ci capisco nulla — disse invece Margulies.

Meisl sollevò la mano per invitare al silenzio. — La risposta di Altshul è stata: "Ho circonciso Naphtali Karpel, stimato dottore; ho seguito il *bar-mitzvah* di Naphtali Karpel; ho visto Naphtali Karpel partire quando ha lasciato Polnà. Se Naphtali Karpel fosse stato con la sua unità, l'avrei riconosciuto da lontano". Immaginate la mia sorpresa. La mia prima intenzione è stata smontare a Iglau il tempo necessario per mandare un telegramma al tenente conte Heida, il cui testo ho buttato giù e porto ancora in tasca: *Avverta i suoi comandanti STOP. Forse indaghiamo su due crimini non uno STOP. Necessario scoprire cosa è successo fra Karpel e Ostropolier durante il viaggio ad Auspitz STOP. Sto per arrivare STOP.* Ma un dettaglio contenuto nel messaggio che il tenente stesso aveva telegrafato prima della mia partenza da Praga, mi ha impedito di compiere un simile errore. In effetti, sommando quel dettaglio a quanto avevo appena appreso da Rabbi Altshul, sono giunto a una conclusione diversa. E, come sentirete, lo stesso vale per il tenente conte Heida.

Heida diede un'occhiata a Trott, che gli accordò il permesso di parlare con un cenno del bilioso capo da tricheco. Riferì alcuni dettagli riguardo al cadavere scoperto a mezzogiorno durante il pattugliamento, della sua deviazione a Velkà Bilesh in cerca di un medico e di un gendarme, e della sua seconda visita al granaio abbandonato. — Dietro la catasta di legno, è stato allora che ho scoperto un abito da donna, che il dottor Meisl – più informato sul caso di chiunque di noi qui – ha riconosciuto come quello indossato da *Fräulein* Ostropolier la sua ultima notte a Praga. Le scarpe, le calze e gli indumenti innominabili mancavano, ma dopo un po' ho trovato anche quelli, dietro una trave nello stesso granaio. Quanto ai lunghi boccoli neri, che sembrano corrispondere a quelli di *Fräulein* Ostropolier...

Trott tagliò corto. Si voltò verso la porta, dietro alla quale Mourek stava di guardia. — Sergente, faccia entrare l'accusato!

E fu così che Rivke Ostropolier fece il suo ingresso nella stanza.

Con un'espressione enigmatica in volto, *Fräulein* Ostropolier non guardò nessuno in particolare. Rozhmberk e Margulies furono così sorpresi da balzare in piedi. Quanto a Heida, avendola vista una volta a Praga, con i capelli sciolti e sotto una buona dose di trucco teatrale, dovette ammettere che non avrebbe mai riconosciuto la cantante in quell'uniforme sformata e goffa. Si consolò, comunque, pensando che non ci si aspetta che gli uomini si osservino intensamente gli uni con gli altri, e ancor meno che gli ufficiali guardino le reclute, se non per far abbassare loro lo sguardo.

Il colonnello Trott superò burberamente la sorpresa dei presenti dicendo: — Mi auguro si renda conto del catastrofico guaio in cui si è cacciata, *Fräulein* Ostropolier!

Rivke evitò di guardarlo negli occhi. I capelli corti la rendevano insignificante, difficile da decifrare se non nella sua vaga stanchezza. — Questa è l'ultima cosa di cui mi preoccupo, visto che non sono stata capace di soccorrere mio fratello. Francamente, *Herr Oberst Graf* von Trott, sento di meritare la massima punizione prevista dalla legge, poiché ho fallito.

— È tutto quello che ha da dire?

— Sì. Solo che ho preso il posto di Naphtali Karpel. Non caverete altro da queste labbra, colonnello.

Era un po' melodrammatico, anche per una sorella amorosa. Heida colse il tono da palcoscenico, e si convinse all'improvviso che Rivke era sostanzialmente sicura di passarla liscia, malgrado tutto. Il capitano Rozhmberk, accanto a lui, era insolitamente taciturno. E voltandosi appena, il tanto necessario per osservarlo con la coda dell'occhio, Heida si accorse che il suo collega – di nascosto da Trott – le stava lanciando piccoli segnali con le labbra e con il mento, corrugandoli e sollevandoli come un coniglio. Rozhmberk aveva ottime relazioni in alto loco. Sua madre era una von Krobatin, e se il legame diretto di sangue con il Ministro della Guerra non era acqua, in qualche modo le cose si sarebbero risolte per la coraggiosa cantante. Il soldato Karpel, però, mancava ancora all'appello, e Yakuv Ostropolier avrebbe dovuto rispondere di quel che era successo sulla strada da Iglau.

Margulies trattenne le lacrime e mormorò parole sconnesse nel fazzoletto, mentre Rivke veniva nuovamente scortata fuori. Heida aveva ancora gli occhi sulla porta, quando la voce di Trott lo fece sobbalzare. — Tenente! Non mi ascolta? Le ho detto di finire il suo resoconto.

— Sissignore. — Il giovane annuì prontamente. — Chiedo venia. Ho scoperto solo stasera, quando il dottor Meisl me l'ha detto entrando in questa stanza, che i vestiti nel granaio appartenevano a *Fräulein* Ostropolier. Ma avevo già notato che le lunghe ciocche nere erano state *tagliate,* non strappate, e che i vestiti e la biancheria non erano né insanguinati, né stracciati.

— Prima che partissi da Praga — intervenne Meisl — il tenente conte Heida mi aveva telegrafato del cadavere maschile e degli abiti femminili ritrovati a Velkà Bitesh, quindi al principio ho immaginato che qualcuno – Yakuv o altri – avesse ucciso sia *Fräulein* Ostropolier, sia un uomo a noi ignoto. L'assenza del corpo della cantante e il dettaglio dei capelli tagliati mi hanno confuso, comunque, finché il rabbino sul treno mi ha raccontato che il soldato Karpel, inspiegabilmente, non si era presentato per la benedizione. Perché mai, visto che Altshul l'ha descritto come un ebreo devoto?

Incoraggiato da Trott a non lasciare che fosse un civile a tenere banco, Heida prese la parola. — Nel frattempo, io avevo appreso dal medico di Velkà Bitesh che il morto era circonciso. Naturalmente ci sono musulmani nell'Impero austro-ungarico, e fra le reclute dell'esercito di Sua Maestà Imperialregia, ma in Moravia era molto più probabile che il corpo appartenesse a un ebreo. Chi potesse essere, non c'era modo di saperlo; ma quando il dottor Meisl e io abbiamo confrontato gli appunti, al suo arrivo, il quadro si è fatto molto più chiaro. Per come stanno ora le cose, signori, è evidente che il soldato Yakuv Ostropolier è innocente della morte della sorella – che infatti è viva e vegeta – ma colpevole dell'omicidio di un suo commilitone volontario.

— Questa è un'enormità! — Rozhmberk serrò i pugni sul tavolo. — Se un uomo della mia truppa ha fatto una cosa del genere, lo impiccherò con le mie stesse mani!

Prima del secondo confronto, in serata, allo sbigottito Margulies fu permesso di andare nella sua stanza, con l'ordine di restare a disposizione del colonnello Trott. Sotto la scorta di Mourek, Rivke Ostropolier era stata riaccompagnata al Quartier generale, ancora in divisa e con la sua identità temporanea.

Quando entrò, il pallore cadaverico di Yakuv Ostropolier era eccessivo anche per un sospetto omicida e per un soldato di fronte a degli ufficiali e a un medico rinomato. La voce impostata fece fatica a superare il sussurro, mentre, senza incertezza, si assumeva l'intera responsabilità delle azioni della sorella. Lo stesso Trott, per quanto insensibile fosse, si rese conto che esercitare troppa pressione l'avrebbe ammutolito, quindi permise a Meisl di condurre l'interrogatorio in sua vece.

Quel che emerse, un brandello per volta, fu la storia di come Ostropolier aveva incontrato Karpel a Iglau, dove, dopo una visita medica al distretto militare, a entrambi era stato rilasciato il *Legitimationblatt*, il documento identificativo.

— Come voi signori sapete, i documenti nell'astuccio d'ottone non prevedono alcuna fotografia del titolare – un dettaglio che presto si è rivelato utile. Karpel e io abbiamo deciso di restare in civile per il viaggio da Iglau ad Auspitz, e di indossare le uniformi solo all'ultimo momento. Essendo un campagnolo, Karpel conosceva le scorciatoie a menadito, e anche le taverne dove bere a poco prezzo.

Abbiamo camminato per parte della strada, chiesto passaggi sui carri dei contadini per altra, e ovunque ci offrivano birra e vino, perché stavamo andando in guerra. Io non sono abituato all'alcol, come possono confermare i miei colleghi della compagnia teatrale, ma l'eccitazione della partenza come volontario, la *fuga* da mia sorella per arruolarmi, mi hanno dato alla testa. Quando Karpel e io siamo arrivati a una fattoria a nord di Velkà Bitesh – ho dimenticato il nome del proprietario, ma riconoscerei il posto, se necessario – era la sera del 13. Per usare le parole di Karpel, lì ci siamo davvero "ubriacati da buttare via".

Trott rimase seduto con il sigaro spento fra le labbra e il contegno cupo di un vulcano che ribolle. I suoi due ufficiali – diversi com'erano nell'aspetto e nel carattere – mantenevano il silenzio assorto dei ragazzini a scuola. Di fronte al pallore spaventoso di Ostropolier, Meisl si chiese quali sarebbero state le parole successive del soldato, senza peraltro aspettarsi alcuna consolazione da esse, qualunque fossero.

— Abbiamo iniziato a scherzare – credo che l'espressione corretta sia "scavallare" – mentre lasciavamo la fattoria nel buio pesto. Ridevamo, ci spintonavamo l'un l'altro, come idioti. Dicono che i bifolchi perdono il senso delle proporzioni quando si sentono provocati, ed è vero. Ammetto che mi ero messo a imitare il suo accento e le sue rozze espressioni contadine, ma le mie offese non sono andate oltre. Karpel mi spingeva, e io lo spingevo; lui mi schiaffeggiava, e io restituivo lo schiaffo. Non vedevamo niente tutto intorno, non ci siamo nemmeno resi conto di essere arrivati a un incrocio e a un ponte a schiena d'asino. Lì Karpel si è voltato di scatto e mi ha colpito al torace con un pugno. Stavamo ancora ridendo, ma eravamo sempre più arrabbiati l'uno con l'altro. Ho reagito con più violenza di quel che pensavo, e sono stato il primo a stupirmi quando Naphtali è sembrato volare via sotto la mia spinta. L'ho sentito cadere all'indietro, fra il rumore di pietre o mattoni che cedevano, e poi… o, Signore onnipotente, uno schianto secco, da qualche parte, di sotto. Mi ci è voluto qualche istante per smettere di ridere e mettermi a chiamarlo, convinto com'ero che mi stesse prendendo in giro. Poi mi sono mosso a tentoni e ho sentito la spalletta del ponte, crollata. Ho brancolato fino alla fine del ponte e fino alla riva, pensando che avrebbe dovuto esserci dell'acqua, e che Karpel non avrebbe dovuto fare quel rumore cascandoci dentro. Ma il torrente era in secca. Ho strisciato fino a raggiungerlo, lì disteso. Panico, panico assoluto... — (*Pezzo di merda,* sibilò Rozhmberk). — Ero troppo ubriaco persino per sentirmi in colpa. Tutto quel che sapevo è che ci avevano visto lasciare insieme Iglau, e non riuscivo a pensare nulla oltre al fatto che Karpel *doveva* presentarsi con me ad Auspitz entro due giorni. Quando è salita la luna, gli ho avvolto la testa nella giacca e l'ho trascinato fino a un granaio abbandonato al crocevia. All'alba ho trovato il coraggio di indossare l'uniforme (ho gettato gli abiti civili nei campi lungo la strada) e di coprire la breve distanza fino a Velkà Bitesh, da dove ho mandato un telegramma a mia sorella, a Praga, e ho atteso la risposta in preda all'angoscia.

— Cosa le ha scritto? — domandò Meisl.

— Senza essere specifico, che la mia situazione era tragica e disperata, e non sapevo come uscirne. Nel giro di tre ore, Rivke ha risposto che sarebbe venuta. Come, o con chi, non lo ha detto, e io non ho avuto animo di preoccuparmene. Contro ogni speranza le ho indicato il crocevia come possibile luogo d'incontro, e le ho dato un orario approssimativo. Se non fosse arrivata, signori, ero deciso a togliermi la vita piuttosto che affrontare l'accusa di omicidio.

Trott sputò sigaro e parole dalle labbra. — Cane impudente! Risparmiati i commenti e attieniti ai fatti!

— È arrivata la sera successiva. Non solo la mia Rivke si era garantita un passaggio: mi ha raggiunto al granaio, e quando ha appreso l'orrenda notizia, mi ha abbracciato con affetto, invece di urlare per il terrore alla vista del morto. Nel giro di un'ora abbiamo deciso che avrebbe preso il posto di Karpel finché il reggimento non si fosse mosso – di certo una questione di giorni – e poi avremmo finto che nella confusione Karpel avesse disertato, così che alla fine, con una scusa credibile per i capelli corti, lei potesse rispuntare da qualche parte.

— E la stupefacente messa in scena a Praga?

Ostropolier si voltò verso Heida, che, seduto in punta di sedia, aveva parlato con animazione. — Rivke è in gamba, tenente. Dopo aver letto il mio messaggio, un pomeriggio le è bastato per pianificare la sua scomparsa e inventarsi una copertura. I delitti irrisolti di Marienbad si sarebbero rivelati utilissimi come diversivo… dubito che mia sorella si aspettasse, però, che le autorità avrebbero colto così in fretta gli indizi che aveva disseminato qua e là per Praga.

— Non ne sarebbero mai venuti a capo, se non fosse stato per il dottor Meisl.

— Sono certo che sia come dice, signore. Il fatto è che Rivke si è tagliata le sue splendide chiome e ha indossato l'uniforme di Karpel. Insieme abbiamo chiesto un passaggio per Auspitz a un contadino, che non ha mai messo in discussione la sua identità di giovanotto. È ancor più brava di me a imitare gli accenti locali e a cambiare la voce. Oserei dire che se il tenente conte Heida non fosse passato per il crocevia quattro giorni dopo l'incidente, facendo le sue scoperte, nessuno se ne sarebbe accorto.

— Ciarlatani, tutti e due! — Trott tossì fuori le parole con rabbia.

— Perché? — obiettò Yakuv. — Rivke è una grande attrice, e una rappresentazione è una rappresentazione. Anche se è la rappresentazione di una morte.

Fu una concessione straordinaria da parte di Trott che a Meisl fosse permesso di raggiungerlo nel suo ufficio, più tardi, ufficialmente per brindare con Heida e Rozhmberk alla salute dell'Imperatore, il cui ottantaquattresimo compleanno sarebbe stato festeggiato l'indomani mattina.

Rozhmberk parlò con il naso nella coppa di champagne. — Come può essere che nessuno di noi si sia accorto che era una donna? Passi per lei, Heida, e per quei bambocci dei suoi colleghi.

Ma come ha potuto il resto di noi uomini di mondo — (Rozhmberk pensava in primo luogo a se stesso) — farsi abbindolare da una tale recita da due soldi? Le abbiamo addirittura parlato *a quattr'occhi!* Sono sconvolto.

— Sconvolto o no — ordinò Trott — terrà il silenzio sulla faccenda con gli altri ufficiali, e sarà mio compito soffocare lo scandalo prima che esca dal reggimento. *La rappresentazione di una morte!* Quel verme miserabile di Yakuv Ostropolier...

Meisl provava un tale divertimento per l'angoscia del comandante e del capitano che dovette lisciarsi i baffi per nascondere un sorriso. — Karpel era basso di statura, un po' forte di fianchi e di torace, con gli occhi grandi, senza barba. Me l'ha detto il rabbino Altshul; tutto quel che aveva sul volto era una leggera peluria sul labbro superiore. Ma questo vale anche per *Fräulein* Ostropolier – un dettaglio assai apprezzato da molti uomini. Nella sua carriera teatrale, Rivke ha interpretato più di una volta il ruolo del piccolo mendicante, o del figlio dell'avaro; sapeva dunque come fasciare le sue grazie generose per simulare un torace maschile, e l'assenza del corsetto ha consentito alle sue forme naturali di creare, per così dire, un contrasto non troppo stridente con quelle dei fianchi. Quanto ai cavalli, è un'amazzone provetta. In queste prime trafelate settimane di guerra, contava di essere in grado di nascondere ai suoi commilitoni, anche nella quotidianità, le naturali differenze... — La voce del medico, a quel punto, si abbassò educatamente, tanto che il tono baritonale di Trott – sonoro anche quando sussurrava – riverberò mentre diceva a Rozhmberk: — Però doveva pisciare e cagare lontano dagli altri, eh? — con tanta chiarezza che tutti si chiusero nel silenzio sgranando gli occhi, tranne il tenente Heida, che non poté trattenere una risata.

— I soldati parlano così — si giustificò Trott. — Perché non ci racconta della sua caccia ai falsi indizi a Praga, dottore?

— Non è che ci sia molto da dire in proposito, signor colonnello, eccetto che di primo acchito sono stato confuso dall'ordine insensato in cui si sono trovate le prove: piazza Radetzky al Quartiere

Piccolo, poi il *Rudolfinum* dall'altra parte del fiume; da lì, di nuovo nei giardini di Wallenstein al Quartiere Piccolo, poi ancora dall'altra parte del ponte, nella Città Vecchia, alla Torre delle Polveri, e da quel punto a sud, alla stazione di Vyshehrad. Uno zigzag che avrebbe preso una notevole quantità di tempo. In effetti, e credo che *Fräulein* Ostropolier lo confermerebbe, gli indizi sono stati distribuiti in maniera molto più logica, con una conseguente, notevole riduzione del tempo necessario per farlo. Credo che il primo luogo - il più vicino al *Savoy,* dove stava facendo le prove - sia stato il *Rudolfinum,* sulla riva del fiume, da dove si è spostata a Wallenstein, e poi, percorrendo un paio di strade, a piazza Radetzky. Dalla piazza può aver comodamente preso un tram per la Torre delle Polveri, proseguendo con lo stesso mezzo per la Wasserstraße fino a Vyshehradska – la stessa strada che ho percorso con il gendarme ungherese – e quindi al manicomio regionale, a tre o quattro minuti di cammino dalla stazione di Vyshehrad, dove *Herr* Margulies l'attendeva a bordo della sua auto. La natura caotica della "caccia al tesoro" era intesa a rallentare piuttosto che ad accelerare, in modo che Rivke potesse completare la sua trasformazione in Naphtali Karpel e arrivare con Yakuv alla sede del reggimento. — Meisl rifiutò un secondo giro di liquori, ma dovette comunque brindare con gli altri. — Devo dire che di tutte le sue qualità di interprete, quella che ammiro di più nella signora è l'agilità nello scalare i monumenti, sfruttando prima il crepuscolo e poi il buio.

Dieci minuti dopo, accompagnando il medico al suo alloggio al *Deutsches Haus*, Heida appariva allegro e parlava di conseguenza, ma in lui Meisl vide trasparire anche una certa pensosità.

— Come vede, dottore, Auspitz è una di quelle località morave tutte piazza e chiesa, anche se vanta un "albergo tedesco" in cui il capitano Rozhmberk può alloggiare con i suoi danesi. Mi chiedo se sia un bene alloggiare in un posto così comodo prima di proseguire.

— Un letto morbido non è meno apprezzabile solo perché potrebbe essere l'ultimo per parecchio tempo.

— Ha ragione, come sempre. Sa, già una settimana o poco più con l'unica compagnia dei miei colleghi e della truppa mi ha fatto sentire la mancanza di conversazioni intelligenti. Riesce a crederci? Karel Otakar Heida che passa per un intellettuale, quando non ha mai nemmeno visitato la Grecia o letto per intero il *Don Chisciotte!*

— Come vanno le costole rotte?

— Stanno guarendo, grazie. — E della caduta che giorni prima aveva provocato la frattura, tutto ciò che Heida disse fu: — Il colonnello non sa niente. Per favore, non glielo dica.

La sera, fino a quel momento di un caldo soffocante, stava impercettibilmente cambiando. Una sorta di bisbiglio, un tremore di foglie assetate, percorreva i pochi alberi lungo la strada. Il cielo punteggiato di stelle era immutato, salvo per una massa alta e vaporosa a forma di testa di cavallo che si alzava dietro il campanile. Automaticamente i due uomini imboccarono la strada più lunga per l'albergo, in modo da avere più tempo per parlare. Heida oscillava fra l'entusiasmo e l'ansia dissimulata, in egual misura. Raccontò del suo nuovo elegante capo invernale – "una *pelzulanka* inviata da una signora misteriosa; i miei colleghi sono verdi per l'invidia" – e delle probabilità di cadere in combattimento, dopo le notizie della sconfitta austriaca a Loznitza. — Ma i serbi saranno spazzati via nel giro di pochi giorni, vedrà.

Quando uscirono dal cerchio di luce dei lampioni, la sinistra nuvola roteante divenne traslucida sullo sfondo del cielo improvvisamente nero. Poteva essere la stessa nube piccola come un'unghia che era spuntata dai boschi a mezzogiorno? si chiese Heida, formulando ad alta voce la sua versione di quel che sarebbe potuto accadere agli Ostropolier.

Meisl non sembrò convinto. — ...Sono d'accordo con lei sul fatto che *Herr* Margulies non fiaterà, se non altro per risparmiare il "fragile cuore" della madre. Ma quanto al resto, non ci conterei. Una grazia, voglio dire.

— Oh, ma almeno Rivke Ostropolier ne beneficerà. Il capitano

Rozhmberk, che ha molte conoscenze, è un frequentatore abituale del teatro yiddish, e di operetta e teatro in generale.

— Non dell'opera lirica, però?

Heida si fermò, apparentemente per guardare la massiccia nuvola che si alzava solitaria, allargandosi lenta in cima come un'incudine contro le stelle. — L'opera lirica non troppo, per mia fortuna. Sarebbe un concorrente imbattibile, con la sua conversazione mondana e i bei baffi. Ha sentito – glielo devo chiedere – se *La* Kinska è ancora a Praga?

Riguardo alle possibilità che Rozhmberk aveva di conquistare i favori del famoso soprano Polyxena Kinska, Meisl le riteneva pari a quelle di Rivke di ottenere la grazia. — Non ho sentito nulla — rispose.

— Peccato.

Possibile che Heida non sapesse che era proprio la sua freschezza ciò che a Polyxena Kinska piaceva di lui? Che stesse morendo dalla voglia di scoprire se la bella cantante fosse partita, era palpabile come il tepore che saliva dal suo corpo surriscaldato. Meisl dovette trattenere un sorriso.

— Cercherò di scoprirlo — promise. E se i volti possono illuminarsi al buio, quello di Heida ne fu un esempio.

— Le sono debitore, dottor Meisl. — Poi, senza apparente cambio d'umore, Heida aggiunse in fretta: — Si ricorda la notte della morte del principe ereditario, quasi due mesi fa, a Karlsbad? Mi sento come allora. Temo che tutto possa cambiare, dopo questo.

Questo non si riferiva al momento, né all'indagine, e Meisl lo comprese. La guerra era come la nuvola, sola di fronte alle stelle ma capace di cancellarle tutte.

— Tutto *cambierà*, dopo questo. Non riconosceremo più noi stessi, tenente, e ancor meno il mondo intorno a noi. Il tempo di spargere fiori sotto gli zoccoli dei cavalli e gli stivali degli ulani passerà in un batter d'occhio. Quando tutto versa in equilibrio precario, la caduta di un'unica foglia può significare il disastro della costruzione. E la foglia è già caduta a Sarajevo.

Erano inevitabilmente giunti al tozzo edificio dell'albergo, dove Heida si congedò stringendo la mano di Meisl. Dietro il campanile, gli orli della grande nube brillavano muti, attraversati dai lampi come da esplosioni di una vena luminosa. I danesi di Rozhmberk abbaiarono dalla stanza del capitano, e Heida rise.

— Non mi ha mai detto che cos'è la canzone del *Ka-ka-ka,* dottor Meisl.

Praga, mercoledì 19 agosto 1914

La vecchia principessa Lobkowicz sedeva nella sua carrozza, di ritorno dalla Messa alla chiesa di Santa Maria della Vittoria, legata alla sua famiglia da tre secoli. Quando Meisl si levò il cappello al suo passaggio sulla Karlova, la donna prima lo studiò attraverso gli occhiali, e poi ordinò al cocchiere in livrea di fermare i cavalli. Noncurante dell'automobile alle sue spalle, cui impediva di proseguire, si dilungò a informarsi della salute del medico, "dal momento che mio nipote parla tanto spesso di lei", e aggiunse che era diretta alla piazza del Mercato (intendeva San Venceslao), dal fotografo. Per farsi preparare, specificò con il suo eloquio compìto, un ingrandimento per Karel del ritratto di suo marito, scomparso da tanti anni.
— È una fotografia di gruppo, dottore, ma lui è il più bello di tutti. Questo qui, il secondo da destra, seduto a cavalcioni sulla sedia. Gli angeli del Signore non sono belli neppure la metà. È stata scattata dallo *Studio Kaiser* alla guarnigione di Verona nel 1865, quando gli italiani ancora ci amavano. Un anno più tardi era morto.

Meisl ricordò di aver sentito quella storia da Heida. — Nei pressi di Nikolsburg — ribatté. — La battaglia di Sadowa, il 3 luglio.

— Infatti. — La principessa gli rivolse uno sguardo sorpreso. Con i suoi riccioli sotto il velo della vedovanza, vecchio stile nella sua grande raffinatezza, studiò il medico. — Contro gli odiosi prussiani — precisò — al cui fianco marciamo oggi. Non ci porterà nulla di buono.

Per quanto ne sapeva Meisl, la guerra non era mai stata menzionata alla matriarca. Esitò, incerto sul commento da fare.

— Sa — disse lei — a casa pensano di potermi gettare fumo negli occhi. Siccome sono dura d'orecchi – ma, come noterà, molto meno rimbambita di quanto non credano loro – mi tagliano fuori dalle conversazioni. Pensano che non sappia che c'è in corso una guerra, e che mio nipote è già partito. Le cose che so, dottor Meisl... A proposito, lei è imparentato con gli Horowitz, non è vero? Le migliori levatrici di Praga. Una Horowitz ha assistito al parto di mio figlio, nel 1864.

— Probabilmente si trattava di mia prozia Dvorah, principessa.

— Vede dunque che ho una buona memoria. — Sollevando un'esile mano guantata di pizzo nero, Klementina Laurentia Lobkowicz fermò imperiosamente un timido colpo di clacson dell'auto imprigionata alle sue spalle. — Addirittura so, e approvo, la relazione di Karel con *La* Kinska. Gran bel pezzo di donna, quella; sua nonna è stata la prima amante di Sua Maestà Francesco Giuseppe. Non sarei sorpresa se nelle vene della giovane Kinska scorresse sangue imperiale. Approvo, per Dio!

L'espressione sembrò tanto fuori luogo in bocca alla devota principessa, che Meisl ne fu sorpreso. Ma gli sguardi della Lobkowicz erano taglienti e disincantati. — Il mio amato Franz Jaromir è morto in quella che ricordiamo come la Guerra delle Sette Settimane – meno di cinquanta giorni, che solo a Sadowa sono bastati per ammazzare settemila persone. Saremo fortunati se questa guerra durerà meno di cinquanta mesi.

— Ahimè, sono dello stesso avviso.

La donna fece un cenno d'assenso. — Ecco perché ho fatto confezionare una *pelzulanka* per Karel. Il meglio è il minimo che si deve al nipote di un Lobkowicz, anche se ho dovuto commissionarla a Monaco. — Picchiettò il bastone sulla scocca della carrozza. — Tadeash — chiamò in ceco il cocchiere — fa' in modo che il povero zotico della vettura di dietro ci passi intorno e vada per la sua infernale strada: io non mi sposto per un'auto. Dottor Meisl, salga, mi accompagni dal fotografo.

Meisl pensò che era meglio obbedirle. L'eventualità che un uomo nato nel ghetto di Praga aveva di viaggiare, un giorno, al fianco di una principessa boema, era tanto stravagante da farlo gongolare.

Raggiungendo al passo il Municipio sfavillante delle insegne imperiali e lasciandoselo alle spalle, la carrozza si tuffò di nuovo fra i vicoli. Stavano percorrendo senza fretta la tortuosa Melantrichova, quando la principessa parlò di nuovo, agitando l'indice. — Allorché i prussiani occuparono Praga, dopo Sadowa, il sangue di mio marito non era ancora asciutto sull'uniforme. I bruti fecero irruzione senza bussare nel mio palazzo sulla Spornengasse, esigendo di essere nutriti e alloggiati. Così li feci rinchiudere nel salone da pranzo e ce li feci restare tutta la notte. Su mio ordine, il sacerdote di famiglia fece venire il coro e suonò l'organo della nostra cappella fino all'alba, così che le urla e le proteste dei prussiani non potessero essere sentite dai loro soldati per strada. Vede dunque, dottore? Non ho potuto riportare in vita il mio caro estinto, ma ho potuto tenere prigioniero in casa mia lo stato maggiore nemico.

Meisl immaginava bene la scena. — E il mattino dopo?

— Il mattino dopo erano molto più docili. Hanno presentato le loro scuse per il modo in cui erano piombati nel mio palazzo, e hanno fatto la coda per baciare il mio anello.

— Sono sorpreso che abbia lasciato che le baciassero la mano!

— Il mio *anello*, dottore. L'anello di Franz Jaromir. *Et voilà*. — Fece un gesto, mentre la gloriosa piazza si apriva di fronte a loro con i suoi palazzi antichi e nuovi, gli uffici e i negozi: il gesto di un'incantatrice che crea il suo fondale. — Siamo arrivati. Tadeash, fermati. — Meisl smontò, e i convenevoli del congedo furono interrotti dalla principessa, che si sporse verso di lui sul sedile. — Dottor Meisl, vorrei che lei tenesse d'occhio Karel - non in senso fisico, mi capisce; mi rendo conto che potrebbe trovarsi a centinaia di chilometri di distanza da dove vive lei. Un occhio della mente e del cuore, ecco cosa gli occorre: ascolterà lei, prima di ascoltare i suoi genitori.

— Mi lusinga, principessa.

— Io *non* la sto lusingando. Farà come le ho chiesto?

— Lo farò.

— Venga a farmi visita, qualche volta.

La passeggiata con la principessa Lobkowicz l'aveva portato del tutto fuori strada, così Meisl dovette lanciarsi di nuovo nel labirinto di vicoli per non arrivare tardi all'appuntamento con un collega all'università tedesca.

Camminando, per qualche momento si sentì come uno che ha dormito o è stato altrove, avulso dal trambusto quotidiano che lo circondava. Era il 1914, non il 1866. Le automobili sfiatavano i loro scarichi nell'aria e i tram sferragliavano sui loro binari a zigzag. Non sarebbe stato sorpreso se la carrozza della principessa fosse stata in grado di passare attraverso gli oggetti e le persone, come un fantasma ultraterreno. Meisl dovette sforzarsi di rimanere attaccato alla realtà.

Solo il giorno prima, rientrando da Auspitz, aveva avuto conferma che genitori di Karpel ne avevano identificato il corpo, come del resto aveva fatto il rabbino Altshul. Un medico legale, fatto arrivare d'urgenza da Iglau a Velkà Bitesh su ordine del colonnello Trott, dichiarò che una brutta caduta poteva essere la causa della frattura al cranio della vittima, e che il sangue sui sassi del greto – quelli notati da Mourek e Heida – risultava compatibile con quello umano. Che altro? Il contadino che per ultimo aveva servito del vino ai due volontari testimoniò sotto giuramento che si reggevano appena in piedi quando se ne erano andati, e che era praticamente certo che almeno uno, se non tutti e due, sarebbero "venuti giù come sacchi di carbone prima dell'alba". Si riduceva tutto alle acrobazie che Rozhmberk, certo non un estimatore degli ebrei, aveva messo in moto per ragioni tutte sue (Rivke, probabilmente). Stando a Heida, grazie alla parentela del capitano con i von Krobatin, si diceva che il principe ereditario potesse prendere in considerazione un interesse personale nel deplorabile e commovente caso dei due Ostropolier.

Il mondo di Klementina Laurentia andava ritirandosi in uno spettrale passato di ideali e *beau gestes* orfani di ringraziamento.

Dopo l'appuntamento si fece ora di tornare in studio. Sulla Ziegenplatz, passando davanti alle porte aperte del *Café Savoy,* Meisl credette di sentire la voce di Rivke cantare forte la melodia di una vecchia canzone yiddish: — *Su un cannone siede la bella, zumpa zumpa zumpa-pa...*

Era Vera Mann, a prestar meglio orecchio. La voce era più tersa, più potente. Il cielo sopra di lui, vuoto come uno specchio. Meisl svoltò l'angolo della Niklasstraße chiedendosi quanto ci avrebbero messo le nubi tempestose di Moravia a raggiungere la Boemia, e a portare la pioggia.

Lettera di Karel Heida a Drahomira Heida:

Cara sorella, Didi,

sono ancora entusiasta per un film che ho visto sulla storia di Giovanna d'Arco, che so che stimi come eroina e modello di forza femminile. I nostri comandanti erano divisi sul valore patriottico della pellicola, poiché le autorità – specialmente la Chiesa – sono rappresentate come ottuse e crudeli. Resta il fatto che Giovanna è stata torturata e messa a morte in Francia, e ti assicuro che nell'ultima scena, quella del rogo, molti di noi si sono alzati in piedi a reclamare la punizione dell'arroganza gallica, e così sarà. Anche quella è stata una scena commovente.

Ti sto comprando souvenir *e cartoline. Te li spedirò non appena ne avrò a sufficienza. Ovunque andiamo ci confortano le insegne della Monarchia Duale, il nostro mondo: il giallo Schönbrunn delle nostre caserme, l'unione di cechi, ungheresi, bosniaci, cisleitani e transleitani, le nostre reclute che all'appello rispondono* zde *invece di* presente. *I civili potranno anche deridere i nostri contadini, perché non distinguono la destra dalla sinistra a meno che non si leghi fieno e paglia alle loro gambe: ma un uomo non può forse essere un buon soldato solo perché marcia a ritmo di "fieno-paglia" invece che di "dest-sinist"? E se non ha gridato, come noi diplomandoci all'Accademia,* Treu bis an den Tod, *non significa che non sarà altrettanto fedele.*

Non dirlo ai nostri genitori, ma francamente non sarò mai abbastanza lontano da casa. Dopo che le mobilitazioni del 1908 e del 1912 sono finite nel nulla, ho cominciato ad averne abbastanza della mia "dorata vita da tenente" e ho cominciato a disperare di avere mai occasione per mettermi alla prova. Della guerra, ogni cosa mi elettrizza, Didi. Non vorresti essere un uomo, e potermi raggiungere? Non che io non abbia ricordi cari di Praga, specialmente degli angoli e dei recessi di Mala Strana, e delle cavalcate alla Montagna Bianca. Sai che mi capita di svegliarmi sbigottito, temendo di essere in ritardo, e convinto di sentire i colpi di cannone di mezzogiorno dalla Scuola dei Cadetti dietro al Castello? Nella tua lettera chiedi cosa significa il verbo mulatieren. *Ebbene, significa spassarsela come solo gli ungheresi sanno fare, e non aggiungerò altro. Non usarlo in presenza di nostra madre.*

Devo chiudere prima che la posta venga spedita, quindi mi fermo qui. Saluti affettuosi a tutti e una carezza al tuo cavallo Kasparek. Dì al nostro solenne portiere che gli sto facendo arrivare del tabacco marca Memphis attraverso una recluta kleinseitener. *Resto, Didi, il tuo affezionato fratello*

Karel, lo stolido bue

PS. Potresti nascondere i numeri di Der Kunstwart *nella scatola sotto il letto, in camera mia? Se nonna Lobkowicz scopre che leggo giornali d'avanguardia letteraria, non ci sarà fine alle recriminazioni. Puoi avere i miei libri di poesia di Hölderlin e Kleist, ma rimanga tra noi due.*

PARTE SECONDA

LA MORTE E SAN GIORGIO

Se vuoi catturare un serpente,
usa la mano del tuo nemico.

detto proverbiale persiano

DINTORNI DI PRZEWORSK, GALIZIA

Venerdì 21 agosto 1914

Il pensiero molesto di chi fra loro sarebbe morto in guerra giunse a Karel Heida da quella fonte di ciance a vanvera che era il suo amico Jiri Vilem. Affascinato dalle statistiche come molti giovani ufficiali di quella generazione informata alla scienza, Vilem aveva letto delle percentuali di morti e feriti – ordinati per grado e anzianità – in un tipico scontro fra eserciti, delle probabilità di sopravvivere a questa o a quella ferita in una certa parte dell'anatomia umana, e dell'incidenza dei morbi infettivi sulle varie fasce di età ed etnie.

Tuonava, e il reggimento stava montando sul treno che l'avrebbe portato da Bochnia a Jaroslau, in Galizia. Karel Heida aveva già cominciato a temere che il suo contributo alla guerra sarebbe consistito in trasferte da una città sede di presidio all'altra, con il fronte ad allontanarsi eternamente da lui come un arcobaleno. I bollettini di guerra parlavano di battaglie dal Baltico ai Balcani, di interi eserciti lanciati l'uno contro l'altro nelle grandi pianure, e lui era lì, sotto un fastidioso temporale di fine estate, uno fra le centinaia di cavalieri fradici alla stazione, intenti a smontare dalle selle dei loro animali lucidi di pioggia.

Il vagone era quasi pieno. Tenenti e sottotenenti, tutti fra i 23 e i 37 anni, fumavano sigari e sigarette, sedevano a gambe incrociate o riposavano i piedi negli stivali, con gli speroni sugli zaini che non avevano trovato collocazione nelle rastrelliere degli scompartimenti. Heida e Vilem si calcarono sui sedili, l'uno di fronte all'altro.

Conoscevano meno della metà degli ufficiali sul treno. Il resto era stato assegnato al reggimento da altre unità, e – del gruppo di Praga – per coincidenza solo Poldi Nemeth era a bordo di quel vagone. Era tutto fumo acre, dunque, e chiacchiere superficiali, mentre il treno continuava a inghiottire sottufficiali, soldati e cavalli nella pioggia battente.

Senza lasciarsi scoraggiare, Jiri Vilem approfittò della pausa che seguì il fischio della partenza.

— Le probabilità di morire in conflitto sono del venti per cento — enunciò ai colleghi conosciuti e sconosciuti. — Questo significa che di noi, su ogni cinque, uno è condannato... uno per squadrone. Considerato che un reggimento ha trenta ufficiali, e in tutto ci sono undici reggimenti ulani, se la matematica non è un'opinione sessantasei di noi non vedranno la fine della guerra.

Vilem era tutto preso dalle sue considerazioni. Alla fine del 1914 solo un ufficiale su dieci avrebbe perso la vita, ma un terzo dei più recenti diplomati all'Accademia sarebbe caduto durante la prima settimana di guerra. Quattro anni più tardi il cinquanta per cento di loro sarebbe stato una vittima, in un modo o nell'altro.

A ogni conto, fu come gettare un sasso in una pozza di fango intorno alla quale tutti sono vestiti di bianco ma fingono di non saperlo. I volti baffuti o rasati si nascondevano dietro nuvole di fumo; gli anelli con gli stemmi di famiglia brillavano appena mentre le mani frugavano nelle tasche in cerca di questo o quello oggetto scaramantico; un tenente con un inizio di calvizie e un forte accento slovacco disse: — Che assurdità. L'organico di un reggimento può essere spazzato via per intero, e quello di un altro non contare perdite: le statistiche sarebbero comunque rispettate, facendo i conti.

Nemeth, che era superstizioso, si portò impercettibilmente una mano al petto, perché lì, sotto l'*ulanka,* custodiva una medaglia benedetta di Loreto.

In apparenza Heida non reagì alle parole di Jiri; ma nel suo intimo quella strada ampia e assolata che era sembrata aprirsi di fronte a lui fino a quel momento, fu attraversata da un'ombra improvvisa. Un'ombra sottile, di quelle che getta il piolo di una staccionata, o anche un bastone da passeggio quando il sole è basso, ma comunque un'ombra, capace di guastare lo splendore benedetto del sentiero della gloria. Aggirarla era impossibile, perché si allungava da un ciglio all'altro della strada. Superarla sembrava semplice; sarebbe bastato sollevare un piede, per tacere della possibilità di saltarla a cavallo, senza nemmeno toccare terra. Ma, metaforicamente parlando, Heida si fermò di fronte a quella linea d'ombra. Alle sue spalle c'erano ventiquattro anni sereni (il suo compleanno cadeva all'inizio di maggio). Davanti, come aveva immaginato fino a quel momento, almeno il doppio di quegli anni, vaghi e indistinti, ma sicuri – salvo complicazioni – oltre quella foschia. L'ombra grama si inseriva a turbare una simile continuità.

— Non è che mi stia inventando niente — stava proseguendo quella testa vuota di Jiri Vilem. — Il migliore amico di mio fratello è caduto a Shabatz cinque giorni fa.

— Caduto! — Il tenente con l'inizio di calvizie arricciò le labbra con disprezzo. — Se vuoi continuare questa disgustosa conversazione, almeno smetti di usare eufemismi, come se quello fosse inciampato. È morto, vuoi dire, l'hanno *ammazzato*.

— Be', sì... è questo che voglio dire. — Era quasi buio nel vagone affollato, la pioggia disegnava nastri lunghi e sinuosi sui finestrini; dall'altra parte del vetro scorreva solo un paesaggio grigio e confuso. Jiri Vilem si fissava i piedi.

— Qualcuno si decide ad aprire quel finestrino? — fece Heida stizzito. — Non si respira, qui dentro.

Erano a metà della prima tappa del viaggio da Iglau a Bielitz; poi, oltre il confine moravo, avrebbero proseguito da Cracovia a Bochnia, per giungere dopo più di trecento chilometri a Jaroslau, a meno di un'ora dalla Polonia russa. La linea quasi retta della ferrovia che passava per Göding e Pisek, cominciava a ingarbugliarsi a Prerau. Ogni stazione di rilievo, da lì in avanti, formava il centro di un raccordo, specialmente Cracovia, e procedere diventava complicato a causa dell'ininterrotto traffico militare in direzione del confine.

Grazie ai rinvii dovuti agli innumerevoli ostacoli che obbligano i treni a rallentare durante le guerre, il reggimento era partito tardi da Bochnia, quel venerdì pomeriggio. Una manciata di stelle cercava di bucare le chiazze di cielo terso fra le nuvole tempestose, quando le luci di Rzeszow cominciarono a baluginare in lontananza come occhi assonnati. Il vento, che alla stazione di partenza sferzava carico di pioggia le bandiere e i vessilli ammainati, era cresciuto d'intensità; in quel momento il treno gli correva dritto incontro. Il fumo nero e le scintille, strappati con furia dalla ciminiera, sfrecciavano in cima ai vagoni.

I tenenti sembravano aver esaurito tutti gli argomenti di conversazione. Alcuni sonnecchiavano, o comunque se ne stavano seduti a occhi chiusi; uno cercava di leggere un quotidiano nella fievole luce dello scompartimento; Jiri riordinava la sua ampia collezione di biglietti da visita. Il fumo di sigaro indugiava ancora nello spazio ristretto, e nell'ultima mezz'ora Heida si era rifugiato in corridoio, davanti a un finestrino aperto. Città mercantile di provincia, in apparenza Rzeszow si era trasformata in una sede di ospedali. Rallentando appena, il convoglio degli ulani sfilò fragorosamente davanti a uno di essi. Nella luce che andava spegnendosi, infermiere con cuffiette dai bordi ripiegati, simili a contadinelle olandesi, si muovevano dietro ai vetri delle finestre, si spostavano come se stessero spingendo sedie a rotelle o portando vassoi di strumenti e bende. Un chirurgo militare, con il camice allacciato sul davanti a doppio nodo, stava sulla soglia e osservava il passaggio della cavalleria. Gli occhi seguivano i vagoni in transito, lentamente, come fosse lo spettatore di un incontro di tennis giocato sott'acqua. Quando il finestrino di Heida si trovò alla sua altezza, i loro sguardi si incontrarono, e anche se non si conoscevano, anche se prima erano passati mille altri volti, spontaneamente si scambiarono un saluto. Heida, forse, nel chirurgo militare aveva riconosciuto il suo amico Meisl, e il chirurgo, in lui, un tenente senza nome di sua conoscenza, un collega, un amico, un figlio.

Oltre l'ospedale si estendeva una fila di case dalle facciate contigue, come nelle immagini di quelle cartoline a fisarmonica di paesaggi urbani che la gente compra solo quando è in vacanza. Le facciate appartenevano a negozi costellati di bandiere.

Vicino a Przeworsk, altri treni si dirigevano verso il nodo ferroviario. Gli scambi, di lì a poco, avrebbero avuto ragione delle linee convergenti sulle quali, nella notte, i convogli si allungavano come bruchi luminosi. La locomotiva degli ulani ridusse la velocità; subito le voci in corridoio si fecero più distinguibili, e il canto dai vagoni delle reclute in coda a un altro treno arrivò come un'onda che fece alzare lo sguardo a tutti gli ufficiali.

— *Dio salvi / Dio preservi il nostro Imperator / la nostra Patria!*

Sì, la locomotiva decelerò. Ma a guardar fuori, come stava facendo Heida, era chiaro che la velocità non era ancora al minimo. Oltre i binari, gli edifici continuavano a sfrecciare nelle gocce luminose dei lampioni; il fumaiolo dello zuccherificio, i giardini, i tetti, di tanto in tanto un campanile. Più avanti, dove il treno degli ulani curvava per entrare nel raccordo, un altro treno – vagoni merci, senza finestrini, scuro – si stava immettendo nello scambio.

La sosta sarebbe stata breve, da pochi minuti a mezz'ora al massimo, e Heida non aveva ancora deciso se sarebbe sceso o meno. Due lontane cugine del ramo dei Mitrovitz, il cui padre era direttore delle Ferrovie della Galizia centrale, vivevano in città. Heida in effetti era grato che non ci fosse bisogno di accampare scuse per non andarle a trovare. La baronessa Mitrovitz si era messa in testa che avrebbe sposato una delle sue figlie, e per giunta Heida covava il sospetto che fossero state le ragazze (su consiglio della loro madre, o di propria irrequieta iniziativa) a farle confezionare la pregiata *pelzulanka.* Una ragione in più per girare al largo, almeno per il momento.

Nel vagone i subalterni erano in piedi, poiché alcuni di loro volevano sgranchirsi le gambe o mandare un telegramma; il tenente stempiato minacciò ad alta voce di comprare una bottiglia di grappa per distrarre Jiri Vilem dai suoi pensieri malinconici. Heida vide il colonnello Trott affacciarsi dal compartimento davanti al suo, riassettandosi l'*ulanka* sui fianchi larghi mentre, con il rapido gesto di accosciarsi dei cavalieri, si sistemava le braghe.

La frenata fu così brusca che quelli in piedi furono spinti indietro e immediatamente in avanti, come birilli, in una confusione che solo il sovraffollamento del vagone rese meno indecorosa. Caddero molti zaini, un cinturone scivolò con tanto di pistola dalla rastrelliera e colpì Vilem in testa, i gomiti e i piedi negli stivali andarono violentemente incontro ai loro simili. Trott serrò le ginocchia e spianò i gomiti in corridoio.

Heida si sostenne al suo posto accanto al finestrino. Il convoglio scuro davanti a loro non aveva cambiato binario. Nelle luci fioche del nodo si avvicinava pericolosamente sempre più, come se stesse prendendo piena velocità, ma di fatto erano loro, gli ulani, a corrergli incontro. Il treno merci era fermo sui binari.

La collisione arrivò prima che chiunque potesse farci qualcosa. Solo la velocità ridotta evitò il disastro. Soldati e cavalli, comunque, furono sballottati nei vagoni, e il sibilo dei freni continuò a risuonare nelle orecchie degli uomini finché i due convogli non riuscirono a fermarsi, quando la locomotiva dell'esercito deragliò nell'ultimo vagone dell'immobile treno merci.

Karel Heida non ebbe difficoltà a essere il primo a saltare giù. I suoi compagni stavano ancora cercando i berretti e l'equipaggiamento, quando i suoi stivali toccarono i binari e gli permisero di mantenere l'equilibrio mentre camminava lungo la massicciata verso il punto d'impatto. La stazione era a un centinaio di metri di distanza. Da quella direzione arrivavano di corsa uomini con lanterne che emanavano un rosso e un bianco accecanti. Heida aveva viaggiato nel terzo vagone del treno dell'esercito, e quanto al convoglio merci, non era uno di quelli lunghi. Continuò a camminare verso la locomotiva, per accertarsi cosa fosse successo.

Quel che era successo era un uomo a metà. Un torso umano, le braccia sollevate sopra il capo, spuntava a faccia in giù da sotto la carrozza d'acciaio che l'aveva mozzato dal resto del corpo, a pochi passi dallo scambio dei binari. Il cappotto e l'essere umano sembravano essere stati tranciati di netto, non c'era sangue visibile nella danza di lanterne che si scatenava tutto intorno. Solo un piccolo punto rialzato nella stoffa, fra le spalle, come uno strappo nella cucitura, interrompeva la sagoma del tronco supino. Il personale delle ferrovie e i gendarmi, in un miscuglio di copricapo e uniformi, formavano un semicerchio intorno al cadavere. — *Alaszolgaja!* — si sentì dire a qualcuno in ungherese. — Agli ordini!

Il macchinista doveva essere l'omino che balbettava in mezzo agli altri. — Non l'avevo visto! — Ed era ovvio che nessuno avrebbe mai potuto vedere in tempo utile una persona che attraversava i binari di corsa a quell'ora della notte. Con efficienza tutta imperialregia, il direttore delle Ferrovie della Moravia Settentrionale apparve subito sulla scena. Heida riconobbe alle sue spalle la voce del barone Mitrovitz, ma era troppo tardi per dileguarsi. Nel baluginare di lampade a olio tutto intorno, il suo parente lanciava ordini, dava indicazioni, prendeva decisioni e in generale conferiva un senso all'insensato. In tutto ciò, trovò il tempo di accorgersi del tenente, riconoscere la sua identità e avvicinarlo.

— Karel, ma guarda che coincidenza! Devi venire a casa. — Come se persino la morte orribile di un uomo fosse un utile pretesto per assecondare i progetti della moglie. Nel giro di quindici minuti – gli ulani nel frattempo si erano praticamente appesi ai finestrini per guardare, ma il colonnello Trott aveva impartito l'ordine tassativo di non scendere – le gambe del cadavere furono rinvenute sotto la locomotiva del convoglio merci: riconoscibili come tali dalle ginocchia in giù, indossavano ancora il fondo inamidato di un paio di pantaloni civili, scarpe e calze incredibilmente intatte, i lacci ancora ben annodati.

Quanto al torso, era stato coperto con un lenzuolo, e solo quando sulla scena si presentò un alto ufficiale di polizia fu di nuovo scoperto e inondato dalla luce delle lampade. Heida, tenuto in disparte come tutti quelli non identificabili come gendarmi, dovette aspettare finché il barone Mitrovitz non lo raggiunse di nuovo, il volto largo reso ispido dalle basette confuse dalla semioscurità.

— Perché avrebbe dovuto uccidersi così lontano dalla banchina, *Herr Generaldirektor?*

Mitrovitz avvicinò la testa a quella di Heida, abbassando la voce fino a sussurrare. — Non si è ucciso. Il capo della polizia gli ha trovato una ferita da arma da fuoco alla colonna vertebrale. Un chiaro caso di omicidio mascherato da suicidio. Non hanno posizionato il corpo in maniera tale che il vagone stritolasse il torso.

Dunque era quello che indicava il punto sollevato nella stoffa: un foro d'uscita. Heida avvertì una punta d'eccitazione. — La vittima è stata identificata?

— Non ancora. — Il barone era uomo di mondo. Toccò il gomito di Heida, invitandolo con un cenno ad allontanarsi dal convoglio. — Devi passare la notte a casa nostra, Karel. Ci vorrà un pezzo prima che rimuovano l'intoppo e rimettano in sesto la locomotiva del tuo treno. Il traffico su questa linea non riprenderà se non lo dico io, il che significa che avrai tutto il tempo di tornare a bordo anche prima dei tuoi colleghi che passeranno la notte in stazione.

Heida si perse in cerca di una scusa per declinare l'invito. Non fosse stato per il colonnello Trott, che si materializzava sempre al momento sbagliato e prendeva la decisione meno gradevole, ne avrebbe anche escogitata una. Ma Trott, che vaporava dalle narici come un bisonte nel freddo umido della notte, caracollò fino al punto in cui si trovavano i due. — Be', maledizione, Heida, vada. Almeno saremo sicuri di partire, domani mattina.

La famiglia del barone viveva su via Kosciuszko, in una casa di città ricca di intarsi, vetrate, felci e tappeti. Un'ossequiosa cameriera in costume slovacco prelevò *czapka* e sciabola dell'ospite, e divenne subito chiaro come una telefonata paterna avesse messo in moto la serata. Per coincidenza era pronta una cena di classe, con tanto di argenteria ben allineata a destra e a sinistra dei piatti; *maman* portava una veste color viola acceso.

Le giovani Mitrovitz – Sdenka Louise e Julie, brunette in vestitini azzurri e rosa – avevano la morbosa curiosità delle vergini. Prestavano – almeno così pareva a lui – un'indebita, furtiva attenzione alla cintola del giovane ufficiale, il suo "grembo", come sua madre chiamava qualunque cosa al di sotto dell'ombelico. Heida, di conseguenza, oscillava fra l'eccitazione e il fastidio, più che altro quest'ultimo. Dopo cena si fecero alcuni giochi di società, come se fossero tempi normali, i soldati non stessero già morendo nelle proporzioni citate da Jiri Vilem e uno sconosciuto non giacesse mozzato in due alla stazione.

Le sorelle lo corteggiavano all'unisono, pronte senza dubbio a rivoltarsi l'una contro l'altra nel momento in cui il "cugino Karel" avesse mostrato una propensione per una delle due. Questo Heida stava attento a non farlo, così le Mitrovitz mantenevano la coalizione contro di lui, con la complicità della madre che aveva trovato qualcosa di urgente da fare altrove, in casa. Il barone si era ritirato nel suo studio. Che le ragazze leggessero libri proibiti, scovando bocconcini scandalosi qui e là, era ovvio. Heida era abituato ai fulmini a ciel sereno di Didi, ma le due sorpassavano di gran lunga la sua sfrontatezza.

— ...Perché nei matrimoni riusciti — stava presuntuosamente spiegando Julie — l'uomo e la donna dovrebbero raggiungere l'apice nello stesso momento. Non è così, Karel? — E Karel, che fino a quel momento aveva ascoltato con le orecchie in fiamme, replicò asciutto, alla maniera di chi metta le sue carte in tavola: — Io l'ho fatto carponi, con due donne. — Dal crollo scioccato delle graziose mascelle capì che non erano arrivate tanto in là con la loro audacia. Heida *l'aveva fatto* in quella posizione, era vero, con Polyxena Kinska enfaticamente aggrappata alla testiera imbottita del letto. Ma erano rigorosamente soli; si era inventato la seconda parte nelle sue stesse fantasie sessuali. Dopo, e per il resto della serata, le ragazze

Mitrovitz lo guardarono con rispettoso orrore, sedendosi più distanti. La mattina dopo, quando se ne andò, non si erano nemmeno alzate.

Przeworsk, domenica

La nebbia avvolgeva la stazione quando la carrozza del barone Mitrovitz si fermò proprio di fronte all'ingresso. I binari e i convogli dall'altra parte dell'edificio potevano anche non esistere. Durante il tragitto, il *Generaldirektor* aveva parlato della guerra con l'insulsa levità di chi non la deve combattere, e nemmeno teme che debbano farlo i suoi figli. Accompagnando Heida alla banchina, dove gli impiegati lo attendevano con i cappelli in mano e le teste basse, annunciò senza preamboli: — Abbiamo identificato il morto. Era nientemeno che il professor Augustyn Novak.

— Lo scultore?

— Sì.

— Quello a cui la municipalità di Praga ha commissionato la statua del defunto principe ereditario per il parco di Konopistye?

— Precisamente. Abbiamo ritrovato i suoi documenti spaventosamente rovinati, ma era già stato riconosciuto per via delle fotografie sui giornali. Suo fratello è stato avvertito per l'identificazione ufficiale. È sconvolgente vedere una fulgida carriera stroncata in maniera tanto brutale.

Novak era un nome noto. Autore di innumerevoli memoriali e bassorilievi in tutto l'Impero, era anche uno stimato esperto d'arte. Grazie alla sua esperienza, non a caso, le collezioni di Stato avevano acquisito diversi bronzi rinascimentali. Su suo consiglio il defunto Francesco Ferdinando aveva comprato tre delle sue più preziose figure di San Giorgio, e lo stesso valeva per il suo real cugino – ora nemico – re Giorgio V. Heida ricordava una foto del progetto boemo di Novak per un imponente gruppo bronzeo del principe assassinato e della sua morganatica sposa, Sofie Chotek; a Vienna, un monumento che comprendesse la paziente contessa ceca che era morta con lui a Sarajevo non sarebbe mai stato accettato.

— Direi che è un colpo terribile, *Herr Generaldirektor*. Perché qualcuno avrebbe mai assassinato un artista?

Mitrovitz voltò verso di lui le ali azzimate delle basette grigio ferro. — Non capisco cosa tu voglia dire.

— Be', il foro di proiettile.

— *Quale* foro di proiettile?

— Quello nel torso, lungo la colonna vertebrale, il foro d'uscita.

— Devi aver capito male, Karel.

Heida dovette sforzarsi di non perdere il passo mentre si avviavano verso la sala d'attesa di prima classe. Una sensazione di gelo, come un sorso d'acqua inaspettatamente ghiacciata, lo percorse da capo a piedi. In un istante comprese che avrebbe potuto scivolare in un'insulsa commedia degli errori con il burocrate che aveva accanto, le cui nuove istruzioni, per qualche motivo, erano di negare l'evidenza. Resistette alla tentazione di insistere su un dettaglio che entrambi avevano visto con i loro occhi e avevano discusso poche ore prima. In un accesso di astuzia, si affrettò dunque a confermare: — Sì, deve essere così. Dopotutto era buio, e la confusione ha peggiorato le cose. Mi chiedo se non si sia trattato di un semplice incidente mentre il professor Novak cercava di attraversare i binari.

— Sembra una spiegazione possibile... probabile, addirittura. — Mitrovitz si fermò sulla soglia della sala d'attesa. — Bene, eccoci qui, Karel. Il tuo treno parte fra dieci minuti. Buona fortuna per il tuo impegno di soldato, e stai certo che mi farò dire dalla baronessa perché mai quelle due teste vuote delle mie ragazze questa mattina non si sono alzate per salutarti.

Il tenente si augurò vivamente che non lo facesse. — Non disturbi la baronessa con simili inezie, la prego. Porti di nuovo i miei saluti a lei e alle mie care cugine.

Preso congedo dal barone Mitrovitz, Heida entrò rapidamente nel chiosco che vendeva cartoline. Ne comprò due con immagini a colori della regione, scrisse qualche riga cordiale ai suoi genitori e una nota virile al dottor Meisl, poi fece ancora qualche passo, fino alla buca postale della stazione. Mentre ci infilava le cartoline, una folata di profumo a buon mercato – alla violetta – lo raggiunse da dietro. Il suo primo pensiero fu di avere alle spalle una ragazza borghese, in attesa di spedire la sua posta. Voltandosi, però, si trovò faccia a faccia con un azzimato giovane ben vestito, fin troppo grazioso e fin troppo spudoratamente vicino. Prima che potesse farsi una ragione di quell'affronto, Heida sentì l'altro prendergli la mano sinistra e farci scivolare qualcosa di sottile e metallico. Una chiave, percepì al tatto attraverso il guanto. Insieme a essa gli giunse un indirizzo di Jaroslau, sussurrato all'orecchio. Impietrito, Heida fu a un soffio dal colpire lo sconosciuto con un impeccabile gancio di scuola inglese.

Il ragazzo gli lesse nel pensiero, o comunque si dimostrò abituato a quel genere di reazione. Si tirò indietro di scatto, abbassando gli occhi. L'agitazione o la vergogna, Heida non si sforzò di immaginare quale delle due, velarono il volto bello e cupo, di quelli che al cinematografo si attribuivano ai rubacuori italiani o spagnoli. La parlata, però, era ceca.

— Mi perdoni, *pane obrlajtnant*. L'ho vista la scorsa notte. Non è… — Il capo impomatato accennò alla mano che Heida teneva minacciosamente chiusa a pugno. — È la chiave dello studio di Novak, in largo del Mercato del pesce, numero 3, a Jaroslau… Cerchi San Giorgio.

Un certo tipo di educazione rigida rende lente le reazioni degli uomini. Heida non si mosse dalla buca delle lettere. Ancora alterato, osservò la figura sottile allontanarsi fino a essere inghiottita dalla folla di uniformi che inondava la banchina. Un rapido sguardo a destra e a sinistra fu necessario per placare l'insostenibile preoccupazione che qualcuno potesse averlo visto in tanto discutibile compagnia. Nella confusione, comunque, nessuno faceva caso a Heida, o a chiunque altro. Per giunta i danesi di Rozhmberk avevano avuto l'assoluto tempismo di liberarsi dai loro guinzagli all'ultimo istante, obbligando l'attendente del capitano a farsi largo a gomitate per impedire che finissero per attraversare i binari come il doppiamente morto Augustyn Novak.

La chiave del suo studio – cosa significava? Nell'ondata di ulani che correvano verso i loro vagoni, Heida non ebbe tempo di ragionare sulla stranezza dell'incontro. Non c'era alcuna opportunità di rivolgersi a un gendarme, figuriamoci al barone Mitrovitz, e la raccomandazione di *cercare San Giorgio* gli sembrava avere ancora meno senso di tutto il resto.

Durante il viaggio per Jaroslau rimase insolitamente in silenzio. Grazie agli sconsiderati discorsi di Jiri sulle morti in battaglia, i colleghi avevano disertato i posti occupati da Bochnia a Przeworsk. Heida e l'amico d'infanzia avevano tutto lo scompartimento a loro disposizione, e poterono permettersi il lusso di starsene sdraiati sui sedili per le due ore del viaggio. Mentre la selezione di biglietti da visita di Vilem proseguiva, Heida rimuginò su cosa avesse potuto dar luogo all'incontro alla buca postale, con l'indirizzo bisbigliato all'orecchio e la consegna della chiave. Aveva visto una foto dell'*atelier* praghese di Novak nelle riviste – occupava un'intera pagina nella guida turistica dell'*America Line* – e il suo studio di Jaroslau era noto anche per le visite occasionali di Francesco Ferdinando. Eppure non poteva corrispondere all'indirizzo apparentemente proletario che gli era appena stato confidato, il largo del Mercato del pesce.

Imprevedibilmente, il viaggio verso il fronte stava assumendo tratti inediti e bizzarri. Fallito il tentativo di fare conversazione, Jiri prese a seccarsi per l'assenza di reazioni dell'amico e finì per appisolarsi. Dal canto suo, Heida cercò invano di mettere ordine nel groviglio di pensieri ed emozioni.

Che fosse per le chiacchiere impertinenti delle giovani Mitrovitz e la consapevolezza che giacevano nei loro letti due porte più in là, o per la penosa immagine del torso tranciato sotto i suoi occhi, era rimasto sveglio la maggior parte della notte. Temendo un'incursione civettuola di una o l'altra delle sorelle, cui sarebbe stato impossibile resistere nel suo stato fisico e mentale, aveva addirittura tenuto accesa la luce sul comodino. Al confine fra lucidità e torpore, aveva fissato a lungo l'incisione incorniciata di Praga appesa al muro di fronte a lui. Era un panorama ritoccato a colori delle rive della Moldava a Liben, risalente almeno a un centinaio di anni prima. Rappresentava un luogo idilliaco, così come doveva essere stato, con la villa del borgomastro che spuntava fra gli alberi rigogliosi. Il fiume sembrava un ampio stagno, placido sotto il cielo roseo. Il primo piano era popolato di soldati in uniforme napoleonica, vicini a un ponte di barche. Sul ponte, un ufficiale dall'alta feluca discorreva con una signora in bianco. Heida non entrava mentalmente in un quadro dai tempi dell'infanzia, ma perdersi nei colori sereni dell'incisione era stato facile. *Ora cammino sulla riva,* aveva pensato, *ora vedo l'ombra sotto al pontile, gli alberi verdi dall'altra parte delle acque, l'abito bianco della donna...* Anche quei soldati, in un'epoca tanto incandescente della storia d'Europa, di certo si chiedevano chi fra loro sarebbe morto.

Il fischio del treno che si avvicinava a Jaroslau lo restituì alla realtà. Heida dovette toccarsi il taschino per assicurarsi che la chiave dello studio di Novak fosse reale e che il giovane effeminato gliel'avesse data, come aveva detto, perché l'aveva "visto" la notte prima. Ma quando? Vicino ai resti del cadavere, probabilmente. Ma perché scegliere lui nella piccola folla di astanti, e cosa c'entrava quell'efebo con un artista di fama?

Jiri Vilem stava sbadigliando con le mani sul volto. — Siamo già arrivati? — chiese, e si sfregò gli occhi dopo aver dato un'occhiata fuori dal finestrino. — Ho dormito per tutta l'estate?

Fuori, la foschia mattutina si era trasformata in una pioggia agitata dal vento che sferzava l'orizzonte, dove la vecchia città mercantile abbracciava il fiume San. Avessero saputo come solo un mese dopo quella stazioncina dal tetto di lamiera e quel fiume sarebbero diventati la pietra miliare della disfatta austriaca, ai viaggiatori sarebbero tremati i polsi.

In effetti, a Jaroslau faceva freddo. Un freddo fuori stagione. I tenenti, nelle uniformi estive, rabbrividirono – e i loro denti cominciarono a battere – nel momento stesso in cui misero piede sulla banchina. Il corpo ufficiali avrebbe trascorso in città il tempo necessario alle altre truppe per convergere dall'Ungheria, dalla Moravia e dalla Slesia. Stando all'opinione del colonnello Trott, Jaroslau era un "dannato ricettacolo di polacchi ed ebrei dell'est", e sarebbe stato molto più soddisfatto di attendere l'ultimo trasferimento al fronte nella vicina Przemysl: — Tutti i galiziani che vuoi, ma almeno venti reggimenti e brigate di stanza! — Dimenticava la dozzina e oltre di Comandi a Jaroslau, e tralasciava l'ospedale della guarnigione a Przemysl, dove i chirurghi dell'esercito avevano già le mani piene di morti e moribondi.

A ogni modo, i ranghi più elevati si incontrarono in una confortevole casa sulla via Tre maggio, dove avrebbero anche alloggiato, mentre gli ufficiali di grado inferiore dovettero arrangiarsi alla locale caserma della milizia, intitolata – e a chi altro? – a Francesco Ferdinando.

Heida mandò avanti il suo attendente, e approfittando di una tregua meteorologica decise di mettere a frutto il tempo a sua disposizione prima di cena.

Il largo del Mercato del pesce non aveva nulla a che vedere con le strade centrali di Jaroslau, su cui si affacciavano banche moderne ed eleganti negozi a più piani, e nemmeno con le piazze dominate dalle chiese imponenti, con le cupole a forma di cipolla. Se non era proprio il ghetto ebraico, c'era dannatamente vicino. D'istinto, Heida decise di non chiedere indicazioni ai gendarmi. Si convinse che – dovunque portasse la chiave – avrebbe dato un'occhiata in prima persona, prima di rivolgersi alle autorità. La virata nella versione di Mitrovitz riguardo la morte di Novak poteva semplicemente suggerire il disappunto ufficiale per la natura violenta di un crimine "eccellente". Il suicidio si poteva sempre giustificare con l'accesso passeggero di follia di un artista, con la malinconia o chissà che altro. In qualche modo, l'omicidio macchia chiunque vi sia coinvolto, anche la vittima. Quanto lontano negli ultimi mesi fosse arrivato Karel Heida dalla sua benedetta innocenza, fu provato dalla rapidità impenitente con cui prese in mano la situazione. *Sto andando in guerra*, si disse mentre sfilava davanti a birrerie di quart'ordine e bordelli, *quindi sarà meglio che dimostri di saper prendere decisioni risolute*. Solo, non doveva pensare al colonnello Trott – il colonnello Trott ai suoi occhi incarnava tutte le autorità; nel comandante del reggimento era racchiuso il volere imperiale, conservato l'onore austro-ungarico, personificata la virtù del soldato. Dopo Dio e l'Imperatore veniva il colonnello, quindi... Heida si fermò con il cuore impazzito e una spina di panico in gola. *Non è necessario che Trott sappia alcunché di questo. Sto solo seguendo una traccia, non sto violando alcun regolamento.*

Il largo del Mercato del pesce, come il nome suggeriva, non si trovava nel genere di quartiere in cui Heida si aspettava fosse lo studio di un famoso scultore. Tra viuzze e portici sempre più angusti, l'indirizzo non indicava nemmeno una via o un vicolo. Era uno spazio lastricato cui si accedeva passando sotto un arco basso, incassato fra vecchi edifici, uno dei quali addossato a quel che sembrava il muro dell'antico ghetto. Le tre porte sverniciate che si aprivano sui lati non avevano targhe o scritte che identificassero attività o residenti. Il civico 3 corrispondeva all'ingresso malconcio di una casa stretta in fondo alla corte. Mezzo cancellato, il nome stampato *Kotas* era ancora leggibile sull'intonaco accanto al montante. Nessun campanello, elettrico o meno, nessuna traccia di vita all'intorno.

Heida provò a infilare la chiave nella serratura, e non si stupì che girasse facilmente, mentre si sorprese quasi a desiderare che non lo facesse. All'interno scorse una rampa di scale di legno, con il buio interrotto solo dal lucore che arrivava dalla finestra sopra la porta, rendendo visibile un pianerottolo. Heida attese un momento ai piedi delle scale, in ascolto. All'orecchio gli arrivò soltanto il suono della pioggia dalle grondaie. — C'è qualcuno? — disse mentre saliva. L'eco metallico che tornò indietro faceva pensare che lo spazio di sopra fosse piuttosto grande, forse vuoto. In cima alle scale si accorse che la stanza era più ampia di quanto si aspettasse, più lunga che larga. In fondo al locale le pareti erano oblique, e si stringevano verso la sommità. Erano formate da pannelli di vetro, come quelli degli studi di pittura, coperte da semplici teli tirati sulla loro lunghezza. Nel complesso il luogo aveva l'aspetto di un *atelier,* eppure non c'erano modelli, argilla o ceselli in vista. Solo qualche schizzo appeso al muro vicino alle scale, dettagli di mani, braccia, busti maschili in torsione. Altri schizzi erano stati rimossi in fretta o con rabbia, a giudicare dagli angoli di carta rimasti attaccati ai chiodi. Un paio di sedie, un tavolo spoglio, una cassapanca tarlata costituivano tutto l'arredamento. Nessuna porta, nessun altro ambiente, nemmeno uno sgabuzzino o un bagno.

Fuori aveva ricominciato a piovere, le folate di vento scuotevano i vetri delle finestre nelle intelaiature. Heida si avvicinò alla cassapanca, la aprì, diede un'occhiata all'interno. Conteneva teli appallottolati, scampoli di lino, vecchie tovaglie o tende, come aveva visto nelle fotografie degli *atelier* artistici, stese sulle opere non ancora pronte per essere mostrate.

I suoi passi scricchiolavano sulle assi di legno del pavimento, il gemito delle vecchie case che hanno interstizi fra i piani. Quando sollevò un angolo della tenda che copriva la parete a vetri di destra, vide i pannelli montati nel legno vecchio ondeggiare al vento, con diversi, piccoli suoni. Al di là, Heida percepì muri ciechi e tetti; qualunque luce utile doveva venire da sopra, quando il sole brillava alto.

Dalla parte del ghetto, la pioggia batteva con furia, inclinata dal vento. I telai fra i pannelli di vetro erano così fradici che la pioggia sgocciolava all'interno. Una traccia grigia e ammuffita dal muro al pavimento indicava che era già successo molte volte. Fra la vetrata e i bordi era stata infilata della stoffa ripiegata, affinché il vetro non tremasse troppo. Dall'altra parte della stanza, dove in quel momento il vento era minore, scampoli e carta servivano lo stesso scopo.

Heida rimase ad ascoltare la pioggia battente. Che a Jaroslau Novak possedesse più di uno studio, non lo sorprendeva. Lo faceva però l'estrema modestia di quel che lo circondava, e l'apparente fretta con cui quel posto era stato abbandonato. Perché mai, in nome di Dio, quel giovane a Przeworsk gli aveva dato la chiave? Non c'era niente da vedere, lì.

Era vero, pensò, che qualcuno di diverso da Novak avrebbe potuto precederlo, prima della pioggia. Oltre alle sue, sul pavimento non erano state lasciate impronte, e la porta era stata chiusa di nuovo. Aveva un senso? E perché, al di là dello scultore, qualcuno avrebbe dovuto recarsi in quel luogo?

Tuonava fragorosamente, e i pannelli di vetro producevano un tintinnio fragile e continuo. Quasi convinto della banalità di questa avventura, Heida guardò di nuovo dentro la cassapanca, dispiegò le stoffe, perquisì il fondo, senza scoprire alcunché. Dai frammenti di carta trovati attaccati alle pareti non si riusciva a evincere nulla. I trucioli di matita sul pavimento non erano di alcun aiuto. Uno spazio di lavoro alternativo, non segnalato, doveva pure avere un significato per un uomo come Novak. Gli artisti hanno le loro ragioni. Se aveva a che fare con attività che esulavano dalla sua arte, nemmeno di quelle c'era traccia. Cosa, allora?

Heida percorse di nuovo la stanza per la sua lunghezza, prima di andarsene. Le assi cigolavano e si incurvavano lievemente sotto il suo passo. L'umidità continuava a filtrare dal telaio della finestra di destra, e per riflesso lui andò a spostare la stoffa nelle fessure, spingendola bene per fissarla. Se il vento fosse cambiato, pensò, sarebbe stata l'altra finestra a dover affrontare la pioggia, e il suo fermo non sembrava più affidabile. Dunque si premurò di riassettare la stoffa anche in quella. Un pezzo di carta rigido e ripiegato era ficcato in basso, fra vetro e telaio. C'era poca luce, ma quando aprì il foglio per cambiare la direzione della piega e renderlo più spesso, notò che sulla carta c'era uno schizzo quasi completamente cancellato. Non distinse molto dell'immagine: un'armatura, il braccio destro su una spada, o forse sul bordo di uno scudo. Una figura di guerriero più tradizionale di quelle prodotte da Novak, a giudicare dai monumenti che aveva firmato; probabilmente una copia o una commissione minore. Difficilmente poteva trattarsi del San Giorgio che stava cercando. Ciononostante Heida decise di tenerlo. Al suo posto infilò uno scampolo trovato nella cassapanca, e nel giro di pochi attimi fu giù dalle scale, pronto a uscire di nuovo sotto la pioggia. Senza sapere nulla più di prima, ma più incuriosito.

In fondo alle scale esitò. La rampa di legno non era addossata al muro posteriore. Dietro di essa intuì uno spazio per ricoverare la legna, gli ombrelli, le ceste vuote. Una porta bassa, nascosta a metà da casse e sedie rotte ammonticchiate, doveva portare alla cantina sotto lo studio. Considerando che anche quella corrispondeva all'indirizzo che gli era stato dato, Heida richiuse la porta principale e si spostò dietro le scale per liberare l'accesso allo scantinato.

Quando infilò la chiave nella serratura, girò senza problemi. La luce delle scale era fioca, ma quest'altro spazio era buio pesto ed emanava un odore rancido di terra e umidità. Heida si concesse cinque secondi prima di decidere di entrare. — Ehi! — chiamò, non tanto perché si aspettasse una risposta, ma per stimare dal riverbero del suono le dimensioni della stanza davanti a lui. La voce si allontanò e si perse, come alla testa di un tunnel. Heida aveva letto e sentito storie di passaggi segreti, e sapeva per certo che ne esistevano. Nella sua casa di famiglia, che risaliva a oltre quattrocento anni prima, una galleria sotto le stalle si allungava dentro la collina per oltre mezzo chilometro, e solo un voltone crollato la rendeva impraticabile da quel punto in poi. A Praga, il termine usato per descrivere quei passaggi era *pruchod*. Tutti sapevano che le case nei vecchi ghetti avevano interni labirintici, interconnessi per evitare la gravosa tassa d'ingresso e per garantire una via di fuga in caso di attacco. A meno che non fosse nato come miniera di carbone, quello sembrava essere un luogo del genere, e poteva estendersi all'infinito sotto il quartiere ebraico, affiorando qua e là, o portando alla riva del fiume e all'aperta campagna.

Avere in tasca dei fiammiferi anti-vento, pur non fumando, faceva parte della preparazione di un ufficiale ad affrontare gli imprevisti. Heida ne accese uno per verificare se c'era qualche corrente a piegare la fiamma, indicando un'apertura all'altro capo, o delle prese d'aria lungo il tunnel. La fiammella restò immobile, ma il suo sprazzo gli consentì di vedere che stava camminando su terra battuta e che le pareti e la volta erano fatte di mattoni. Alla sua sinistra, pochi passi più avanti, un varco nella parete laterale poteva indicare un altro spazio, o un passaggio.

Era così. Un secondo fiammifero illuminò una stanza quadrata, con un soffitto più basso di quello del tunnel. All'interno, Heida intravide scaffali carichi di modelli d'argilla, abbozzi, immagini lignee. Pochi bronzi già finiti stavano accanto a pezzi informi di creta. Sul pavimento umido giacevano figure intagliate, dipinte a colori vivaci, in apparenza antiche. Uno dopo l'altro, Heida accendeva i suoi fiammiferi. Quando ebbe finito, e gli furono rimasti solo due fiammiferi per tornare indietro, ebbe la strana sensazione di essere incappato in un deposito di opere d'arte abbandonate a una triste condizione, o intenzionalmente immagazzinate laddove muffa e parassiti le avrebbero portate allo sfacelo e alla rovina.

Praga

Non accadeva di frequente che i colleghi cristiani – gelosi del suo successo – avvicinassero Solomon Meisl per un parere. Di solito lo facevano usando intermediari, o fingendo di discutere questioni mediche estranee alle loro preoccupazioni reali.

Bronislav Kampa era l'eccezione. Per via delle sue inclinazioni politiche liberali, da giovane aveva incontrato parecchi ostacoli, all'università come nella carriera. Suo padre era stato fra gli arrestati dei moti del 1848, e fin da allora l'intera famiglia era stata avvolta da una nube di sospetto. Laureatosi in medicina a Leopoli, Kampa aveva svolto per molti anni un lavoro ingrato nei villaggi più poveri della Galizia. Ora, malgrado i suoi dotti articoli sulla pellagra e le altre malattie legate alla povertà, pubblicati e incensati a Parigi e a Londra, possedeva solo un piccolo studio e fungeva da medico legale in caso di delitti di poco conto. Lui e Meisl si chiamavano per nome, un segno di particolare affetto da parte di entrambi.

— Vorrei che venissi con me, Solomon — gli disse il sabato mattina, sapendo che il collega aveva del tempo libero — e mi dessi un giudizio. È una morte violenta, ma preferisco non dilungarmi sul caso finché non avrai visto con i tuoi occhi.

Meisl aveva appena finito di fare colazione e ignorò le lamentele della governante sulla necessità di un nuovo servizio di piatti. Di fronte a lui, Kampa stava in piedi, alto, precocemente ingobbito e grigio. Nell'ultimo anno le pene gli avevano profondamente segnato il volto. Era l'unico collega a conoscere la sua storia con *Frau* M., avendola sentita dalla viva voce di Meisl. Viveva *more uxorio* con una donna, un'ebrea laureata in chimica. Dopo dieci anni insieme, lei aspettava due gemelli ed era vicina al parto. — Una tazza di caffè, Bronislav?

— No, grazie.

— Come sta Esther?

— Non esce più di casa – è molto grossa, spero solo che non sia un brutto segno. — Era il suo modo per comunicare il timore che potesse soffrire di eclampsia.

— Hai pensato di accelerare le cose con un cesareo?

— Non ne vuole sapere, Solomon. — Anche la povertà decorosa degli abiti di Kampa negli ultimi tempi era ancora più frusta, come per riflettere la malattia della sua donna. — Mi chiedo se uno di questi giorni prenderesti in considerazione la possibilità di parlarle.

— In veste di dottore o di ebreo?

— Entrambi, ma soprattutto come amico.

L'indirizzo del morto era distinto, un appartamento in un nuovo edificio in stile cubista, sulla via Neklanova. La geometria essenziale della facciata a quattro piani ricordava un ventaglio parzialmente chiuso, o un paravento.

— È l'appartamento al secondo piano, la stanza con il balcone lassù — disse Kampa facendo strada. All'ingresso c'era un gendarme, che aprì la porta ai medici. Entrando, Meisl notò la targa d'ottone del campanello, con un nome ceco piuttosto comune: *Novak.*

Gli interni contrastavano con la modernità del pianerottolo, ed erano ingombri di mobili sontuosi. — Fra il corridoio e la camera da letto — fece Kampa per invitare Meisl a seguirlo. — Fai attenzione quando entri: il corpo è appeso alla porta, e non in senso figurato.

Il collo dell'uomo era legato con una cintura di cuoio alla maniglia. Al di sotto dei trent'anni, insolitamente bello, era inginocchiato sul pavimento vicino alla soglia, accanto a una pila di album di fotografie contro la parete. Il corpo irrigidito, inarcato, formava una "C", le braccia abbandonate sui fianchi, gli occhi chiusi. Ogni cosa, in lui, era curata, elegante. Un attore teatrale, un ballerino? Senza chiedere, Meisl esaminò il volto rasato, cianotico su un lato.

— Cosa ne pensi? — lo incalzò Kampa.

Meisl prese tempo prima di rispondere. A giudicare dalla rigidità degli arti, la morte risaliva a sette od otto ore prima. Aveva visto uomini impiccarsi per sbaglio mentre facevano giochi erotici, ma lo stato ordinato dei vestiti – camicia e pantaloni abbottonati, retti da un paio di bretelle – lo indusse a scartare quell'ipotesi. Con la punta delle dita sondò i tendini del collo del cadavere, la costrizione della cintura intorno a essi.

— Solomon, sai chi era quest'uomo?

— No, ma in qualche modo mi risulta familiare. Pensavo che potrei averlo visto in palcoscenico.

— Forse ricordi i suoi ritratti: *Lo Spirito del Progresso, Lo Scrigno del Lavoro...*

— Ritratti? Già, i monumenti di Novak! — Meisl schioccò le dita. — Il nome sulla porta... il modello di Novak, suo fratello!

Kampa abbassò la voce. — Tu lo conosci – tutti lo conoscono – come il suo fratellastro minore. Io lo conosco come Ludvik Alesch. Viste le sue *tendenze*, mi capisci, era fra i miei pazienti. Se lo avessero saputo, non mi avrebbero consentito di essere il patologo di questo caso.

Meisl, che era accovacciato accanto al corpo, si alzò con un movimento agile. — Rimane da vedere se le sue *tendenze* hanno qualcosa a che vedere con la sua morte. Ti risulta che i gendarmi abbiano portato via qualcosa dall'appartamento?

— Sì, una pistola.

— Una pistola? È interessante che qualcuno provvisto di pistola decida di uccidersi come ha fatto lui. Devo presupporre che non abbia voluto guastarsi la testa infilandoci una pallottola? Ci sono persone che si suicidano sparandosi al petto.

— I gendarmi ci hanno tenuto a mostrarmi l'arma. Io non capisco molto di pistole e rivoltelle. Ne ignoravo il produttore e il calibro finché non mi hanno spiegato che si trattava di una Gasser 8 mm.

— Una rivoltella? Mmm. I gendarmi hanno detto altro sull'arma?

Kampa osservò Meisl da vicino, cercando di leggergli nel pensiero. — Cos'altro avrebbero dovuto dire?

— Qualcosa di analogo a quanto ho osservato io: avrebbero potuto chiedersi, per esempio, perché l'arma non sia stata usata per il suicidio.

Kampa si strinse nelle spalle. — Dunque, hanno detto che ha sparato un colpo. Si sono premurati di farmi vedere il cilindro.

— Già, la Gasser ha una dotazione di otto colpi. E hanno cercato prove nell'appartamento per capire se il proiettile è stato esploso in una di queste stanze?

— Be', no. Non mentre ero qui, almeno. Potresti avere ragione, forse volevano farmi notare che quell'uomo poteva scegliere una maniera più virile per porre fine alla sua esistenza. Ma attenzione, al momento la polizia si riferisce ancora a lui come a *Herr* Novak. Nessuno ha mai fatto alcun commento riguardo una possibile diversa identità, né al fatto che la relazione fra lui e lo scultore era *altra* da quella che comunemente si credeva.

— Capisco. — Meisl si guardò intorno. — Novak vive qui?

— No. Ha un alloggio a Mala Strana, e fra l'altro la maggior parte dei mesi di luglio e agosto la trascorre in Galizia.

— Bene, quest'uomo non si è impiccato, questo è certo.

Kampa sembrò improvvisamente sollevato. — L'ho pensato anch'io. — Cercò la mano di Meisl per stringerla. — Per favore, vai avanti.

— È stata compressa vigorosamente solo la parte anteriore destra della giugulare. Mi verrebbe da pensare che sia stato soffocato con una mano, con il pollice che ha esercitato una forza mortale sulla giugulare, qui. Ma la cintura è stata stretta intorno al collo immediatamente dopo, quindi la morte è stata pressoché concomitante, se non determinata, da quest'impiccagione incompleta. Indossa bretelle, dunque probabilmente non era neppure la sua cintura: fra l'altro si tratta di un cuoio a buon mercato e di scarsa qualità.

Con un piccolo gesto delle dita, Kampa invitò Meisl a seguirlo lontano dalla porta, verso il balcone. — Dopotutto i miei sospetti erano fondati. Temo però che la polizia possa dar poco conto alla mia versione dei fatti, motivo per cui ho chiesto la tua considerata opinione.

— Potrebbero restare comunque attaccati al loro pregiudizio. Questa è una faccenda spiacevole, in qualunque modo la si guardi. Mi chiedo quale sarà la reazione di Novak.

— Alesch non era il suo unico interesse sentimentale — sussurrò Kampa — anche se godeva di una posizione privilegiata perché era il suo modello preferito, e per la finta parentela. Per quanto ho osservato, il ragazzo ne soffriva. E mi ha dato la sensazione di essere anche piuttosto geloso.

— Comprensibile. Al punto di ricorrere alla violenza?

— Non una violenza contro altri, non credo. Ma non se ne può mai essere certi. Sembra che qualcuno avesse interesse a farlo apparire violento almeno contro se stesso.

Con discrezione, Meisl guardò fuori, per strada, da dietro le tende tirate del balcone. — Mi chiedo se avessero litigato.

— Non hai modo di saperlo, ma questo è l'unico appartamento abitato dell'edificio, che è nuovo. Ho controllato. C'è uno studio non occupato, di sopra, e degli spazi ancora da affittare agli altri piani. Se hanno litigato, la cosa non si sarebbe notata. La reazione pubblica di Novak senza dubbio si conformerà alla perdita di un fratellastro minore. In privato, non so. Se ci sono altri parenti di Alesch…

— Veri, vuoi dire? Probabilmente continueranno a mantenere il silenzio, come hanno fatto fino a ora.

— Lo penso anch'io.

Kampa si passò il dorso della mano destra sulla fronte, con disagio. — Ho detto ai gendarmi che avrei chiesto il parere di uno stimato collega, ma non ho fatto il tuo nome. Nel caso dovessero esserci complicazioni, non vorrei mai che tu fossi coinvolto per niente.

— Non ti preoccupare di questo. Entrando, piuttosto, ho notato che c'era una valigia pronta in corridoio…

— Sì, infatti. I gendarmi hanno concluso che la vittima stava tornando da un viaggio.

— Come sono riusciti a stabilire che stava tornando e non partendo?

— Bontà divina, Solomon, non lo so. La matrice di un biglietto in tasca, magari? Pare che la porta d'ingresso fosse aperta quando sono entrati; non sembra esserci alcunché in disordine, almeno in questa stanza. Come vedi, il letto è fatto.

Il letto era largo, coperto di ciniglia giallo acceso. Al di sopra, una tela scura con dei cherubini paffuti assomigliava a un'assurda finestra sull'antichità.

— E dove è stata scoperta la rivoltella?

— Un gendarme l'ha tirata fuori dal cassetto del comodino in mia presenza.

Meisl rivolse di nuovo gli occhi alla strada, oltre il velo delle tende. — L'unico altro caso che conosco in cui sia stata usata una Gasser è una sparatoria a Pilsen, quando una mia cliente è stata bersagliata dal marito impazzito, un ufficiale montenegrino. L'ha mancata del tutto. È l'arma d'ordinanza di quello Stato, pesante e difficile da brandire. — Scosse il capo. — Non la userei nemmeno io, se volessi suicidarmi.

Sull'omnibus che li riportava allo studio di Meisl, Kampa non ebbe risposta all'interrogativo di chi avesse chiamato la polizia all'appartamento di Alesch. — Forse Novak ha cercato di telefonare dalla sua residenza estiva, e non essendoci riuscito, si è preoccupato.

Arrivando alla Karlsplatz trovarono la strada bloccata dai gendarmi. Uno di loro, un gigante dalla faccia rubizza a gambe divaricate sul marciapiedi, fermò il mezzo e invitò i passeggeri a trovare altri modi per raggiungere le loro destinazioni. Non c'era via di sapere se si temeva un tumulto di piazza, o se semplicemente stesse transitando un pezzo grosso dell'esercito che voleva la strada sgombra da sguardi indiscreti; di certo c'era solo l'agitazione di uomini in uniforme intorno all'ospedale militare di fronte a loro. Non senza protestare, la gente scese e cominciò a disperdersi. Meisl salutò Kampa di fronte all'ospedale pediatrico, lì vicino, promettendo di restare in contatto.

— Bronislav, se per ragioni tue preferisci che il mio nome non compaia in questa faccenda, ti suggerisco di indicare che la vittima è stata strangolata, e in punto di morte, se non immediatamente dopo, è stata legata alla maniglia della porta per simulare un suicidio. Considerato che la giugulare sembra essere stata premuta con una sola mano, l'assassino deve essere un uomo dal fisico possente. La mia raccomandazione è di esaminare il corpo in cerca di contusioni o altri segni che indichino che è stato trattenuto o comunque immobilizzato durante l'esecuzione dell'omicidio. Fosse così, potrebbero essere coinvolti uno o due uomini. Per come la vedo io, o stavano aspettando Alesch di fuori e si sono introdotti a forza nell'appartamento mentre apriva la porta, oppure sono entrati con una copia della chiave e l'hanno assalito una volta dentro. Assassini professionisti, credo. Nessun segno evidente di lotta, deve essere stata un'operazione fulminea e condotta in maniera esperta.

Kampa annuì distrattamente. — Grazie. Altro?

— Solo se dimostrano qualche interesse. Ecco alcune domande: è stato sottratto qualcosa dall'appartamento, e se sì, cosa? Da chi è stato esploso il colpo di pistola? La presenza di un'arma suggerisce che Alesch temeva per la sua vita? Non conosciamo le risposte, ma la polizia potrebbe scoprirle. — Notando che il gendarme rosso in volto aveva adocchiato il loro scambio, Meisl afferrò il collega per il gomito e prese a camminare. — Eri il suo medico, Bronislav: ti ha mai dato motivo di credere che si sentisse minacciato?

— Non lo vedevo da tre mesi, Solomon. La fatica di apparire quel che non si è, di dover mantenere in vita una finzione, inciderebbe su chiunque. Per essere franco, Alesch mi ha sempre colpito per la sua spiccata attitudine alla duplicità. Recitare il ruolo gli risultava così facile che a volte parlava di sé come se fosse davvero il fratellastro di Novak. Se temeva per la sua vita? No. — Kampa fece un sospiro profondo, massaggiandosi la fronte. — Ma per venire alla tua domanda sulla rimozione di oggetti dall'appartamento... Quando mi sono inginocchiato accanto al corpo di Alesch per esaminare la cintura intorno al collo, ho dovuto spostare una catasta di album fotografici dietro la porta. Era un cumulo alto e traballante, e anche se non ci posso giurare, quando tu e io siamo tornati mi sembrava più basso. Non ho idea di cosa potrebbe significare. Gli album di schizzi e fotografie di monumenti devono abbondare nelle case in cui vivono artisti e modelli.

— Bene, per ora rimane il mistero. Passo a casa tua domani mattina — assicurò Meisl a Kampa. — Solo un'amichevole visita domenicale, per vedere se riesco a convincere Esther a prendere una decisione assennata.

— Ti sono debitore. — Il suo collega esitava sul marciapiedi, visibilmente chiedendosi se dovesse aggiungere qualcosa o lasciar perdere. Infine sbottò: — Solomon, ti dirò perché Alesch non avrebbe potuto spararsi con una Gasser. Dieci anni fa ha avuto un serio incidente a cavallo, e cadendo di testa ha cercato di proteggersi il volto tendendo in avanti le braccia. Si è procurato delle brutte fratture a entrambi i polsi. Non portava dei tiranti ortopedici solo per vanità. Ma è stato esonerato dal servizio militare, perché non ha mai riacquisito una piena funzionalità, al punto da non poter sostenere alcun tipo di carico, figuriamoci sollevare efficacemente una pistola così pesante.

— Ah. — Meisl si voltò un istante a guardare l'ingresso dell'ospedale dell'esercito, che brulicava di gendarmi. — Questo spiega perché la valigia all'ingresso fosse così leggera. Credo sia vuota.

Solomon Meisl non si aspettava di trovare la notizia della morte di Alesch nei giornali della sera. A ogni modo, siccome a volte la polizia pubblicava brevi notizie di fatti criminali senza menzionare le persone coinvolte, era curioso di vedere se quel bocconcino era arrivato alla stampa. Di conseguenza comprò diversi giornali, con gran sorpresa del suo vecchio edicolante, abituato a vendergli il *Prager Tagblatt* e una selezione di testate straniere. La guerra occupava le prime pagine, naturalmente, ma lo sbigottimento venne dal leggere la notizia dell'inaspettata morte dello scultore Augustyn Novak. Solo due righe concise, forse a causa del ritardo con cui era arrivata l'informazione, o forse no. Si diceva che *il noto scultore, mentre si trovava a Przeworsk, diretto alla sua residenza estiva di Jaroslau,* era *prematuramente scomparso una sera di agosto*...; i dettagli erano riservati.

Come positivista, Meisl non era incline a credere al caso. I due incidenti, separati da poche ore ma da oltre duecento chilometri, non lo convincevano. Inoltre, se lo sventurato Novak era morto prima di Alesch, di certo non era stato lui ad avvertire la polizia che il ragazzo non rispondeva al telefono. Cominciò immediatamente a pensare a un modo per saperne di più.

Jaroslau, Galizia

Karel Heida tornò alla caserma della *Landwehr* appena in tempo per non incorrere in una sanzione. Lo stato pietoso della sua divisa era fortunatamente giustificato dalla pioggia, anche se i suoi colleghi lo tormentarono chiedendo dove mai nel centro di Jaroslau avesse trovato pozzanghere tali da infangarsi così gli stivali.

— Non rimarremo qui — lo informò subito Jiri. — Ci trasferiranno presto a Potok, brutto affare. Ho sentito dire che è un buco di fogna.

— Le città di frontiera sono tutte uguali — intervenne il capitano Rozhmberk passando di fronte alla porta. — Si distinguono solo per il tipo di liquore e le baldracche. A Potok insaporiscono la grappa con le formiche.

Heida si cambiò in fretta. Mentre il suo compagno di stanza se ne stava di fronte allo specchio a contemplare il suo lentigginoso bell'aspetto, lui si sedette sulla branda per cambiarsi gli stivali. Voleva riporre la chiave e il pezzo di carta ripiegato nel suo baule, ma Vilem si girò di nuovo verso la stanza, così decise di aspettare dopo il pranzo.

Di sotto, a un capo della sala mensa, per gli ulani in visita era stato allestito un tavolo carico di *bigos*, salsicce e birra Okocim. Un gruppo di operai stava riparando una sezione del consunto pavimento di legno, e gli ufficiali, quindi, dovettero muoversi in punta di piedi per raggiungere i loro posti. Su una parete campeggiavano le insegne di Francesco Ferdinando, un'araldica congerie di animali mitici riuniti sotto un mantello d'ermellino.

Heida sedeva di fronte all'effigie dell'uomo per cui – così era stato detto loro – il mondo era sceso in guerra. *Non fosse stato per Sarajevo*, pensò, *non sarei sulla via della gloria, non avrei incontrato l'avventura, e nessuno mi avrebbe consegnato strane chiavi e indirizzi. È come se il principe ereditario fosse morto per me.* Accanto al suo piatto, ancora intonsa, giaceva una lettera della baronessa Ludmila Mitrovitz, che aveva trovato al suo rientro in caserma. Immaginò si trattasse di un altro invito, un tentativo di estorcere una visita a Przeworsk ancor prima che la guerra gli lasciasse accumulare giorni di licenza. Heida usò il coltello da frutta per aprire la busta e si trovò di fronte una breve, gelida nota di ammonimento in cui lo si esortava a non far mai più visita alle ragazze.

Sdenka Louise e Julie avevano di certo spettegolato su quanto aveva detto loro la sera dell'incidente ferroviario, esasperato dalle loro allusioni. Queste, d'altra parte, Heida era certo che alla madre le avevano tenute nascoste, come i loro discorsi sull'orgasmo.

— Cattive notizie? — chiese il suo collega Comano von Comano dall'altra parte del tavolo.

— No, no.

La vera questione era se la missiva era stata concertata con il barone Mitrovitz; probabilmente no, altrimenti l'avvertimento sarebbe arrivato direttamente da lui. Oppure... Mammina aveva agito da sola o aveva inventato una scusa per conto del marito? Una spiacevole prova della prima ipotesi sarebbe stato l'invio da parte della baronessa di una lagnanza scritta su di lui a sua madre a Praga: solo una faccenda privata di sentimenti feriti sarebbe stata riservata alla discussione fra donne. Altrimenti era legittimo sospettare che Mitrovitz avesse usato il pretesto per evitare ulteriori scomode conversazioni sulle reali cause della morte di Augustyn Novak.

Era una tentazione, telegrafare a Didi e chiederle di intercettare qualunque biglietto in arrivo da Przeworsk, ma pensò bene di resistere. Conoscendo sua sorella, l'avrebbe subito informato dell'arrivo di una simile lettera, se non altro per schiacciarlo con la superiorità del suo acume femminile. A meno che, naturalmente, non si trattasse di un trucco dei Mitrovitz per obbligarlo a scusarsi di persona, attirandolo, pentito, nei lacci di un possibile fidanzamento.

Non c'era nulla che potesse fare al riguardo in quel momento. Assorto, Heida intascò il biglietto e riprese a mangiare. Aveva cose più importanti per la mente, altri dubbi.

Cerchi San Giorgio, gli aveva detto il giovane efebo. Ebbene, almeno un terzo delle figure che aveva visto nella camera sotterranea di Novak rappresentavano il santo guerriero. In piedi e a cavallo, con la lancia che aveva ucciso il dragone sotto braccio o appoggiata all'alto scudo, il santo era ritratto in legno e metallo secondo i canoni severi del Medio Evo e la grazia fluida del Rinascimento. Madonne e angeli dorati – Heida ne aveva contati sette – giacevano sotto gli scaffali, in parte seppelliti dal terriccio. Era un deposito segreto di oggetti cattolici, nascosti dalla furia dei protestanti svedesi secoli prima? Gli stessi avi ussiti di Heida, prima di ritornare all'ovile dopo le esecuzioni e le sconfitte militari, avevano spogliato molte cappelle delle immagini papali. Quelle statuette, per ironia della sorte, erano forse state affidate agli ebrei per essere protette dall'invasore, e dimenticate in una galleria sotterranea? Poteva essere che da quell'antro del tesoro Augustyn Novak estraesse un pezzo alla volta le pregiate figure che vendeva a principi e governi?

Ma che senso aveva lasciare quelle opere d'arte al decadimento? L'argilla e i modelli sugli scaffali erano ancora più difficili da spiegare.

Dopo pranzo, gli ulani ebbero la sgradita sorpresa di apprendere di essere stati consegnati in caserma fino a ulteriore notizia. Rozhmberk, che ne sapeva di più, disse che si parlava di manifestazioni in città. — A Rzeszow, ieri, un ufficiale del Sesto reggimento ulano è stato insultato sulla pubblica via, e naturalmente ha reagito. Gli operai hanno fatto molto chiasso a Olmuetz e Ostrava. Meglio essere consegnati, ragazzi, che dover caricare i civili: è così *degradante*.

Heida e Jiri Vilem salirono nella stanzetta che era stata assegnata loro e si prepararono ad affrontare la noia del pomeriggio. Determinato a non far sapere della lettera della baronessa Mitrovitz, Heida aprì il baule dell'esercito ai piedi della sua branda per infilare la busta, insieme alla chiave e al foglio, nel resto della corrispondenza. Dopo averlo frugato con crescente impazienza, si voltò per dire: — Jiri, hai ficcato il naso nel mio baule?

Vilem stava studiando criticamente la cucitura dei suoi guanti da equitazione. — Cosa? Devi essere uscito di testa, Karel. Perché dovrei ficcare il naso nel tuo stupido baule?

— È già successo.

— Quello è stato quando credevo che stessi corteggiando mia cugina Valli. Te l'ho detto io stesso, o non te ne saresti neppure accorto. Perché, ti manca qualcosa?

Il baule di un ufficiale inferiore era un oggetto talmente anonimo da far credere a Heida che fosse un ripostiglio abbastanza prudente per tutte le sue cose. Geloso dei suoi libri, delle sue lettere e di pochi altri oggetti, come il ricciolo biondo di Polyxena Kinska nel medaglione, teneva il baule rigorosamente chiuso e ne portava la piccola chiave nel taschino dell'*ulanka*. Eppure...

— Allora, cosa manca? — insistette Vilem buttando i guanti sulla sua branda. — Ci siamo solo noi e i nostri attendenti in tutta l'ala.

— Non manca niente, ma qualcuno ci ha messo le mani. — Pronunciate le parole, Heida si rese conto – troppo tardi – di aver posato chiave e busta in bella vista sul letto, dove il suo amico le avrebbe viste.

In effetti, Vilem reclinò la testa di lato. — Ti comporti in modo strano, Karel. Che chiave hai lì, la porta di quale casa apre? — Intravista l'elegante busta, sfoderò un sorrisetto consapevole. — Non ti sarai messo nei guai con le tue cugine Mitrovitz, vero? Oppure l'hai fatto? — Il volto gli si accese. — È così. *È così!* Certo, naturale. Il vecchio Mitrovitz deve essere uscito di senno, per invitare un ufficiale degli ulani a passare la notte a casa sua. Cosa dirà *La* Kinska?

— Oh, dacci un taglio! — Heida chiuse di scatto il baule e ci si sedette sopra.

— Ge-su Ma-ria! — L'esclamazione poco militare sfuggì a Vilem subito dopo aver sfacciatamente aperto e letto il biglietto della baronessa. — Cosa hai combinato per meritarti questo ceffone scritto?

Quanto sosteneva Jiri – che solo gli ufficiali ulani e i loro attendenti avevano accesso a quella parte della caserma – non era minimamente vero. I soldati della *Landwehr* occupavano le altre sezioni, e di sotto stavano lavorando ai pavimenti. Era lungi dall'impossibile che qualcuno completamente estraneo al reggimento fosse arrivato fino alla stanza, avesse usato un *passe-partout* per entrare, e del fil di ferro o un coltellino per aprire il baule. Che cos'altro avrebbero potuto cercare, se non la chiave dello studio di Novak? Heida strappò la lettera dalle mani di Vilem.

— Controlla anche il tuo, di baule, d'accordo?

— *Sei* matto, Karel. — Vilem fece come gli era stato chiesto, diede una rapida occhiata nel suo. — Be', questo sì che è strano. Anche la mia roba è tutta sottosopra.

Heida lo avvisò. — Non è uno scherzo, Jiri.

— Dobbiamo chiedere agli altri se anche i loro effetti sono stati perquisiti?

— Vai a chiederglielo tu.

Venne fuori che nessun altro baule sembrava essere stato manomesso, e non mancava alcunché. Tuttavia, alle tre, quando il colonnello Trott venne a controllare i suoi ufficiali subalterni, la notizia dell'infrazione era sulle labbra di tutti, e ai due tenenti fu ordinato di presentarsi a rapporto alle tre e mezza. Heida avrebbe preferito evitare tutta quella pubblicità, ma non ci si poteva far niente.

O forse sì. Alle tre e un quarto agli ulani fu ordinato di uscire a cavallo, armati, per fronteggiare un tumulto sulla via Hetman, dove sembrava che i gendarmi locali fossero stati sbaragliati da operai metallurgici che brandivano barre d'acciaio. Non conoscendo le strade, persero tempo a dispiegarsi. Fu la fuga degli ombrelli dal tumulto, infine, a indicare loro la giusta direzione. Reagendo alle incitazioni degli ulani, i cavalli cominciarono ad accelerare in un tempestoso fragore di zoccoli ferrati. Rossi e blu, gli ulani sfrecciarono lungo una strada di banche e ristoranti. Heida vide sfilare le finestre rotte di una birreria sotto un cartello giallo che recitava *Velkoprazhske Pivo*, "Birra Grande Praga", con le parole *Ksiegarnia – Restauracja* che svanivano nella fretta. Immaginò che Rozhmberk, in testa alla carica, avesse finalmente capito dove stavano andando.

La pioggia batteva sui volti di tutti loro, e ben presto furono zuppi e trovarono difficoltà a governare i cavalli nel mare di ombrelli neri. Poi la strada si svuotò, lucida di pioggia come il dorso di un enorme pesce. Heida, all'improvviso, capì dove doveva dirigersi. Il fragore di un'arma da fuoco, davanti a lui, lo sollevò dalla totale confusione per consegnarlo a un'eccitazione folle e furente, mentre la piccola unità entrava come un fulmine nella piazza. Francesco Ferdinando era morto per dargli gloria e avventura, e i manifestanti si mettevano in mezzo! Quel giorno avrebbe scaricato la sua arma senza pensarci due volte sul nemico – marxista, obiettore di coscienza, pacifista – se solo gli fosse stato comandato.

Il fato volle che una schiera di gendarmi a cavallo, con i pennacchi molli di pioggia, avesse preceduto la cavalleria militare, e in quel momento stesse aprendo il fuoco sui manifestanti. Una lingua di fuoco orizzontale scintillò da sinistra a destra con un forte scoppio. Lo scoppio si tramutò in un urlo prolungato, come il lamento di un gregge assalito dai lupi: gli uomini inciamparono, caddero, si ritirarono lasciandosi dietro una scia di corpi. Gli ulani formarono uno sfavillante cordone armato di sciabola a un capo della via, con il compito di non consentire la dispersione dei dimostranti.

— Mantenete la posizione! — comandò Rozhmberk. — Mantenete la posizione!

Gli ulani la mantennero senza fatica; la gente, comunque, scappò per le strade laterali, si rifugiò nelle porte, negli angoli e nei vicoli. Nessuno diede l'ordine di inseguirla. Heida trattenne il fiato. I volti di quelli che avevano sparato erano bianchi, come privi di lineamenti sotto i cappelli, dietro ai baffi. Il sangue sgorgava dai corpi sul lastricato e si faceva rosa sotto la pioggia. La fiumana dei manifestanti era rifluita; per la strada rimaneva un gruppo di uomini in trappola, poche decine di malcapitati. Un odore di paura – impossibile da fiutare all'aria aperta, solo immaginato – era sospeso su di loro e sull'intera piazza.

Gli ulani tornarono alla caserma Francesco Ferdinando passando per la Grünwald, cavalcando a coppie nella pioggia martellante. Non si erano scambiati una parola da quando Rozhmberk, seccato fin dal principio per la chiamata, aveva ordinato il ritiro. Vilem e Conrad guardavano le vetrine, o fingevano di farlo, Bruner-Labek e Gabrinski avevano lo sguardo fisso davanti a loro, come Nemeth e lo slovacco. Comano von Comano aveva sparato un colpo in aria prima di lasciare la piazza, per poter poi negare di essere "uscito a vuoto". Heida era infiammato dai residui d'emozione e dalla sorpresa per la sua stessa paura che la guerra potesse in qualche modo essere fermata.

Praga

Inaspettatamente, Meisl non dovette andare lontano per scoprire qualcosa di più su Ludvik Alesch. Il giornale scandalistico pubblicato a Praga VII, sotto la blasfema testata de *La lingua di San Giovanni Nepomuceno*, ne rivelava la vera identità. Non solo: ipotizzava anche un *perverso litigio fra amanti* culminato nel suicidio del giovane, che direttamente o indirettamente aveva causato la morte del noto artista. *Fonti autorevoli confermano,* proseguiva l'articolo, *che una rivoltella Gasser & Rast è stata usata per sparare al petto del professor Novak da una distanza di non oltre due passi, tale da far sì che il colpo lo trapassasse, uscendo dalla schiena.*

La pubblicazione della notizia lo incuriosì ancor più dei suoi contenuti. Tradizionalmente, le autorità riuscivano a tacitare le rivelazioni scandalose che non volevano rendere pubbliche. Nella sua professione Meisl sapeva fin troppo bene quale livello di coperture permettesse agli alti ranghi di non subire cattiva pubblicità per le loro devianze private. Novak era una gloria nazionale, i suoi lavori erano esposti in tutta Europa, e mai alle sue presunte tendenze personali era stato concesso di affiorare, tanto meno in maniera negativa.

Rileggendo le espressioni salienti *(...un vizio a lungo nascosto finalmente svelato... la sua perversa relazione occultata sotto il sacro nome del legame fraterno... il prezzo del peccato è la morte...)*, Meisl prese una decisione che solo il giorno prima avrebbe considerato con disprezzo: sarebbe andato a trovare Prokop Uher, l'editore de *La lingua.*

Sotto l'articolo dedicato ad Alesch, per combinazione, l'occhio gli cadde su un trafiletto riguardante un'altra notizia: *tumulti nella città di J., in Galizia, repressi dai gendarmi locali e dagli ufficiali ulani.* Il pensiero di Meisl andò a Karel Heida, la cui patriottica cartolina – imbucata a Przeworsk – gli era stata messa sul tavolo dalla governante quel giorno a colazione.

La lingua di San Giovanni Nepomuceno più di una volta si era vista sequestrare le copie prima della distribuzione. Meisl sacrificò la passeggiata meridiana alla curiosità, e prese la direzione di Holeschovitz, dove il giornale vedeva la sua limacciosa luce.

L'ufficio era un buco sulla Libenska, dietro il mattatoio, nella griglia geometrica di strade che portava all'Officina del Gas di Praga. Per andarci Meisl prese il tram, sotto una pioggerellina che faceva sembrare l'isola della Corona, la più grande della città, una nave fantasma ancorata sulla Moldava. Dall'altra parte della ferrovia che portava a Dresda, le fabbriche di Bubna avevano sagome cupe, pragmatiche, impersonali.

Prokop Uher sosteneva di conoscere bene Meisl. In effetti era capitato spesso che gli telefonasse o lo cercasse di persona, nella speranza di apprendere dettagli utili per la sua spazzatura editoriale. Non che si aspettasse di sapere alcunché direttamente dal medico, ma si vantava di essere capace di cavare notizie interessanti anche dalla reticenza di quelli che avvicinava per avere informazioni. Meisl era troppo intelligente per lui, ma questo non significava che Uher avesse rinunciato ad arraffare nozioni utili sull'apparato riproduttivo dell'*élite.* Una volta aveva perfino finto di essere un paziente, allo studio di Meisl a Karlsbad, e prima di essere buttato fuori aveva avuto l'opportunità di osservare il luogo in cui la sifilide e l'impotenza indossavano abiti di classe.

Dire che fu sorpreso di vedere Meisl nel suo ufficio non avrebbe espresso appieno il suo entusiasmo. — Natale in pieno agosto! — scandì con un sorriso largo, alzandosi dalla sedia per stringergli la mano. — Non posso credere ai miei occhi, stimato dottor Meisl. Perché non si siede?

Meisl non aveva alcuna intenzione di sedersi, tantomeno di togliersi il cappello. Sulla parete alle spalle di Uher erano attaccate luride fotografie fin quasi al soffitto. Immagini di prostitute morte ai piedi di letti sfatti, cadaveri in decomposizione, anonimi seni e gambe che spuntavano dagli abiti da sera formavano un triste mosaico, completato da mostruosi feti ancora legati al ventre delle loro madri.

Che uso diverso sanno fare gli uomini delle stesse realtà. La professione di Meisl lo esponeva a tutto quel che vedeva sulla parete, ma l'occhio dello scienziato e il cuore dell'umanista fungevano da barriera all'interesse morboso e allo sfruttamento. La faccenda in questione, però, richiedeva flessibilità, quindi fece lo sforzo di togliersi almeno il cappello. — Non si rallegri troppo, *Herr* Uher. Sono qui per proporle uno scambio: il diritto esclusivo a pubblicare la mia filosofia sulle aberrazioni sessuali in cambio di alcune informazioni sul professor Novak.

Uher si inchinò. — Non posso che guadagnarci, dottore. Sono d'accordo. — Aveva il volto di una bambola: occhi tondi, naso a patata e zigomi rosa su una faccia a palla. Era uno di quegli uomini che si lasciano crescere l'unghia del mignolo; e sulle mani ben curate, quelle due unghie erano particolarmente lustre. Meisl notò che gli estendevano il mignolo fino alla lunghezza dei due anulari. I suoi abiti da grande magazzino non erano privi di eleganza, ma la pulizia non era fra le loro virtù. Si sedette comodo girandosi i pollici e cambiando direzione ogni tre giri.

— Vede — attaccò, gloriandosi della qualità della sua testata — contrariamente a quanto può pensare, *La lingua* non accetta denaro da chi cerca di fermarla per proteggere la sua reputazione. Abbiamo le nostre fonti confidenziali, le consultiamo e poi costruiamo i nostri pettegolezzi in maniera tale che cercare di negarli, per gli interessati, significherebbe solo più fango e più imbarazzo. L'unico muro in cui incappiamo di tanto in tanto è il governo. Per questo procediamo con cautela intorno a quelli che il governo vuole proteggere. Di nuovo, contrariamente a quanto si crede, gli uomini di Sua Maestà Imperialregia non hanno alcun interesse a proteggere tutti coloro che lavorano per lo Stato. Ricorderà il caso della contessa Vranova e della nascita a Montecarlo del suo figlio illegittimo. Ebbene, quella me la sono dovuta sudare, considerato che era stata l'ultima confidente dell'Imperatrice. Ma è andata, liscia come la seta. Mi sto ancora domandando perché. O ha pestato i piedi a qualcuno a Corte, e l'hanno abbandonata, oppure contava dei nemici che avevano tutto da guadagnare a lasciare che subisse le conseguenze delle sue azioni. Su Augustyn Novak avevamo un *dossier* grosso così. — Uher stese tre dita per mimare lo spessore. — Non è stato facile, perché quell'uomo sapeva come coprire le sue tracce. Quanto alla storia del fratellastro… be', lo confesso: per un po' me la sono bevuta. Certo, mi ha incuriosito apprendere che Novak è la versione abbreviata del suo cognome originale, Novakovitch, come Dimitri Novakovitch, della segreteria dell'università di Belgrado. Ma non ci si può fare niente, riguardo alle proprie origini e i propri parenti, e un artista di quella fama, da cui la Boemia ha tratto lustro, era il genere di bersaglio che non sono certo di voler puntare. Quindi del *dossier* – rivelerò solo sotto tortura dove *La lingua* lo conserva – fino a ora non ho fatto nulla. La notizia dalla Galizia è stata che Novak era morto in un incidente. Suicidio, ho pensato subito. Perché no? I pervertiti soffrono d'ipocondria, è più che probabile. Ma non era abbastanza per andare in stampa, a meno che – diciamo – non potessimo avere una fotografia del corpo tagliato in due. Poi ricevo una telefonata in cui si suggerisce che Ludvik Novak (alias Ludvik Alesch), trovato morto nel suo elegante appartamento della Neklanova, ha qualcosa a che fare con la fine dello scultore. Si fa riferimento a delle prove, una pistola e un biglietto, a dimostrare che si trovava a Przeworsk il giorno dell'omicidio.

— Chi è stato a telefonare?

— Un informatore fidato, addentro le faccende criminali. — Era la cosa più prossima a un'ammissione di avere spie all'interno della polizia che Uher poteva permettersi. — Ora, questo genere di notizia non potrebbe mai trapelare se il potere non la ritenesse priva di importanza, o, al contrario, non ritenesse importante proprio farla trapelare. Così mi sono detto che potevo ben occuparmi di uno dei due incidenti, ricamare sul falso rapporto di fraternità e così via in maniera alquanto sicura. Per il momento nessuno mi ha dato del bugiardo. Circostanza interessante, considerato che Novak era, se mi consente la freddura, un monumento nazionale.

Meisl osservò l'editore prendere una manciata di noci da un cassetto e uno schiaccianoci a forma di gambe di donna, che procedette a spalancare. — Significa che Novak era uscito dalle grazie del governo?

— Ho le mie fonti in Galizia: stanno verificando di che altro potrebbe trattarsi. Se c'è qualcosa di più, la polizia mi darà una medaglia, oppure mi arresterà. — Uher schiacciò una noce. — Il mio è un giornale fatto per i tempi di pace, dottore, una pubblicazione per i giorni in cui le ansie vagano come nuvolette in un cielo blu, ed è gradevole incappare ogni tanto in un po' di fango. — Estrasse il frutto dal guscio rotto, ne mise metà davanti a Meisl e se ne ficcò in bocca l'altra metà. — Purtroppo la guerra ci renderà irrilevanti molto presto. La gente non sarà più interessata a leggere del matrimonio segreto in Brasile di una stella del balletto o dell'inclinazione di un banchiere per le adolescenti. Così mi sono detto che avrei dovuto approfittare delle notizie su Novak, malgrado tutto. Si segni le mie parole: stanno arrivando giorni in cui chi si porta a letto un artista famoso non interesserà più, di fronte a eventi molto più grandi.

Dato che gli occhi tondi dell'editore erano sulla mezza noce intatta, Meisl la prese e se la mise sotto la lingua. — Domattina avrà per iscritto la mia filosofia sulle aberrazioni sessuali.

— Sono autorizzato a mandarla in stampa integralmente?

— Dalla prima all'ultima parola.

Uher si raddrizzò sulla sua sedia. — Usando il suo vero nome?

— Il mio vero nome.

Meisl dovette aspettare di arrivare al bagno pubblico più vicino per potersi lavare le mani dopo aver stretto quella di Uher. Ma la noce la sputò appena uscito dagli uffici della redazione.

Jaroslau, lunedì

Dopo i moti della domenica la consegna degli ulani fu interrotta, e non si aspettavano altri guai. L'atteggiamento della città nei confronti dei soldati in generale, però, si era sottilmente alterato. Heida notò che per le strade la solita ammirazione per la sua bella uniforme si era tinta di freddezza, specie tra i camerieri e gli operai. *Tanto valeva sparare sulla folla*, si disse tra sé. Fu un sollievo, arrivando alla chiesa domenicana, vedere il saluto deferente del gendarme di guardia alle mura del chiostro.

Era andato fin lì seguendo l'invito di un biglietto consegnato a mano, che specificava ora e luogo, e nient'altro. Le poche parole dattiloscritte non svelavano l'identità del mittente, ma la qualità e il colore del biglietto lo convinsero che si trattava di una signora. Come poteva Karel Heida non sperare contro ogni logica che si trattasse de *La* Kinska, magicamente trasportata a Jaroslau per benedire le ore che lo separavano dalla guerra? Malgrado il pensiero fastidioso di dover ben presto fare rapporto a Trott sulla ricezione e sul tentato furto della chiave dello studio di Novak, spiegando le strane circostanze che avviluppavano entrambi gli eventi, si precipitò pieno di aspettative attraverso la soglia.

La penombra dentro la chiesa in quella mattina nuvolosa si animava di infinite fiammelle di candela. Al di là delle due suore inginocchiate vicino all'ingresso con i loro rosari, le panche erano vuote fino alla seconda fila, a destra dell'altare maggiore. Lì, di fronte alla statua della *Mater Dolorosa*, sedeva una donna. L'ampio mantello blu, di foggia quasi giapponese, per un fugace istante lo persuase che si trattasse di Polyxena, ma il gran cappello piumato non rientrava nei gusti della soprano, e la sagoma – la sagoma decisamente non era quella dell'amata. Deluso ma curioso, Heida si avvicinò con la discrezione consentita dagli stivali. Fece un inchino col capo quando la signora si voltò, porgendogli un'espressione velata ma riconoscibile.

— Baronessa!

— Sshh… Sshh, ti prego, Karel. Niente titoli, niente nomi.

— Ma… che cosa fa qui?

Sotto il mantello, Ludmila Mitrovitz indossava quel che Heida aveva sentito sua madre chiamare *demi-toilette*, un vestito abbastanza elegante per essere portato anche di sera, azzurro cielo e illuminato da lustrini. Fece un rapido gesto con la mano per invitarlo a sedere accanto a lei.

— Volevo solo farti sapere che non ho scritto il biglietto di mia volontà. Non vorrei che pensassi che il tuo affetto per le ragazze – a qualunque delle due tu ti senta più vicino – non sia apprezzato da parte mia.

Heida mandò un gemito interiore. — Bene, io… Devono averle riferito della nostra piccola conversazione. Le assicuro…

— Oh, quella! — Ludmila Mitrovitz agitò per un momento la mano guantata, come per scacciare una mosca troppo piccola per essere presa sul serio. — Anche ai miei tempi gli innamorati si lasciavano sfuggire espressioni audaci. Lo stesso barone non ha mancato di dire cose che mi hanno fatto arrossire fino alle orecchie… Motivo per cui non riesco a comprendere perché abbia insistito che io ti scrivessi in un tono così risoluto. Suppongo che i padri siano gelosi delle loro figliole. Ma le figliole devono sposarsi… e sposarsi con giovani di una certa esperienza.

Che sapesse esattamente di cosa si fosse vantato con le sorelle, era chiaro dal modo in cui lo guardava da dietro il velo, con un sorriso mezzo preoccupato e mezzo ammirato. Heida avrebbe voluto sprofondare nella panca. Negare di essere infatuato di una delle due avrebbe solo complicato le cose. Si guardò le ginocchia come se potesse trarne ispirazione, atteggiando un'espressione di profondo rammarico.

— A ogni modo, considerata l'avversione del barone nei miei confronti in questo momento, per me sarebbe saggio evitare il contatto diretto con le sue deliziose figliole.

— Sono *davvero* deliziose, non è così? — La baronessa parlò alzando gli occhi su di lui, le labbra posate sulle nocche. — So che scriverai loro dal fronte. E quando, a Dio piacendo, tutto questo sarà finito e le nostre vittoriose armate torneranno coperte di gloria, devi promettermi che verrai di nuovo a casa nostra.

Heida promise. — A mo' di consolazione — aggiunse — mi permetta di chiedere se il barone Mitrovitz si è alterato subito dopo aver appreso della mia... spudoratezza.

— Sì. Be', no. — A disagio, la donna aprì e richiuse la bocca del sacchetto di seta che era la sua borsa. — È tornato dalla stazione già un po' contrariato con te.

Dunque era seccato perché ho menzionato il foro di proiettile nella schiena di Novak, concluse Heida. *Mi chiedo perché.*

— Dopo che gli ho riferito quanto raccontatomi dalle ragazze – capisci bene che era mio dovere di genitrice, Karel – è sembrato ancor più arrabbiato. Ma ho già scritto a tua madre di non prestare attenzione...

— Spero che non coinvolgerà mia madre in questa faccenda, baronessa.

— Be', non ho ancora spedito la lettera.

— La prego di non farlo. Mia madre nutre una grande stima per le sue figlie... — Non era vero, sua madre chiamava le ragazze "smorfiose" e "farfallone". — Non vorrei che pensasse che i miei sconsiderati discorsi creino ostacoli fra noi giovani.

La baronessa Mitrovitz per una volta sembrò immersa in considerazioni politiche personali. Estrasse un delicato fazzolettino dalla borsetta di seta, se lo portò al naso, lo rimise via. Alla fine disse: — Voi Czernin siete tutti molto saggi. Confido che tu sappia qual è la cosa migliore.

Uscendo dalla chiesa, Heida si rese conto che i suoi colleghi Comano e Nemeth l'avevano seguito. Lo aspettavano dietro l'anonima carrozza a noleggio che aveva portato la baronessa all'appuntamento, e che presto l'avrebbe riportata via.

— Santi numi — fece Comano dando voce alla comune curiosità — non è un po' vecchia per te? — E siccome Heida non replicò, subito gli fu accreditata una fulminea conquista a Jaroslau.

Praga

Furtivamente, senza una telefonata di preavviso, Bronislav Kampa fece visita a Solomon Meisl dopo il lavoro, lunedì sera, per informarlo che il suo esame *post mortem* non era stato accettato dagli inquirenti. — Insistono che Alesch si è ucciso, e io non posso permettermi di contraddirli. — La fiducia che aveva manifestato al mattino, quando il collega aveva convinto Esther ad ascoltar ragione e acconsentire a un parto indotto tre settimane prima del termine, era svanita. Vide *La lingua* sul tavolo del salotto di Meisl e fece una smorfia. — Hai sentito di Prokop Uher?

— No, cosa?

— L'hanno arrestato.

— Davvero? Be', era questione di tempo, lo sapeva anche lui. Dove l'hanno portato?

— Theresienstadt.

— Theresienstadt? — Meisl si fermò con la mente sul dettaglio cui aveva fatto cenno Uher – il cognome serbo di Novak, la sua parentela con l'accademico di Belgrado. — L'accusa è politica?

— Potrebbe, Solomon.

Kampa non discusse ulteriormente la faccenda, si scusò e se ne andò. Conoscendo le sue difficoltà economiche e personali, Meisl non insistette, ma i suoi dubbi crebbero. Uher aveva detto che la guerra avrebbe cambiato la natura stessa degli scandali, ma poteva essere un'affermazione riduttiva. Aveva la sensazione di uno sfacelo che avrebbe riguardato cose molto più grandi, pronte a dissolversi. Perché le autorità austro-ungariche, notoriamente puritane laddove si trattava di questioni sessuali, avevano lasciato trapelare la notizia dell'omicidio di un uomo famoso per mano del suo amante, per poi punire l'editore?

Era necessario chiedersi su cosa, eventualmente, fossero incappate le fonti di Uher in Galizia. Il medico rimase seduto di fronte all'ultimo numero de *La lingua,* rimuginando sul fatto che Uher non aveva nemmeno avuto il tempo di infuriarsi per il testo dattiloscritto inviatogli dal dottor Solomon Meisl-Horowitz, specialista in disturbi del sistema riproduttivo. Il testo diceva: "La mia filosofia riguardo le aberrazioni sessuali è la seguente: *non si dovrebbe, ma si fa*".

Dalla cucina arrivò uno scroscio di piatti rotti, insieme agli improperi della governante. Erano decisamente tempi in cui le cose andavano in pezzi, pensò Meisl. Non era interessante che la presa della domestica sui piatti bagnati diminuisse proporzionalmente al desiderio di ottenerne di nuovi? — Non si preoccupi, *Frau* Platzer — disse ad alta voce per calmarla. — Uno di questi giorni andrò da *Scharrer* a vedere delle porcellane.

L'anziana donna apparve sulla soglia asciugandosi le mani in un canovaccio frangiato. — So quello che sta pensando, dottore, ma non è così. Mi tremano le mani da tutta la sera, da quando *Frau* Bonta mi ha detto della bomba.

— La bomba? Quale bomba?

— Quella che doveva esplodere all'ospedale militare. *Frau* Bonta l'ha saputo da sua nuora, che abita accanto a una delle zitelle che fanno le infermiere laggiù.

Meisl richiamò alla mente la confusione di gendarmi sulla

Karlsplatz, quando il gigante rosso in volto aveva fermato l'omnibus e obbligato i passeggeri a cercarsi altri mezzi. Ecco cos'era, dunque: uno dei soliti "allarmi bomba" che tenevano Praga sulle spine. — Non possiamo far molto di fronte a queste notizie folli — la rassicurò — ma prometto che farò qualcosa per il nuovo servizio di piatti.

La governante annuì rigidamente e tornò in cucina. — Gli ci è voluta una guerra per decidersi... — la sentì mugugnare Meisl mentre spazzava i cocci e li gettava nel secchio della spazzatura.

Jaroslau

Fortunatamente, nella mente del comandante i moti operai avevano diminuito l'importanza di sapere chi potesse aver frugato nei bauli dei tenenti. Né Heida né Vilem furono chiamati a rapporto, e Trott scelse di tornare in via Tre maggio a conferire con i colleghi austriaci e tedeschi. Questo costituì un motivo sufficiente perché Rozhmberk e gli altri disertassero la caserma Francesco Ferdinando in cerca di una cena migliore altrove.

Heida uscì senza di loro, ma invece di rinchiudersi in questo o quell'altro ristorante, camminò verso la periferia, dove i lampioni si diradavano e i portoni si facevano poco amichevoli, oltre le birrerie proletarie in cui per un ufficiale ulano poteva essere pericoloso entrare e i bordelli al secondo piano dai quali si affacciavano ragazze ebree dai seni generosi. Il vento che aveva spazzato di pioggia la città era calato, lasciandosi alle spalle una brezza umida in un cielo terso.

Il buio gli fu complice quando svoltò nel vicolo cieco del largo del Mercato del pesce. Si era portato una lanterna elettrica di fabbricazione tedesca che Didi gli aveva regalato prima della partenza. Attento a non accenderla prima di trovarsi di fronte alla modesta porta dello studio di Novak, Heida illuminò la serratura solo il tempo necessario per inserire la chiave, aprire e scivolare dentro. Ancor più che durante il giorno, le scale avevano un forte odore di umido, legno vecchio, gesso sgretolato. Il lampione più vicino era dietro l'angolo, e dalla finestra sopra la porta non filtrava alcuna luce dall'esterno. Per il momento Heida tenne la lanterna spenta, in modo che il chiarore della lampadina elettrica non potesse essere visibile ai passanti dalla stessa finestra. Nello spazio ridotto si mosse con circospezione intorno alla rampa di scale, tenendosi vicino alla parete con il bordo degli stivali, sondando il pavimento per non inciampare rumorosamente nelle sedie rotte e nei cesti che aveva spostato l'ultima volta per liberare la porta della cantina. Poi trovò la serratura a tentoni, girò due volte la chiave, aprì ed entrò.

Oltre la porta il buio era primordiale, assoluto, quasi spaventoso. Uno sgocciolio lontano, lungo il tunnel, indicava che l'acqua piovana filtrava da vecchie tubature o, più probabilmente, dalla volta e attraverso i muri. Heida, che era orgoglioso del suo coraggio, soffocò i ricordi delle storie di infiniti labirinti sotto gli antichi ghetti e il pensiero più prosaico che le vecchie gallerie potessero crollare all'improvviso. Accesa la lanterna, riprese il controllo. Senza esitazioni si diresse alla stanza laterale, dove le figure di bronzo e di legno stavano ad ammuffire. Qui trascorse qualche minuto spostandosi dall'una all'altra. A ogni suo tocco, la pittura sul legno rigonfio si squamava; il bronzo, sfregato con le dita, emetteva un luccichio fievole. Mentre si muoveva, ragni lattiginosi scappavano per il pavimento, disegnando ombre agitate con le zampe sottili. Altri insetti si nascondevano o si arrotolavano in minuscole palline quando sollevava questo o quell'oggetto. L'argilla da modellare stava su uno scaffale di lato, sopra alcuni schizzi a matita i cui angoli laceri indicavano che erano stati strappati da chiodi e puntine. Poi tornò al tunnel, con i suoi rumori di scolo attutiti. *Mi spingerò lontano quanto devo, anche se dovessi restare tutta la notte.* Heida formulò l'intenzione nella speranza di non dover arrivare a tanto. *Ma se continua a biforcarsi e mi perdo?* Tenne la lanterna in modo che assicurasse certezza e direzione ai suoi passi.

Duecento metri possono sembrare molto lunghi, di notte. Gradualmente il pavimento sterrato scendeva, digradando verso quel che Heida calcolò essere la parte del ghetto. Il suono delle gocce si fece più vicino, il suolo si sciolse in fango sotto i suoi piedi. Divenne una mota appiccicaticcia quando arrivò al punto in cui un esiguo, incessante flusso d'acqua scendeva dalla volta per formare una pozzanghera. Lì, inaspettatamente, la galleria si apriva a sinistra su un grande spazio due gradini più su. Heida dimenticò il rischio di perdere la strada. Prese la nuova direzione, e dopo aver attraversato una camera vuota, più asciutta e polverosa del corridoio seguito fino a quel momento, finì in una stanza più piccola, a mattoni vivi, come una casamatta. Di fronte a lui c'erano casse ammonticchiate. Scatole più piccole, con sopra stampati dei numeri, contenevano cilindri ben allineati, oggetti sferici delle dimensioni di un pugno, come mele con dei piccioli di corda oliata. Heida vide tutto al primo sguardo. E fu straordinariamente felice di non aver acceso fiammiferi o portato con sé una torcia a fiamma viva.

Era abitudine del colonnello Trott parlare con lo stesso tono di voce stentoreo, che si trovasse sul campo d'addestramento o in ascensore. Quando disse a Heida di avvicinarsi alla sua scrivania, il liquido nella bottiglia d'acqua ferro-arseniata *Levico* tremò in superficie, o almeno così sembrò al tenente.

Alle due di notte, dopo quattro ore di conversazioni segrete dietro le porte della *suite* che fungeva da suo ufficio temporaneo, il comandante decise che era il momento di conferire col giovane pivello che era rimasto preda della sua agitazione dopo aver fatto rapporto. L'eccitazione di Heida era cresciuta al punto che si sentiva la febbre. Nell'ultima mezz'ora aveva cercato di distrarsi con dei pensieri del tutto estranei alla contingenza, e la convocazione di Trott arrivò mentre si arrovellava la mente sul mistero ancora irrisolto della *pelzulanka* giuntagli in dono. La baronessa Mitrovitz non ne sapeva nulla. In chiesa, prima di congedarsi, gli aveva addirittura chiesto se c'era qualche capo d'equipaggiamento che lei o le sue figlie potevano spedirgli. Chi, allora?

A quel punto Trott lo fronteggiava come un enorme dio guerriero blu e rosso, con i baffi tinti di nero. Disse, brandendo con le grosse dita la chiave che Heida gli aveva consegnato: — Lei va a Praga, tenente.

La chiave batté due volte sulla scrivania, e l'acqua *Levico* tremò nella bottiglia.

— Praga, *Herr Oberst*?

— Al Comando di Corpo d'Armata.

— Al Comando di Corpo d'Armata?

— Per Dio, Heida, non faccia eco alle mie parole! Si rada, si cambi e stia pronto a partire entro un'ora. Sarà questione di un paio di giorni, dopo i quali lei si riunirà al suo reggimento diretto a Potok.

Trott non era minimamente tenuto, è ovvio, a illustrare le ragioni dei suoi ordini. Quando arrivavano dritti da Vienna, come in questo caso, neppure lui aveva il diritto di chiedere i motivi degli ordini che dava. — Nemmeno una parola con i suoi colleghi su questa storia. Il suo attendente la informerà quando arriverà l'automobile in caserma per portarla alla stazione. Deve presentarsi in piazza Radetzky domani mattina alle nove.

Heida eseguì il saluto e uscì sentendosi come se fosse stato colpito in testa da un robusto randello.

Alle sette della stessa mattina, Solomon Meisl si preparava a fare colazione quando qualcuno suonò alla porta. Dalla cucina arrivava un tintinnio di cucchiaini, così, ad alta voce, disse alla governante: — Vado io. — Poteva immaginare che chiunque – da Kampa a Uher in fuga fino ai gendarmi – potesse apparirgli sulla soglia di casa, tranne Karel Heida, febbricitante, che chiese una tazza di caffè e un orecchio discreto.

Praga, martedì

Il Comando di Corpo d'Armata dominava la piazzetta di Mala Strana, guardata a vista dal monumento al maresciallo Radetzky. Heida ci arrivò con una temperatura corporea normale e la consapevolezza che l'altra metà della storia di Novak si era svolta lontano da Jaroslau. In effetti, a casa di Meisl gli era stato tolto il tappeto da sotto i piedi. Era una faccenda più grossa di quanto immaginasse, e il nervosismo era uno stato d'animo più che appropriato. Aveva ansiosamente affidato all'amico i dettagli che riteneva condivisibili: la scoperta di opere d'arte nella cantina di Novak, e i dubbi che gli erano sorti al riguardo. Meisl aveva mostrato quel tanto di sorpresa che un uomo della sua esperienza poteva provare, e poi gli aveva raccontato la storia dell'improbabile morte di Alesch, nonché dello sconcertante arresto di Uher. A colazione si erano trovati ad avere in mano le tessere di un mosaico che il Fato aveva assegnato loro separatamente, anche se Heida, in più, era in possesso dell'*altra* tessera – quella che per il momento non poteva rivelare, e che forse spiegava ogni cosa.

— Segua il mio consiglio, tenente: si limiti a raccontare le sue scoperte, senza congetturarci sopra — gli suggerì Meisl.

— Possiamo vederci più tardi?

— Sì, ma non chiami direttamente in studio quando avrà finito. L'aspetterò al ristorante ai giardini del principe Rodolfo dalle dodici alla una. Se può, mi raggiunga lì.

Ora Heida stava facendo il suo inquieto ingresso nell'edificio militare, cosciente che questa avventura avrebbe potuto ritardare ulteriormente la sua entrata in guerra, o peggio. Sapere che il glorioso portone della casa di famiglia era a un tiro di sasso di distanza, sulla Nerudova, gli faceva tremare il cuore.

Dentro al Comando, impeccabili attendenti tirati a lucido come soldatini di stagno salivano e scendevano le scale con suoni secchi, attraversavano corridoi, svoltavano angoli. Portavano pezzetti di decisioni tattiche come le formiche trascinano semi al formicaio, senza mai vedere la guerra in prima persona. Heida avrebbe semplicemente voluto essere a centinaia di miglia di distanza da lì, anche oltre Jaroslau, faccia a faccia con il nemico russo.

Ma era a Praga, al Comando di Corpo d'Armata. Quando le doppie porte si aprirono sulla stanza dove sarebbe stato istruito o rimproverato – qualunque cosa succedesse – si aspettava che qualcuno col grado di colonnello o superiore incombesse su di lui da una scrivania formato vagone ferroviario. Lo attendevano invece due gentiluomini in abiti civili, in un salottino ornato da ritratti di vecchi generali imparruccati. I due si assomigliavano nella maniera in cui si assomigliano i funzionari civili, specie quelli di rango non elevato: scriminatura dei capelli, baffi curati, posa impettita e abiti perfettamente anonimi. A prima vista, solo il fatto che uno aveva gli occhi azzurri e l'altro grigi li distingueva in qualche modo.

Malgrado ci fossero a disposizione delle sedie e anche un piccolo sofà, rimasero in piedi. Senza rispondere al saluto di Heida, il funzionario con gli occhi azzurri chiese l'ovvio in tono piatto, burocratico: — Lei è il primo tenente Karel Otakar Czernin, conte von Heida, del Nono Reggimento Ulano *Principe Lobkowicz,* già Undicesimo Reggimento Ulano *Nicola II Zar di Russia?*

— Sono io. A chi ho il privilegio di rivolgermi?

Occhi Azzurri sollevò appena la mano destra, il gesto di rigetto di un insegnante. — Ha poca importanza. Diciamo che il privilegio è nostro. — Non ci fu alcun invito ad accomodarsi. — Tenente, lei sapeva che Augustyn Novak era vittima di una perversione?

Cercando di mostrarlo il meno possibile, Heida cominciò a essere perplesso. Le cose cominciavano già a dipanarsi in un modo diverso da quello previsto. La sua fantasia correva in talmente tante direzioni che ne perse il controllo. Così, anche se stava pensando al giovane profumato alla stazione di Przeworsk, anche se Meisl gli aveva dato tutti i dettagli su Ludvik Alesch, ebbe paura della domanda. *Se rispondo di sì, penseranno che conoscevo Novak di persona, e Dio sa cos'altro. Dopotutto, come dice il dottore, a que-*

sti civili devo solo le informazioni che ho raccolto io stesso. Automaticamente, senza cercare di elaborare il ragionamento, rispose: — No.

— Era a conoscenza del fatto che Novak era stato sedotto da uno dei suoi modelli, segnatamente un individuo a nome Ludvik Alesch?

È più probabile il contrario, pensò Heida. — Naturalmente no. Non nutro alcun interesse nella vita privata degli artisti.

— A meno che non siano stelle dell'Opera di Vienna, immagino?

Heida si sentì arrossire fino alla radice dei capelli. — Non permetterò che il nome di una signora…

— Non si scaldi, tenente. Il nome della signora con noi è al sicuro. — Per un fuggevole istante, Occhi Grigi sembrò più divertito che minaccioso. — Sono le sfortunate relazioni di Novak a interessarci in questa sede, e il modo in cui lei ha saputo dell'indirizzo dello studio al largo del Mercato del pesce.

Heida si concesse un respiro profondo. Fece un rapporto esaustivo, ancor più completo di quello offerto al colonnello Trott. Non occultò alcun dettaglio, per quanto piccolo: l'incidente ferroviario, il corpo sui binari, il foro di proiettile visto e poi negato, l'effeminato sconosciuto incontrato alla buca delle lettere, la galleria e le stanze sotterranee… I funzionari ascoltarono, entrambi seduti sugli angoli della grande scrivania, immagini speculari l'uno dell'altro, reggendosi il polso sinistro e annuendo. Poi Occhi Grigi riprese la conversazione, e da quel momento in poi si alternarono nelle domande e nei commenti come se si fossero messi d'accordo.

— E a Przeworsk non ha considerato insolito che un perfetto sconosciuto – palesemente omosessuale, per giunta – abbia avvicinato proprio lei, un ufficiale degli ulani di Sua Maestà Apostolica?

— Sì, certo. Stavo per sferrargli un pugno.

— È stato catturato mentre cercava di varcare la frontiera con la Germania. Lo stiamo interrogando proprio ora. Si chiama Kotas… Kamil Kotas.

— È il nome che ho visto sulla porta al largo del Mercato del pesce!

— Proprio così. — Occhi Grigi alzò oziosamente gli occhi al soffitto. — Avrebbe dovuto consegnare la chiave appena l'ha ricevuta, tenente.

Heida si inumidì le labbra. *Novak probabilmente aveva in affitto quello squallido studio a nome di Kotas, e Kotas ne teneva una chiave. Era stato preso dal panico per quel che aveva scoperto nel tunnel? Mi ha visto accanto al corpo di Novak in stazione, e il mattino seguente mi ha visto di nuovo per caso, alla buca delle lettere. Così, ha deciso di liberarsi della chiave e di possibili accuse di complicità suggerendo a qualcuno di perquisire il tunnel.* — Perché? — chiese ad alta voce. — Mi era stato assicurato dal direttore delle Ferrovie in persona che Novak era morto in un incidente. Perché avrei dovuto consegnare una cosa avuta in circostanze tanto bizzarre? Non avrebbe forse potuto essere uno scherzo? Avevo la chiave e l'indirizzo, ero diretto a Jaroslau... Solo dopo aver compreso che Novak usava la stanza segreta per conservare dei bronzi e...

Occhi Azzurri lo ridusse al silenzio sollevando l'indice. — Basta così, tenente. Quanto sa della *Ujedinjenje ili Smirt?*

Ecco che arrivavano al punto. Heida deglutì una quantità minima di saliva (aveva la bocca secca). — "Unificazione o Morte". È un'organizzazione sovversiva serba, nota anche come la "Mano Nera". È collegata, per quanto ne so, alla cosiddetta "Difesa Nazionale", *Narodna Odbrana.*

— Dunque — continuò Occhi Azzurri — la *Odbrana* finge di perseguire una Grande Serbia con mezzi pacifici, malgrado abbia di certo collaborato con i terroristi della "Mano Nera" per l'assassinio di Sarajevo. Sostiene di occuparsi di temi squisitamente culturali, avendo reclutato membri addirittura all'interno dell'università di Belgrado...

Con un colpo di tosse poco diplomatico, Occhi Grigi interruppe il collega. — È un dettaglio di scarso interesse per il nostro ospite. Piuttosto, tenente, abbiamo saputo che prima di partire per il fronte, come altri ufficiali ed eminenti civili di Praga, lei ha ricevuto dei volantini della “Mano Nera”. Ha un’idea del motivo?

— No. Mi sono limitato a portare i volantini alla polizia, denunciando le circostanze in cui li avevo ricevuti.

— A suo giudizio esiste qualche ragione per la quale potrebbe essere obiettivo dei serbi?

— Non più di qualunque altro ufficiale dell’esercito di Sua Maestà Apostolica. — Heida serrò la mascella. — Del resto non sono uomo che si spaventi per qualche foglietto di carta.

Occhi Grigi finalmente abbassò lo sguardo dal soffitto. — Quei *foglietti di carta* sono stati distribuiti a membri delle minoranze etniche e linguistiche nella speranza di attirarli alla causa serba. Era suo dovere, e buon per lei che l’ha fatto, denunciare di averne ricevuti. D’altra parte Ludvik Alesch, che senza vergogna si era impossessato della virtù di Novak, è stato più ricettivo, al punto di diventare una recluta della “Mano Nera”. Nel suo appartamento sono state rinvenute molte prove, sotto forma di schizzi approssimativi di edifici nascosti in album fotografici. Aveva il compito di portare a termine un attentato dinamitardo contro l’ospedale militare di Praga sulla Karlsplatz, un incarico in cui, per grazia di Dio e per nostra fortuna, ha fallito miseramente.

— Sì — proseguì Occhi Azzuri. — Siamo informati che il quarto punto del programma della “Mano Nera” caldeggia il reclutamento di individui che simpatizzino con la Serbia e possano fornire sostegno ai circoli in lotta per la cosiddetta unificazione nazionale. Da tempo sospettiamo che l’organizzazione abbia contatti con i filo-russi e depositi di esplosivi per tutta la Boemia e la Moravia, particolarmente nella Moravia settentrionale, a Olmuetz e Ostrava, e nelle città di guarnigione del nord della Galizia. Lì, i nemici dell’Impero hanno trovato simpatizzanti fra gli operai anarchici delle fabbriche e altri elementi indesiderabili della nostra società. Crediamo siano stati loro a cercare invano la chiave nel suo baule, tenente Heida. Il tunnel che ha esplorato a Jaroslau conteneva abbastanza esplosivo appartenente alla *Ujedinjenje ili Smirt* da far saltare il Castello di Praga e mezza collina Pretrin. Novak senza dubbio ha scoperto come il suo seduttore avesse tradito la sua fiducia e la Patria, e il risultato è stato il suo impietoso assassinio. Quando il tentativo di far apparire la sua morte come suicidio è fallito, il perverso Alesch si è tolto la vita.

Heida cominciava a sentirsi tornare la febbre. Quanto era credibile che Novak non sapesse degli esplosivi? Meisl gli aveva detto che l'ora della morte di Alesch era troppo vicina a quella di Novak per farne un sospetto. E come avrebbero potuto i polsi deboli di Alesch trasportare le pesanti casse necessarie a un attentato dinamitardo? Non seppe nemmeno lui dove trovò le risorse per osservare: — La galleria è palesemente anche il magazzino di un falsario. Figure di legno e bronzo in tutte le fasi di realizzazione vi vengono tenute nella polvere e all'umido, in modo che acquisiscano una patina antica. Per quanto ne so, il compianto principe ereditario e lo Stato hanno speso milioni per fare acquisti dal professor Novak. Non potrebbe essere un movente anche il fatto che la metà dei musei d'Europa ha in mostra pezzi realizzati nello studio in cui sono incappato?

I funzionari si scambiarono uno sguardo, che poi rivolsero freddi al tenente. — Si sbaglia. Abbiamo perquisito il tunnel con minuzia, dopo le sue visite, e le assicuriamo che non contiene nulla del genere. È un deposito della "Mano Nera" *e niente altro*. Il professor Novak – un artista vicino alla Corte, le cui esaltanti creazioni e competenze d'arte antica sono sinonimo della gloria austro-ungarica – ha scoperto il doppio tradimento di Alesch e ha pagato con la vita. La debolezza dei suoi sensi è stata redenta dal sacrificio. La stampa sovversiva ha cercato di ridurre gli eventi a un omicidio-suicidio dovuto alla perversione. Ma era un intrigo russo-serbo, e Nostra Maestà Imperialregia è grata per il suo contributo alla scoperta della connessione galiziana.

Heida fece del suo meglio per non agitarsi. Meisl gli aveva detto: *Alesch probabilmente non era nemmeno a Przeworsk quando hanno sparato allo scultore. La mia ipotesi è che le fortune di fal-*

sario di Novak si fossero esaurite, e il governo voleva stroncare la frode, senza rivelare che fosse mai esistita. È probabile che abbiano deciso di mettere in scena un omicidio-suicidio dopo che l'incidente ferroviario non è riuscito a nascondere il proiettile sparato nel petto di Novak...

A Meisl, però, Heida non aveva detto nulla degli esplosivi. Ora, se quegli ufficiali ammettevano di fronte a lui la presenza di terroristi nella società austro-ungarica, significava che non avevano saputo nulla del ruolo di Alesch nella "Mano Nera", oppure che mancavano loro le prove, finché lui non aveva trovato il covo a Jaroslau. Avevano negato e poi diffuso le notizie riguardo la perversione di Novak per occultare una realtà ben peggiore di una truffa d'arte multimilionaria. Avevano fatto tacere un editore scandalistico e spaventato il collega di Meisl, e Dio sa cosa avrebbero potuto fare a un tenente che aveva visto troppo. Heida non insistette.

— Posso sapere dove è stato davvero assassinato il professor Novak? — chiese soltanto.

— Non la riguarda — rispose Occhi Azzurri. — E lei *capisce*, tenente, che le antiche figure di San Giorgio nella collezione del principe ereditario sono autentiche e oltre ogni dubbio valgono i milioni che sono state pagate.

Lo capisco, pensò Heida, *ma so che non è così.*

Ascoltò con attenzione quando gli dissero di mantenere il silenzio assoluto in merito, e di restare a disposizione delle autorità finché non gli fosse comunicata l'ora della sua partenza da Praga.

Quando uscì dal Comando di Corpo d'Armata, la testa gli girava. Cosa aveva detto Meisl delle origini serbe di Novak e dell'università di Belgrado? Chi era il vero agente della "Mano Nera" a Praga, una volta escluso Alesch a causa della sua menomazione? *Sono domande che dovrei rivolgere ai nostri servizi segreti,* pensò deluso. *Sono stati loro a individuare l'infiltrazione serba, loro ad ammazzare Novak e Alesch inscenando la farsa dell'omicidio-suicidio, loro a chiudere ogni possibile falla con l'arma dell'intimida-*

zione... Per qualche minuto si fermò a rimuginare al *Caffè Radetzky*. Probabilmente lo tenevano d'occhio, quindi non poteva tornare direttamente a casa del medico. Dai suoi genitori preferiva non andare. Fece una lunga passeggiata senza meta che lo portò a Zhizhkov e indietro alla Città Nuova, finché non raggiunse il ponte Francesco Giuseppe, che attraversò per arrivare ai giardini del principe Rodolfo.

Malgrado la vicinanza dei campi di addestramento e della scuola di nuoto dell'esercito, il medico era l'unico avventore del ristorante sul lungofiume. Una pergola verde quadrettava le tavole immacolate, e nell'aria c'era serenità. Era come se il pigro stile di vita di Praga avesse cercato rifugio proprio lì, e stesse dicendo: *Ancora un po', ancora un po'... D'accordo, c'è la guerra... ma lasciateci star qui, seduti comodi, ancora un po'...*

Un'occhiata al giovane bastò a Meisl per valutarne lo sconcerto.
— Che ne dice se facciamo un giro in barca prima di pranzare? — suggerì.

— Che ne dice se facciamo un giro in barca *invece* di pranzare, dottore?

A pochi passi dal ristorante si potevano noleggiare barche a remi. Nel giro di pochi minuti, sotto un cielo attraversato da nuvole mansuete, i due uomini presero la corrente che li avrebbe portati al Karolinenthal, alla periferia nord-est di Praga. Meisl, saggio com'era, non evocò la questione che aveva imposto la presenza di Heida a Praga. A giudicare dalla reticenza del tenente, apparteneva a quella categoria di eventi che aveva fatto sbattere Uher in galera e sigillato le labbra di Kampa. Poteva trattarsi di qualcosa di più di arte falsa, perché alla fine Heida disse, lasciando andare i remi: — Questa storia va al di là dei suoi peggiori sospetti, dottor Meisl... molto al di là. — *Non posso spiegarle i fatti fino in fondo,* rimuginò tra sé, *né rivelarle che Novak non era solo un abilissimo falsario, ma anche un dinamitardo al servizio del nemico... Se lo facessi, dottore, renderei omaggio alla verità ma esporrei a chissà quali rischi la sua vita.*

Il sole, fra le nuvole, trasformava l'acqua in uno specchio tremulo e abbagliante, da cui Meisl si proteggeva gli occhi. — Già... la guerra, la sicurezza imperialregia e tutto il resto. Non mi sognerei mai di indagare. Ciononostante è un vero piacere vederla.

— Non quanto lo è per me vedere *lei* — si affrettò a ribattere Heida. Mentre passavano sotto il ponte Francesco Giuseppe, le acque intorno a loro per un momento si fecero verde scuro, un ampio nastro d'ombra. — È sconcertante quante differenti specie di verità esistano.

— Sì, e quella ufficiale spesso ha poco a che vedere con quell'intima aderenza alla realtà di cui parlava Platone.

Heida si sentiva il petto soffocato, una strana forma di tristezza che scaturiva dal dover nascondere qualcosa al suo amico. Meisl, da parte sua, si tratteneva dal dire che comprendeva appieno, per timore che il tenente si sentisse ancora più in colpa per il suo silenzio. Guardarono entrambi altrove, Heida remando senza sforzo nelle acque rapide, Meisl tenendosi con una mano il cappello di paglia. Avevano già passato il ponte della stazione quando Heida ruppe il silenzio: — Per favore, non dica a mia madre che sono a Praga.

— Non lo farò.

— Non è che non voglia vederla. È solo che ho così poco tempo, qui.

— Capisco.

A Karlsbad, solo due mesi prima, avevano visto chiaramente – ognuno a modo suo – come tutto fosse sul punto di trasformarsi. Quel mutuo silenzio era un segno di cambiamento inesorabile. Arrivarono fino all'isola Liebner prima di tornare indietro.

Un vento capriccioso faceva sbattere i tendoni dei negozi e dei caffè come lingue che schioccavano, quando quel pomeriggio Solomon Meisl ritornò al suo studio. Sul marciapiede proprio lì davanti incontrò un gioviale collega dell'ospedale militare, di cui era difficile liberarsi in tempi normali, ma ancor più quando sosteneva di avere notizie. Prendendo Meisl sottobraccio, aveva l'esigenza di raccontare dell'allarme bomba sulla Karlplatz. — Immagina, amico mio. Se quel vigliacco attentato fosse riuscito, avremmo rischiato la pelle, e avremmo anche perso un capolavoro. Avevamo appena ricevuto l'approvazione per collocare un bassorilievo di Augustyn Novak nell'atrio d'entrata.

Meisl, che non mangiava nulla dalla colazione, all'improvviso perse di nuovo l'appetito. Cos'era, ciò di cui Heida non poteva parlare? Gli tornarono i sospetti che aveva respinto nell'appartamento di Alesch, e dopo che il suo amico era così laconicamente tornato dal Comando di Corpo d'Armata. Novak, l'artista vicino alla Corte; Novak, con il suo cognome serbo... Il collega stava già andandosene, impaziente di condividere l'eccitazione del rischio con il prossimo conoscente in cui fosse incappato. Dentro il portone, al riparo dalla brezza, Meisl trovò l'elegante scala silenziosa come una cripta. Quando entrò nel suo appartamento, una lama di sole, filtrando verticalmente dalle imposte, ricordava una spada di fuoco che dividesse la stanza.

— *Herr Doktor*, ha avuto occasione di passare da *Scharrer*? — indagò la governante dalla cucina.

— Non ancora, *Frau* Platzer. Ma lo farò presto.

— Sa, questo è il disegno "Francesco Giuseppe": è difficile che trovi un servizio identico.

Il disegno "Francesco Giuseppe", davvero. Ogni cosa andava in frantumi, l'Impero era vecchio, bisognoso di rinnovamento: la guerra ne avrebbe spazzato via la maggior parte nella pattumiera della Storia. — Ne cercherò uno simile, non si preoccupi.

Heida si era congedato da lui al vecchio cimitero ebraico, promettendo di farsi sentire prima di tornare ai suoi incarichi di servizio. — Jiri Vilem — aveva buttato lì l'informazione come se si trattasse di previsioni del tempo — sostiene che uno di noi su cinque morirà al fronte.

Meisl aveva cercato di cogliere la paura nella voce del suo giovane amico, senza riuscirci. C'era solo una sgomenta accettazione delle probabilità. — Un po' di tempo fa — aveva ricordato al tenente — mi ha detto che gli Heida sopravvivono alle guerre.

— L'ho detto, non è vero?

Al fresco della stanza, Meisl si preparò a indossare il volto che i suoi pazienti si aspettavano avesse, sicuro, privo di preoccupazioni. Quando una raffica di vento fece sbattere le imposte e la lama di sole si spense, fu come se qualcuno, da qualche parte, stesse rispondendo: no. E non c'era modo di stabilire a quale domanda, o a quale preghiera.

Lettera di Karel Heida ai più anziani Czernin von Heida:

Amati genitori,

innanzitutto permettetemi di rivolgere a entrambi i miei più devoti auguri in occasione del vostro ventottesimo anniversario di matrimonio. Possa la vostra unione durare ancora altrettanti anni!

Sappiate, ve ne prego, che la mia salute non è mai stata migliore, e che il mio spirito vola alto.

Ieri noi ufficiali subalterni abbiamo assistito a un interessante seminario intitolato: Una rigida interpretazione dell'onore militare conferisce nobiltà al corpo ufficiali: cavalleria e condotta quotidiana nella Monarchia Duale. *È stato portato a esempio un ufficiale che ha redarguito una recluta rumena con un linguaggio a dir poco scurrile, considerato che gli epiteti più gentili erano maiale, foca latrante, cretino e bestia. È stato punito con un mese di detenzione, e a ragion veduta. Questo prova che l'esercito, il Grande Silenzioso, tiene in ordine anche i minimi dettagli di casa, la premessa di una vittoria certa.*

Madre, il tuo amore per gli uccellini e le creature piumate sarà stuzzicato da questo: un sergente del nostro battaglione possiede un pappagallo parlante che avrebbe oltre cent'anni. Canta in maniera assolutamente comica i versi di Solferino: *"A to bylo, a to bylo u Solferina...". Dicono che apparteneva a un uomo che ha combat-*

tuto quella battaglia, e che è sopravvissuto per raccontarla. Ma non ti preoccupare, madre, nessun timore che "il sangue scorra più copioso del vino", stavolta.

Padre, ti sono obbligato per i consigli e l'affetto che ho ricevuto negli anni. È mia ambizione tenere alto il nome del casato nelle prossime settimane e per sempre. Il colonnello Trott è fiero di me, e mi ha fatto capire che la mia valutazione del prossimo 30 settembre sarà molto positiva. Se l'aggettivo "eminente" verrà usato in riferimento ai miei attributi militari, toccherò il cielo con un dito!

Un fidato sottufficiale assegnato a Pardubitz consegnerà una lettera separata nelle mani di nonna Lobkowicz, affinché comprenda che sono "sulla via della gloria" (parole del capitano Rozhmberk).

Il vostro riconoscente e affezionato figlio,

Karel Otakar

PARTE TERZA

LA MORTE ALL'ARCIVESCOVADO

Per quel peccato caddero gli angeli...

W. Shakespeare
(*Enrico VIII,* III, 2)

PRAGA

Mercoledì 26 agosto 1914

La palese ubriachezza di padre Vincenz Jiranek, il giorno della sua nomina a segretario della Curia, fu un duro colpo per i suoi sostenitori, in particolare per la principessa Lobkowicz. Aveva preso a chiamarlo "il mio segretario", tanto era sicura della virtù del sacerdote e del riconoscimento che gli veniva dalla gerarchia ecclesiale, per grazia di Dio.

Non fu una consolazione che padre Jiranek subito dopo si fosse sentito male, e che ora – in quello che avrebbe dovuto essere il suo giorno di gloria – giacesse incosciente in un letto d'ospedale. Incidentalmente era la stessa mattina che vide il tenente Karel Heida, al secondo giorno di licenza forzata a Praga, sul punto di fallire nel suo tentativo di comprare un grande mazzo di rose per Polyxena Kinska.

I Czernin von Heida avevano sempre preferito i fiorai di piazza Maltese. Costoro infatti, per via della vicinanza a Nostra Signora Sotto la Catena (la più venerabile chiesa della Città Piccola), offrivano la scelta migliore delle piante che arrivavano dalla campagna e dalle province meridionali. La famiglia Marak, nello specifico, forniva i fiori ai genitori di Karel fin dal loro matrimonio; così, anche dopo che la morte del vecchio Marak aveva costretto la moglie a vendere il negozio, gli Heida erano rimasti clienti abituali del chiosco sulla strada. Il martedì pomeriggio, ancora scosso per il suo incontro con i funzionari del controspionaggio al Comando di Corpo d'Armata, Heida aveva cercato la vecchia Bozhena Marakova all'angolo di via Lazenska.

Con la stessa gonna e lo stesso fazzoletto neri che indossava da quando lui aveva memoria, gli sorrise dal suo volto di patata, che le gote e il naso da bevitrice trasformavano in una maschera allegra. Gli annunciò che quella mattina sarebbe arrivata una grossa consegna di rose rosse di prima scelta.

— Non sarà troppo brilla per ricordarsene, vero?

Bozhena si rosicchiò le gengive simulando una divertita solennità. — Sul mio onore, *Obrlajtnant Hrabe* von Heida! Fatta eccezione per i tre boccioli che lascio ogni giorno a Nostra Signora per il ritorno di mio figlio — lo rassicurò — metterò da parte per sua signoria tutto il resto della cesta.

Poi c'era stata un'altra distrazione, e quel che Karel Heida aveva scarse speranze di evitare: l'incontro con un membro della famiglia mentre si trovava a Praga. Era suo padre, nientemeno, che passeggiava per la via del Mercato in un'elegante giacca leggera di Chermak, del tipo che a quei tempi si chiamava *Kaiserrock*. Un'imposizione di stile militare proveniente da Didi, pensò subito Heida. Non c'era alcun vicolo in cui rifugiarsi, così salutò e aspettò che gli fosse posta la domanda fatale, come fu.

— In nome di Dio, cosa fai a Praga, figlio mio?

Innanzitutto dovette rassicurare il genitore che era lì per ragioni di servizio, ma continuava a essere destinato al fronte. Poi riuscì a estorcere la promessa di non rivelare la sua presenza in città alla madre e alla sorella fino all'ultimo momento. — Non ho nulla in contrario se vengono alla stazione a vedermi partire, ma è impensabile per me star seduto a casa con loro fino a quel momento.

Suo padre – un signore vigoroso ma addomesticato dall'influenza di tre donne forti – annuì per far intendere che capiva, da uomo a uomo. Eppure disse: — Monsignor Honzak ha già spifferato che sei qui. Ti ha visto in piazza Radetzky questa mattina.

— Il padre confessore, avrei dovuto saperlo. Ci pensa mai, agli affari suoi? Sant'Iddio, non c'è modo di sfuggire!

— Be', tua madre si è agitata immediatamente al pensiero che tu fossi ferito e ti trovassi in città per ragioni mediche.

— Per come vanno le cose, non arriverò neppure al fronte a farmi sputare addosso un nocciolo di ciliegia.

Il maturo Heida guardò oltre la figura raggiante del figlio. — Ho fatto richiesta di attivazione del mio stato di riservista, per poter combattere anch'io: immagina il turbamento e i pianti a casa. Le benedette donne sono un tale impedimento, in certi momenti della vita di un uomo! — Stava soppesando il problema dentro di sé, intuì Karel, e cominciando a pendere verso di lui. — Se vuoi, dirò a tua madre che monsignor Honzak si è sbagliato. — L'ottimismo e la calma erano sempre stati il suo approccio preferito a ogni cosa, quindi, dopo una breve esitazione, aggiunse quel che senza dubbio riteneva essere tanto importante da non potersi tacere. — Solo ricorda che, se dovesse succedere qualcosa a chiunque di noi, potresti pentirti di aver mancato un incontro.

— Con l'aiuto di Dio, non succederà niente a nessuno. Ti sarei obbligato se cercassi di mantenere la mamma all'oscuro della mia presenza fino all'ultimo istante.

Questo era accaduto martedì pomeriggio, quando Heida era già in possesso di una promessa inebriante: cenare da solo con Polyxena Kinska. Martedì sera, allorché tornò in piazza Maltese per ricordare le rose a Bozhena e darle l'indirizzo della soprano, fu spiacevolmente colpito dal farfugliare ubriaco della fioraia e dai suoi discorsi impastati.

Mercoledì mattina, così presto che solo il gallo dorato in cima alla collina del Castello era illuminato dal sole, per la terza volta andò a piedi fino a Nostra Signora Sotto la Catena, per accertarsi che l'ubriachezza non interferisse con la sua ordinazione.

Vedere i canestri di fiori già arrivati ma ancora mescolati, e le rose con i gambi non ancora tagliati, ispidi di spine e foglie, per Heida fu motivo di irritazione, ma solo finché l'altro elemento della scena rimase fuori dal suo campo visivo. La presenza di una lunga cassa di vimini con fermi e maniglie, su un catafalco provvisto di ruote dietro il chiosco, lo fece arrestare all'improvviso. Sorvegliata da due uomini in grembiule e cappello, era il tipo di bara temporanea che si vedeva nei quartieri più poveri. I passanti e gli altri venditori, maschi e femmine, se ne stavano a guardare con le mani in tasca o sotto i grembiuli, mentre l'inevitabile gendarme sbraitava ordini a destra e a manca, anche se appariva perfettamente chiaro che c'era solo una cosa da fare: rimuovere il cadavere di Bozhena Marakova.

Giaceva a faccia in su sul selciato, la bottiglia di liquore senza etichetta al fianco, con lo sguardo fisso e stupito. Una donna grassa di mezza età, che le assomigliava – sua figlia Ema, nota ai commercianti come la giovane Marakova – piangeva seduta su una cesta rovesciata, fra i garofani. Heida colse i commenti e le dichiarazioni tutto intorno. — Quando siamo arrivati pensavamo che stesse dormendo... Ah, ma quando abbiamo visto la faccia! Dormiva al chiosco quando aveva bevuto troppo... I grossisti le lasciavano qui i canestri e venivano a farsi pagare quando era sveglia... Chi l'avrebbe mai pensato?

Le donne dirette alla prima Messa, passando, bisbigliavano nei loro scialli: — La vecchia aveva ricominciato a bere, voto o non voto, e guarda cosa le ha riservato Iddio...

Combattuto fra una silenziosa manifestazione di rispetto per l'evento e la richiesta delle sue rose, Heida non sapeva cosa fare. Fortunatamente fu tratto d'impaccio dalla giovane Marakova, che, piangendo ancora come una vite tagliata, l'aveva riconosciuto e si scosse dal dolore il tempo necessario a preparare uno splendido *bouquet* per Polyxena Kinska.

Presi gli accordi per la consegna, dalla turrita chiesa di Nostra Signora sulla Lazenska arrivò di corsa un prete, seguito dal sagrestano. Era un giovane dall'aria seria, che si avvicinò con la gravità della preoccupazione in volto. — Il prete ausiliario — mormorarono le donne facendosi il segno della croce. — C'è padre Mika, lasciatelo passare. — Ema Marakova pianse più forte.

Padre Mika tenne indietro con gesto fermo e composto gli inservienti pronti a riporre il corpo nella cassa di vimini. Si inginocchiò accanto alla morta, noncurante dei tentativi di altre venditrici di stendergli dei fazzoletti sotto le ginocchia in modo che non si sporcasse la tonaca. Per un minuto o due pregò in latino sottovoce. Quando si alzò per fare il segno della croce, lo imitarono tutti a eccezione di Heida e del gendarme, le cui uniformi richiedevano che si limitassero a chinare il capo. — Oh, padre Mika, padre Mika... — La desolata Ema gli si appese alla manica. — Chi sa se è in peccato mortale?

— Suvvia, suvvia, confidiamo nella misericordia divina. Dirò io stesso la Messa per lei.

— Ma c'è la questione del terreno per la sepoltura...

— Non preoccuparti, povera figlia mia, esporrò il caso a monsignor Honzak. Troveremo un modo per dare degna sepoltura cristiana a tua madre. — Il prete prese la borsa di cuoio nera che il sagrestano gli tendeva e fece un altro segno della croce. — Ho un impegno, ora, ma parla con Lukas, qui, del possibile orario delle esequie. Dio provvederà, mia povera Ema. Dio provvede sempre. — E con tali parole se ne andò, seguito dagli sguardi riconoscenti di quelli abituati al sussiego del clero.

— Si vede che viene da una famiglia di poveri — disse qualcuno — e non cerca di sfruttarli a suo vantaggio.

— Non c'è segno di violenza sul corpo. — Per l'occasione, il gendarme fece la faccia di chi la sa lunga. — Litigava con la figlia un giorno sì e uno no, le si poteva sentire strillare dall'altra parte del ponte; si strappavano i capelli l'una con l'altra. Ma mi lasci dire, a ucciderla è stato un colpo, un attacco di cuore, qualcosa del genere. Sembrava bella in salamoia, ieri sera, non so se mi spiego — aggiunse in un bisbiglio.

Heida trasse un respiro profondo. I suoi baffi e la sua divisa sapevano di tabacco e sudore, l'*odore dell'esercito* di cui i generali parlavano con tanto affetto. — Si spiega perfettamente — replicò, e dalla giovane Marakova rifiutò il resto del prezzo delle rose che aveva comprato.

Un'ora più tardi, per grande frustrazione della governante di Meisl, Heida stava facendo colazione a casa del medico.

Meisl era divertito. — *Frau* Platzer è furiosa con me perché non ho sostituito ancora le "porcellane buone", come le chiama lei. Quando c'è un ospite a tavola, la piccola crepa sulla caffettiera la fa uscire di senno.

— Stia attento, dottore: comincerà a usare il pretesto per farle trovare moglie.

— Ah, lo fa da anni, ormai sono immunizzato. Ma per tornare alla storia della sua fioraia, le confermo gli effetti nefasti del ricominciare a bere dopo aver smesso. L'*exitus letalis* in apparenza può sopraggiungere come un fulmine a ciel sereno, e sembra che la povera donna in questione non ce l'avesse neppure, un cielo sereno. Almeno lei, tenente, ha avuto le sue rose.

— Già. Ma fa impressione pensare di essere stato l'ultimo a parlare con una persona che stava per morire. — Heida, che soffriva di fame residua dai tempi dell'Accademia alla *Wiener Neustadt*, fu lieto che gli venisse offerto altro cibo e versato altro caffè senza che dovesse chiederli. — Non c'è dubbio che ieri sera fosse ubriaca; si reggeva a malapena in piedi. Eppure la giovane Marakova giura sul voto di temperanza fatto da Bozhena a Nostra Signora.

Meisl imburrò una fetta di pane e la mise sul piatto di Heida. — I parenti spesso giurano sull'intento dei loro cari di liberarsi delle cattive abitudini. È probabile, come ha sentito dire da sua figlia, che la vecchia donna fosse seriamente intenzionata a rinunciare a bere in onore della sua santa patrona, ma l'alcol è una sirena potente. Quali sono stati gli altri commenti degli astanti?

— Esattamente quelli che lei ha appena espresso. Non era la prima volta che cercava di redimersi, sempre con le migliori intenzioni. In piazza ho sentito che ogni volta che questo o quel membro della famiglia imperiale – Dio li conservi – si ammalava, lei correva in chiesa a fare voto solenne di abbandonare i liquori. Disgraziatamente, come avrà già intuito, non durava mai a lungo. Dopo l'assassinio del principe ereditario, due mesi fa, si dice che abbia accantonato il vizio per una settimana. Aveva liti terribili con la figlia; inoltre, riguardo al bere, sembra che sia monsignor Honzak, sia il prete ausiliario di Nostra Signora Sotto la Catena cercassero di mantenerla sobria… ma nemmeno portarle via la bottiglia sembrava funzionare.

— Be', questo è quanto, allora. A meno che il suo ordine di partire non la raggiunga da qui al tramonto, come intende impiegare la giornata?

Heida pulì educatamente il suo piatto con coltello e forchetta. — Devo restare a disposizione del Comando di Corpo d'Armata fino alle nove di stasera. Posso essere reperito mediante il centralino telefonico del Comando. Stasera, dottore, ho un impegno a cena cui non rinuncerei per niente al mondo. Anche se, va da sé… qualora dovessero arrivare ordini improvvisi…

— Speriamo che la guerra aspetti fino a domani.

Polyxena Kinska stava partendo per Vienna, aveva letto Meisl nelle cronache mondane, per una serie di concerti che l'avrebbero portata dalla Capitale fino a Budapest, Berlino e poi Roma, al fine di sollecitare la passione della neutrale Italia per la sacra causa austro-ungarica. Per quanto ne sapeva, quella era l'ultima settimana del soprano a Praga. Un inatteso incontro con il suo giovane amante in quelle circostanze assumeva la qualità dolce-amara della preziosa precarietà. Fece pensare a Meisl alle sue riserve su *Frau* M., che la guerra, invece, aveva riportato in città.

Più tardi, per qualche motivo, Bozhena Marakova tornò in mente a Meisl mentre visitava i suoi pazienti. Aveva degli amici fra i medici che lavoravano all'obitorio cittadino, e dunque, "solo per curiosità", come si disse, durante una pausa di metà mattina telefonò per fissare un appuntamento ed esaminare il corpo. La risposta che ricevette lo sorprese.

— La fioraia Marakova? Il suo corpo non è più qui.

— Non è stato portato da voi solo poche ore fa?

— È quel che leggo nei documenti, ma il cadavere non è qui, ora.

— Capisco. — Meisl tamburellò sulla superficie della scrivania. Il vento che aveva soffiato incessantemente negli ultimi giorni era calato, lasciando un po' di pace alle tende delle finestre aperte. — C'è qualche possibilità che il corpo sia stato acquisito dalla Scuola di Medicina?

— Non saprei. Controllerò per lei, e... aspetti, sta arrivando il mio collega, mi lasci chiedere a lui. — La voce del medico si allontanò mentre si rivolgeva a qualcuno distante dalla cornetta.

— Già, già — fu tutto ciò che Meisl riuscì a sentire, e poi, più chiaramente: — Caso risolto, dottore: il corpo è stato reclamato dalla famiglia per la sepoltura.

— Perché tanto in fretta?

— Be', non c'era alcun dubbio che la donna fosse morta. La causa del decesso è stata indicata come "infarto polmonare dovuto a broncopolmonite cronica", anche se era ovvio che si è rovinata a forza di alcol scadente. La ragione addotta dalla figlia, quando è venuta a reclamare il corpo, è stata la necessità di accelerare il funerale.

Meisl prese appunti sul retro di una busta, un'insolita infrazione delle sue precise abitudini di studio.

— Perché, i Marak sono di fuori città?

— No. — Il suo collega sfogliava rumorosamente delle pagine all'altro capo del telefono. — L'indirizzo dato è via Divisch, nel quartiere di Smichov. Sembra che grazie ai buoni uffici del prete sia stata scroccata una sepoltura gratuita, e la figlia della deceduta vuole approfittarne. È venuta con il sagrestano di Nostra Signora Sotto la Catena, che ha confermato la storia.

— Qual è il civico sulla Divisch?

Annotato in fretta l'indirizzo, Meisl chiuse la comunicazione. Per un momento ripensò alla faccenda, gli occhi sulla finestra luminosa. Poi compose il numero del centralino del Comando di Corpo d'Armata e chiese del tenente conte von Heida. Il tempo necessario per rintracciare il giovane ufficiale nei meandri dell'edificio fu seguito dalla sua elettrizzata risposta.

— Sono entusiasta, dottore! Lascerò detto e mi farò trovare lì alle dodici in punto.

Se Heida poteva contare su una linea tranviaria diretta, che lo portò (passando per una strada con il cognome della sua amata) a trecento metri dall'indirizzo, Meisl dovette prendere un taxi da Josefstadt per risparmiare tempo. All'ora concordata, comunque, si trovarono davanti alla modesta porta di Bozhena Marakova. Nel quartiere le nuove case operaie a schiera si alternavano a edifici più vecchi, piccole fabbriche in disuso; cancelli di legno e muri ciechi impedivano la vista delle aree verdi a ovest, verso Koschir, e del cimitero sulla riva di Motol.

Malgrado i dubbi di Meisl in merito, un gendarme che li vide entrare nel povero cortile sterrato insistette per accompagnarli, "perché i quartieri popolari di questi tempi sono poco amichevoli con le autorità di qualunque tipo". Di fatto, se l'arrivo nell'edificio di un professionista e di un ufficiale di cavalleria era già motivo d'allarme, la presenza del gendarme peggiorava le cose. Anche la giovane Marakova, che avrebbe dovuto riconoscere almeno Heida, reagì con rabbia. Quando sentì che il corpo della madre, che stava preparando per i funerali, doveva essere esaminato di nuovo, perse ogni controllo. Sbarrando l'accesso alla camera da letto buia, gridò a Heida di "non lasciare che l'ebreo toccasse sua madre", e la sua protesta divenne così veemente che furono i vicini stessi a contenerla, per paura che il gendarme la manganellasse.

Fu una scena penosa, con la gente che si sporgeva dalle finestre di tutto il cortile per vedere e sentire. A Heida fu detto di aspettare fuori dalla camera da letto, sotto gli sguardi ostili delle pettegole del caseggiato, mentre Meisl, insieme al gendarme e a due vicine, esaminava il corpo nudo.

Un quarto d'ora più tardi, durante il quale Heida ebbe occasione di chiedersi se i proletari comprendessero che la guerra veniva combattuta anche per loro, Meisl emerse e chiese di potersi lavare le mani. Aveva potuto eseguire un esame *post mortem* solo parziale, spiegò, e diverse questioni specifiche per il momento restavano prive di risposta. Parlando in tedesco per non farsi capire dalle donne tutto intorno, disse, rivolto a Heida e al gendarme: — A mio parere, la morte è intervenuta intorno alla mezzanotte. Le macchie ipostatiche sono rosso acceso piuttosto che color vinaccia, e indicano un deposito di sangue venoso lungo il posteriore, visto che era supina, come sulla schiena e all'interno delle braccia. Escluderei la possibilità di un'ingestione accidentale di alcol etilico o metilico. C'è qualcosa che non mi convince. Dovremmo portare via il corpo per un'autopsia, ma resta da vedere se le autorità riconosceranno la necessità di ulteriori accertamenti.

— Ebbene — intervenne il gendarme — la figlia ha fatto un po' troppa resistenza alla sua visita, dottore. Direi che c'è puzza di bruciato.

Faceva caldo e si soffocava nell'angusto piano terra; difficile credere che ad avvolgere nel *tulle* le rose fresche fossero le donne che vivevano lì. Nel corridoio maleodorante Heida stava cominciando a sudare nella sua uniforme, un dettaglio che la giovanile vanità rendeva particolarmente sgradito in vista dell'appuntamento serale. Si disse che avrebbe chiesto a Meisl di poter fare un bagno nel suo appartamento prima di incontrare Polyxena Kinska. Continuò comunque a stare attento al dibattito che si svolgeva intorno. — E la bottiglia che Bozhena aveva accanto? — chiese in ceco. — Qualcuno l'ha raccolta?

Una delle donne presenti, che vendeva ciambelle vicino al chiosco della Marakova, disse che Ema aveva scaraventato tutto nelle ceste dopo che sua madre era stata mandata all'obitorio, e se le era riportate a casa. Heida uscì con il gendarme per controllare. Fiori avvizziti, nastri, forbici, innaffiatoi, filo metallico, carta colorata gualcita nella confusione dei contenitori di vimini, ma nessuna bottiglia. Convocata dal gendarme dall'alloggio accanto, dove sedeva con le vicine, Ema reagì peggio di prima, strillando che non avrebbe dato niente e detto niente, e che levassero le mani dalle sue cose. Non ci fu modo di evitare un'uscita teatrale quando il gendarme, con l'aiuto di un robusto collega richiamato nel cortile dalla confusione, trascinò l'isterica fuori dalla casa di sua madre. Il caseggiato assomigliava a un termitaio, le teste spuntavano da ogni pertugio. Heida guardò verso l'alto e intorno a sé con l'espressione aggressiva del soldato, quella che dice: *Non osereste mai scendere ad affrontarmi*, mentre Meisl teneva gli occhi bassi. Ma Meisl ricordava le urla delle mogli e degli orfani al ghetto, durante la sua infanzia, quando la malattia, la morte o la Legge si portavano via chi guadagnava il pane, e i portoni si riempivano della miseria degli astanti.

Per un miracolo d'efficienza, entro l'una era stato accordato il permesso di rimuovere il corpo di Bozhena Marakova, residente a Smichov (Praga VI), fioraia, per portarlo alla Scuola di Medicina dell'Università Ceca. Meisl tornò al suo studio, dove l'autorizzazione a eseguire l'autopsia sul cadavere della detta Bozhena Marakova era attesa per il pomeriggio. Heida raggiunse di nuovo il Comando di Corpo d'Armata. Appreso che per il momento nessuno esigeva la sua presenza, percorse a piedi le poche strade che lo separavano da Lazenska e da piazza Maltese, per cercare la bottiglia, invano. Solo due chioschi – quello di Bozhena e quello della venditrice di ciambelle – occupavano quotidianamente quello spazio. Il figlio della venditrice di dolci, che ne stava prendendo il posto, disse che non era passato nessuno dopo che la giovane Marakova aveva raccolto le sue cose, neppure lo spazzino.
— Non ho visto bottiglie, Sua Eccellenza. Ma la vecchia comprava il liquore laggiù.

Laggiù era un buco nel muro, una squallida mescita sul vicolo dietro la chiesa, verso piazza del Priorato. Era ovviamente il posto in cui la maggior parte dei beoni del quartiere comprava da bere, e fino a quel momento – così il viscido proprietario disse a Heida – nessuno aveva avuto motivo di lamentarsi. — Se gli viene il delirio perché bevono troppo, *Herr Oberleutnant*, mica è colpa del liquore. La gente muore anche se beve troppa acqua.

— Sì, si chiama annegamento — replicò Heida conciso.

Succhiando uno stuzzicadenti, l'uomo incrociò le braccia sul bancone unto. — Per me è una cliente in meno, ma sa, era roba da poco quella che comprava la vecchia Marakova. È venuta a prendere la grappa ieri mattina, verso le undici o giù di lì. Sì, era ieri, martedì mattina. Ha portato la solita bottiglia da riempire. La stessa storia da anni: cercava di smettere e ricominciava daccapo, restava sobria per un poco e poi si sbronzava peggio di prima. Monsignor Honzak le portava via la bottiglia, e lei lo supplicava fino a farsela ridare. La prendeva sua figlia, e lei se la faceva restituire. Quando suo figlio il mese scorso è partito per la Serbia, per un momento ho quasi creduto che Bozhena volesse davvero rinunciare al vizio. Ma si sa, le notizie della sconfitta di Shabatz...

— Non c'è stata alcuna sconfitta a Shabatz — ribatté Heida ad alta voce, così che gli ubriachi del locale alzassero la testa per rivolgergli uno sguardo assonnato. — Stiamo vincendo su tutto il fronte serbo, e Shabatz è stata solo una ritirata tattica da parte dei nostri comandanti.

L'oste spostò lo stuzzicadenti da una parte all'altra della bocca. — Sarà certo così, *Herr Oberleutnant*. Voglio dire, anche se lei non è al fronte in prima persona, è pur sempre...

— Sono stato richiamato a Praga per delle faccende importanti, questioni di Stato!

Lo stuzzicadenti danzava. — Sicuro, sicuro, mica volevo offenderla. A ogni modo, martedì la vecchia Bozhena ci è ricascata, cosa che non ha sorpreso nessuno. Ci si poteva contare come sulla morte o le tasse. Il barilotto da cui ho spillato il liquore è ancora qui, e non ha fatto star male nessun altro: è libero di provarlo. I gendarmi l'hanno già controllato, l'hanno addirittura assaggiato. Per accertarsi che fosse tutto a posto, si capisce – non è che i gendarmi bevano in servizio, o roba del genere.

Heida se ne andò disgustato. Le sette ore che lo separavano dal momento benedetto in cui avrebbe lasciato il Comando per raggiungere Polyxena sembravano avere la maligna capacità di espandersi. Immaginò un paradosso in cui i minuti si riproducevano in infiniti archi di tempo e le ore si trascinavano per giorni. Seduto, e poi camminando avanti e indietro nell'asettico corridoio dell'edificio militare, si chiese: *E se uscendo di qui mi accorgessi che sono passati anni, e non ore? Se la guerra fosse finita senza di me, i miei genitori fossero morti, e Polyxena invecchiata come nonna Lobkowicz?* Il calore del giorno non penetrava le mura spesse; il rumore di passi e di porte che si chiudevano, il ticchettio delle macchine da scrivere, il bisbiglio degli attendenti gli arrivavano come un'onda attutita. *Cosa accadrebbe se Praga stessa fosse cambiata, se mi fosse estranea?*

Da dietro, una voce nota lo fece trasalire. — Non deve attribuire un senso così letterale al termine *disponibilità*, tenente Heida.

Era Occhi Azzurri, a meno che la luce artificiale del corridoio non conferisse un riflesso bluastro al grigio delle iridi. Era sbucato silenziosamente da una delle porte, nelle sue scarpe strette, di certo scomode. Un'eco di divertimento, se non di disprezzo, fece sembrare la futile osservazione più profonda di quanto probabilmente fosse.

— È libero di muoversi per la città. Dopo le 21:00, semplicemente, ci lasci un numero telefonico a cui possiamo reperirla.

Sfrontatamente, Heida diede il numero di casa di Solomon Meisl. Occhi Azzurri non lo contestò, né lo commentò. — Solo — proseguì in tono soave — sarebbe più prudente se lei non andasse in giro a dichiarare di essere qui "per delle faccende importanti, questioni di *Stato*".

Per quel che concerneva Solomon Meisl, il suo mercoledì pomeriggio prometteva di essere interessante quanto l'ora del pranzo.

La principessa Lobkowicz manteneva da sessant'anni uno squisito appartamentino su via Sniemovni, il suo "nido d'amore dei primi tempi del matrimonio", come amava chiamarlo. Quando Karel e Didi erano bambini, lo usava come rifugio dal baccano, come pure ogni volta che litigava con sua figlia o era irritata per qualche motivo. Tutto quanto Meisl sapeva, era che un servitore di fiducia era venuto a chiedergli una consultazione privata a un indirizzo diverso da quello di palazzo Czernin sulla Nerudova. Alle tre approfittò di un appuntamento saltato per recarvicisi subito, curioso di vedere il rifugio dell'anziana aristocratica.

Via Sniemovni, intitolata all'Assemblea Nazionale, si inerpicava in una serpentina di case d'angolo fino al piede di Hradchany. Lì, il lato lungo e possente del Castello assomigliava a un immenso transatlantico sull'onda verde della collina alberata, che rimpiccioliva il quartiere silenzioso ai suoi piedi. La facciata cui Meisl si avvicinò era indicata come *U zlateho lva*, ed esibiva l'insegna di un leone dorato. Aveva finestre a dieci pannelli con ghirlande di stucco sotto i davanzali, affacciati sul giardinetto detto delle Cinque Chiese. Incorniciata da tendine di pizzo, la principessa attendeva dietro al vetro di una finestra del terzo piano. Dentro, sopra la poltrona riccamente imbottita su cui stava seduta, era appeso un ritratto a grandezza naturale della giovane coppia Lobkowicz, trentasei anni o poco più tra tutti e due. I *souvenir* dei loro viaggi – Roma, Parigi, la Grecia – affollavano tortuosi scaffali di legno nero, tavolini e mensole alle pareti.

— Mio nipote è a Praga: sa perché, e l'ha visto?

Meisl si inchinò e si sedette solo dopo essere stato invitato a farlo. — È venuto per questioni di servizio, principessa, e sì, ci siamo incontrati.

— Gli dica di non farsi risucchiare dalla famiglia: non combinerà nulla, altrimenti. Lascerò istruzioni affinché questo appartamento resti aperto per lui in caso non abbia alternative, o desideri stare in un luogo dove non possa essere trovato. Lo informi. Mio genero potrebbe fallire o meno nel suo tentativo di negare la presenza di Karel, ma se è irreperibile... no?

— Se dovessi vedere di nuovo suo nipote prima che parta, non mancherò di dirglielo.

— Bene. — Come succede a molte donne anziane, i gusti della principessa in fatto di moda si erano fermati a trent'anni prima. Portava ancora i capelli raccolti, con una cascata di riccioli che le incorniciavano la fronte: l'ideale, allora, era un volto ovale su una testa piccola, a forma d'uovo. Giocherellò con il suo scialle ricamato, un disegno intricato di fiorellini minuti che, da dove era seduto, a Meisl ricordava un campione istologico su un piattino di coltura. — In realtà l'ho chiamata qui perché sono molto alterata in merito allo scandalo in Curia. Sembrerebbe che padre Jiranek mi abbia delusa, ma io non ci credo. Se il mio confessore non sa come prendere la notizia, lo so *io*. Deve essersi trattato di un terribile incidente, di una malattia improvvisa. Sostenere che un modello di virtù si è ubriacato al punto da inciampare e vomitare nel palazzo di mio cugino l'Arcivescovo, no, è una menzogna, non ci credo. — Dal mezzo guanto di pizzo della mano destra, lo scheletrico mignolo si alzò in un gesto di richiesta. — Desidero che lei faccia visita a padre Jiranek all'ospedale di Sant'Elisabetta, e confermi la correttezza della mia intuizione.

Meisl non aveva saputo dell'incidente alla Curia, e chiese dettagli. Dopo, non disse espressamente se avrebbe assunto l'incarico o meno, ma sentì di dover fare comunque una dichiarazione. — Come uomo di scienza non posso che aspirare alla verità, signora. Cosa accadrebbe se le prove evidenziassero che c'è stato davvero un uso eccessivo di alcolici, magari non per la prima volta?

— In quel caso ritirerò il mio sostegno a padre Jiranek, e mi assicurerò che Sua Santità in persona venga a conoscenza dei peccati del suo sacerdote. — Volubilmente passò dal tedesco *kleinseiter* al ceco, alzando il tono di voce. — Padre Vincenz Jiranek è stato il precettore di Karel per tre anni. Lei capisce che questa faccenda mi tocca da vicino. Io disprezzo l'ubriachezza nella misura in cui disprezzo il modernismo e i prussiani.

Meisl sorrise dietro la barba. A giudicare dai ritratti nuziali alle sue spalle, la principessa non era la più bella della coppia, anche se nella sua giovanile incarnazione riluceva di carattere e di una certa impertinenza. Immaginò che fosse stata una sposa appassionata, per il breve lasso di tempo che lei e il giovane Lobkowicz avevano trascorso insieme. E non sapeva esattamente perché gli piacesse l'anziana signora; in lei scorgeva alcuni dei tratti che erano stati ereditati da suo nipote, un alone romantico e avventuroso che, al contrario di Karel, nascondeva sotto un'apparenza di rigidità.

Disse, nel suo tono più professionale: — Vuole scrivermi una nota di presentazione, in modo che le buone sorelle non obiettino alla mia visita a padre Jiranek?

Il biglietto fu redatto immediatamente, con mano ferma e grafia aggraziata. — Ho un debito di gratitudine nei suoi confronti, dottore — disse la principessa Lobkowicz quando lui rifiutò di parlare di onorario. — Mi aspetto che lei ne esiga il pagamento quando lo riterrà opportuno.

L'ospedale di Sant'Elisabetta sorgeva al confine meridionale della Città Nuova, fra l'ospizio dei poveri di San Bartolomeo e i padiglioni del manicomio, dove non molto tempo prima Meisl aveva seguito le tracce della scomparsa di *Fräulein* Ostropolier. Era lo stesso complesso sanitario in cui si trovavano i laboratori delle università ceca e tedesca, come la Scuola di Medicina dove era stato portato il corpo di Bozhena Marakova per l'autopsia delle quattro del pomeriggio.

Fu solo per la lettera di raccomandazione della principessa Lobkowicz che i reticenti medici cattolici condivisero le loro osservazioni con Meisl. Padre Jiranek, lungi dal riacquistare conoscenza dopo il collasso al palazzo dell'Arcivescovo otto ore prima, giaceva in uno stato comatoso, e non si sapeva se si sarebbe ripreso o disperatamente andato verso il peggio. L'opinione prevalente era che il sacerdote aveva avuto una crisi indotta da un grave episodio di dipsomania. — Al principio non abbiamo potuto escludere una crisi uricemica. Uno sfogo cutaneo e la febbre alta ci hanno fatto temere anche un attacco di scarlattina, al punto che abbiamo isolato il paziente, ma queste precauzioni sono divenute superflue quando è sopraggiunto il coma.

— Com'è la respirazione?

— Profonda, molto lenta. Stertorosa.

— La circolazione sanguigna?

— Stranamente non sembra intaccata.

— Riflessi?

— Nessun riflesso, le pupille sono miotiche.

Un giovane interno dall'aria ostinata e dal tondo accento viennese accompagnò Meisl a vedere il paziente. Durante la visita, che sembrò patire con l'arroganza della recente laurea, all'inizio resistette alle domande incisive del collega ebreo. Poi, fra i denti, spiegò: — Ci hanno detto che il paziente negli ultimi due giorni è stato ospite nell'ala riservata ai visitatori dell'Arcivescovado, un piccolo appartamento privato dove aspettare la conferma della sua nomina a segretario. Quando questa mattina, prima delle otto, ha suonato il campanello per chiamare i domestici, è stato trovato solo, a barcollare nella sua stanza in uno stato che assomigliava a una grave ubriacatura. Hanno cercato di contenerlo, tanto era già fuori di sé. Ha iniziato a vomitare violentemente, poi ha perso conoscenza.

— C'era qualche prova che avesse abusato di alcolici?

— Una bottiglia di liquore e un bicchiere.

— *Un* bicchiere?

L'interno lo fulminò da dietro gli occhiali, non meno tondi del suo accento. — Un bicchiere, sì.

— Il bicchiere è stato esaminato per verificare la presenza di sostanze estranee?

Dalle labbra viennesi stillò il gelo. — Non so perché lo chieda.

Meisl avvertì con serenità la resistenza dell'altro, consapevole della replica cui ricorrere. — Credo di sì, collega. Siamo in guerra con dei Paesi non cattolici.

Lo spettro dell'intrigo internazionale sciolse il ghiaccio. — Ah, sì... sì, d'accordo, ha ragione. In effetti abbiamo esaminato i residui di liquido nel bicchiere. Non ci abbiamo trovato altro che qualche goccia di *Hesperol.*

— Il cordiale alla frutta? — Meisl dovette sforzarsi di non sorridere. — È innocuo abbastanza perché le vecchie signore possano sorseggiarlo nei loro salotti!

— Precisamente. La bottiglia strappata alle mani di padre Jiranek, vuota per due terzi, conteneva lo stesso liquore. — All'improvviso il giovane medico sembrò immalinconirsi dietro i suoi occhialini tondi. — Si è diffusa la preoccupazione che se il paziente non dovesse riprendersi...

— Be', potrebbe effettivamente *non* riprendersi — lo interruppe Meisl.

— ...Spunterà una storia di alcolismo ben celato. A detta di tutti era un uomo sano e senza vizi, che non assumeva alcun tipo di farmaco. Sua Signoria l'Arcivescovo potrebbe avere difficoltà a spiegare come avrebbe ignorato una brutta abitudine che doveva esistere da anni. Padre Jiranek è stato precettore dei figli delle migliori famiglie di Praga, la sua nomina è stata sostenuta dal fior fiore dell'aristocrazia cattolica: anche questo creerà conseguenze spiacevoli.

Meisl contava due vescovi austriaci fra i suoi pazienti sifilitici, quindi non era incline a versare balsamo sull'angoscia del viennese. Chiese il permesso di estrarre campioni di sangue e urina dall'uomo in coma, per "fare un paio di esami di laboratorio" prima di aderire alla diagnosi o presentarne una alternativa. — Considerati i possibili rischi che ho poc'anzi menzionato — aggiunse — suggerirei che non siano redatti bollettini medici sul paziente, specialmente se dovessero manifestarsi segni di ripresa. Se Sua Signoria l'Arcivescovo dovesse chiedere, naturalmente...

Il giovane medico era docilmente passato alla deferenza dello studente di medicina di fronte al collega più anziano. — È improbabile che chieda direttamente, dottor Meisl: la Curia è sottoposta a una considerevole pressione da parte dei cattolici di Praga affinché nomini un altro religioso come segretario. Sarà responsabilità del nuovo nominato chiedere di padre Jiranek.

— Sembra congruo, date le circostanze. Il bicchiere di cordiale è qui? Posso vederlo?

Il bicchiere di cordiale, come la bottiglia, erano stati richiesti indietro dalla Curia dopo le analisi, e non erano a disposizione per altri esami. Meisl chiese e ottenne di fare una telefonata privata. Per mera coincidenza trovò Karel Heida al Comando di Corpo d'Armata, proprio mentre stava per uscire, e brevemente gli spiegò come stavano le cose al Sant'Elisabetta. I nomi degli aspiranti alla posizione di segretario erano noti solo alle persone più vicine alla Curia, quindi il tenente ebbe la doppia sorpresa di apprendere della candidatura di Jiranek e della sua improvvisa disgrazia.

— Padre Vincenz ubriaco? Mio Dio, la cosa peggiore che gli ho visto fare a casa è stato sorseggiare *Hesperol* con mia nonna!

— Gli etilisti sono piuttosto bravi a nascondere il loro vizio, tenente.

— Faccio fatica a crederlo di lui. — Con lo stivale, Heida chiuse la porta dell'ufficio in cui si trovava il telefono. — Vede, a Didi era stata assegnata una *mademoiselle* francese, ma io ho dovuto tirare avanti con i preti locali più tradizionalisti, in modo da restare sui binari giusti. Non può essere vero. Questo genere di cose accade alle persone come la vecchia Bozhena.

— Lei è generoso nei confronti del suo antico precettore, ma ingiusto in quelli della povera Marakova. La fioraia apparteneva alla generazione che i possidenti pagavano in liquori piuttosto che in denaro.

Era una pratica tanto nota a Heida che difficilmente avrebbe potuto dissentire. Famiglie come gli Schwarznberk possedevano, in Slesia e in Galizia, tenute grandi come nazioni. E anche i Czernin e i Lobkowicz negli anni passati avevano esercitato il privilegio esclusivo di distillare alcol nelle loro proprietà, usandolo in una certa misura per saldare il diritto a un terzo del raccolto da parte dei mezzadri.

— Mi dispiace — fece — lei ha ragione. Ma la nonna sarà furiosa. Se la conosco, avrà puntato tutte le sue carte su padre Vincenz.

Meisl consultò l'orologio da taschino: le tre e quarantacinque.

— Devo recarmi alla Scuola di Medicina, tenente. Visto che non è distante da Hradchany, le andrebbe di andare all'Arcivescovado a fare una commissione per me?

La Curia di Praga, sulla collina del Castello, per il giovane Karel Heida era stato il luogo in cui la magia delle Indie gli si era rivelata come attraverso una serie di finestre nelle antiche tappezzerie alle pareti. Quando il sole tramontava alle sue spalle, i pinnacoli anneriti della facciata somigliavano a corni su un morbido drago accucciato, e nella cappella i grassi vescovi scolpiti nelle nicchie rilucevano come burro. Quel giorno, il vantaggio di essere pronipote di Sua Signoria l'Arcivescovo Skrbenky e nipote della principessa Lobkowicz produsse un effetto assai più prosaico. Infatti, in considerazione di quella doppia parentela, i bassi ranghi della gerarchia ecclesiastica non osarono rifiutargli di entrare senza un appuntamento. Un servitore in livrea tanto vecchio da ricordarsi del principe Lobkowicz ("La copia sputata di Sua Signoria, Sua Signoria!") lo condusse senza fare rumore, con un dito sulle labbra, di stanza in stanza, finché non arrivarono alla *galleria papale*, il cui pavimento intarsiato stava minuziosamente lucidando. Non era una sala frequentata, e una volta che la doppia porta fu chiusa si fece ancor più privata.

In un angolo, fra le sedie imbottite e la stufa di ceramica, Heida scoprì senza sforzo quel che voleva. Apprese in che stanza era stato padre Jiranek ed ebbe la conferma che il prete non aveva ricevuto visite nei due giorni trascorsi lì. Quando seguì il servitore agli appartamenti degli ospiti, quasi in punta di piedi, vide che la bottiglia di *Hesperol* che Meisl aveva menzionato al telefono in effetti era di nuovo nella stanza, e spiccava colpevole e abbandonata sul comodino.

— Hanusch, questo bicchiere da cordiale appartiene al servizio di palazzo?

Il vecchio servitore aggrottò la fronte. — Oh, no. Questo è...

vetro puro. Doveva appartenere a padre Jiranek. I servizi di cristallo di palazzo recano tutti le insegne di Sua Signoria il Cardinale Arcivescovo.

Heida se lo appuntò mentalmente. Il bicchiere era così anonimo e comune che poteva venire da ovunque. Era stato lavato e asciugato. La bottiglia, d'altro canto, mostrava le tracce di una miriade di impronte digitali. Ai piedi del letto, una macchia sbiadita e non ancora asciutta sul tappeto senza dubbio indicava il luogo in cui il prete aveva vomitato durante la crisi. Hanusch annuì con imbarazzo quando gli fu chiesta conferma. — Aveva già detto Messa alle sei, quindi nel frattempo aveva fatto colazione.

— Lei è stato il primo arrivare, quando ha chiamato?

— No. Ma non c'è molto da dire oltre a quello che lei sa già. È vero — continuò il domestico nel suo abituale sussurro — che un chierico, passato davanti alla porta per andare a servire Messa alle otto, ha creduto di sentire delle voci nella stanza, ma è chiaro che si trattava di padre Jiranek che provava il suo discorso di ringraziamento per la cerimonia di nomina delle nove.

— Sì, bevendo per conto suo. Potrei parlare con il chierico?

— Temo che sia impossibile. È uno dei cinque seminaristi in visita da Ceske Budejovice, e ha lasciato Praga in treno diverse ore fa.

Erano lei sei e mezza quando Heida e Meisl si incontrarono di nuovo, nell'appartamento del medico. Heida mordeva il freno per poter raccontare le sue scoperte alla Curia, ma Meisl non gli diede il tempo di cominciare. — Sa — osservò con grande serietà conducendolo in biblioteca — spero che la nostra conoscenza non sia un mistero per i suoi amici a Praga, altrimenti andare e venire da questo indirizzo potrebbe scatenare delle dicerie sul suo stato di salute.

Heida sorrise. — La targa all'ingresso è molto discreta; ritengo più probabile che "i miei amici a Praga" pensino ad *altri* specialisti. La targa d'ottone del dentista di sotto è grande quattro volte la sua.

— Lei è lungi dall'avere bisogno di interventi odontoiatrici, amico mio. Ma torniamo a noi; abbiamo novità. Ho esaminato le viscere e il cervello di Bozhena Marakova, e senza scendere nei dettagli, ho trovato prove di malesseri sia cronici che acuti: piccole emorragie nella corteccia cerebrale e nelle mucose delle membrane gastrointestinali, oltre a un fegato congestionato. Ma c'era anche un esteso edema polmonare, e sangue non coagulato nei reni e nelle cavità cardiache. Ora, la sostanza è difficile da rintracciare nei tessuti viventi, ancora di più in quelli morti, e serviranno ancora molte ore prima che le analisi di laboratorio provino che ho ragione o torto. Eppure sono incline a credere che la vecchia Marakova abbia ingerito una dose letale di barbitolo, o di fenobarbitolo.

Heida pendeva dalle labbra di Meisl, ma all'ultimo momento cadde nel vuoto. — E che cos'è?

— Una sostanza scoperta circa quarant'anni fa, base di molti farmaci sedativi. Nel nostro caso potrebbe trattarsi del *Medinal*, un preparato messo in commercio dalla casa farmaceutica tedesca *Schering* dieci anni orsono. Come il più recente *Luminal*, viene prescritto per una varietà di condizioni nervose. Per quanto non sia stato pubblicizzato, il farmaco ha riscosso un successo enorme fra le signore che soffrono d'ansia. Il fatto è che i barbiturici sono tossici, in dosi superiori a un grammo. Assunti in combinazione con l'alcol, sono portatori di morte.

— La nostra fioraia di famiglia prendeva *barbiturici*?

Il pensiero doveva suonare strano anche a Meisl, perché rispose: — Potrebbe essere stato un incidente.

— In che senso?

— Potrebbe aver ingerito la sostanza senza esserne consapevole. Contrariamente al più comune bromuro, il *Medinal* è solo moderatamente amaro, e non ha alcun odore.

— Un avvelenamento! — Heida non riuscì a contenersi. — È questo che vuol dire, vero? Per mano di chi?

— In questi casi di solito si cerca fra i conoscenti e i parenti stretti.

— Be', non l'avrei mai creduto dal modo in cui piangeva. Perché, dottore, è chiaro che è stata la giovane Marakova ad avvelenare sua madre. *È* un modo di uccidere tutto femminile, no? Un uomo preferirebbe affrontare il suo avversario e avere ragione di lui. Ma Ema di certo ci ha presi in giro.

— Si è opposta all'autopsia, questo è innegabile. — Pensosamente Meisl si lisciò la bella barba. — *Se* si tratta di omicidio – perché difficilmente è un suicidio – la domanda è: qual era il movente per compierlo? E, ancor più importante: dove avrebbe potuto una venditrice ambulante procurarsi un composto chimico di quel tipo? Di solito la scelta delle avvelenatrici ricade sull'arsenico, sul cianuro e su altri cento principi chimici meno sofisticati e più facilmente reperibili, normalmente usati per sterminare i ratti.

Heida sedeva a gambe accavallate su una piccola poltrona moderna e dondolava lo stivale, non lontano da una finestra aperta che lasciava entrare la luce rosa del tardo pomeriggio. — Chiamiamo la polizia per confermare la colpa di Ema Marakova?

— Non siamo precipitosi, tenente. Solo qualcuno che lavori in un ospedale o in una farmacia potrebbe avere accesso a dosi significative di *Medinal.* Io tengo i sedativi in uno stipetto chiuso a chiave, e li prescrivo molto raramente. Non c'è dubbio che i miei colleghi facciano lo stesso. Se e quando riceverò conferma della mia ipotesi, riferirò tutto alla polizia, sperando che riesca a dare un senso a questa strana svolta negli eventi.

— Oh, ma ci vorrà molto, dottore, e per allora io avrò lasciato Praga!

— In questo caso dobbiamo assicurarci la bottiglia da cui Bozhena Marakova stava bevendo quando è stata trovata morta.

— La bottiglia! — Heida si diede una manata sulla fronte. — Le ho detto che ho fallito miseramente in questo senso? Non è più in piazza. Suppongo che la giovane Marakova l'abbia buttata via: sono solo pochi passi dal suo chiosco al fiume. E riguardo a quanto ha osservato sulla reperibilità di sostanze chimiche, durante il mio anno di servizio sul confine orientale girava voce che degli ufficiali si assicurassero droghe grazie ai servigi di un ex farmacista russo.

Credo di averle già detto quanto tutto fosse disperatamente squallido, almeno per quelli che non avevano interessi al di fuori della vita di guarnigione. Quindi, di qualunque cosa si trattasse, veniva acquistata in segreto e consumata con le ragazze al bordello.

— È vero, è un'altra possibilità. Perdere la licenza di farmacista non significa necessariamente perdere il proprio magazzino di sostanze chimiche. — Sollevando l'indice in un gesto che chiedeva pazienza e attenzione, Meisl camminò fino alla porta della biblioteca. — Resti qui, telefonerò al mio conoscente Fanta per chiedergli consiglio.

— Non vuole sapere che cosa ho scoperto all'Arcivescovado?

Meisl ascoltò, con la fronte corrugata, in piedi, fra la scrivania e la soglia. — Dunque — commentò alla fine — la giovane Marakova non poteva avere il tempo o la possibilità di allontanarsi di nascosto dalla piazza dopo la morte della madre, andare alla collina del Castello, riuscire in qualche modo a penetrare nella Curia, e...

— Perché mai lo sta dicendo, dottor Meisl? — si stupì Heida. — Cosa c'entra il caso della fioraia con la malattia di padre Jiranek?

— Sono incline a credere che anche il suo ex precettore abbia preso il *Medinal.*

Lo stivale di Heida si posò a terra con un suono sordo. — No! No, no. Non voglio nemmeno sentirlo dire, dottore. Non lo *sussurri* nemmeno a mia nonna!

— Anche lui potrebbe aver assunto la droga senza saperlo. Di quanta, non sono sicuro. La dose terapeutica del sedativo raramente supera il mezzo grammo: in termini farmacologici, più o meno dieci grani. Direi che – in base all'età, alla salute e alla reazione soggettiva alla sostanza – dai 3,5 ai 4,5 grammi sono in grado di uccidere un essere umano, anche senza il concorso dell'alcol. Ma se la salute di una persona è buona, e il liquore è zuccherino, e si vomita poco dopo l'ingestione, allora le possibilità di sopravvivenza si moltiplicano. — Meisl aprì la porta. — Lei è entrato alla Curia senza avere un appuntamento e quasi senza essere visto, tenente. Potrebbe avere fatto lo stesso anche qualcun altro? Al di là di quelli che lavorano nel palazzo, ci devono essere molti fornitori che vanno e vengono, specialmente la mattina presto.

— Sì, c'è un certo traffico. Celebrano Messa, a quell'ora, e di questi tempi i cappellani dell'esercito vanno a chiedere istruzioni e consigli pastorali.

Usando il telefono appeso al muro del corridoio, Meisl chiamò la *Farmacia dell'Unicorno.* Rispose il dottor Fanta in persona, e dopo una pausa di pochi secondi non esitò a fornirgli i nomi di due farmacisti che avevano perso la licenza.

— Jan Krofta e Mikulash Eder, Meisl. Se non sono coinvolti, sanno chi può esserlo.

— Dei due, chi è più propenso a indicare?

— Eder, senza dubbio. Brillante ma con le tasche perennemente bucate. Oltretutto, come forse sa, è noto per aver fornito sostanze psicotrope a gente di rango. — Fu tutto ciò che Fanta disse per indicare che il farmacista in questione, al principio della carriera, era stato uno dei dissoluti compagni di bisboccia del principe Rodolfo. — Se aspetta dieci minuti, la richiamo per darle il suo ultimo indirizzo conosciuto.

Heida intanto si era alzato dalla poltrona e stava ammirando un piccolo dipinto fra gli scaffali, una sagoma caliginosa su uno sfondo rosso di pennellate spesse.

— È uno degli Otto, dottore?

— Sì, Emil Filla. Un po' come *Notte d'amore*, ma senza il gatto.

— È semplicemente fantastico. Mi sono assicurato una stampa firmata di *Notte d'amore*. E a proposito, mi stavo chiedendo… — Heida si voltò con agile gesto militare, uno scatto di caviglie e talloni. — Mi domandavo se potessi usare la sua vasca da bagno, dottore. In un appartamento così moderno deve senz'altro disporre di tutti gli agi più recenti.

— È così. Gli anni di miseria mi hanno esageratamente appassionato a lavandini, docce e gabinetti. Porti da cambiarsi e si immerga nell'acqua finché lo desidera. L'unico problema è che dovrà indossare un mantello con cappuccio, per non rischiare di essere riconosciuto per via, stasera.

Heida sospirò di soddisfazione. — Questa è la parte migliore, dottor Meisl. Non cenerò all'indirizzo di Polyxena Kinska sulla Nerudova. Mi aspetta sulla Sniemovni.

— *Sniemovni?*

— Sì, sotto Hradcany, una parallela di via Thun. Polyxena ha un appartamèntino al secondo piano del palazzo *Al leone d'oro*.

Capitava così che il ritiro della principessa Lobkowicz fosse nello stesso edificio del *pied-à-terre* di Polyxena Kinska, e per le stesse romantiche ragioni. La nonna della Kinska l'aveva usato come luogo d'incontro durante la sua relazione con Francesco Giuseppe; conservava ancora il letto in cui Sua Maestà Imperialregia aveva perso la verginità. Meisl non lo sapeva, proprio come Heida non aveva idea dell'esistenza del rifugio della nonna. Sapeva solo che non rischiava di essere visto dai suoi raggiungendo Polyxena nella casa vicina alla chiesa teatina, a pochi passi dal portone dei Czernin. *Solo il cielo sa*, pensò Meisl, *quanto, e quanto a lungo, e quanto nel dettaglio, la principessa Lobkowicz abbia pianificato tutto questo.*

— È proprio vero il proverbio, a volte piove sul bagnato — osservò ad alta voce.

— In effetti mi sono preso un'altra libertà imperdonabile, dottor Meisl: ho dato il suo numero di telefono al Comando di Corpo d'Armata, visto che non c'è alcun apparecchio nell'appartamento sulla Sniemovni. Mi rendo conto che è stato impudente da parte mia, e sono imbarazzato per non averglielo chiesto prima, ma ho seri dubbi che cerchino di me proprio stanotte. Non che io abbia ragioni per sperare di essere invitato a trattenermi dopo cena, ma...

— Ho il sonno leggero, e le telefonate notturne non mi sono nuove. Nell'infelice caso in cui l'esercito abbia bisogno di lei nelle ore dopo il tramonto, ne sarà informato tempestivamente. E non si sottovaluti, amico mio.

Stranamente, la baldanza di Heida fu minata dall'affermazione di Meisl. — In tutta onestà, non vedo cosa Polyxena trovi in me. Sono solo un tenente qualsiasi... — Felicità e desiderio si intrecciavano in lui con l'insicurezza; Meisl percepì la stessa caduta di fiducia cui aveva assistito nel giovane interno di Vienna. — Credo che mi lascerà. *Dovrebbe* lasciarmi, anzi.

— Se accadrà, sarà per il suo bene.

— Non vedo come, dottore.

— Suvvia, non ci preoccuperemo di questo proprio ora, no? Una cena *tête-a- tête* la attende fra poco più di due ore. La mia ricetta medica è un bagno ristoratore: *Frau* Platzer è orgogliosa della biancheria di casa.

Heida lasciò Meisl al telefono con il dottor Fanta. Prese il tram fino a Mala Strana per recuperare gli effetti personali che aveva lasciato al Comando di Corpo d'Armata, cambio d'abiti compreso. Una volta arrivato lì, non riuscì a resistere alla tentazione di prolungare la sua passeggiata. Tenendo gli occhi aperti per non incontrare sua sorella Didi, che a quell'ora usciva di casa per andare a lezione di pittura, raggiunse piazza Maltese.

Alle sette e venticinque le ombre si affollavano negli angoli, sotto le tende e i cornicioni, nei cartigli dei davanzali decorati. Il chiosco delle ciambelle era pieno di clienti quando Heida arrivò. Dovette aspettare che si diradassero prima di chiedere alla donna (che cupamente confermò la detenzione della giovane Marakova da parte della polizia) se ricordava di aver visto clienti non abituali dalla fioraia il martedì. Gli fu data una lista scontata e anonima: soldati di passaggio, una donna a lutto, un signore con un cilindro in testa e l'accento tedesco...

— A parte questo, la solita gente del quartiere, ricca e povera: le donne che portano i fiori agli altari, i nostri clienti abituali. Martedì avevo delle commissioni da fare, come ho detto ai gendarmi, quindi non sono stata qui tutto il giorno. Il signor Zanetti – il grossista dei fiori, un italiano – deve essere passato dalla vecchia Bozhena mentre io non c'ero, e potrebbero essersi fermati anche altri.

Pietrantonio Zanetti riforniva la metà dei fiorai di Praga. Heida ricordava di aver visto il suo nome e indirizzo su barrocci chiassosamente dipinti di verde, bianco e rosso. I suoi vivai erano all'angolo di Smichov a Koschir, e di certo aveva accesso alle sostanze chimiche necessarie per la coltivazione. Per quanto ne sapeva, però, il fosforo e affini davano sintomi ben diversi in caso di ingestione accidentale. *Dire italiano è dire avvelenatore*, il vecchio adagio gli tornò alla mente. Respirò la fragranza robusta dei dolci fritti nel burro. — Nient'altro?

— No, Eccellenza. Ieri prima di mezzogiorno è passato monsignor Honzak, e per l'ennesima volta ha portato via la bottiglia che Bozhena aveva appena comprato e da cui stava bevendo. Bozhena ha aspettato dieci minuti e poi ha zoppicato fino alla chiesa. Sapeva bene come implorare, ed è tornata poco dopo con la sua bottiglia. Era felice, Sua Signoria, era *raggiante!* Ha detto che padre Mika capiva. Le aveva restituito il liquore e le aveva dato il permesso di berlo, in cambio della promessa solenne fatta di fronte all'altare di Nostra Signora che poi avrebbe smesso per sempre. Be', è andata proprio così, ma nel peggiore dei sensi, no?

Heida si allontanò dal chiosco, deluso. Un'agitazione crescente si stava impossessando di lui. Si era messo in allarme da solo con i suoi pensieri di abbandono da parte de *La* Kinska, e in un blasfemo impeto di devozione pensò che non avrebbe fatto male a fermarsi a Nostra Signora Sotto la Catena e accendere una candela per le sue poco caste intenzioni. Dopo gli sarebbe rimasto appena il tempo per tornare dal dottor Meisl, fare un bel bagno e correre al *Leone d'oro*.

La notte cala sempre prima nelle chiese che nel mondo intorno a esse. Dentro Nostra Signora Sotto la Catena l'aroma di incenso era denso, familiare. Incongrua, fra gli ottoni scintillanti e i vasi di vetro sfaccettato che ornavano gli altari, sul gradino di una cappella laterale spiccava una bottiglia con tre boccioli afflosciati. Heida la fissò passando. Lukas Benka, il sacrestano che a Mala Strana tutti conoscevano, e la cui moglie sprimacciava i materassi per i Czernin e altre famiglie della Nerudova, si fermò a salutarlo mentre spazzava il corridoio.

— Lukas, è stata la giovane Marakova a portare in chiesa quella bottiglia?

Benka aveva occhi da rana, prominenti e distanti, e batteva le palpebre solo di rado. La domanda di Heida gliele fece battere due volte. — No, Signoria, sono stato *io* a metterla lì, per espiazione. — La voce bassa per abitudine calò ancor più del solito. — La giovane Marakova è stata arrestata, ha sentito? Cose da non credere. In un certo senso, è come se la povera Bozhena avesse messo la bottiglia sotto l'altare con le sue mani. Padre Mika è stato tanto buono da metterci tre boccioli, come lei faceva per chiedere il ritorno di suo figlio dalla guerra. — Si fece devotamente il segno della croce. — Siamo benedetti dalla presenza di questi sacerdoti, conte Heida.

— Ma i boccioli sono appassiti.

— Quella è colpa mia. Nella confusione, ho dimenticato di mettere l'acqua nella bottiglia. Il buon Dio apprezzerà comunque l'intenzione. Mi rendo conto che stona. Butterò tutto prima di domani mattina... domani c'è un matrimonio alle undici. E chiuderò fra poco.

Era un invito indiretto a lasciare la chiesa. I movimenti della scopa di Benka stavano prendendo la direzione della porta, mentre lui scuoteva la testa. — È un vero peccato che i migliori se ne vadano tutti, prima o poi.

— Davvero. — Heida teneva d'occhio la bottiglia, pensando a un modo per distrarre il sacrestano. — In che senso?

— Be', monsignor Honzak è stato assegnato al seminario di Ceske Budejovice – una buona cosa, per la sua carriera. Quanto al nostro sacerdote ausiliario, probabilmente gli verrà dato l'incarico di padre Jiranek, dopo quello che è successo alla Curia. Avremo un nuovo pastore dalla Moravia, cosa di cui nessuno di noi è contento. Una chiesa di Praga, dico io, ha bisogno di un prete di Praga. Se mi permette. Appena avrà finito, conte Heida... — Benka fece segno di *no* con un dito quando la porta sbadigliò per fare entrare due donne.

— Stiamo chiudendo! Vede, se non sbarriamo la porta continuano ad arrivare le vecchie bigotte pettegole. Ci passerebbero la notte, qui, se glielo lasciassimo fare.

Heida fu pronto ad agire nel momento stesso in cui il sacrestano si incamminò per la navata, agitando le braccia come una contadina che cacci le galline dal cortile. Indietreggiò di soppiatto verso l'altare laterale flebilmente illuminato, infilò i moribondi boccioli di rosa in uno dei massicci vasi di vetro sulla tovaglia dell'altare e agguantò la bottiglia vuota di grappa. Rapidamente la infilò nella sacca di cuoio dell'esercito in cui aveva messo il cambio d'abiti in vista del bagno da Meisl – agli ufficiali, infatti, non era permesso portare pacchi sulla pubblica via. Nel giro di qualche attimo fu fuori da Nostra Signora, a bordo di un tram che attraversava il fiume diretto a Josefstadt.

Meisl non dovette nemmeno aprire il suo laboratorio; con un tagliacarte grattò un residuo bianco dal fondo della bottiglia e si posò una minima quantità di cristalli sulla lingua.

— Barbiturici — dichiarò in tono grave. — Ottimo lavoro, tenente.

— Ma ancora non sappiamo chi ce li ha messi.

— Potremmo scoprirlo fra poco. Il mio amico Fanta si è spinto ben oltre la cortesia fra colleghi. Mikulash Eder ha una stanza in affitto non lontano dalla *Farmacia dell'Unicorno*, così è andato lui stesso a indagare per mio conto. Ci ha risparmiato tempo potenzialmente prezioso. — Sentendo *Frau* Platzer gridare: "L'acqua è calda!", Meisl estrasse l'orologio da tasca. — Può fare il suo bagno, tenente: sono le venti e sedici.

Karel Heida si stava spogliando accanto alla vasca quando il telefono squillò in corridoio. Poco dopo, da dietro la porta chiusa, Meisl disse: — Fanta ha richiamato. Mikulash Eder non tiene barbiturici, e dice che non li ha neppure Krofta. Potrebbe essere vero o no, ma siccome si tratta di un omicidio e la polizia lo conosce, la mia opinione è che non stia mentendo. Probabilmente in questo momento starà buttando nel gabinetto le sue scorte di bromuro e oppiacei. Però ha detto a Fanta che due mesi fa qualcuno è andato a chiedergli del *Medinal.*

Pochi gesti rapidi e la camicia di Heida tornò a essere abbottonata. Uscì in corridoio infilando furiosamente le braccia nelle maniche azzurre dell'*ulanka.* — Chi, dottor Meisl?

— Una donna.

— Una *donna*? La giovane Marakova!

— La descrizione che mi ha offerto Fanta non corrisponde a Ema. Era una borghese, robusta, fra i trentacinque e i quarant'anni. *Nervosa.* Così ce ne saranno mille.

— Ah, maledizione.

— A me non viene in mente nessun'altra strada da percorrere. A lei?

— No. — Heida si agganciò il colletto. — Però, mentre mi preparavo a fare il bagno, ho riflettuto su un particolare. Probabilmente è solo una coincidenza... deve esserlo. Il sacrestano ha detto che monsignor Honzak andrà a dirigere il seminario di Ceske Budejovice, e alcuni dei seminaristi questa mattina erano alla Curia, a servire Messa.

Meisl si schiarì la voce prima di parlare. — Non dobbiamo lasciare nulla di intentato, per quanto sgradevole possa essere l'idea. I preti cattolici hanno le loro perpetue; è una pista che potrebbe portarci da qualche parte, oppure farci tornare indietro alla prima casella.

— Veda di procurarmi una carrozza prima possibile, dottore: vado a parlare di nuovo con il sacrestano.

— Vengo con lei. Ma il suo bagno?

— Chieda cortesemente a *Frau* Platzer di aggiungere un po' d'acqua calda di tanto in tanto.

C'era un vetturino che Meisl chiamava abitualmente nei casi d'urgenza, e il cui parcheggio era all'angolo della strada di sotto. Era un uomo pesante in giacca e cappello verde scuro, che fece schioccare la frusta quando il medico e Heida stavano ancora chiudendo lo sportello. Alle venti e trenta li depositò all'inizio della Lazenska nel Quartiere Piccolo. L'appuntamento di Heida con Polyxena Kinska era stato fissato per le ventuno e trenta. Corse fuori dalla carrozza prima del suo compagno, e quando Meisl lo raggiunse stava già parlando con il gendarme di ronda davanti a Nostra Signora Sotto la Catena. Il poliziotto non sapeva dove abitasse monsignor Honzak, ma l'agitato tenente diede il vicino indirizzo di Benka. — Signori, c'è forse un'emergenza? — indagò poi, valutando con uno sguardo la figura elegante di Meisl.

Allontanandosi, Heida rispose: — No. Sì. Non ne sono certo. Aspetti qui il nostro ritorno.

Lukas Benka si presentò alla porta in maniche di camicia, senza colletto. Un'ondata tiepida di odore di cavolo invase l'aria quando apparve sulla soglia. — *Hrabe* Heida! — Una volta fuori dalla chiesa, parlava esclusivamente in ceco. La sorpresa gli fece spalancare ulteriormente gli occhi tondi, come quelli del cane incantato ne *L'acciarino*. — Che onore... Ottla, Ottla! — Si voltò per chiamare la moglie. — Vuole entrare, Eccellenza?

— Vado di fretta, Lukas. Prima, in chiesa, ho dimenticato di fare una commissione: dove posso trovare monsignor Honzak?

Il sacrestano fece un passo indietro. — Ma non vuole accomodarsi? Be', monsignor Honzak abita un po' fuori, in via Chotek, a Smichov.

— Da solo? Voglio dire, ha una perpetua di mezza età?

Benka dovette pensare che avesse perso il senno. Sbirciò alle spalle di Heida, dove Meisl era all'ombra del pianerottolo. Se si stava domandando cosa ci fosse in gioco, non lo fece trapelare da quei suoi occhi sgranati. — No, vive con la vecchia madre, una pia donna che ha messo al mondo sette figli, fra maschi e femmine, tutti religiosi. È il nostro prete ausiliario, padre Mika, a essere assistito dalla sorella, una zitella rispettabilissima. Non vuole il conte Heida farci l'onore di prendere una tazza di tè, o magari un goccio di cordiale?

Heida scalpitava, gettando occhiate all'orologio da polso. Le venti e quarantacinque. — No, grazie. Cosa diceva della sorella di padre Mika?

— Be', hanno circa la stessa età, ma lei praticamente lo ha allevato quando i loro genitori sono morti di colera. L'ha fatto studiare, ed è stato grazie ai suoi sacrifici che è arrivato così in alto. Di certo ora lui sta ricompensando i suoi sforzi.

— Sì, sì — ribatté Heida tendendo l'orecchio ai rumori in cucina, dove Ottla Benka, incurante del rifiuto del visitatore, si stava affaccendando con qualcosa da bere o altro. — Anch'io ho una sorella maggiore. Apprezzo l'importanza delle sorelle. Quella di padre Mika è alta, piccola, robusta, snella...?

Benka roteò gli occhi. — No, no. Tutto il contrario, non è snella. *Slechna* Mikova è alquanto grassa e bassa. — Indicando il vassoio che sua moglie teneva trepidante alle sue spalle, insistette: — Non gradisce almeno un bicchierino, conte Heida?

Ottla Benka, piccola e parecchio tonda, gli porse il vassoio.

— Ecco, signore, un goccio di *Hesperol.*

Heida fissò il cordiale che gli veniva offerto. — Non lo beva — sentì dire Meisl, a meno che non fosse il suo buon senso ad ammonirlo.

— Non dovrei spettegolare su queste cose, *Hrabe* von Heida, specialmente visto che lei è imparentato. — Il sacrestano lo guardò scrutare il bicchiere sul vassoio. — Ma mi dispiace che l'Arcivescovo non tenga padre Mika nella considerazione che riservava a padre Jiranek. Sarà gradevolmente sorpreso, credo.

Heida chiuse gli occhi e svuotò il bicchiere in un sorso. — Le sorelle nubili sono un dono di Dio, e non solo per i preti.

— Oddio, per dire la verità non aveva altra scelta che rimanere nubile, povera donna, perché soffre del *gram mal.*

Meisl si avvicinò a Heida e gli sussurrò all'orecchio: — Vuole dire *grand mal,* tenente. Il *Medinal* viene usato per controllare le crisi di epilessia. Forse è meglio che a questo punto prosegua io...

Difatti fu Meisl, la cui spassionata freddezza aveva più probabilità di convincere, che parlò al gendarme di ronda, e – identificatosi con il suo titolo professionale – chiese assistenza per una "visita potenzialmente utile alla giustizia". Erano le venti e quarantanove. Heida, ancora vivo e vegeto dopo aver sorbito il cordiale, corse alla carrozza in attesa e se ne andò.

Così, mentre il tenente faceva il bagno a velocità futurista e con lo stesso cocchiere dal cappello verde si precipitava al galoppo verso via Sniemovni, Meisl si disse che c'erano notti in cui sapeva che non avrebbe dormito un solo istante. E questa era una di quelle. Gli ci volle un po' per spiegare le sue scoperte al capo della polizia di Mala Strana. Dalla gendarmeria, a un quarto alle dieci, telefonò all'ospedale di Sant'Elisabetta per informarsi sulle condizioni di padre Jiranek. Chiese di parlare direttamente con il giovane interno viennese, che premise che il suo turno era finito alle ventuno, ma fu lusingato che venisse chiesta la sua opinione. — Il paziente mostra deboli segni di ripresa — disse a Meisl. — Non osiamo essere ottimisti, ma con l'aiuto di Dio...

— Non permetta a nessuno di avvicinarsi a padre Jiranek se non in sua presenza — lo avvertì Meisl. — Potrebbe essere questione di vita o di morte.

— Ma aspettiamo solo una visita privata dal nuovo incaricato al segretariato della Curia...

— Avvisi cortesemente il primario che sto chiamando da una stazione di polizia. Mi prometta che resterà lì e non si muoverà dalla stanza, e che non lascerà che *nessuno*, uomo o donna, laico o religioso, si avvicini al letto di padre Jiranek.

— Parla sul serio?

Meisl riuscì a immaginare il giovane medico deglutire molta saliva al pensiero di un'irruzione di spie nemiche in ospedale.

— Vita o morte, collega!

— Prometto.

Poi ci fu il rapido trasferimento in auto fino a via Stepanska, dove i Mika vivevano nella modesta casa dei loro genitori. Grazie alla ripetizione del nome della principessa Lobkowicz, Meisl era riuscito ad assicurarsi la presenza di un ufficiale di polizia e di due gendarmi, e la garanzia che avrebbero proceduto senza fanfara.

Quando arrivarono, alla finestra brillava una lampada da tavolo accesa; una luce da salotto visibile dalla strada, il cui ampio cerchio, dietro il velo delle tende, rivelava la figura seduta di una donna. — Sta leggendo o cucendo — disse l'ufficiale di polizia a Meisl. — Dobbiamo entrare?

— Non ancora. Lasciate che inizi io la conversazione, specialmente se *Fräulein* Mikova è sola in casa.

Quando la voce femminile reagì al campanello chiedendo chi fosse, Solomon Meisl invitò i gendarmi a non rispondere e a restare indietro. Con tono imperturbato diede solo il suo nome e il suo titolo. Lo scatto della catena di un chiavistello precedette l'apparizione nella penombra della metà del volto tondo di *Fräulein* Mikova. Il medico si tolse il cappello e chiese di essere ricevuto "per una questione professionale di una certa urgenza".

— Come, che tipo di urgenza?

Meisl fece scivolare il suo biglietto da visita nello spiraglio. Aveva due tipi di biglietti da visita. Uno indicava la sua specialità; l'altro, che usò quella sera, il suo titolo medico. — Mi perdonerà se preferisco non parlare sul pianerottolo.

L'uscio fu accostato di nuovo. Seguì il suono di passi per la stanza, probabilmente per prendere uno scialle o un'altra copertura adeguata se era già pronta per andare a letto, come in effetti *Fräulein* Mikova era quando venne a sganciare la catena e ad aprire la porta. Sembrò lievemente sorpresa, finché Meisl restò l'unica persona visibile sulla soglia. — Dottore, devo insistere nel chiederle di cosa si tratta — fece lei — e perché viene qui a un'ora così tarda.

Al primo sguardo Meisl colse la folla di immagini sacre che assediava il decoroso salotto. Sul tavolo da cucito accanto alla finestra, nel cerchio della luce elettrica veniva riccamente ricamata una stola bianca da sacerdote. Cercò le parole per prendere tempo, ma quando lei intravide il *kepi* del poliziotto e i cappelli piumati dei gendarmi, all'improvviso cercò di richiudergli la porta in faccia. Solo il gesto di Meisl di interporre il suo corpo saldo le impedì di farlo.

Lo scialle le cadde dalle spalle quando, presa dal panico, cercò riparo in una stanza interna. Una corsa di ciabatte, l'apertura e chiusura violenta di una porta, il doppio scatto di una chiave di quella che probabilmente era la camera da letto.

— Presto! — sollecitò Meisl guidando l'inseguimento — potrebbe cercare di farsi del male!

Contrariamente a quanto accadeva nei film che i ragazzi di Praga in quei giorni guardavano al Real Bioscopio, i gendarmi non riuscirono ad abbattere la porta a spallate. Nessuno di loro, inoltre, era armato, quindi non poterono sparare alla serratura. Dopo essersi inutilmente affaccendati, su consiglio urlato del loro ufficiale fecero scivolare giù da un tavolino laterale il ripiano di marmo e lo usarono per sfondare il pannello destro della porta, demolendolo in modo da poter finire di prenderlo a calci ed entrare.

Pensarono che *Fräulein* Mikova avesse preso una dose della sua stessa medicina, ma Meisl sapeva di cosa si trattasse. Dovette impedire loro di lottare con la donna per tenerla a terra. — Ha una crisi — li avvertì. — La paura e le emozioni possono scatenare attacchi simili negli epilettici. Cercate un recipiente con l'indicazione *Medinal* o delle compresse, e datemi un bicchier d'acqua!

Ci volle parecchio impegno per evitare che la Mikova si ferisse sbattendo la testa contro i mobili o ingoiando la lingua, soffocandosi. I cassetti intanto volavano fuori dai comodini, dal bagno arrivavano rumori di gente che frugava. Quando l'agente di polizia gli porse una tavoletta di medicinale, Meisl ne staccò un frammento d'angolo con i denti per accertarsi cosa fosse, e poi fece faticosamente in modo che la donna la ingerisse. Era un pallido cencio privo di coscienza quando la trascinarono fuori casa, in una macchina anonima, per precipitarsi insieme a lei su via dei Tigli, verso l'ospedale.

Giovedì, ore 6:07 del mattino

— Sì, è qui, dottor Meisl. — Polyxena Kinska indossava una vestaglia di seta verde a meandri e cascate giapponesi, con carpe dagli occhi enormi che brillavano sotto il velo d'acqua ricamato. — Deve svegliarlo?

— Purtroppo sì. La chiamata è arrivata mezz'ora fa. Deve partire alle otto.

Il profumo di Polyxena era delicato, ma il calore della sua vicinanza lo rendeva inebriante anche per un uomo navigato come Solomon Meisl. Rimase indietro di un passo quando lei lo invitò a seguirlo con un cortese gesto del capo. Un unico fermaglio di tartaruga a forma di foglia le reggeva la massa chiara dei capelli, così che fra il biondo della chioma e il colletto di seta restasse visibile un delizioso tratto bianco di collo. Il corridoio era scuro, alto, stretto. Attraverso la porta accostata si intravedeva uno spicchio di letto, e in esso il giovane corpo di Heida dormiva immemore, come se la guerra e le cose che sarebbero irrimediabilmente cambiate fossero tenute a distanza dalle lenzuola intorno a lui. Meisl, che nella sua carriera aveva visto l'intimità di uomini e donne nell'abisso della malattia, distolse gli occhi dalla spalla nuda dell'amico, dal suo capo rasato di ragazzo.

— Oggi lo lascio — sussurrò Polyxena. E: — Quello è il letto di Francesco Giuseppe.

Quanto perfetta da baciare e da amare era quella donna. Meisl si sentì lieto e rammaricato per Heida allo stesso tempo. La principessa Lobkowicz, parlando della nonna di Polyxena, gli aveva detto: — La *Kinska Imperiale*, come la chiamavo io, mi ha insegnato una o due cose della vita. È scomparsa dieci anni fa, e da allora Praga non è più la stessa. Oserei dire che l'Austria-Ungheria non è più la stessa. — Seguì in silenzio il soprano fino alla porta.

— Gli ha detto che ha giaciuto sul materasso di Sua Maestà Apostolica?

— No. Conosco i giovani ufficiali, dottor Meisl: darebbe loro alla testa, oppure... li inibirebbe. — Sorrise amabilmente. — Di certo lui non si è inibito. Ma devo lasciarlo lo stesso, per il suo bene. Lo aiuterà a capirlo, vero?

— Farò del mio meglio, *Frau* Kinska. — Meisl uscì chinando il capo. — Aspetterò di sotto, in giardino.

Dodici minuti più tardi, mentre si avviavano verso la piazza del Quartiere Piccolo, Heida disse che moriva di fame. Non per il motivo cui poteva pensare il dottor Meisl, aggiunse subito arrossendo, ma semplicemente perché la sera prima non avevano avuto tempo di mangiare. Meisl sorrise, evitando di fargli notare che era la stessa cosa. Se *La* Kinska l'aveva lasciato, il tenente stava prendendo la notizia davvero bene.

— Bontà divina, dottore, mi stavo quasi dimenticando dell'omicidio! Che cosa è successo? È riuscito a...?

— Più tardi. Ora mangiamo un boccone, poi faremo un salto dalla sua famiglia. Parleremo andando alla stazione.

Così, consumata una rapida colazione al caffè più vicino, Heida finalmente andò a trovare la madre e la sorella, quarantacinque minuti prima della partenza del treno. Ci furono lacrime, e un infinito intreccio di braccia femminili intorno a lui, il tutto nelle cucine, affinché "nonna Lobkowicz non senta che Karel parte per il fronte".

Meisl rimase ad aspettare in carrozza, sulla Mostezka. Durante il tragitto attraverso il fiume verso la Città Nuova, iniziò a raccontare:

— Stavamo cercando un farmacista in disgrazia, tenente, ma avevamo torto. *Fräulein* Mikova aveva un motivo perfettamente legittimo per comprare il *Medinal* sotto ordine del suo medico, visto che è un sedativo utilizzato per prevenire le convulsioni epilettiche. Supponiamo che, invece di usarlo, ne abbia messe da parte quattro dosi dai dieci ai quindici grani l'una: avrebbe accumulato una quantità letale.

— E se ne avesse accantonate otto, dottore, avrebbe avuto per le mani due quantità letali.

— Precisamente, con il rischio di incorrere in una brutta crisi nel frattempo. Come in effetti è accaduto quando è stato svelato il suo ruolo nel disegno criminoso del fratello.

— Non crede che all'origine del crimine ci sia lei? La sua ambizione riguardo la carriera religiosa del fratello deve aver subìto un brutto colpo quando l'Arcivescovo gli ha preferito padre Jiranek all'ultimo momento.

Meisl osservò l'amico, e il modo in cui con le dita guantate spazzolava via noncurante la cipria che il volto di sua madre gli aveva lasciato sulla manica. Era quella la gioventù, ansiosa di tagliare i ponti. — Diciamo — commentò — che se anche avessero avuto le stesse qualità personali, era noto che padre Jiranek godeva di appoggi esclusivi in alto loco.

— Il mio prozio non sceglierebbe mai un segretario solo su raccomandazione, nemmeno dei suoi parenti!

— Ne sono certo. Ma il secondo in lizza avrebbe potuto non vederla allo stesso modo, e nemmeno la sorella che aveva sacrificato se stessa per il fratello. — Già scendevano la Graben, dove i negozi cristiani stavano aprendo e quelli ebrei erano chiusi per *sabbath*. Meisl pensò che i pochi cappelli estivi nel giro di un'ora sarebbero diventati una folla, non appena le signore avessero iniziato i loro giri. *Frau* M. sarebbe stata fra loro? — Il "segretario appena nominato", tenente, è stato fermato all'ospedale di Sant'Elisabetta mentre chiedeva di poter far visita da solo a padre Jiranek, con la scusa di pregare al suo capezzale. Forse aveva con sé un'altra dose da cercare di somministrare al paziente in qualche modo. Quando l'interno con cui avevo parlato gli ha comunicato sconsideratamente l'esigenza di sicurezza intorno a padre Jiranek, Mika all'improvviso ha lasciato l'ospedale. La polizia ora lo sta cercando. Lei sa che le casalinghe cercano di far mangiare i funghi selvatici ai gatti, prima, per accertarsi che non siano velenosi, e che gli aspiranti suicidi provano le loro dosi mortali su un animale domestico, per essere sicuri. L'assassino di Bozhena deve aver pensato che una povera ubriacona, una fioraia ambulante, non sarebbe mancata a nessuno, e nessuno avrebbe fatto domande sulla sua morte improvvisa. Resta il fatto che *Fräulein* Mikova non era nemmeno nei pressi della chiesa di Nostra Signora quando il *Medinal* è stato sciolto nella bottiglia di Bozhena, mentre suo fratello sì.

Heida continuò entusiasta. — Così, quando martedì a mezzogiorno monsignor Honzak ha portato via la bottiglia a Bozhena per l'ennesima volta, padre Mika ha colto l'occasione per metterci le mani sopra. Ha dissolto una dose mortale di droga nella grappa, sapendo perfettamente che lei sarebbe andata a implorarlo di restituirgliela, e che non avrebbe resistito alla tentazione di berla fino all'ultimo goccio. Immagino che la povera Bozhena abbia pensato che fosse una trasgressione meno grave se beveva con la benedizione di un uomo di chiesa.

— *Pecca molto per pentirti molto,* eh?

— Sì, dottore. È un modo di pensare protestante, ma temo che si attagli perfettamente anche a noi cattolici.

— Nonché a noi ebrei.

— In ogni caso, se interpreto correttamente la sequenza degli eventi, ieri mattina presto padre Mika ha avuto la conferma che la dose che aveva usato era sufficiente per uccidere un essere umano, specie se combinata con dell'alcol. Di fatto, Bozhena era morta da ore quando sono giunto in piazza. Quel codardo ha avuto il fegato di mostrare sorpresa quando è arrivato a pregare sul cadavere, fra gli elogi degli zotici intorno! Ora ho capito qual era *l'impegno* che stava correndo ad assolvere, con la sua borsa di cuoio gonfia!

— Già. Ancora non sappiamo come abbia fatto a eludere la sorveglianza dei domestici al palazzo arcivescovile, ma ha raggiunto padre Jiranek. A mio parere può essere stato lo stesso Jiranek a farlo entrare, dopo averlo invitato in via del tutto riservata. Dopo essere tornato in sé, stamattina alle quattro – no, non è insolito: un coma indotto da barbiturici può risolversi nel giro di giorni, addirittura di ore – ha confermato di aver chiesto di vedere Mika per assicurargli di nutrire sentimenti di alta stima nei suoi confronti. Una cortesia appropriata, fra partecipanti a un'equa competizione. Come lei sa, tenente, i nomi dei candidati non sono stati resi noti fuori dalla

Curia, quindi anche quelli che sospettavano qualche scorrettezza, e magari il coinvolgimento di un religioso, al principio non hanno capito che il secondo in classifica era Mika.

Oltre la Torre delle Polveri, non fosse bastato il traffico, anche l'edificio della Dogana indicava la prossimità alla stazione. Meisl non amava gli addii, quindi si preparò ad abbreviare quello che lo aspettava. — L'atto perpetrato contro Bozhena è stato replicato nel bicchiere di *Hesperol,* un cordiale leggero che Mika sapeva piacere al confratello, tanto innocuo da costituire un brindisi accettabile e un segno di amicizia anche fra due sacerdoti, il mattino, dopo colazione. La differenza è che padre Jiranek è più giovane e in condizioni fisiche decisamente migliori della povera Bozhena; inoltre ha bevuto molto meno liquore corretto con il *Medinal* di lei. Ho calcolato che la fioraia deve essere stata uccisa con una dose appena superiore ai tre grammi, un disastro sul suo corpo devastato dall'etilismo, anche se proprio a causa di questo stato ci è voluto più tempo perché subentrassero l'incoscienza e la conseguente morte. Una dose equivalente è stata adoperata su padre Jiranek, la cui reazione fisica però è stata immediata e violenta. Così si è rivelata insufficiente a ucciderlo – dopotutto, la sua morte avrebbe destato davvero dei sospetti – ma più che adeguata per farlo sembrare in preda ai fumi dell'alcol, e per farlo cadere in coma. Se tutto va bene, invece, si riprenderà nel giro di due o tre giorni. In un paio di settimane dovrebbe essere come nuovo, e rivestire il ruolo di segretario di Sua Eccellenza l'Arcivescovo.

— Mia nonna sarà entusiasta, da una parte, ma impietrita dall'altra: il pensiero di un prete ubriaco di *Hesperol* per lei era uno scandalo. Figuriamoci *questo.*

— Credo che sua nonna sia meno fragile di quanto lei la giudichi, tenente.

— Ah, è una cara vecchia signora ignara persino che sto partendo per la guerra.

No, decisamente Polyxena Kinska non gli aveva detto che fra loro era finita, anche se, mentre Meisl scendeva i gradini del suo rifugio sulla Sniemovni, gli aveva sussurrato: — Non si lancerà contro il nemico solo perché l'ho lasciato. Karel ha troppo buon senso per farlo.

Sì, pensò Meisl. *Oppure l'infatuazione si curerà da sé in fretta, permettendogli di badare al suo dovere senza distrazioni.* Per il momento Karel Heida se ne stava seduto lì, giovane e biondo, perplesso, nella dolce angoscia dell'immaginare una delusione che avrebbe potuto o meno incontrare.

Sul lato della stazione di via Hybernska, una blasonata carrozza aperta spiccava fra quelle a noleggio dei vetturini.

— Mio Dio — fece Heida. — Quella è nonna Lobkowicz! Mi vedrà di certo se scendo qui.

— Forse *vuole* vederla, tenente. Le suggerisco di scendere e di andare a prendere congedo da lei.

Senza alzarsi dal sedile, Meisl osservò Heida salutare l'anziana aristocratica, ascoltare a occhi bassi qualunque cosa lei gli stesse imperiosamente dicendo, e infine inchinarsi per baciarle la mano. A giudicare dall'involucro piatto che gli diede, e che Heida infilò nella sacca da viaggio che il suo attendente gli porgeva, aveva appena ricevuto copia della fotografia del nonno. Gli aveva anche detto di avergli mandato la *pelzulanka*? Solomon Meisl ritenne di no.

Quanto a lui, strinse la mano all'amico, gli augurò buona fortuna ma non rimase a guardar partire il treno. Fra la notte precedente e la mattina, annodando i fili del caso Marakova-Jiranek, aveva deciso quale favore chiedere alla principessa Lobkowicz come ricompensa per il ruolo svolto nel discolpare il suo protetto. Ma la principessa Lobkowicz non aveva tempo per un medico ebreo quella mattina, e lui doveva fermarsi da *Scharrer,* al Tyn, per il nuovo servizio di porcellana di *Frau* Platzer. Un'incombenza così domestica, si disse, mentre decine di migliaia di corpi umani venivano ridotti in brandelli.

Il vento che da diverse ore aveva risparmiato la città stava montando di nuovo. La polvere di carbone e il terriccio della ferrovia volavano verso ovest dalla collina Zhizhka, dove cinquecento anni prima gli avversari cristiani si erano battuti fino alla morte. In mezzo millennio era cambiato poco, solo la potenza omicida delle armi. Meisl lasciò andare la carrozza e decise di ritornare a piedi verso la piazza della Città Vecchia, con la brezza alle spalle. Lungo la Graben incontrò i coniugi Fanta e Franz Kafka, usciti di buon'ora per una passeggiata. Gli chiesero subito se avesse dei programmi per la colazione.

— Grazie, ho mangiato un boccone con un amico prima che partisse.

— Un boccone non è una colazione, Meisl — insistette il farmacista. — Andiamo, abbiamo delle novità da condividere con un buon caffè.

Una folata di vento gli fece l'effetto di una pacca amichevole. *Frau* Fanta scoppiò a ridere quando il cappello di paglia del marito volò via come un *dreidel* scagliato dalla sua corda. Kafka, di buon umore, commentò asciutto che era una visione confortante, in un tempo in cui la maggior parte degli uomini la testa la perdeva intera.

— Allora, dottor Meisl, viene con noi o no?

Fanta corse dietro al suo cappello, cercando di acchiapparlo a mezz'aria. Sua moglie, amabile intellettuale, prese da parte il medico. — Ha sentito? Hanno arrestato una donna che ha avvelenato della gente con dei farmaci, e se sul giornale non danno né il suo nome né quello delle vittime, significa che lei, o loro, sono persone importanti. Lei non ne sa niente, vero?

— Proprio nulla — mentì Meisl, anche se il farmacista, di ritorno con il cappello in mano come un trofeo, gli fece un occhiolino d'intesa.

— Meisl, mia moglie le ha detto che *Frau* M. trascorrerà il resto dell'estate a Praga? L'abbiamo invitata a venirci a trovare a casa una di queste sere. Prometta che verrà anche lei.

Certe volte la vita sembrava un mosaico impazzito. Già le tessere disparate delle ultime ventiquattr'ore – il delitto Marakova e la sua soluzione, Heida e le donne della sua vita, il letto di Francesco Giuseppe e il palazzo dell'Arcivescovo – si univano per poi separarsi di nuovo. Poche ore prima, l'esercito austriaco era stato disastrosamente respinto dai russi a Lutzow, in Galizia, ma la notizia non sarebbe apparsa in quei termini sulla stampa nazionale. Lo sarebbe stata la sconfitta russa per mano dei tedeschi, un tassello pietosamente parziale del mosaico.

Frau M. era una tessera nuova eppure familiare, che trovava sempre una collocazione, qualunque fosse il disegno. Sarebbe stato troppo diretto, dire che si sarebbe unito ai Fanta. Meisl borbottò qualcosa per lasciar intendere che avrebbe consultato la sua agenda, e controllato se fosse possibile. Alla folata di vento successiva lasciò di proposito che il suo cappello volasse via, per avere motivo di inseguirlo per qualche passo, senza correre, lungo il marciapiedi inondato di sole.

Lettera di Karel Heida al dottor Solomon Meisl:

Egregio dottor Meisl,

spero che perdonerà l'egoistica frequenza delle mie lettere, e il loro tono leggero.

Didi dice che sono allegro fino all'incoscienza, e in effetti quando mi sono congedato da loro non ho mostrato alcuna commozione. Come se un uomo potesse o dovesse apparire commosso quando parte per andare in guerra, e per la seconda volta in meno di un mese! Comunque, per non comportarmi in maniera insensibile, su consiglio di un libraio ho comprato un'antologia di poesie pubblicate lo scorso anno a Lipsia dall'editore d'avanguardia Wolff. L'autore è un salisburghese a nome Trakl, che – da non crederci – mi hanno detto essere un farmacista volontario dell'esercito in Galizia! Non sono un critico letterario, ma il tono mi sembra eccessivamente cupo ed ermetico (credo sia questo il termine giusto). Abbondano le tombe e i corpi in putrefazione. Come se questo non bastasse, il colonnello Trott mi ha visto con il libretto in mano, e mi ha sciorinato uno sferzante commento sullo spirito nichilista delle poesie. Ha detto che sono peggio dei romanzi francesi o delle avventure di Sherlock Holmes, che nel suo vocabolario è come dire che sono assoluta spazzatura. Quando ho cercato di mettere in versi gli stessi malinconici temi, sette o otto anni fa, Didi ha riso fino alle lacrime dopo avere letto le mie poesie ad alta voce durante una cena in famiglia. L'ho quasi strangolata, quella volta.

Cosa significa la frase "Kol Yisrael arevimze laze"? L'ho sentita pronunciare da un rabbino sul campo, e non volendo apparire ignorante, non ne ho chiesto il senso. Stava parlando di reclute e ufficiali ebrei, e della loro responsabilità in termini di lealtà e onore.

Ho ricevuto (e probabilmente lei ha visto nonna Lobkowicz consegnarmela alla stazione) una fotografia scattata a Verona 49 anni fa. Ritrae il giovane principe Lobkowicz con i suoi compagni di guarnigione: è a capo nudo, e in virtù del suo titolo è l'unico a cui è stata data una sedia, anche se lui ci si è accomodato a cavalcioni, alla maniera degli ulani. Ci somigliamo fisicamente, lui e io, ma i paralleli finiscono qui. Non posso, malgrado gli sforzi della nonna, pensare a lui come all'eroe la cui gloriosa morte in battaglia ha fatto sì che gli fosse intitolato un reggimento. Ai miei occhi resta il giovanotto della fotografia, visto che non è mai potuto diventare più vecchio di così.

Suo devoto,
Karel Heida

*PS. I miei ringraziamenti di cuore per avermi prestato l'*Igiene dell'amore coniugale *del dottor Seraine. Che libro incredibile! Sono arrivato al punto in cui tratta del vigore sessuale delle donne, che raggiungerebbe il suo massimo fra i trenta e i trentacinque anni, circostanza che mi trova assolutamente d'accordo. Ammetto di aver sfogliato rapidamente anche il capitolo quinto, dove, come ricorderà, si descrivono le cause ereditarie dell'inclinazione all'omicidio.*

PARTE QUARTA

LA MORTE IN GALIZIA

In quei giorni, il confine fra Austria e Russia,
al nord-est dell'Impero,
era il più strano dei luoghi....

Josef Roth
(*La marcia di Radetzky*)

CONFINE FRA GALIZIA E RUSSIA

Venerdì 28 agosto 1914

Di tanto in tanto il tenente Karel Heida aveva l'impressione di non aver fatto altro se non svegliarsi in camerate fredde, mangiare in mense mortalmente silenziose e imparare a memoria manuali tattici fra una manovra e l'altra. I suoi erano generosi, addirittura indulgenti come sanno esserlo i genitori, quindi nei giorni buoni sospettava di essere amato, e in quelli più difficili che non si aspettassero poi molto da lui. L'esercito era stato scelto come sua professione ancor prima che nascesse, e nessuno fino a quel momento si era disturbato a chiedergli se l'avrebbe lasciato dopo la morte del padre (che comunque aveva cinquant'anni e godeva di ottima salute) o se vi avrebbe proseguito la carriera. Sua sorella Dragomira – Didi – aveva una bassa opinione degli ufficiali, e non sentiva affatto il fascino delle uniformi. Trovava molto più interessanti gli accademici e gli artisti, e anche se c'erano scarse possibilità che finisse per sposare uno studioso o un poeta, in quei giorni nelle sue lettere scriveva della decisione di darsi all'arte, "visto che la mamma non mi lascia fare l'infermiera". La mamma le aveva anche proibito di posare per Alfons Mucha, dopo il ritratto che aveva fatto di lei, malgrado la sua richiesta di prestare volto e figura a un'allegoria della Boemia.

Durante il canonico anno di guarnigione a oriente, Heida aveva speso il denaro che non avrebbe potuto impiegare altrimenti in romanzi e schizzi di sconosciuti pittori russi. Non era abitudine dei giovani ufficiali del suo reggimento avere libri nelle loro stanze, figuriamoci leggerli. Eppure alcuni di loro tenevano diari, una minoranza scriveva addirittura poesie, seguendo il pericoloso principio per il quale leggere non è un requisito necessario per essere un autore. La piccola libreria personale di Heida era cresciuta fino alla dichiarazione di guerra. Aveva letto la maggior parte dei volumi trovati sui venerandi scaffali di famiglia, saltando solo i trattati religiosi di Bossuet (il suo francese era sufficiente, ma la sua pazienza per le diatribe teologiche no), le cronache regionali dell'Impero (scritte in ungherese), e ovviamente ciò che per lui era illeggibile, le antiche opere ebraiche che Solomon Meisl tanto apprezzava. Suo padre leggeva soprattutto i giornali, austriaci e stranieri; sua madre era abbonata ad alcune riviste femminili, e – all'insaputa della famiglia – piangeva e arrossiva sui romanzi francesi; anche Didi, di nascosto, consumava romanzi francesi, duplicando la collezione di sua madre, e a dispetto dell'avversione del colonnello Trott, lo stesso faceva Karel Heida.

Aveva divorato Flaubert e Balzac durante il suo servizio al confine con la Russia, e quando l'ebreo trovarobe della guarnigione aveva aperto un involto di carta di giornale rivelando il "ciclo Rougon-Macquart" di Zola, in una brossura da poco, aveva comprato tutto, svanendo per giorni dai tavolini a cui gli ufficiali si sedevano a bere. Erano i tempi in cui il rigore del suo autocontrollo, in un'area dove la sifilide era endemica, aveva ceduto il passo a precipitose licenze nella città più vicina, lontana abbastanza da concedergli un'ora per fare quel che disperatamente sentiva di dover fare. Da allora considerava i romanzi francesi – specialmente Zola – alla stregua di tutti gli afrodisiaci: qualcosa che i vecchi dovevano tenere a portata di mano, ma che i giovani era meglio tenessero a distanza. Era arrivato a restituire l'intero ciclo all'ebreo, scambiandolo con uno schizzo a matita di Larionov.

Era stata l'iniziazione di Heida al Cubismo, se non al collezionismo d'arte, considerata l'acredine del colonnello Trott nei confronti della modernità. Il solo ad apprezzare lo schizzo era stato Ondrej Comano von Comano. Tenente a sua volta ed esponente della piccola nobiltà, ex ussaro, contava pittori di Corte fra i suoi parenti. Il suo giudizio era: — Larionov vale la pena tenerlo d'occhio, Karel; il suo *Luchizm* è la risposta slava all'Astrattismo francese.

La pessima abitudine di Comano von Comano di corteggiare le mogli degli altri ufficiali, a Heida in qualche modo sembrava la risposta slava al libertinismo dei romanzi francesi. Il suo collega era stato quasi colto *in flagrante delicto* un paio di volte: la prima era riuscita a cavarsela con le parole, la seconda aveva dovuto sostenere, vincendolo, un controverso duello. Una volta aveva ficcato un pacchetto di lettere compromettenti sotto il materasso di Jiri Vilem. A Praga era stato uno dei pretendenti più assidui di Polyxena Kinska, che aveva esasperato lo smacco del suo capriccioso rifiuto posando nuda per lui; vedendo quanto Heida sembrasse patire la vista di quello schizzo nella sua camera da letto, poi, lei glielo aveva lasciato bruciare nel camino. Ma era la sola vittoria che Heida o gli altri potessero vantare nei confronti del "Fatale Ondrej", come lo chiamavano.

Più il reggimento avanzava a ranghi completi verso il nord-est e il confine nemico, più il temperamento di Comano von Comano si scaldava. Nel paese di guarnigione dove si fermarono abitava *Frau* Plashka, la più bella moglie di militare della provincia, sposata con il più geloso dei capitani dell'esercito. Si erano già incontrati prima, raccontò ai colleghi durante il pranzo, ed erano andati *a tanto così*, indicò avvicinando pollice e indice, *dal mescolare i colori delle loro tavolozze* nella cabina chiusa di una carrozza. Invidiosi ed eccitati, i tenenti Conrad, Bruner-Labek, Gabrinski e Nemeth avevano espresso il desiderio ardente di vedere la signora in questione; lo stesso disse Jiri, che oscillava fra la sua paura delle donne e la lascivia giovanile.

Invece Heida ebbe una reazione strana. Mentre Ondrej Comano si vantava del suo precedente incontro con *Frau* Plashka, giocherellando con l'argenteria monogrammata del reggimento, un raggio del sole di mezzogiorno trafisse la finestra e colpì la lama del coltello nelle mani dell'oratore. Una scintilla si accese sull'argento; e siccome il vino a tavola veniva servito in una luccicante brocca di metallo, il barbaglio si riflesse centrando l'occhio sinistro di Comano con una pugnalata di luce. Comano fece una smorfia, senza interrompere la sua storia. A Heida, però, l'incidente sembrò un presagio, quasi il volto del collega fosse stato trapassato da un punteruolo da ghiaccio.

Venerdì, quando giunsero alla guarnigione di Potok, il sole stava tramontando. Davanti a loro si apriva una brughiera segnata dalle anse di un fiume. Una vasta palude a sinistra rifletteva la luce accecante del tramonto, annichilendo la linea di demarcazione fra terra e acqua, acqua e cielo, un'unica banda rossa che faceva apparire le piante acquatiche avviluppate da fiamme fittizie; il rosso robbia dei pantaloni degli ulani sembrava un fiotto di sangue. Quando raggiunsero le prime case, la palude si era fatta violacea, e così il cielo, solo di una sfumatura più chiara, con una sola stella fissata come un chiodo pronto a sgonfiarlo.

Le solite operazioni, come stirarsi dopo essere scesi di sella, mandare in giro per le prime necessità gli attendenti e i tuttofare ebrei – i *möbeljuden* – e prendere possesso degli alloggi, furono esaurite in fretta. Seguì la cena alla locanda del luogo, tenuta da uno sloveno con una moglie originaria della Slesia che al piano di sopra stava partorendo il primo figlio. Le sue grida inumane filtravano a dispetto delle porte chiuse, tanto che alcuni degli ufficiali subalterni – Heida compreso – a un certo punto si congedarono, e Trott non ebbe nulla da obiettare. Bruner-Labek, sposato da poco e con una moglie incinta, vomitò la cena appena fuori dalla porta; Conrad fece un commento malevolo, ma lui stesso era piuttosto pallido. Jiri disse: — Io non mi sposerò mai — e Heida desiderava semplicemente andare in qualunque posto abbastanza lontano da non sentire le urla della donna. Per farlo attraversò la piazza e scese oltre il ghetto ebraico di Potok, perché la città era piccola, la notte silenziosa, e prati e palude assorbivano qualunque suono. La strada, buia e sassosa, andava dritta verso est. Ogni tanto Heida si fermava in ascolto e riprendeva a camminare se un'eco disperata gli giungeva alle orecchie.

Si lasciò alle spalle capanni scalcinati, misere fattorie dai tetti di legno, il cimitero. Aveva passato un ponticello su un canale quando si fermò di nuovo, senza sentire altro che i tuffi delle rane nell'acqua e il frinire degli insetti nell'erba. Il cielo si stendeva fitto di stelle sopra di lui; al primo solitario astro, o pianeta, se ne erano aggiunte miriadi a tenergli caotica compagnia. Heida se ne stette lì in posa men che militare, con le mani in tasca e lo sguardo in su. Si combattevano battaglie a est, a nord, a ovest e sud rispetto a quel punto, che nella sua semplicità rurale era divenuto una rosa dei venti che puntava in tutte le direzioni della guerra. I comandanti tacevano, ma le voci di corridoio suggerivano che le cose non andassero bene in Galizia, e nemmeno in Serbia. I tempi chiedevano una risolutezza granitica. E lui non riusciva a far di meglio che cercare silenzio! Quella notte, comunque, anche gli altri si erano defilati. Comano von Comano, ricordò Heida senza alcun motivo particolare, si era alzato da tavola prima di chiunque altro.

Il capitano Friedrich Plashka – era impossibile non evocarlo alla mente se ripensava al Fatale Ondrej – aveva offerto da bere agli ufficiali della compagnia prima di cena, alla locanda. Alto, con l'aspetto da contadino e grandi possedimenti nei dintorni, si scusò per l'assenza della moglie, "dovuta a una lieve indisposizione". Lo disse con voce ferma, che immaginasse o no che gli ospiti militari sarebbero stati delusi di non poterla conoscere. Come i suoi colleghi di guarnigione, Plashka aveva un alloggio privato, solo migliore. Divideva con la moglie una bella casa di sette stanze in un angolo della proprietà materna. Il luogo era stato indicato a Heida e agli altri dal tenente Comano appena prima dell'ingresso in città. Era un rettangolo murato con un boschetto di querce al centro, da cui, fra le chiome scure, spuntavano comignoli di varie altezze, come canne d'organo. Ora Heida fu sorpreso di capire che il grumo di buio alla sua sinistra, dove c'era la palude, in effetti era la casa al centro del giardino, che da dove si trovava sembrava un'isola.

Nella notte lo fece sobbalzare qualcosa come un lamento di dolore; ansiosamente aspettò di sentirne altri, ma in quel lasso di tempo si convinse che si trattava del verso di un uccello.

Sua madre non parlava mai di certe cose, ma aveva letto – nei romanzi – che i parti potevano durare ore e ore, quindi poteva darsi che dovesse stare alla larga fino all'alba, perché di certo non sarebbe tornato alla locanda. E pensare che *La* Kinska si era sposata a diciassette anni, e aveva perso un bambino mentre lo dava alla luce un anno dopo. Rimasta vedova (una fortuna, metaforicamente e altrimenti), non aveva più potuto avere figli (altra fortuna, almeno per chi la bramava). Non riusciva a immaginare Polyxena soffrire e gridare tanto. Aveva menzionato il figlio morto solo una volta, ma accanto al suo letto, su un voluttuoso tavolino stile Secessione, teneva in una cornice d'argento la piccola fotografia di un morticino avvolto in fasce di pizzo.

Una dopo l'altra, quando Heida prese a camminare lungo l'acqua, le rane saltarono nel canale con suoni tondi e liquidi. Un sentiero appena visibile alla luce delle stelle solcava l'erba umida. C'era un reticolo di strade, stando alle mappe dell'esercito, che attraversava il territorio della provincia, e in effetti alcuni dei sentieri si spingevano rischiosamente a est, noncuranti del confine su cui presto sarebbe infuriata la battaglia. Pattuglie e sentinelle erano schierate di guardia lungo la frontiera fin dall'attentato di Sarajevo, ma nessuno poteva sapere quanto davvero sicuro fosse il confine. Heida immaginò i giovani ufficiali russi, identici a lui sotto ogni aspetto, salvo il comandante in capo e il credo religioso, strisciare al buio nei vasti prati e lungo i pantani per sorprendere gli uomini di Sua Maestà Apostolica. Tirò fuori le mani dalle tasche, tanto per non essere preso alla sprovvista.

Il sentiero curvava verso una piccola struttura, una croce o un'edicola votiva, a malapena distinguibile contro una macchia di alberi. Quando dall'oscura distanza dietro di lui il campanile di Potok suonò le nove e mezza, Heida lo prese come una convocazione, pensando alla struttura che aveva di fronte come alla boa intorno alla quale avrebbe girato prima di tornare. Avvicinandosi si accorse che era effettivamente un'edicola, delle dimensioni di una garitta, di quelle che si vedevano qui e là per l'Impero, specialmente nelle province occidentali. Costruita tanto vicino al canale da impedire ai passanti di farci il giro intorno, segnava anche l'inizio, o la fine, di una viuzza che veniva ingoiata dalla macchia di alberi poco più avanti.

Un rumore di passi sul pietrisco mise Heida in allerta. Si ritirò contro il fianco dell'edicola per valutare se fosse saggio, o addirittura prudente, lasciarsi vedere. Ad avvicinarsi erano una, due persone al massimo. Il passo della prima era stivalato, più pesante di quello della seconda. La voce dell'uomo, che parlava tedesco, la riconobbe subito. La seconda voce, bassa e accentata, era femminile e gli suonava nuova, ma poteva immaginare di chi fosse.

La coppia camminava lenta, come se sostasse spesso. Di fronte all'edicola si fermò del tutto, e seguì il suono di contatti avidi, di baci. Heida rimase con la schiena contro il muro grezzo, in imbarazzo mortale, sentendosi in colpa per la sua presenza inopportuna, e ancor più per la reazione fisica che quel che accadeva dietro l'angolo gli stava provocando. Gli vennero i brividi al pensiero che potessero spingersi oltre, e che diventasse parimenti impossibile restare lì come palesarsi a Comano e alla sua compagna. Grazie a Dio, la donna – poteva essere altri che *Frau* Plashka? In fondo aveva un accento ruteno – suggerì che proseguissero. Heida non volle pensare per dove o per far cosa. Colori che si mescolavano sulle tavolozze gli vagavano per l'immaginazione. Rimase immobile nell'uniforme madida di sudore per qualche minuto ancora, finché non si sentì ragionevolmente certo di poter uscire allo scoperto. Noncurante di dove i due potessero aver trovato rifugio, tornò a Potok, turbato e irritabile. Finì in una stanzetta piuttosto sudicia, allestita alla bell'e meglio dal *möbeljud* malgrado l'ora tarda e l'inizio del *sab-*

bath, e anche lì dormì con il cuscino sopra la testa e la finestra chiusa, per essere sicuro che alle orecchie non gli giungesse suono di sorta.

Potok, sabato

All'alba si svegliò in un bagno di sudore, con il collo dolorante e punture di zanzara ovunque. Recitò in fretta le preghiere, in un guazzabuglio di parole latine abbreviate che riduceva l'*Ave Maria* a uno stenografico *Av Maria gra pln Dom tec bendic tu in lierbus bendic fru ven*, e così via fino all'*Amen*, pronunciato per intero. Con cautela aprì la finestra e tese l'orecchio. L'aria era serena, fresca e umida, già con la nota autunnale della fragranza d'erba appassita. I galli vicini e lontani lanciavano richiami strozzati, anticipando i trombettieri della cavalleria. In contrasto con il cielo perlato e sgombro di nubi, la strada di sotto era stretta e meschina. Venendo dalla direzione della piazza, Bruner-Lubek sembrava non aver chiuso occhio un secondo. Vide Heida alla finestra, e senza perdere tempo chiamò a voce più bassa che poteva: — Karel! Sei solo?

— Che domande! Certo che sono solo. — E mentre lo diceva, a Heida venne il drammatico pensiero che la passeggiata notturna di *Frau* Plashka fosse stata notata, e che il marito stesse cercando il colpevole.

— Posso salire?

— Stavo per scendere, ma... d'accordo.

Bruner-Lubek non fece osservazioni sull'ambiente povero e sulla dubbia pulizia. Rimase in piedi accanto al letto di ferro, sbattendo le palpebre. — Ondrej è sparito. Come la moglie del capitano Plashka.

Heida deglutì. Si sedette sul letto per infilarsi gli stivali incrostati di fango, ansioso di lavarsi e cambiarsi. — E il capitano Plashka?

— È sparito anche lui.

Tre sparizioni e un intreccio adulterino dietro le quinte. Nessun altro argomento aveva possibilità di tenere banco al tavolo della colazione, da cui stranamente mancava il colonnello Trott. Heida tenne per sé quel che sapeva, aspettandosi di doverlo rivelare al comandante, e si sentì a disagio mentre le allusioni e i sottintesi volavano avanti e indietro; anche Rozhmberk era assente, ma visto che era stato invitato a pernottare da certi amici ed era uscito con loro prima di cena, nessuno chiese o si preoccupò di lui. I suoi cani avevano passato la notte con il suo attendente in paese, e la circostanza indicava che si sarebbe ripresentato molto presto.

Alle sette e quindici entrò Trott. Abituati al suo carattere impetuoso, i giovani ufficiali non si aspettavano di vederlo così improvvisamente invecchiato; non sapevano che, essendo uscito con tanta urgenza all'alba, si era dimenticato di ritoccarsi la tinta dei baffi. — Se uno qualunque di voi — ammonì, anche se chiaramente si riferiva all'assente Comano von Comano — se uno qualunque di voi ha fatto ciò che penso abbia fatto, gli strapperò le budella con le mie mani. — La minaccia era una di quelle ricorrenti, ma la voce di Trott risuonò insolitamente priva di nerbo. Era improbabile che strappasse le budella a chicchessia.

Uno a uno furono interrogati da lui e dal capo dello squadrone di Plashka, il tenente colonnello Szentmihalyi, riguardo agli spostamenti di Comano la sera precedente. Quando venne il turno di Heida, aveva avuto il tempo di sudare caldo e freddo e pensare a quattro o cinque versioni alternative della verità, tralasciando questo o quel dettaglio per salvare la sua dignità e quella del reggimento. Allorché si trovò faccia a faccia con i comandanti, semplicemente snocciolò le cose così come erano, senza saltare alcun dettaglio, perché non riusciva a ragionare in maniera abbastanza lucida da decidere quali omettere.

— Naturalmente non ho alcun modo di dire chi fosse la signora. — Trott fece la faccia burbera, alla fine del rapporto. Heida ebbe l'impressione che fosse causata più dalla reazione che lui e gli altri giovani ufficiali avevano avuto di fronte a un parto, che da quel che aveva sentito su Comano e la sua compagnia femminile. Szentmihalyi rimase in un silenzio di tomba, e tale sembrava, pallido e rigido come una lapide con il defunto scolpito sopra.

— Una *signora*, ha detto? Come sa che era una signora e non una *donna*?

— Colonnello Szentmihalyi — intervenne Trott — i miei uomini sono in grado di cogliere la differenza.

L'ungherese rimase immobile contro lo schienale di cuoio della sedia. La blusa aderente, detta *attila*, con le sue elaborate linee orizzontali di cordoni e alamari dorati, lo faceva sembrare affettato, dissezionato in segmenti del colore di un cielo invernale. Disse, con una voce più nasale e acuta di quanto la sua funerea apparenza giustificasse: — Dunque, se ho ben inteso, lei non ha incontrato alcun ufficiale mentre lasciava la città a piedi?

— Nessun ufficiale, *Herr Oberstleutnant*.

— Lei è stato visto dai colleghi attraversare la piazza in direzione della strada per Granica, lungo una via che si dirama a nord verso la proprietà della vecchia signora Zina Plashkova.

— Non mi è familiare la precisa disposizione delle strade laterali, ma quella era la mia direzione, sissignore.

— Da solo, ha detto. Non in compagnia del tenente Comano von Comano?

— Nossignore. — Ribadito che per quanto poteva giudicare solo Ondrej Comano e la sua amica dall'accento ruteno erano spuntati dal boschetto lungo il sentiero di pietrisco, Heida si trovò a maledire l'avventato collega e le sue relazioni.

— E in nessun momento, prima o dopo essersi fermato all'edicola, ha incontrato o sentito il capitano Plashka?

— Nossignore.

— Ha sentito sparare dei colpi?

Heida, che guardava rigidamente avanti a sé, per un istante rivolse gli occhi a Szentmihalyi. — Assolutamente no. — Penosamente, il barbaglio di sole sull'argenteria del giorno prima gli riaffiorò alla memoria. *Plashka li ha colti in fallo e li ha ammazzati tutti e due,* pensò. *Stava aspettando gli amanti da qualche parte e col favore delle tenebre li ha assassinati.* Aprì la bocca e parlò prima di considerare l'opportunità di farlo. — Se è stato versato del sangue, signore, non è stato con un'arma da fuoco. Avrei sentito i colpi anche in lontananza.

— Nessuno ha parlato di spargimenti di sangue, o sbaglio?

Trott intervenne ancora una volta. — D'accordo, Heida. Può andare.

Solo mezz'ora più tardi giunse la notizia che i cadaveri di un tenente ulano e della moglie del capitano Plashka erano stati trovati alle prime luci dell'alba da un soldato di pattuglia lungo la strada di confine, a meno di mezzo chilometro dall'edicola. Entrambi avevano un unico squarcio al torace, inferto con tanta forza da attraversare lo sterno. Quanto a Friedrich Plashka, poco prima delle nove la sua sciabola macchiata di sangue e l'*attila* ben ripiegata erano state oggetto di un sinistro rinvenimento lungo la palude da parte dell'attendente di Rozhmberk, che stava portando a passeggio i danesi.

Il parroco, insieme a Szentmihalyi e a un Trott tempestoso ma con i baffi di nuovo neri, ebbero il poco invidiabile incarico di comunicare le tristi nuove alla vecchia madre del capitano. Di conseguenza i tre uscirono alle nove, diretti a casa di Zina Plashkova. Zina Plashkova, apprese Heida dal locandiere, era stata la domestica del vecchio Plashka prima di diventarne la moglie. Poi la morte di una ricca prozia senza figli aveva fatto pendere il piatto del guadagno più dalla parte del marito che dalla sua. Heida seppe che era avveduta, taccagna, religiosa, intransigente. La morte del figlio la lasciava senza eredi, e sola al mondo.

Il corpo insanguinato di Ondrej Comano, coperto di pula per aver giaciuto a faccia in giù su un'aia, fu ricoverato alla Stazione Vecchia, un edificio lungo un ramo abbandonato della ferrovia. Heida e Jiri Vilem furono i soli a cavalcare fin lì per vedere i resti del collega. Lungo la strada Heida si mise in pari con i pettegolezzi girati nottetempo in sua assenza. Ovvero che l'interesse di Comano in *Frau* Plashka durante l'incarico precedente certo non era un mistero per la guarnigione, ma questa volta aveva avuto "l'incredibile arroganza" di annunciare il suo arrivo alla signora.

— Scommetto che il marito ha trovato il biglietto di Ondrej — ipotizzò Jiri — e conoscendo il luogo del convegno della coppia, li ha aspettati per sventrarli.

— È un termine così antiquato, luogo del convegno.

— Be', tu come lo chiami?

Heida non aveva una risposta pronta. Levò gli occhi verso gli uccelli appollaiati sui cavi del telegrafo. I piccoli becchi si aprivano e le gole si gonfiavano mentre cantavano lunghe frasi di note a cascata, acute, perfettamente intonate. Trott gli aveva proibito di dire anche solo una parola sul suo incontro notturno; *convegno* non sembrava il vocabolo giusto per descrivere quello strofinio di abiti e quei suoni soffocati che ancora lo turbavano. Tutto ciò a cui riusciva a pensare con una certa chiarezza era che il rinvenimento dell'arma insanguinata di Plashka eliminava ogni dubbio che lui, Heida, potesse avere qualcosa a che fare con gli omicidi. Oppure sì? Certo che sì. Aveva lasciato la sciabola nel suo alloggio. Il capitano Plashka ce l'aveva quando aveva offerto da bere? Non riusciva a ricordare.

— Mi chiedo dove abbiano portato il corpo di *Frau* Plashka — disse.

Sorprendentemente, il cadavere dell'adultera era steso su un catafalco di fortuna accanto a quello di Ondrej Comano. Le finestre aperte dell'edificio isolato facevano disperdere qualunque odore (ma ci sarebbe già stato un vero fetore?), e le persiane accostate tenevano lontani gli insetti. Solo alcune mosche – piccole mosche discrete, non quelle grasse e verdi che si posano sulla carne in decomposizione – ronzavano per la stanza. I corpi non erano coperti. Comano non indossava l'*ulanka*, così la camicia bianca e deturpata mostrava impietosamente dove era penetrata la lama, affondando e squarciando il petto.

Il volto aveva il colore della cenere, e malgrado gli occhi gli fossero stati chiusi, uno – il destro – si era riaperto a metà e fissava verso l'alto. Jiri diede un colpetto nel costato a Heida, facendo un gesto col capo che era allo stesso tempo una sollecitazione a cogliere un dettaglio e un invito a fare qualcosa in proposito. I pantaloni di Comano erano quasi del tutto aperti. Solo il lembo della camicia copriva pietosamente ciò che altrimenti sarebbe stato esposto di sotto.

— No — sussurrò Heida. — Non possiamo toccarlo. Fa parte delle prove.

Forse era significativo che entrambi avessero guardato prima il loro compagno. *Frau* Plashka, in una *mise* serale piuttosto audace, aveva seni grandi e tondi che in parte sfuggivano alla scollatura; e se non fosse stato per lo squarcio che apriva la carne fra di essi, i due giovani avrebbero osservato più da vicino. Non portava il corsetto, notò Heida, e il modo in cui le calze leggere della morta si raccoglievano intorno alle caviglie probabilmente significava che se le era sfilate, e che mani pietose gliele avevano rimesse, senza però fermarle ai ganci sopra le ginocchia. I capelli sciolti erano punteggiati di fili di paglia, e un piccolo *chignon* pendeva come un nido abbandonato su un lato della testa. Entrambe le palpebre erano abbassate, il naso sembrava sottile come la pinna di un pesciolino; la bocca era dischiusa, quasi aspettasse un bacio. Una di quelle delicate mosche domestiche succhiava sangue dal suo labbro inferiore.

Jiri le fissava le calze molli, i piedi scalzi. — Karel, credi…?

— Non lo so. Potevano stare per farlo, o avere già finito.

Meno di un minuto dopo furono cacciati dalla stanza da un furia urlante, la cameriera personale di *Frau* Plashka, una rutena fuori di sé dal dolore, noncurante del rango di chi aveva di fronte. Dai suoi improperi, Heida e Vilem evinsero solo che la loro presenza al cospetto del corpo della Signora era un abominio. Se ne andarono docilmente, senza scambiarsi una parola.

Sotto il sole della tarda mattinata, la strada rialzata che attraversava la palude verso la proprietà dei Plashka somigliava a un tratto a carboncino su un riverberante specchio di rame. Gli acquitrini a nord di Potok, però, avevano solo l'apparenza dell'uniformità. Gli abitanti del luogo dicevano che in certi punti il velo d'acqua era solo pochi centimetri al di sopra del suolo fangoso, mentre in altri si inabissava, creando stagni profondi circondati di torba e privi di vita; altrove – ma non c'era accordo in merito, nemmeno fra chi aveva sempre vissuto lì – le sabbie mobili erano coperte d'acqua ma restavano minacciosamente vischiose al di sotto, tanto che uomini e bestie avrebbero potuto esserne inghiottiti e uccisi nel giro di pochi minuti. Cani da caccia, muli, bambini ebrei e ragazze disonorate avevano trovato la morte, accidentalmente o no, nella melma. A volte si riuscivano a rinvenire i corpi, ma solo se le ricerche cominciavano fin dal principio nel punto giusto.

Friedrich Plashka non era il primo della famiglia ad aver scelto la morte nella palude. Dodici anni prima suo fratello maggiore, dopo una lite furiosa con Mastro Plashka (come chiamavano il padre del capitano), c'era saltato dentro di proposito. Al vecchio era stato assicurato l'orrendo privilegio di dover vedere suo figlio agitarsi deliberatamente nelle sabbie mobili per farsene risucchiare. Lungi dal perderci la salute fisica o mentale, comunque, aveva – in quest'ordine – fatto dire Messe a Maria Zell, Czestochowa e ad altri santuari per l'anima del primogenito, costruito una costosa tomba in marmo italiano e cambiato il testamento in favore del secondo figlio.

— Non ne troveranno mai il corpo, tenente. — Asciugando i bicchieri, il locandiere sloveno così rispose a Heida che faceva domande apparentemente oziose dopo aver trascorso qualche tempo sul luogo della morte di Plashka. — Il fratello del capitano è rimasto sotto tutto quel fango per dodici anni. Mi creda, sarà un miracolo se da qui a qualche mese ci ricorderemo di questa tragedia. Vivaddio, Plashka un po' di sangue nelle vene l'ha dimostrato, prima di andare nel mondo dei più.

Heida evitò di dire che qualcosa che aveva notato alla palude non aveva senso. Ascoltò i pettegolezzi del locandiere, come quello per cui il biglietto di Comano a *Frau* Plashka sarebbe stato ritrovato nel polsino dell'*attila* del marito. Oltre la porta, i merli fischiavano indisturbati fra gli alberi. Al piano di sopra il neonato strillava come un gatto in trappola. Heida si sentì malinconico e impreparato alla vita; per la prima volta nella sua esistenza desiderò di essere ancora ragazzo.

Se il capitano Plashka fosse vissuto, tutte le circostanze attenuanti del mondo non gli avrebbero evitato la corte marziale. Essendo stato l'ultimo ad aver visto le vittime vive, Heida avrebbe dovuto presentarsi al processo, o almeno – se il fronte non l'avesse inghiottito come la palude, destino francamente preferibile – fare un rapporto scritto al tribunale militare. Così, invece, rispose a qualche domanda programmatica del commissario del distretto subito dopo l'interrogatorio del comandante, e la cosa finì lì. In virtù dei suoi legami di famiglia non gli fu chiesto di consegnare la sciabola per un'ispezione, ma piccoli segni di disordine nel suo alloggio gli fecero sospettare che fossero andati a esaminarla mentre lui era fuori. Lo stesso, emerse più tardi, avevano fatto negli alloggi di tutti gli ufficiali.

Il locandiere cacciava le mosche dal bancone con uno straccio in mano. — Sarà una doppia tragedia per la vecchia Plashkova, considerato che la settimana prossima faranno dodici anni che il suo primogenito si è ucciso. Va da sola in quel punto per pregare, povera beghina, anno dopo anno… fa stringere il cuore.

Heida pensò a nonna Lobkowicz, che non aveva mai abbandonato le gramaglie in quasi mezzo secolo di vedovanza.

Alla porta della locanda, qualcuno – probabilmente Oskar, l'attendente di Rozhmberk, intento a lucidare stivali – canticchiava *Innsbruck, ich muss dich lassen* con uno strano tempo triplo. Il cambiamento al ritmo del valzer rendeva irriconoscibile, meno malinconica, l'antica canzone d'addio. A Heida venne in mente che Oskar aveva già servito in quel paese di guarnigione, come Rozhmberk. Avrebbe dovuto chiedere dettagli a entrambi, ma non prima di aver riferito la sua scoperta alla palude al commissario di distretto. Perché no? Per almeno un paio di giorni il reggimento sarebbe rimasto bloccato lì, in attesa di essere raggiunto da altre unità provenienti dalla Moravia. Fintanto che non contravveniva agli ordini di Trott di tenere la bocca chiusa con i civili, poteva permettersi di investigare.

Quando Heida gli pose alcune domande precise, il *möbeljud* galiziano, nel suo pesante caftano buono per ogni stagione, continuò a spazzare la polvere intorno, creando una tempesta di particelle impalpabili che indorarono l'aria viziata della sua bottega.

— È mio principio, stimato tenente, non discutere mai di membri dell'esercito. Come uomo d'affari sono benedetto dall'opportunità di avere rapporti con tutti loro, per una ragione o per l'altra, quindi il tenente comprenderà la mia reticenza.

Fu impossibile cavargli qualunque informazione. Non avrebbe detto nulla, e addirittura, aggiunse, se gli fosse stato chiesto non avrebbe ammesso nemmeno che il tenente aveva passato la notte in una stanza che gli aveva procurato lui. — Certe persone hanno il dono di ricordarsi nomi e facce, stimato tenente; io ho il dono di dimenticarle. Pensavo che lei avesse i capelli castani, si figuri un po'.

Rozhmberk, di ritorno dalla residenza estiva dell'amico e all'oscuro degli eventi, fu informato con bisbigli precipitosi dai colleghi più giovani al tavolo da pranzo. L'unico dettaglio che prese male fu che il suo attendente era inciampato con i cani negli effetti personali di un omicida-suicida. — Tutto quello che vedo qui — dichiarò con disprezzo — è uno squallido triangolo amoroso che sottrae due ufficiali dai ranghi di Sua Maestà Imperialregia, proprio nel momento in cui le è dovuta la pronta fedeltà di tutti. Qualcuno di voi ha mai incontrato questa Plashka?

Jiri Vilem stava attaccando a dire: — Il colonnello Trott vieta che… — ma il tenente Conrad perse abbastanza le staffe da dargli uno scappellotto sulla nuca e farlo tacere.

Heida, seduto distante da Rozhmberk, doveva sporgersi per sentire quel che diceva; gli sarebbe piaciuto avere almeno un altro paio di orecchie. Si parlava di ussari. La guarnigione era degli ussari. I parenti di Rozhmberk erano ussari, e così era stato lui, prima che una questione di incompatibilità con un comandante l'avesse convinto a chiedere il trasferimento a un reggimento ulano. Stando a lui, mentre suo marito Friedrich veniva chiamato "Fritzi" Plashka, *Frau* Plashka era nota come "Frische" Plashka. — Un tipo vivace. Aveva le tre P — pontificò Rozhmberk arricciando le labbra.

— Le tre cosa? — indagò Bruner-Labek portando la mano all'orecchio.

— Le tre P: prosperosa, piacente, passionale. E con una bella F in mezzo. — Essendo una sala mensa aperta, con attendenti e camerieri impalati come baccalà ma comunque in ascolto, Rozhmberk si limitò a ficcare significativamente un dito nel buco di una ciambella salata accanto al suo piatto. — Tutto quel che posso aggiungere, signori, è che la F non stava per "fanciulla".

Heida staccò un pezzetto della sua, di ciambella, ma non lo mise in bocca. Quando fu servito il caffè e gli ufficiali cominciarono ad alzarsi da tavola, riuscì a sedersi più vicino a Rozhmberk e a tornare sull'argomento. Il bel capitano lo fissò, gli occhi lucidi per il vino locale. — È presto detto, Karel. Quella donna teneva gli uomini all'amo, così finivano per farle regali in cambio delle sue grazie. Ho visto di persona un braccialetto da settecento corone mentre veniva impacchettato e infiocchettato da un gioielliere a Preshov. Ma Fritzi aveva gli occhi dietro la testa, e lei non ha mai potuto indossare il bottino, poveretta.

Heida diede un'occhiata alla palizzata azzurra di schiene ussare al tavolo vicino. — Crede lei che i sospetti di Fritzi fossero aumentati col passare del tempo?

— Ascolti, Heida. — Erano passati di nuovo al *lei,* come imponeva l'orario di servizio. — No so cosa gliene importi di tutto questo. È indelicato mostrare interesse in una sordida faccenda che di fatto ha già trovato la sua conclusione. — Rozhmberk si accese una sigaretta speziata, arrotondando le labbra per farne uscire anelli di fumo.

— Ha per caso visto il luogo in cui il capitano si è gettato nella palude?

— No, e nemmeno lo farò. — Rozhmberk continuò a muovere le labbra come un pesce. In ognuno dei delicati anelli perfettamente disegnati infilò con cautela l'indice. — Perché, lei c'è andato?

— Sì. Il commissario del distretto lo esclude, ma sono convinto che alla palude ci siano due diverse serie di impronte.

— Ma questo è ovvio! Quelle di Plashka, quelle di Oskar, e probabilmente anche quelle dei miei danesi.

Dato che Rozhmberk aveva alzato la voce, gli ussari rimasti a tavola a fumare e bere alcol si voltarono sulle sedie, una schiera di teste ondulate o glabre in tutte le sfumature di biondo e castano. Con impazienza, Heida puntualizzò fra i denti: — Oltre a quelle di Oskar e dei cani, voglio dire. I gendarmi sono stati attenti a camminare sulle chiazze d'erba per non confondere la scena.

Il campanile suonava l'una e trenta quando Heida cominciò una tortuosa camminata che lo condusse da un luogo all'altro della tragedia notturna. Misurò i tempi, prese appunti. Attraverso un fragile cancello a graticcio, che aprì senza sforzo, finalmente entrò nel podere – campi, un boschetto e una struttura di legno sul limite dell'aia – dove Comano e *Frau* Plashka erano stati uccisi. La struttura, un fienile con una galleria di legno grezzo che si apriva come un piano rialzato sul piano terra, non gli sembrò un luogo d'incontro ideale finché non salì le due rampe per arrivare in cima. In fondo alla galleria era stata ricavata una stanzetta, aggiungendo una porta di fortuna che si chiudeva solo dall'interno, con un paletto. Mucchi di fieno, trapunte di scampoli ripiegate... senza dubbio era concepita per ospitare i braccianti stagionali durante la mietitura. Ma assomigliava anche in maniera imbarazzante al cantuccio isolato in cui una civettuola cugina l'aveva attirato anni prima, anche se poi non era successo niente al di là di un goffo scambio di baci. Heida immaginò che le vittime forse avevano appena salito le scale quando Plashka le aveva sorprese, dopo aver aspettato lì tutto il tempo, oppure che le avesse seguite di soppiatto nella notte fino al momento del loro arrivo.

Si chiese dove si fossero incontrati gli amanti: l'edicola votiva dove si erano fermati a baciarsi era più vicina alla tenuta dei Plashka che all'aia, quindi forse avevano appuntamento nel boschetto, fra la tenuta e l'edicola. Il testo del biglietto del *rendez-vous,* che si diceva fosse stato trovato nella giubba di Plashka, non era stato reso pubblico, quindi per Heida non c'era modo di ricostruire la prima parte di quella sera fatale. Aveva senso che una terza persona – forse una cameriera personale – accompagnasse *Frau* Plashka al buio verso il suo appuntamento. Era stata interrogata, e aveva risposto con dichiarazioni convincenti? Il commissario del distretto gli aveva fatto educatamente capire che non erano affari suoi.

Al momento, Heida non si fermò a pensare se fosse il caso di trovarsi sulla scena del delitto, ma ebbe abbastanza buon senso da evitare di toccare alcunché. La stanzetta, non più di due metri e mezzo per lato, non aveva finestre. Era soffocante; la resina che stillava dalle assi nuove della porta le dava un odore di sacrestia, come d'incenso. Heida varcò la soglia con un solo passo, curvo, per via della bassa cornice della porta. No, gli amanti non erano mai arrivati fin lì. Le macchie di sangue e i segni di una breve lotta che aveva visto sull'aia provavano che l'imboscata era avvenuta lì fuori. Il fatto che entrambe le vittime fossero state colpite al petto testimoniava la forza e la precisione dell'aggressore. Probabilmente Comano era stato ucciso per primo, quando, troppo tardi, aveva affrontato un improvviso rumore, o una voce che lo chiamava.

Dal fienile alla palude, dove erano stati trovati l'*attila* e la sciabola insanguinata di Plashka, a Heida ci vollero venticinque minuti, senza fretta. Lì, una croce di ferro arrugginita segnava il punto in cui il fratello maggiore del capitano si era tolto la vita. Heida si accovacciò nell'erba. Cacciando le zanzare, trascorse quasi un'ora a esaminare di nuovo le impronte.

Qualunque cosa dicessero il commissario del distretto e Rozhmberk, si convinse che le impronte erano state lasciate in successione.

Il bordo fangoso della palude tratteneva le tracce, mentre l'erba rigogliosa tutto intorno nascondeva la presenza di passi in avvicinamento o in allontanamento. Riconobbe i segni lasciati dagli stivali di Plashka, dagli scarponi di Oskar e da un paio di scarpe chiodate o da campagna. Solo prestando molta attenzione riuscì, in due impronte, a individuare una sovrapposizione, stabilendo così la presenza di tre o quattro uomini in sequenza. La traccia di Plashka precedeva quella dell'attendente di Rozhmberk e quella del campagnolo, che veniva per seconda. Il contadino sembrava essere passato due volte. Nulla vietava che avesse indugiato sulla riva dopo il suicidio di Plashka, e prima dell'arrivo di Oskar con i danesi. Memore del modo in cui *Fräulein* Ostropolier aveva messo in scena la sua stessa morte, e in assenza del corpo di Plashka, per un attimo valutò la possibilità che il capitano si fosse dato alla macchia dopo gli omicidi. Ma nessun ufficiale austro-ungarico, difeso il suo onore, lo avrebbe gettato alle ortiche scappando.

Tornato alla locanda, trovò Rozhmberk di cattivo umore per l'ordine di Trott di portare una corona di fiori con le condoglianze del reggimento alla madre di Plashka. Era un'occasione troppo ghiotta per Heida. — Se vuole me ne occupo io, signor capitano. A meno che il colonnello non l'abbia ordinato specificamente a lei, beninteso.

— No. Capitava solo che fossi a portata di mano, rogna nera. I nostri colleghi si sono stipati su un carro da fieno e sono andati al bordello. Credevo che lei fosse in loro compagnia.

— Non sapevo che fossero andati. Anche Jiri Vilem?

— Sì.

— E Bruner-Labek?

— Specialmente Bruner-Labek. Parlo contro il mio interesse, ma può ancora raggiungerli, se si muove.

Convinto com'era di essere innamorato di Polyxena Kinska, Heida scacciò la fugace tentazione di unirsi ai suoi amici. — Speravo di riuscire ad avere udienza dalla signora Plashkova, e sarò lieto di sollevarla dall'incarico.

— Lei sia benedetto, tenente! — Rozhmberk agguantò *czapka* e sciabola e nel giro di pochi secondi fu fuori dalla porta. — La prossima volta mi ricordi che le devo un favore.

Nella calura pomeridiana, la proprietà sembrava affiorare al centro di un paiolo di brodo. La palude emanava odore di marcio, le libellule sfrecciavano formando angoli acuti sui verdi ombrelli schiumosi delle piante acquatiche. In superficie affioravano le bolle di Dio sa quale sostanza organica sul fondo.

Il cancello era chiuso. Dall'altra parte, un vecchio cane da guardia, cieco da un occhio, claudicò verso Heida con i movimenti incerti di un mendicante, scodinzolando. Non cercò nemmeno di abbaiare.

— La signora non riceve nessuno. — Un uomo che avrebbe potuto essere alla stessa stregua il giardiniere o il factotum alzò gli occhi dalla sua occupazione – rastrellare foglie morte da una vasca tonda – e si avvicinò lentamente al cancello. Fissò l'ufficiale e Oskar, mezzo nascosto dalla corona di fiori. — Per le prossime due settimane non riceve nessuno. — Sotto i baffi spioventi, tanto biondi da sembrare bianchi, parlava tedesco più come un polacco del nord che come un galiziano. Si era tolto il cappello, e la deferenza che mostrò a Heida si fermò lì.

— Ho l'ordine di portare la corona di fiori in casa — replicò l'ufficiale. — Vai a chiedere alla padrona se posso eseguirlo. — E anche se era venuto con la precisa speranza di incontrare la madre del capitano, disse di comprendere il desiderio della signora di non ricevere nessuno. — Ma aspetterò in giardino, non qui fuori.

Un mazzo di chiavi tintinnò nelle mani dell'uomo. Ne scelse una e spalancò il battente del pesante cancello, tirandolo nel fango. Quando Heida entrò, il cane sciancato starnutì. Oskar, che assomigliava a un cespuglio sempreverde che aveva germogliato un paio di gambe e portava addosso l'odore dei danesi di Rozhmberk, lo teneva d'occhio: — Non mi pisciare addosso, fido.

Mentre aspettavano il ritorno del domestico, Heida si guardò intorno senza muovere la testa, come supponeva fossero avvezzi a fare gli investigatori più astuti. A destra, a una cinquantina di metri dall'edificio principale, vicino alle mura perimetrali, la residenza del capitano Plashka aveva porte e finestre chiuse. Di fronte a essa, una donna – Heida riconobbe la cameriera rutena di *Frau* Plashka dalla gonna rosso scuro – stava sistemando degli involti su un carretto. *Non serve più,* pensò, *e per giunta la sua presenza è un ricordo di quel che è successo. Dopo Sadowa, anche nonna Lobkowicz ha licenziato tutti i servitori di suo marito. Si ripongono le cose dei defunti... ci si libera di quanti li circondavano...*

Oskar, cui Rozhmberk concedeva un'insolita libertà di parola, catturò l'attenzione di Heida. — Chissà com'è contenta di perdere il lavoro al primo schiocco di dita — osservò. — Sia detto con il permesso del tenente.

Era un modo sfrontato di fare conversazione o l'attendente alludeva a qualcosa di cui era a conoscenza dal suo primo incarico a Potok? Per via Oskar non aveva aperto bocca, ma era noto per essere il più loquace fra i suoi pari. Heida gli diede un'occhiata in tralice, senza rispondere.

A tempo debito, il domestico tornò per dire che la signora Zina Plashkova avrebbe concesso di far depositare la corona di fiori all'ingresso, e li invitava a entrare.

Nonostante la luce accecante dell'esterno, l'atrio era tetro, pieno di macchie d'umidità su tutta l'altezza delle pareti. I Plashka defunti osservavano dall'alto in basso da tele incredibilmente brutte, appese in modo da pendere in avanti ed evitare così l'accumulo di polvere. Una fotografia in cornice di Friedrich Plashka, accanto a una colonna circondata da felci, spiccava fra ceri e fiori recisi in pesanti vasi di cristallo di Haida. La famiglia di Karel era originaria di quella regione della Boemia settentrionale, e lui ne riconobbe forma e stile. Altre corone di fiori erano appoggiate al tavolo; venivano dal reggimento ussaro, dal capitano del distretto, dal sindaco, e da altri sconosciuti. Trott si era premurato di ordinarne una molto grande, così Oskar dovette fare spazio per piazzare l'omaggio degli ulani fra gli altri. La fotografia del defunto Plashka, a un esame più ravvicinato, non era un ritratto del reggimento, ma un'immagine nuziale da cui era stata tagliata la figura della sposa seduta. L'orlo di una gonna a merletti restava alla sinistra del fiero stivale nappato del capitano.

Il domestico non si era mosso dalla soglia e osservava la posa della corona. Maneggiandola in maniera goffa, Oskar mise in moto un domino che ne fece cadere a terra altre tre, e perse tempo a riassettare tutta la disposizione floreale intorno al tavolo. Ciò diede a Heida l'opportunità di guardarsi intorno ancora un po': le scale che spezzavano la parete destra per portare ai piani superiori, la chiazza chiara sul muro, nel punto in cui era stata appesa la fotografia del matrimonio. A destra, una doppia porta si apriva sulla visione telescopica di tre stanze modestamente arredate. Da esse, come dal resto della casa, non arrivava alcun rumore.

Incerto su come concludere nella maniera migliore l'incarico, Heida fece un saluto militare alla mezza colonna contro cui Plashka si appoggiava in fotografia. Non a Plashka stesso, poiché un assassino ai suoi occhi restava tale, onore o non onore.

Fuori il caldo era quasi insopportabile; sembrava il peso di un asciugamano immerso nell'acqua bollente. La cameriera di *Frau* Plashka aveva finito di caricare il suo carretto, e al momento sedeva a testa bassa sulla soglia.

A metà strada, lungo il terrapieno che congiungeva la proprietà con la terraferma, Oskar prese l'iniziativa come solo gli attendenti viziati sanno fare. — Scommetto che so dove è diretta — fece scuotendo la testa sudata. — Ha famiglia a Ulanow.

— Come lo sai?

— Avevo la ragazza a Ulanow, l'ultima volta che sono stato qui al servizio del capitano Rozhmberk. Io e quella donna prendevamo lo stesso treno il nostro giorno libero, che per combinazione coincideva.

— Ah. E cos'altro sai?

— Si chiama Yelenka, il cognome l'ho dimenticato. Non parla bene tedesco, quindi non abbiamo mai conversato granché. Portava bei vestiti, per essere una serva. Non andava d'accordo con la vecchia, e nemmeno con il capitano si intendeva bene. Ma essendo la cameriera della giovane *Frau* Plashka, immagino che si occupasse delle faccende della giovane *Frau* Plashka.

Il commissario del distretto aveva interrogato la cameriera, questo Heida lo sapeva. Presumibilmente lei non aveva riferito nulla degno di essere investigato. Dopotutto la padrona aveva un amante, e il padrone li aveva ammazzati entrambi. I domestici sono come gli ambasciatori: non portano pena. Cominciò a pensare a un modo per incontrare Yelenka prima che partisse per Ulanow.

Di fronte alla locanda, a rispettosa distanza, il *möbeljud* che aveva procurato l'alloggio a Heida stava in attesa di commissioni da svolgere quando il tenente rientrò. Non c'era traccia alcuna del ritorno degli ufficiali dal bordello. Probabilmente sarebbero rientrati tardi, forse non prima del mattino. Il colonnello Trott, che aveva fatto un pisolino pomeridiano con la scusa di andare a esaminare delle mappe belliche, sollevava una tempesta di fumo camminando avanti e indietro al piano terra.

— Perché non è con loro? — affrontò Heida, picchiettandosi con le mani giunte la martingala sull'imponente schiena. — È stato il capitano Rozhmberk a convincerla a svolgere questo incarico in sua vece?

— Nossignore. Mi sono offerto io.

— *Schlamperei!* — L'intercalare preferito del colonnello non tardò. — Sono sciocchezze della peggior specie. Quando avevo la sua età non avrei consentito a nessuno di divertirsi al posto mio. — Considerato che l'intero reggimento sapeva del favore di cui godeva agli occhi de *La* Kinska, Heida si sentì tranquillo riguardo alla sua reputazione di amante. Invece di difendere la sua scelta, chiese il permesso di parlare liberamente "a proposito della spiacevole questione del capitano Plashka". Trott si lasciò sfuggire un'esclamazione molto meno lieve e lo travolse con una nuvola di fumo di sigaro. — Ecco un nome da non pronunciare in mia presenza! Cosa si è messo in testa da quando ha conosciuto quello spregevole medico ebreo? Lei legge troppi libri, Heida. Romanzi francesi! Spazzatura di quei dannati mangiarane di Parigi, che sia maledetta la loro specie traditrice! Ma Parigi è stata punita dalle bombe prussiane, hahaha! Quindi non serve a niente che i francesi scrivano romanzi, né che lei li legga.

— Mi chiedo se qualcuno abbia spinto l'innominabile capitano nella palude.

— *Cosa?*

La capacità di Trott di girarsi di scatto malgrado la sua taglia, aveva sempre sbalordito i giovani ufficiali al suo comando. Era un turbine di blu, rosso e fumo di sigaro. Ascoltò il rapporto di Heida ritto in piedi, con una visibile serie di operazioni mentali stampata sulla faccia da tricheco: tutto questo era in qualche modo d'aiuto al suo reggimento? Apriva la strada a una riabilitazione di Comano? Altrettanto visibilmente, la risposta che il colonnello diede a se stesso fu: no.

— Sparisca dalla mia vista, tenente, lei e le sue assurdità. Sono di buon umore per le notizie dalla Francia, quindi non mi faccia infuriare.

Nella stanza che divideva con Jiri Vilem, Heida approfittò dell'ora della poppata del neonato per tirare fuori la sua nuova penna stilografica, un regalo del dottor Meisl che, insieme al suo orologio da polso e all'elegante *pelzulanka,* era motivo di invidiosa ammirazione collegiale. Con un inchiostro blu acceso, su un foglio di carta bianca scrisse:

Brindisi con il capitano Plashka alla locanda, ore 20:00. Plashka dice che la moglie è "lievemente indisposta".

Il capitano lascia la locanda alle 20:15, a piedi. Ora del suo arrivo al podere: sconosciuta, ma vedi sotto.

Cena degli ufficiali alla locanda, 20:30 precise.

Il tenente Comano si congeda, 20:45.

Gli ufficiali subalterni si congedano in successione fra le 20:55 e le 21:07 (io sono l'ultimo).

Raggiungo l'edicola votiva attorno alle 21:30 (sento suonare le campane del villaggio).

L'omicidio, secondo il medico dell'esercito, viene commesso intorno alle 21:45 – 22:00.

Ora del suicidio del capitano Plashka nella palude: sconosciuta.

Torno in città alle 21:50, nel mio alloggio di fortuna alle 22:30.

Il lasso di tempo fra il ritorno a casa di Plashka (a me sono serviti quindici minuti a piedi dalla locanda) e l'omicidio lascia una finestra di un'ora e un quarto, un'ora e mezza. Cosa ha fatto in quell'intervallo? Fra le altre cose, qualche giorno fa Comano ci ha detto che i Plashka dormivano in camere da letto separate. È possibile che il capitano non abbia scoperto l'assenza della moglie immediatamente dopo essere rientrato alla tenuta? Mi porta a chiedermi quando Frau *Plashka sia uscita per incontrare Comano: prima o dopo il ritorno del marito?*

A piedi, direi che l'edicola si trova a non più di venti minuti dalla proprietà. Dall'edicola, ho sentito Comano e la signora tornare indietro da dove erano venuti (dal boschetto), ma ben presto sono stati inghiottiti dal silenzio. Potrebbero essersi allontanati nei prati, oppure aver seguito uno dei sentieri sterrati. In ogni caso sono stati trovati morti sull'aia, vicino a un fienile a dieci minuti dall'edicola e a mezz'ora dalla tenuta, mentre il capitano Plashka si è suicidato nel punto in cui il fratello maggiore è morto anni fa, a non più di cinque minuti a piedi dai cancelli della sua proprietà. Se è arrivato a casa intorno alle 20:30 e se ne è andato immediatamente per compiere gli omicidi, anche nel migliore dei casi non avrebbe potuto raggiungere gli amanti prima delle 20:50. Ma siccome a quell'ora erano decisamente vivi, delle due l'una: o il capitano non aveva ancora iniziato la ricerca, o al contrario stava spiando i due, e aspettava di coglierli in flagrante. Forse ha seguito Comano per tutto il tempo, senza nemmeno rincasare dopo aver bevuto con i colleghi. A ogni modo, gli ci sono voluti circa venticinque minuti per andare dalla scena del delitto alla palude dove ha messo fine alla sua vita.

Questo fisserebbe il momento della sua morte fra le 22:10 e le 22:25, più o meno.

L'attendente chiacchierone di Rozhmberk, Oskar, è stato di servizio qui quattro anni fa. A quell'epoca, sostiene, il capitano Plashka non invitava mai gli ufficiali per un bicchiere o cose del genere; era noto per la sua avarizia e la sua gelosia, in quest'ordine. A meno che questa frontiera non sia diversa dalle altre, immagino che ci siano state anche delle scommesse, o altri debiti. I proprietari terrieri di queste lande (come altrove) non pagano volentieri i debiti dei figli: forse poteva aspettarsi ben poco aiuto da quella parte (quella della vecchia signora Plashkova). Devo presupporre che ultimamente le fortune del capitano fossero cambiate? I vini che ci ha offerto erano costosi. Il nostro locandiere dice che fra gli ufficiali si gioca a carte con poste molto alte (che novità!), ma date queste tre morti, in questo momento gli ussari non diranno nemmeno mezza parola in merito.

Attraverso il succitato Oskar sto cercando di procurarmi un incontro per chiacchierare con la cameriera di Frau *Plashka, sperando che abbia voglia di sbottonarsi (in senso metaforico, naturalmente).*

A quel punto Heida si rese conto che il suo *memorandum* aveva preso la forma di una lettera, e in effetti, sovrappensiero, aveva proceduto come se lo fosse, indirizzandola a Solomon Meisl. Dunque copiò tutto in bella grafia su carta intestata del reggimento; tralasciando le località e riferendosi alle persone coinvolte con le loro sole iniziali, aggiunse un cappello esplicativo e spedì di gran fretta il *möbeljud* alla nuova stazione ferroviaria, con l'incarico di affidare la lettera al conducente del primo treno in partenza per Praga. Una volta raggiunto Meisl, sarebbero passati due, forse tre giorni prima di ottenere una risposta, ma quello era anche il tempo necessario per ricevere gli ordini successivi dal reggimento, quindi sperava di essere ancora a Potok per leggerla.

Praga, domenica

A Praga pioveva. Una cortina diafana, fra la nebbia e il piovischio, divideva i declivi dei giardini di Petrin. Qui, alberi e cespugli si stagliavano nitidi nelle loro diverse forme; laggiù, solo le piante più scure spiccavano come fusi immoti su una trama ondeggiante. Sulle rive, il fiume aveva il colore del tè. Le mattinate erano già fredde, le notti denunciavano il sapore dell'autunno.

Solomon Meisl aveva giurato a se stesso che non avrebbe svoltato l'angolo e cambiato direzione la prossima volta che avesse visto *Frau* M. per la strada. Eppure, quando a metà mattina scorse la sua figura snella sotto l'ombrello, nel cappello di paglia scuro, si girò come un soldato cui venga ordinato di marciare avanti e indietro. Il muscolo cardiaco e l'epiglottide risposero ansiosamente alla vista, come gli confermò il rapido esame di sé. *Frau* M. non l'aveva notato, e procedeva lungo la Theatergasse verso il ponte Carlo. Meisl, invece, prese via Ferdinando.

A quel giorno, lei era l'unico grande amore della sua vita. Non aveva mai più proposto a nessuna di sposarlo, facendo di quel suo rifiuto l'eterna pietra miliare della sua carriera di amante respinto. Erano passati vent'anni, la maggior parte dei quali lei aveva trascorso a Vienna con il marito, un artista la cui fama era cresciuta proporzionalmente ai suoi rapporti sociali. Aveva sentito dei dissapori fra i due negli ultimi tempi, e le conoscenze in comune (i Fanta, la cui farmacia e salotto di tanto in tanto frequentava) chiacchieravano di una separazione. Di certo c'era solo che era tornata a Praga, e che la topografia cittadina si era trasformata in un arcipelago di luoghi da privilegiare o evitare in base alla sua presenza. Si sforzava di ignorare quel sentimento, ma se la vedeva – i capelli castani, il grazioso labbro inferiore, le mani affusolate nei guanti sottili – il percorso obbligato gli si proponeva alla mente con la chiarezza di un'allucinazione: sta allo *Herzerzog Stefan* su piazza Venceslao; la sua parrocchia è Nostra Signora della Neve; fa compere sulla Graben; i suoi genitori sono sepolti nella tomba di famiglia a Neu Hof...

Con Karel Heida, in un momento di debolezza o di confidenza, aveva ammesso di avere il cuore spezzato; un modo di dire tanto estraneo alla medicina, ma così congruo. Heida naturalmente non sapeva cosa fosse un cuore spezzato, non avendone mai fatto esperienza. Se Polyxena Kinska l'avesse lasciato, come avrebbe fatto, nemmeno allora il giovane cuore di Heida si sarebbe spezzato, per quanto lui fosse certo che sarebbe accaduto. Ritornando sui suoi passi, il medico raggiunse il fiume, dirigendosi a casa.

Lì, trovando la lettera senza francobollo del tenente sul vassoio altrimenti vuoto, Meisl non ebbe modo di stabilire da dove provenisse, di domenica. In una città come Praga, dove i messaggi volavano per posta pneumatica, era un ritorno a un passato remoto. *Frau* Platzer, però, spiegò che era stata portata a mano da un fattorino delle ferrovie "con i rispetti della comunità ebraica di Potok allo stimato dottor Meisl-Horowitz" (una precisazione che il *möbeljud* aveva aggiunto di sua iniziativa). Dunque era probabile che Heida fosse temporaneamente di stanza nei dintorni della cittadina, sulla via del fronte.

— Dottore — gli ricordò la governante, in piedi di fronte a lui con una zuppiera incrinata in mano — vuole comprare questo benedetto servizio di piatti, o devo scaraventare a terra quelli vecchi così sarà costretto a farlo?

Meisl promise che avrebbe provveduto l'indomani.

— Perché aspettare domani, dottore? *Scharrer* stasera fa un'apertura straordinaria per devolvere parte del ricavato alle vedove dei caduti in guerra.

— E va bene, *Frau* Platzer, prometto che ci andrò prima del tramonto.

Potok. Prendendo il tagliacarte pensò che quel nome gli ricordava qualcosa, anche se al momento non riusciva a ricordare con precisione. Non ci era mai stato, nessuno dei suoi parenti veniva da quella regione. Nessun evento storico era avvenuto in quel remoto fazzoletto di terra imperiale. Lesse le note di Heida con l'interesse di chi si cimenta in un gioco di parole. Heida aveva annotato i fatti così come li aveva osservati, separandoli da quel che aveva saputo da altri. Era una richiesta d'opinione generica, nulla di specifico, eppure Meisl trascorse le due successive ore di lavoro a rimuginare sulla cittadina indicata dal *möbeljud*.

Dove aveva sentito il nome di Potok? Le sue cartelle, tenute sotto chiave, riflettevano la geografia dell'Impero. Erano in ordine alfabetico, mentre il colore indicava la gravità della patologia che portava i pazienti alla sua porta. Le etichette rosse rendevano facilmente identificabile la sifilide; quelle arancioni stavano per le infezioni incurabili da blenorragia e gonorrea; le gialle, per le forme più lievi delle stesse malattie; il grigio indicava disturbi meno gravi, e il bianco l'impotenza. Un terzo, meno intuitivo sistema d'archiviazione si basava sulla posizione dell'etichetta colorata lungo il margine superiore di ogni cartella. Sulla sinistra, indicava gli impiegati di governo (dai burocrati di basso rango ai ministri imperialregi); posizionata al centro, indicava chiunque altro, uomo o donna, purché civile; l'etichetta a destra, invece, segnava le cartelle del personale militare, dai soldati semplici agli ufficiali cadetti fino ai feldmarescialli. Alle prostitute era riservato un cassetto "professionale" a parte. Dato che Meisl ogni anno svolgeva una quota del suo lavoro *pro bono*, i pazienti poveri erano archiviati accanto agli industriali e agli artisti di fama internazionale. Aveva accarezzato l'idea di creare una mappa geografica comparata dei suoi casi, ma avrebbe complicato inutilmente il sistema. Sapeva fin troppo bene quali distretti di Praga e quali province avevano la più alta concentrazione di malattie veneree. Quindi non fu nella speranza di trovare alla prima occhiata un riferimento a Potok che, durante una pausa fra due appuntamenti, estrasse le cartelle militari dal 1910 fino a quell'ottavo mese del 1914.

Dai codici rossi non venne fuori nulla, e nemmeno da quelli arancioni. Tre codici gialli menzionavano Przemysl, fortezza in Galizia e importante centro militare. Dei codici grigi, sette, fino all'intensa estate del 1913, indicavano Potok come la città di guarnigione in cui gli ufficiali infetti erano stati in servizio o avevano partecipato a grandi manovre. Tutti loro sostenevano di essere stati in salute prima del loro arrivo. A domanda specifica, tutti avevano puntato il dito contro il bordello locale, tenuto da un'ebrea russa. Le donne risultavano sane e in buona salute, ma il focolaio della malattia alla fine fu fatto risalire a una ragazza che aveva lavorato lì fino a poco prima.

Curiosamente, comunque, Potok risultava anche in tre strani codici bianchi, casi di impotenza temporanea a cavallo fra la fine del 1913 e l'inizio del 1914. Meisl li aveva segnati come di natura psicologica e non fisiologica, e aveva rimandato i pazienti al dottor Sandor Ferenczi a Vienna. All'epoca, però, le circostanze l'avevano incuriosito, visto che i tre ufficiali, tutti provenienti da famiglie distinte e facoltose, sostenevano di aver accusato i primi sintomi dopo che la loro relazione con la moglie di un locale era stata scoperta dal marito offeso. *Morbosamente timorosi di uno scandalo*, aveva definito i pazienti all'epoca, *con personalità suscettibili di cedimento di fronte a un ricatto.* Nei suoi commenti aveva aggiunto che era alquanto sicuro che per mettere a tacere il marito gli era stato offerto del denaro; dell'uomo conosceva solo il rango e la collocazione di servizio – era un capitano degli ussari.

Si trattava di un legame debole, ma comunque di un legame. Heida scriveva di un miglioramento delle condizioni economiche del capitano F.P. negli ultimi due anni, un dettaglio interessante e un'aggiunta alla sua fama di compagno geloso. Meisl rimase sulla faccenda per un'ora. Quante mogli infedeli di ussari c'erano nell'esercito imperialregio, e quante fra loro si potevano ritrovare, prima o poi, in una guarnigione di frontiera?

Fra un appuntamento e l'altro, era sua abitudine fare lunghe passeggiate lungo la riva del fiume, incurante delle condizioni del tempo. Una pioggerellina estiva non sarebbe riuscita a dissuaderlo. Ciò che incoraggiava Meisl era il pensiero del ciclo annuale di conferenze alla Scuola di Medicina, presso l'Ospedale Militare. Aveva già prenotato le sessioni che gli interessavano, visto che la seconda parte di quell'edizione era specificamente dedicata al tema *Guerra e malattia*. Sarebbe stato praticamente impossibile che Ferenczi, chirurgo militare in gioventù, non fosse a Praga per l'occasione. Meisl telefonò al rettore della Scuola di Medicina e ricevette conferma della presenza del suo collega ungherese. — Si è iscritto al seminario sulle radici psicologiche dell'eiaculazione precoce, suo vecchio cavallo di battaglia. Di solito sta al *Goldhammer*, e per quanto ne so cena anche lì. Sarà contento di vederla — continuò in tono familiare. — Però, la prego, non indaghi sulla sua vita privata.

Era senza dubbio un riferimento alla difficile relazione di Ferenczi con una donna più matura e sua figlia. Meisl aveva raccolto quel pettegolezzo durante un viaggio a Vienna. — Mi atterrò ad altri argomenti — garantì al rettore.

Ferenczi lo salutò calorosamente, sorridendo da dietro gli occhialini ovali. — Caro, caro Meisl! — esclamò alzandosi dalla sedia. — Che piacere vederla. Non mi piace mangiare da solo, dunque spero che lei non abbia già cenato.

— Non ho cenato.

— Magnifico. Due poveri ebrei che hanno avuto successo — aggiunse Ferenczi, orgoglioso e divertito allo stesso tempo, e invitò Meisl a sedersi di fronte a lui. — Non c'è limite alla Provvidenza! — Come Meisl a Praga, Ferenczi aveva iniziato la sua attività tra le prostitute e gli indigenti all'ospizio dei poveri di Budapest; attualmente, in veste di fondatore della *Società Psicoanalitica Ungherese*, veniva salutato come il corrispettivo magiaro di Freud. Ascoltò quel che Meisl gli raccontò con garbati cenni del capo.

— Sono lieto di dire che sono riuscito a risolvere il problema di quei pazienti — commentò dopo. — Come mi aspettavo, in ognuno dei tre casi mi sono trovato di fronte a un classico dilemma originato da pulsioni edipiche. Se ricordo bene, tutti e tre gli ufficiali erano sei o sette anni più giovani della donna. Non una differenza rimarchevole, ma sufficiente ai miei occhi per ricreare le complicazioni di una relazione madre-figlio, per non menzionare il trauma cui sono stati sottoposti vedendo una furibonda figura paterna irrompere sulla scena.

— Mi sto occupando di un caso analogo, ora, e sospetto un possibile nesso. — Meisl forzò la verità per non tradire la fiducia di Heida. — Si ricorda quale fosse la nazionalità della moglie del capitano in questione?

L'espressione affabile di Ferenczi si alterò. Le labbra incurvate verso l'alto si serrarono, e dietro le lenti i suoi occhi scandagliarono la sala a destra e a sinistra. — Buon Dio, non starà mica pensando allo spionaggio!

— No, no. Desidero identificare la signora per motivi del tutto estranei alla sicurezza imperiale.

— Mi prende alla sprovvista, caro amico. Non ho i miei appunti qui con me. — Solo grazie alla calma di Meisl, a testimonianza del fatto che non c'erano questioni nascoste dietro la sua domanda, Ferenczi si tranquillizzò. Chiese i menù con un gesto rapido dell'indice. — Vediamo... lei sa che sono un po' eretico, nel senso che nego la necessità di rivivere un trauma al fine di superare una nevrosi. Il mio metodo è la *cortesia elastica*, che ha pagato in maniera considerevole nel caso del secondo paziente, il conte Th. — Il cameriere portò i menù e se ne andò. — Costui, infatti, ammise finalmente di aver trovato irresistibile la signora di Potok perché gli ricordava l'amata dell'adolescenza. Sa, il conte Th. apparteneva al fior fiore della nobiltà rutena.

— *Apparteneva?*

— Cadde da cavallo durante le manovre dello scorso autunno, e morì sul colpo.

— Capisco. E gli altri due ufficiali?

— Non ne ho idea. Potrebbero essere già in Serbia, oppure ovunque li abbia portati il dovere.

Da quando era entrato in albergo, Meisl aveva l'impressione che alcuni di quelli seduti a fumare o a leggere i giornali non fossero clienti paganti. Ecco perché Ferenczi badava alle parole. Gli

austriaci (strano come Meisl si trovasse a pensare a loro come estranei, *altri* rispetto ai cechi), sempre sospettosi nei confronti delle minoranze, ora temevano lo spionaggio nelle province al punto di inviare riconoscibilissimi poliziotti in borghese a fare il loro sporco lavoro. Dopo un paio di minuti spesi a decidere cosa ordinare, disse:
— Qualcos'altro che mi possa essere d'aiuto, Ferenczi?

— Solo che oltre all'imbarazzo di essere sorpresi nella più compromettente delle situazioni, i tre pazienti hanno dovuto sborsare una considerevole somma di denaro per mettere a tacere le cose. — L'analista si dispiegò il tovagliolo sulle ginocchia, abbassando la voce fino a un sussurro. — Th. e gli altri erano di servizio a Vienna, assegnati a posti importanti vicino alla Corte, dove i duelli sono doppiamente disapprovati. — In tono normale, aggiunse: — Dopo la conferenza tornerò subito a Budapest, dove mi aspetto di essere molto impegnato. Hirschfeld dice che è tutta in salita, per il Comitato.

— Ah. Il Comitato Umanitario Internazionale...

— ...Per la Difesa degli Omosessuali, precisamente. Anticipiamo una seria battaglia con i seguaci del defunto Krafft-Ebing sul concetto di omosessualità come perversione. E lei, Meisl?

— Ho finito quel che considero uno studio esaustivo sul *dolus periculi* delle infezioni veneree, ma dubito che sarò in grado di presentarlo a Londra quest'inverno, come programmato. Per il resto, sto ancora attendendo notizie dal Ministero della guerra riguardo la mia intenzione di unirmi all'esercito.

Ferenczi fece una smorfia. — Perché mai? Lei è ebreo, difficilmente avrà un grado superiore a quello di capitano. O lo fa con un occhio a un riconoscimento post-bellico?

— *Parigi è stata bombardata dall'aviazione tedesca!*

Il grido, lanciato da un uomo con l'uniforme della *Landwehr* che si era precipitato dentro in quell'istante, fece balzare in piedi l'intera sala da pranzo. Un bicchiere troppo pieno schizzò vino, un coltello cadde a terra, i tovaglioli scivolarono giù da grembi e ginocchia.

— ...Una meraviglia di ingegneria militare, un capolavoro di ardimento aviatorio, un magnifico successo dell'alleato germanico!

Le novità e i commenti si accavallarono da un tavolo all'altro; uomini sconosciuti gli uni agli altri si parlarono in un eccitato tedesco-praghese. Anche gli avventori di lingua ceca, sotto gli sguardi delle spie governative, ostentarono gioia.

Ferenczi si alzò a sua volta, annuendo a destra e a sinistra come se approvasse di cuore la contentezza generale. — Anche lei, Meisl — lo sollecitò a bassa voce. — Si ricordi che siamo ebrei.

Meisl osservò la mano del collega chiamarlo con il gesto a dita piatte di un direttore di coro che inviti i suoi cantanti ad alzarsi. — Mi leverò in piedi se e quando si otterrà la vittoria — replicò con calma, prendendo il suo bicchiere. — Ma berrò alla salute di tutti i soldati che combattono con onore.

Quando lasciò il ristorante, Solomon Meisl era a conoscenza del fatto che a Potok c'erano, o c'erano state, una moglie rutena adultera di un comandante ussaro, e sostanziose somme di denaro pagate al marito. Giudicò improbabile che un simile marito all'improvviso avesse potuto reagire con violenza, ma – chi può dirlo – l'imminente partenza per la guerra poteva aver mutato la sua finzione in vera gelosia; poteva non aver gradito la scelta di un amante da parte di sua moglie; l'amante poteva averlo aggredito per primo. Mettendo mentalmente da parte le notizie dalla Francia, Meisl sentì che quei tre scenari avrebbero dovuto essere scartati prima di poter fare altre ipotesi, e scrisse una risposta al suo amico ulano consigliandolo di conseguenza.

Potok, domenica sera

Se ci avesse fatto caso, l'arrivo fulmineo della risposta sigillata e non censurata di Meisl sarebbe apparso a Heida come la prova di una clamorosa falla nei sistemi di sicurezza dell'esercito. Ma non ci badò. La lettera consegnata per mezzo del treno, invece, lavorò sulla sua immaginazione come un fiammifero su uno stoppino. Mentre i suoi colleghi si godevano la serata libera dopo un'estenuante giornata di cavalcate e tiro al bersaglio, lui, che eccelleva in entrambi, rimase alla locanda a considerare le implicazioni delle parole di Meisl.

Se forti somme di denaro, dopo tre delicate relazioni adulterine, erano cambiate di mano, non era forse possibile che fossero state richieste e non semplicemente accettate? E se il capitano Plashka si fosse deciso a usare la frivolezza della moglie per incrementare i suoi introiti, limitandosi a recitare la parte del consorte disonorato? Dava i brividi, ma non era inverosimile. Heida cominciò a congetturare un gioco complesso di condotte palesi e manovre nascoste, assenze deliberate e improvvise apparizioni in scena. Poteva funzionare solo se gli uomini coinvolti avessero temuto anche il minimo sentore di uno scandalo, ma quanti ufficiali, in virtù dei loro legami altolocati, vivevano nell'ansia di essere smascherati e rovinati?

La solitudine e l'isolamento di un paese di guarnigione, la tensione e l'euforia delle manovre, l'alcol in quantità... Una bella donna che fa la civetta, l'emozione di ingannare un marito geloso... Heida immaginò quel che a Potok probabilmente molti sospettavano. Eppure qualcosa non tornava: Comano von Comano non corrispondeva al profilo dell'ufficiale danaroso. D'accordo, un nonno e due zii erano pittori di Corte, ma né la recente nobiltà della famiglia, né la sua modesta fortuna promettevano – se le cose erano andate così – una transazione conveniente.

Era per questo che Plashka aveva deciso di uccidere il Fatale Ondrej insieme alla disonesta moglie? Perché le relazioni adulterine erano accettabili solo fino a quando le manovrava lui? Perché infine il suo orgoglio era stato ferito? Commesso il duplice delitto, il suicidio rappresentava l'unica via d'uscita accettabile. Le impronte sovrapposte alle sue, sul limite della palude, in fondo potevano essere solo le tracce lasciate da uno o due sconosciuti estranei ai fatti. Ma i gioielli che secondo Rozhmberk i pretendenti avevano dato in dono a *Frau* Plashka? Li aveva lei stessa cambiati in denaro, o era stato l'avido marito? Erano stati usati per pagare dei debiti di gioco? Se non era così, dovevano trovarsi ancora a casa del capitano, o in quella della madre, o in una banca cittadina.

Heida si lambiccò il cervello. Il giorno prima, il suo errore più clamoroso era stato presumere che Yelenka sarebbe partita da Potok in treno. Alle quattro meno un quarto, Oskar gli aveva riferito di averla vista imboccare la strada per Ulanow su un barroccio dalle ruote gommate, alle tre, mentre il tenente stava scrivendo a Solomon Meisl. Dopo una cavalcata a rompicollo Heida l'aveva raggiunta, trovandola ostile, spaventata e poco incline a parlare. Solo a una domanda, tanto indiretta da sembrare innocente, aveva dato una risposta che aveva confuso ancora di più Heida. Nottetempo aveva fatto ogni sorta di congettura, e la lettera di Meisl aveva acceso in lui un sacro fuoco di cui non sapeva bene che fare.

I pettegolezzi che - a pagamento o no - il tenente aveva raccolto la domenica sera, si potevano riassumere nel fatto che Yelenka era stata prelevata da un nipote, "perché il polacco che lavora a casa della signora Plashkova non avrebbe alzato un dito per aiutarla a portare le sue cose". Il nipote, in effetti, era il bifolco che guidava il barroccio – Heida l'aveva visto con i suoi occhi. Quanto al "polacco", si chiamava Marek ed era il rozzo domestico che aveva fatto entrare lui e Oskar. Era brusco per natura, apprese Heida; oltretutto il suo carico di lavoro era aumentato, ma lui non aveva visto un soldo di aumento nella paga.

— Sì — confermò il locandiere quando glielo chiese. Riempì un bicchier d'acqua per il giovane ufficiale impolverato, le cui mani, fino a quel momento protette dai guanti da cavaliere, sembravano essere l'unica parte ragionevolmente pulita. — La vecchia Plashkova è avara e sposta i lavoratori nelle numerose terre che possiede. Contrariamente a quel che faceva Mastro Plashka, dà soldi alla Chiesa degli Uniati e conta i centesimi con tutti gli altri. Così, per due anni, la sua cuoca ha dovuto fare anche da donna delle pulizie e da cameriera. Dopo che ha mandato il suo capo mezzadro Nikola in Boemia per occuparsi di una tenuta, due settimane fa,

Marek si è dovuto far carico del suo lavoro, e non posso biasimarlo se si lagna.

Heida vuotò il bicchiere. — In Boemia dove, lo sa?

— Be', Nikola ha detto che sarebbe andato a Lhotka a occuparsi di barbabietole da zucchero.

— Lhotka vicino a Praga?

— Potrebbe essere. Mi stavo chiedendo se il tenente cenerà qui o fuori.

Heida fissò il locandiere. Sovrappensiero, spostò il bicchiere mentre l'altro lo stava riempiendo di nuovo, e l'acqua schizzò sul bancone. — C'è un ufficio del telegrafo alla nuova stazione ferroviaria?

— Come no.

— Non cenerò qui.

Nulla, nell'aria notturna sollevata da una brezza che raffreddava il sudore sulla pelle e increspava la palude di bollicine, suggeriva quel che Karel Heida aveva effettivamente in animo di fare. I soldati ussari e ulani erano consegnati nelle loro rispettive guarnigioni e negli accampamenti fuori Potok, con la manciata di comandanti necessari a star pronti all'azione (dopotutto era in corso una guerra). Gli altri ufficiali si erano equamente distribuiti fra una funzione commemorativa in tono minore per Comano (il cui corpo era stato rispedito alla famiglia a Vienna insieme all'improbabile favola di un accesso di follia omicida da parte di un collega), un'amichevole partita a *whist* alla residenza degli amici di Rozhmberk e il bordello dell'ebrea. Dopo aver mandato il *möbeljud* all'ufficio del telegrafo, Heida andò a detergersi la polvere e il sudiciume della giornata. Dal rudimentale bagno sentì Oskar fischiettare *Gott erhalte Franz, den Kaiser* a tempo triplo mentre tornava dagli alloggi di Rozhmberk, dove aveva spazzolato la sua uniforme da campo. Subito dopo sarebbe andato a prendere i danesi per portarli a fare una salubre passeggiata.

Solo un viennese, ragionò, *può trasformare un inno nazionale in un valzer.*

Alle sette, Zina Plashkova e i due servitori rimasti con lei stavano lasciando la tenuta in carrozza, con un carro al rimorchio che portava la bara della giovane *Frau* Plashka. Heida li osservò con un binocolo dal secondo piano della locanda, affacciato a una finestra sopra l'ingresso, visto che la sua camera dava sul retro.

La tomba di famiglia, aveva sentito dire alla locanda, era nel cimitero di Potok, solo un paio di chilometri a sud del paese. Date le circostanze indecorose della morte di *Frau* Plashka, però, il prete aveva richiesto che fosse sepolta in un cimitero abbandonato, vicino a un ospizio per poveri gestito da religiosi e non più in funzione. L'ospizio dei poveri, stando alla mappa di Heida, era almeno a dieci chilometri da Potok, e la metà di quella distanza andava percorsa su strade disagiate.

Le sette e mezza, e il sole scendeva. Le ultime rondini della stagione volavano veloci verso i loro nidi, svuotando un cielo senza nuvole, ventoso, che in un piccolo perimetro di lunghezze relative abbracciava la Boemia, la Slesia, la Germania e la Polonia russa.

Karel Heida evitò il suo attendente – fu facile, con uno slovacco ungherese che sembrava affetto dalla malattia del sonno – ed entrò nella sua stanza il tempo necessario per allacciarsi ai fianchi la cintura con la pistola.

Praga, domenica sera

Il tramonto era sceso anche su Praga, e l'incontro con *Frau* M. per la prima volta risultò inevitabile. La sua figura, che faceva credere che qualcuno avesse stretto uno stelo fragile per modellarne i fianchi, era una pennellata bianca e blu che entrava nel negozio di porcellane di *Scharrer*, vicino al Tyn.

Lo vide lei per prima, e pur non dando segni evidenti di sorpresa, la leggerezza pacata dei suoi passi cambiò impercettibilmente, a meno che non fossero gli occhi di Meisl a chiudersi e riaprirsi in un battito. Lui si tolse il cappello, inchiodato dove si trovava, patendo la dolorosa inadeguatezza della sua reazione.

— Zalman? — Lo chiamò con il suo nome ebreo, senza sorridere, ma con uno sguardo pieno di premura, e forse sollievo (da cosa, Meisl non avrebbe saputo dirlo). Gli porse la mano col guanto di pizzo, nell'unico segno del suo disorientamento, sfilandosi il guanto nel momento in cui lui abbassò il capo, in modo che le sue labbra sfiorassero non la stoffa, ma la pelle fresca.

— *Frau* Gisela.

Seguirono parole, le solite parole di cortese ragguaglio e di commento sulla coincidenza che li portava a incontrarsi proprio in quel momento, quando non si erano ancora visti altrove, a Praga, dal ritorno di lei. *Frau* M. non disse se lo aveva visto in altre occasioni, e Meisl provava tanta vergogna per essersi sottratto a lei tutte quelle volte che non si rese conto di essere passato dal tedesco al ceco, e poi di nuovo al tedesco. Ogni istante che avevano trascorso insieme, in quella relazione a senso unico che aveva prodotto un solo bacio, ogni punta di malinconia e passione che per anni aveva accompagnato nella sua mente il volto di Gisela, improvvisamente lo facevano arrossire d'angoscia come al posto suo non avrebbe fatto neppure il giovane Heida.

Rispose con delle scuse, e di punto in bianco ammise di aver mentito. Nel frattempo la scomparsa di oggetti e persone intorno a loro, e un anestetico distacco di coscienza dal suo stesso corpo, erano fenomeni nuovi per la sua mente di professionista, che una parte di lui cercava di inquadrare scientificamente. Da quella nebbia indistinta qualcuno lo salutò, e fu *Frau* M. a girarsi cortesemente in quella direzione e a chinare il capo al posto di Meisl.

— Zalman, perché non ti sei fatto vedere? Ti avrei incontrato così volentieri. — I grandi occhi grigi, le sopracciglia scure, lo squisito volto struccato su cui ognuno dei suoi quarant'anni aveva lasciato un minuscolo segno di pazienza, o dolore, lo invitarono a rispondere.

Non sentirsi nemmeno parlare, mentre restava cosciente del fatto di averla invitata a cena e di aver ricevuto il suo assenso, non preoccupò Meisl nella misura del suo timore che l'intero episodio fosse solo immaginato. Aveva fantasticato di incontrarla innumerevoli volte; e specialmente di sera, stanco dopo una giornata di lavoro, l'immaginazione aveva acquistato la chiarezza di un sogno lucido.

Uscì di lì appena consapevole che alle otto e mezza avrebbe dovuto cenare con *Frau* M. all'*Erzherzog Stefan Hotel* e subito dopo salutare la sua partenza per la residenza di campagna dei genitori. Pochi istanti, e fu preso da una fretta indiavolata di tornare a casa, cambiarsi, prepararsi. Allo stesso tempo continuò a non pensare alla cena, e a quello che avrebbe cercato di dirle: ciò che va taciuto in una conversazione può essere importante quanto le parole pronunciate, e poi, e poi...

Quando raggiunse la Kaprova, soldati e gendarmi a cavallo, di quelli che si vedevano solo quando dovevano essere repressi dei tumulti, si stavano allineando a due a due in direzione dell'Università ceca, in un martellio di zoccoli ferrati. Chiaramente non tutti a Praga erano dell'umore di celebrare l'avanzata tedesca sulla Marna. Quante volte, negli ultimi anni, i disordini politici avevano sconvolto la città? Automobili e carrozze facevano strada agli uomini a cavallo, ma Meisl attraversò a passi rapidi, per non essere tagliato fuori una volta che i soldati avessero accelerato per la carica.

Tornato sano e salvo sulla Niklastraße, senza aspettare l'ascensore salì al suo appartamento facendo due gradini alla volta. Lo studio era chiuso, ma per abitudine controllò il vassoio in cui la governante metteva telegrammi e lettere. Su sua richiesta, in un angolo del messaggio segnava l'ora in cui era stato ricevuto, e a meno che la busta non recasse indicazioni d'urgenza, lui apriva la posta rigorosamente nell'ordine in cui era arrivata. Sul vassoio c'era una sola busta, un telegramma mandato un'ora prima e giunto da dieci minuti. Meisl lo aprì e andò in camera da letto, chiamando *Frau* Platzer perché tirasse fuori il suo abito da sera.

— E i piatti, dottor Meisl?

— Al diavolo i piatti! Ho scelto il disegno, e domani potrà andare a ritirarli.

Il telegramma era firmato semplicemente *Karel,* e conteneva la più bizzarra delle richieste. Meisl si allentò la cravatta con gli occhi sul messaggio. La sua mente era troppo presa dalla cena imminente per prestare la dovuta attenzione alle parole di Heida. Ma il fatto che menzionassero Lhotka, a un tiro di schioppo da Neu Hof, provava che anche un tenente di un reggimento ulano poteva mutarsi in uno strumento del destino. Era rimasto in un ramo morto del fiume, in una *fausse rivière*, per anni, senza sapere, finché quella sera una diga sottile non gli aveva aperto la strada. Ora veniva trascinato in una corrente impetuosa dove incontri casuali e telegrammi portavano, in un modo o nell'altro, in direzione di *Frau* M. *Frau* M., che doveva andare in treno a Neu Hof, dopo cena, e che aveva una ragione perfettamente valida per accompagnare, adesso.

A est di Potok, Galizia

Nei romanzi, Heida aveva letto che gli eroi restano privi di coscienza per ore e giorni; e quando rinvengono, di solito è in una stanza sconosciuta ma accogliente, con una bella signora al capezzale. Lui invece aprì gli occhi in fondo agli stessi gradini, la stessa notte, e a giudicare dalla posizione della luna all'orizzonte, non più di un paio di minuti dopo essere caduto. La testa gli faceva male, questo era certo. L'aveva battuta contro un paletto del corrimano vicino al gradino più basso, e anche se toccandosi il cuoio capelluto non aveva trovato sangue, continuava a vedere molte più stelle di quelle che brillavano in cielo.

I romanzi portavano anche a credere che tutti i ricordi dopo uno svenimento vengono spazzati via dalla memoria. Lui si ricordava perfettamente dove si trovava, e come lo avessero spinto da due rampe più in su, a rischio di rompergli il collo. Si sollevò sulle ginocchia, lieto che le costole rotte non gli facessero più male del solito, e che i suoi sensi funzionassero bene. Oltre l'aia, la sottile luna crescente stava scendendo, a pochi minuti dal tramonto. La luna calava poco dopo le 9:45, si era premurato di controllare nel suo calendario prima di uscire, quindi non aveva bisogno dell'orologio per stabilire che era quasi quell'ora. Certo che chiunque lo aveva buttato giù dalla cima delle scale non era rimasto ad aspettare che rinvenisse, a meno che non sperasse di averlo ucciso.

Heida si alzò senza difficoltà e si sistemò l'*ulanka*. Recuperò il copricapo, lo indossò. Tirò fuori la Roth Steyr, con i suoi dieci colpi inesplosi ancora all'interno. La tenne pronta mentre risaliva i gradini di legno verso il piano ammezzato. Topi e ghiri facevano suoni lievi sulle assicelle del tetto, rumori di unghiette veloci seguiti da intervalli sospesi, e poi da altro graffiare e sgambettare. Un albero rigoglioso copriva la luna bassa, oppure era la luna stessa a essere scesa dietro l'orizzonte. Il buio si fece più fitto. Con il piede, attentamente, Heida aprì la porta della nicchia in fondo al soppalco. *Potrei essere in battaglia... potrei dover fare qualcosa di simile a questo, in ricognizione,* pensò. Fosse stato in battaglia, naturalmente, si sarebbe visto sparare o trapassare subito dopo essere stato buttato giù dalle scale. Per qualche misteriosa ragione gli venne in mente l'orologio meccanico della piazza principale di Praga, con la sua processione di apostoli, il gallo che canta e lo scheletro a un capo. Significava che aveva paura? I suoni lievi sul tetto erano tutto ciò che gli restava intorno. E i rintocchi lontani della chiesa di Potok, che annunciavano le nove e tre quarti.

Alla locanda, i pochi colleghi tornati dai loro svaghi brindavano alla vittoria tedesca in Francia e giocavano a domino, un passatempo che il colonnello Trott trovava spoglio di vizio al punto da unirvisi, anche se lanciava imprecazioni al limite della blasfemia quando i numeri sulle sue tessere non corrispondevano a quelli già sul tavolo. Nessuno notò Heida entrare, salvo Jiri Vilem, che lo tirò per una manica mentre andava a prendersi da bere. — Devo dirti una cosa — fece sottovoce, sorridendo. — Ho avuto la notte delle notti, Karel. *Devi* venire, la prossima volta.

— Buona idea — rispose Heida, ma il disinteresse nella sua stessa voce gli fece temere che l'amico gli chiedesse cosa non andava. Quindi si fermò e si protese verso di lui. — Che cosa è successo di tanto speciale? — domandò in un identico, bramoso bisbiglio.

— Ne avevo due, nel mio letto.

Heida *fu* sorpreso. — Davvero? Tutte per te?

— Sì, finché non è arrivato Conrad. Allora siamo diventati quattro. — Il volto lentigginoso di Jiri si illuminò di un piacere imbarazzato. — Ti racconto più tardi, in camera.

Da bere gli fu data la fortissima grappa locale. Heida buttò giù un paio di dosi, notando il bizzarro fenomeno per cui l'alcol gli arrivava subito al punto dolente della testa. Cominciò a picchiare come un mazzuolo di legno contro il cuoio capelluto, e gli ci volle un terzo bicchiere per farlo smettere.

Avendo preceduto gli altri di sopra, tolse il cappuccio alla stilografica per scrivere una nuova, confusa lista delle sue idee riguardo l'omicidio. Alla fine dello sfogo fu abbastanza onesto da ammettere: *Non ho prove, solo indizi e tracce che non reggerebbero mai in tribunale. Anche il colonnello Trott potrebbe smontarle con un "Schlamperei". Se solo il dottor Meisl mi suggerisse il passo successivo da fare! Ci muoveremo molto presto, e tutto questo mio lavoro mentale rischia di restare uno scarabocchio su un foglio di carta qualunque. Ho mandato quella tartaruga del mio attendente all'ufficio del telegrafo con l'ordine di trascorrere la notte lì, in attesa di un telegramma da Praga. Deve precipitarsi nella mia stanza non appena arriva la risposta del dottor Meisl... Precipitarsi? Ma cosa sto dicendo? Sarà già un miracolo se resta sveglio mentre dalla stazione procede con tutta calma verso la locanda.*

Il mattino dopo era furioso con Jiri Vilem per avergli raccontato *tutto quanto*, e avergli impedito di dormire. Alle quattro, esasperato, era sceso di sotto per sedersi fuori, su una delle panchine accanto alla porta della locanda, di fronte alla piazza. Vide, in quest'ordine, gatti randagi avanzare furtivi in cerca di topi, contadini assonnati arrancare verso i campi, il suo *möbeljud* passare di fretta; poi, finalmente, il sole colpì il campanile con una luce rossa affilata, dall'alto in basso, come se stesse scuoiando carne viva.

Quando il suo attendente apparve all'altro capo della piazza, atteggiando il visibile sforzo di sbrigarsi, Heida capì che era arrivato il messaggio dell'amico. Il contenuto del telegramma era tale che quasi saltò alla gola dello sciocco slovacco per non averlo consegnato quando era giunto, sei ore prima. Meisl non solo aveva risposto alla sua richiesta di informazioni; cogliendo il dilemma, aveva aggiunto la preziosa frase: *Se crede che sia coinvolto qualcun altro, ma non ha prove, ecco quel che suggerisco...*

Praga, lunedì

Solomon Meisl conosceva ogni assicella delle persiane accostate. La finestra ai piedi del suo letto, che di notte restava aperta nove mesi all'anno, lasciava entrare il sole o il cielo coperto con ogni precisa, incantevole variazione di luce, mattino dopo mattino. Il letto era matrimoniale, un modesto telaio in ferro battuto che aveva acquistato per i suoi genitori con i primi guadagni, trent'anni prima. Semplice com'era, era stato il primo e ultimo letto che i suoi genitori avessero posseduto. Dopo la morte di entrambi, era stato tutto ciò che aveva voluto dal modesto appartamento che erano stati disposti ad accettare da lui.

Era accaduto sedici anni prima. E in quei sedici anni, in quel letto non aveva mai portato una donna. *Suite* d'albergo, compiacenti stanze di campagna, più di un'alcova di signora: questi erano stati i luoghi in cui aveva fatto l'amore. Mai un bordello – negli anni aveva conosciuto fin troppo bene le vite di quelle derelitte per desiderare di essere fra coloro che le conservavano puttane – e mai il letto dei genitori.

In quel momento, quella mattina, avvertì la solitudine del letto. La luce dell'alba che filtrava attraverso le imposte rendeva di nuovo visibile ogni familiare, piccola imperfezione delle assi. A Neu Hof, dove l'aveva lasciata con la promessa di ritornare la sera del giorno dopo, *Frau* M. forse era ancora assopita, o si era svegliata, nella vecchia casa dei genitori. Cattolica qual era, non era riuscita a concedergli di passare la notte con lei. Eppure c'erano andati così vicini, catturati dallo stordimento reciproco di trovarsi di nuovo insieme e scoprire la forza del loro desiderio.

Lei era ancora sposata, sì. Ma, ma... Meisl sentiva una dolcezza ancor più incantevole dell'attrazione fisica. La gloria di invecchiare, pensò, e vedere oltre la cieca furia carnale dell'età di Heida. Aveva telegrafato la sua risposta al tenente a mezzanotte circa, avvertendolo di non saltare a conclusioni, e di fare attenzione. Ben presto il profumo del caffè sarebbe filtrato nella sua stanza da letto. Benedetta la governante e la sua richiesta di andare al negozio di porcellane. Ogni cosa, ogni cosa portava a *Frau* M. E lui era scappato via ogni volta che l'aveva vista!

Potok

Il commissario del distretto aveva i segni del cuscino impressi tanto profondamente nella guancia da sembrare la cicatrice di un duello. Malgrado ciò, o forse proprio per questo, ci teneva ad apparire particolarmente vigile. Gli sfuggiva il perché il comandante del reggimento ulano e il suo imberbe subalterno fossero venuti a trovarlo così presto. Il colonnello appariva costipato, ma forse era solo a disagio con le autorità civili. Il giovane tenente Czernin von Heida aveva il volto fresco e serio di tanti slavi germanizzati pronti a offrire la propria vita a Sua Maestà Apostolica. Il commissario di distretto, che era di Trieste e in gioventù aveva studiato filosofia politica, provava pena per il tenente ma non per il colonnello, e ancor meno per Sua Maestà Apostolica.

— Come posso essere d'aiuto, signori?

Trott fece rumore col naso, risucchiando l'aria attraverso le narici. — Il tenente ha… non saprei come definirla… una *storia* da raccontare. Potrebbe iniziare ascoltandola.

Heida parlò ben consapevole del fatto che i suoi stessi dubbi avrebbero influenzato chi lo ascoltava, quindi si sforzò di suonare convincente. — Quando le ho parlato sulla strada per Ulanow, due giorni fa, la cameriera di *Frau* Plashka non voleva dirmi nulla di nessuno. Di fatto le ho spiegato che avevo una sola curiosità: se aveva visto il capitano Plashka uscire di nuovo di casa dopo il suo ritorno dal brindisi, e se sì, come era vestito. Mi ha risposto che non l'aveva visto rientrare, però l'aveva scorto mentre usciva di nuovo. Come? In abiti civili.

— Non riesco a cogliere la rilevanza dell'informazione, tenente conte Heida.

— Ebbene, ha detto che nessuno le aveva posto questa domanda, visto che l'unica cosa che sembrava interessare era l'ora in cui il capitano era uscito di nuovo: le 21:30.

Il commissario distrettuale sapeva come sembrare paziente quando era divertito. — Precisamente. Perché quel che indossava il capitano non fa alcuna differenza.

— Credo di sì. Le 21:30 mi sembravano un po' tardi, visto che l'ora della morte degli amanti è stata stabilita al massimo intorno alle 22:00. Ma Plashka potrebbe aver corso per raggiungere le sue vittime, specialmente visto che aveva con sé il biglietto dell'appuntamento. Posso chiedere se sappiamo come ha fatto il capitano a entrarne in possesso?

— Riteniamo che l'abbia trovato nella camera da letto della moglie. In effetti *Frau* Plashka, che si supponeva essere indisposta, era già uscita di casa per il suo appuntamento con il tenente Comano alle 20:10, da sola. La cameriera, che ha ammesso di aver accompagnato la sua signora in analoghe occasioni, ha detto che le era stato ordinato di restare a casa.

— Molto bene. Dunque il capitano – in un improvviso accesso di gelosia – perde tempo a mettersi in abiti civili prima di andare a compiere la sua vendetta.

— Posso dire che il tenente è giovane, e non conosce i meccanismi delle menti esasperate?

— Sì, lo credo anch'io — intervenne Trott.

Heida non si lasciò smontare. — Ma la serie di impronte più evidenti al margine della palude è stata lasciata da stivali di cavalleria, quindi Plashka non si sarebbe potuto uccidere in quel punto dopo l'omicidio, considerato che calzava scarpe civili!

— Perché? — obiettò il commissario. — Plashka potrebbe essere andato a casa, essersi messo in panni civili, aver commesso il crimine ed aver lasciato la seconda serie di impronte quando si è suicidato.

— E allora di chi erano le impronte di stivali? E per quale motivo Plashka avrebbe lasciato parti della sua uniforme alla palude? Insisto, perché darsi pena di mettersi in abiti civili per rivendicare il suo onore come ufficiale? E d'altra parte, una volta toltasi l'uniforme, perché lasciare poi l'*attila* da ussaro in bella vista sulla riva?

Trott intervenne con il solito sbuffo di disprezzo. — Andiamo, Heida! Potrebbe aver lasciato l'*attila* sulla riva tornando a casa dalla locanda dopo il brindisi, intenzionato com'era a commettere l'omicidio e a togliersi la vita subito dopo. Uccisi i due, poi ha messo la sciabola insanguinata accanto alle insegne del suo grado, e ha cercato la morte nella palude.

— Indossando scarpe da contadino, e premurandosi di un dettaglio come infilare il biglietto dell'appuntamento nella sua *attila* prima del suicidio? Con il permesso del colonnello, mi paiono molti viaggi avanti e indietro per uno così infuriato da aprire in due la moglie e l'amante.

Il commissario distrettuale ingoiò uno sbadiglio. Era uno di quei giorni in cui avrebbe preferito che un raffreddore o una colica lo tenessero a letto. Intrecciò le dita sulla scrivania, attento a non mostrare alcuna propensione verso l'accettazione o il rifiuto di quel che aveva sentito. — È tutto molto interessante, davvero. Ma posso sapere che cosa ha in mente con precisione, tenente conte Heida?

L'aria del mattino era più fredda del terreno. Una nebbia spessa stagnava sulle pozze d'acqua della palude, creando isole di vapore a mezz'aria. Il sole era coperto dalle nuvole che i venti in quota spingevano verso est, mentre a livello del suolo non si muoveva foglia. Le rane si tuffavano in acqua dalla strada rialzata quando Heida passava. La guerra sembrava distante centinaia, non decine di chilometri; e anni, non ore.

Trovò il cancello accostato; sulle sbarre c'era una patina di umidità quando lo spinse per aprire. Il rude domestico Marek non si vedeva; le foglie cadute coprivano la superficie della vasca rotonda e il sentiero che conduceva alla casa. La porta era socchiusa, quindi, dopo aver suonato il campanello per annunciarsi, Heida entrò.

La fotografia del capitano Plashka era ancora sul tavolo al centro dell'atrio d'ingresso, con il vetro della cornice che rifletteva la luce della porta, ma le corone di fiori non c'erano più. I defunti Plashka continuavano a guardare giù dalle loro brutte tele, schizzate da pittori itineranti nelle ultime tre o quattro generazioni.

La vecchia Zina Plashkova era in cima alla rampa di scale. Le macchie d'umido sull'intonaco dietro di lei creavano una sorta di oscure ali di falena sulle sue spalle. Era in nero da capo a piedi, e i capelli grigi erano tirati in una crocchia che la faceva sembrare calva. — Lei è il tenente Heida — disse. — L'ho vista in giardino, l'altro giorno.

Heida salutò. *Sbircia da dietro le tende come nonna Lobkowicz. Sbircia e non dice nulla se le si parla, nemmeno quel che sta pensando.* Rammentò quel che gli aveva detto il locandiere, sul ricordo dei morti nella palude che si spegneva in fretta. Anche l'immagine del capitano Plashka, dietro il vetro su cui si infrangeva la luce incerta del giardino, sembrava essere svanita.

— Lei mi ha mandato questo biglietto. — L'anziana donna gli mostrò un foglio di carta ripiegato. — Venga di sopra e discutiamo in pace.

Heida fece un respiro profondo; l'idea del biglietto era stata di

Meisl (*Se crede che sia coinvolto qualcun altro, ma non ha prove, ecco quel che suggerisco...*).

L'odore di angoli ammuffiti, vecchi tappeti e lampade a olio, in quella casa priva di elettricità, gli arrivava da tutte le parti. Gli occhi di Zina Plashkova, azzurro chiaro, brillavano tersi anche da una distanza relativa, unico dettaglio vivo e vigile del suo volto. Suo figlio le assomigliava? Lo sguardo di Heida andò al vetro davanti alla fotografia, dove la luce del giardino si faceva sempre più intensa, ma poi si offuscò fugacemente.

...È stato così, grazie al riflesso che ho visto sul vetro della foto, che mi sono accorto di qualcuno che si avvicinava alle mie spalle. Mi sono voltato di scatto, dottor Meisl, tanto che l'uomo non ha avuto il tempo di aggredirmi. Essendo entrato con la fondina slacciata, mi sono trovato l'arma in mano con una rapidità che – se mi è concesso dirlo – ha sorpreso me per primo. Il domestico noto come Nikola brandiva un correggiato (l'arma preferita dagli ussiti nelle antiche guerre di religione), ed era pronto a usarlo contro di me. Il solido attrezzo roteava già sul mio capo, ma io ho fatto fuoco. Al contrario di quel che avviene nei romanzi, un uomo colpito da un proiettile non fa altro che accasciarsi. Non si porta la mano al cuore, o alla gola, come tutti vediamo nei film, e non piroetta nemmeno teatralmente su se stesso. Nikola era solo ferito, però è crollato a terra e c'è rimasto.

I gendarmi che mi avevano seguito a distanza sono entrati subito dopo, ma il breve intervallo prima del loro arrivo mi ha permesso di assistere a uno spaventoso cambiamento nella vecchia donna in cima alle scale. Le ho detto che le macchie sulla parete facevano sembrare che avesse ali di falena? Be', a quel punto assomigliavano ad ali di pipistrello. Mi fissava con tale odio che se uno sguardo potesse trapassare, ora sarei morto.

Sollevato dai gendarmi, Nikola, ferito, ha iniziato a urlare e a rimproverare la sua padrona, invocando l'eterna scusa dei servitori: che gli era stato ordinato di fare quanto aveva fatto. Per tutta risposta lei ha taciuto, non ha fatto alcuno sforzo di scappare, o almeno di tornare nelle sue stanze. Il biglietto che ho fatto consegnare a Oskar all'alba (grazie al suo consiglio di convocare il sospetto) non le è caduto di mano. Non l'ha accartocciato, né buttato via, ma ha continuato a tenerlo fra pollice e indice. Si sarà chiesta come sono arrivato a capire che aveva ordito la tragedia, avvalendosi dell'uomo che più a lungo era stato al suo servizio per commettere due – se non tre – crimini? Forse ora lo dirà al commissario del distretto, ma io sono escluso da quella parte dell'inchiesta.

Naturalmente è stato grazie al suo telegramma in cui mi informava che Nikola non era arrivato alla fattoria di Lhotka due settimane fa, e non era affatto atteso laggiù, che ho capito che era rimasto nascosto non lontano da Potok. È stato lui a buttarmi giù dalle scale quando ho violato il suo nascondiglio. Perché sia rimasto qui, pare che non l'abbia ancora spiegato. Anche la vecchia Plashkova in merito è una tomba. Domande: da quanto tempo stava programmando di eliminare la peccaminosa nuora, ed è stato davvero l'impudente biglietto di Comano a Frau *Plashka a far precipitare gli eventi?*

Quanto al capitano Plashka, a oggi la sua sorte resta un mistero, come d'altronde qualunque ruolo possa aver avuto negli eventi di quella tragica notte. Le opinioni, a Potok come fra gli ufficiali, si dividono equamente in due: che ne aveva abbastanza della sua complicata vita matrimoniale e si è ucciso quando si è trovato di fronte a un altro scandalo; che è stato la terza vittima di Nikola. Quest'ultimo potrebbe aver ricevuto dalla terribile vecchia l'ordine non solo di eliminare l'odiata nuora e il suo ultimo amante, ma anche di sbarazzarsi di un figlio che, non pago di non saper vendicare il suo onore di marito ingannato, era arrivato ad approfittare delle relazioni per saldare i suoi debiti di gioco. Una brutta storia, a ogni modo, che getta un'ombra su questa nostra casta di ufficiali!

Appena finita la lettera a Solomon Meisl, Heida consultò l'orologio da polso e si disse che aveva svolto un'apprezzabile mole di lavoro relativamente di buon'ora, considerato che erano le nove. Se solo il reggimento avesse ricevuto ordini di marciare contro il nemico, la giornata sarebbe stata perfetta.

Di sotto i suoi colleghi facevano colazione tardi, dopo le loro prodezze al bordello. Anche i maggiori, che erano tutti sposati, si erano concessi le ragazze dell'ebrea. Heida e Gabrinski, oltre al severo colonnello Trott, erano stati gli unici a non andarci. Fuori dalla locanda era difficile credere che si trattasse di una guarnigione. I soldati erano ancora consegnati, e, quanto ai civili, la notizia dell'arresto della Plashkova li aveva azzittiti e resi guardinghi, per la maggior parte chiusi in casa. Solo davanti all'ufficio distrettuale c'era movimento: di certo il commissario aveva dato ordine di perquisire la tenuta dei Plashka e la casa del capitano, in cerca di elementi che avrebbero potuto – fra le altre cose – provare il coinvolgimento dell'ufficiale nei ricatti o scagionarlo. Heida aveva suggerito che si cercasse qualunque prova che non era morto per sua mano, e i costosi gioielli che si diceva *Frau* Plashka avesse ricevuto dai suoi amanti.

Reso loquace dagli eventi, il locandiere sloveno disse che tutti quanti a Potok malignavano sul "bizzarro matrimonio" del capitano Plashka. E di certo era noto che la vecchia signora odiava la nuora, che considerava una sgualdrina rutena, ma d'altronde: — Mi dica, tenente, quale suocera non detesta la moglie del figlio? Anni fa ci aspettavamo tutti che Friedrich si sparasse per via dei debiti, poi ha iniziato a pagarli. Be', che cosa dovevamo pensare? La vecchia non stava certo allentando i cordoni della borsa, e uno stipendio da capitano è quello che è.

— In città cosa si pensa gli sia successo *davvero*? — Heida non rifiutò da bere quando gli fu messo davanti il bicchiere. Si voltò allorché una donnetta scese lenta le scale con un involto fra le braccia, e rispose al suo saluto.

— Questa è mia suocera con la piccola. — Il locandiere era raggiante. — L'avrei chiamato Francesco Giuseppe, ma dato che è una femminuccia, sarà Francesca Giuseppina.

Heida le diede uno sguardo appena. — Sì, grandioso. — Era abbastanza giovane da non nutrire alcun interesse nei bambini. Eppure faceva davvero riflettere che una simile creatura berciante avesse a che fare con il *momento di virilità suprema* – così lo chiamava Polyxena Kinska – che coronava un rapporto intimo. Come poteva un atto tanto meravigliosamente egoista portare a risultati così invasivi? Sapeva bene che succedeva, naturalmente, poiché – lungi dal considerarsi un esperto – aveva alle spalle qualche esperienza, anche se il suo primo momento supremo era stato affrettato e goffo, come il secondo (entrambi in un bordello), e solo il terzo era stato degno di tal nome, culmine della serie di vigorosi movimenti che l'avevano portato a sollevare la vestaglia blu elettrico di Polyxena, spingendola prima contro una provvidenziale porta, e poi sul sofà *jugendstil,* dove l'aveva furiosamente posseduta. Heida si liberò da quelle fantasie e dal rischio di diventare sconvenientemente vispo. — Allora, cosa pensa la città?

— Dico per me, signore. — Il locandiere portò una sedia dietro il bancone perché la suocera potesse cullare la bambina. — *Io* credo che il capitano Plashka fosse già morto quando Nikola ha ammazzato gli amanti. Una cosa è guadagnare dal fatto di avere una moglie che piace agli uomini, altro è scoprire che lavora anche in proprio. Sa, il vecchio sangue dei Plashka ha fatto sì che il fratello si ammazzasse per fare dispetto a suo padre...

— Già. — Heida deglutì l'alcol potente. Crimini privati, neonati urlanti... Nata nel 1914, quella bambina avrebbe avuto la sua età nel 1938: una generazione condannata, ai suoi occhi, a non conoscere la gloria della guerra. Voleva disperatamente trovarsi in battaglia, dove gli uomini uccidevano e morivano per ragioni più onorevoli. Invece era a Potok, ancora in attesa.

Il colonnello Trott, entrando nella locanda in quel momento, lo fece scattare sull'attenti. Con il suo passo pesante, il comandante si diresse alla porta della sala in cui si trovavano i suoi subalterni, scatenando un fragore di sedie spostate e battiti sincroni di tacchi. — Signori — lo sentì dire Heida, vedendolo descrivere con la mano guantata il solito semicerchio a mezz'aria per raccogliere i suoi ufficiali.

Nella piccola sala da pranzo in cui si incontrarono a porte chiuse fu spiegato il motivo della convocazione. — C'è una delegazione di ufficiali russi sotto le insegne della Croce Rossa che chiede di parlare con l'ufficiale più alto in grado fra i soldati di Sua Maestà Apostolica. Che sarei io.

La disadorna espressione al condizionale era lungi da quella che Heida si aspettava da un superiore. Il colonnello Trott avrebbe dovuto usare il presente indicativo; invece aveva detto "che sarei io", come un civile il cui nome venga chiamato mentre aspetta in fila.

Szentmihalyi, al suo fianco, era rigido e pallido ben oltre il suo solito aspetto da lapide. — Non potrebbe essere che vengano a negoziare già una pace, vero?

Di nuovo la forma condizionale, così incerta. Heida, in piedi accanto a Rozhmberk, trascolorò al pensiero che la guerra potesse scavalcarlo del tutto. I suoi colleghi mugugnarono. Se lo Zar cercava la pace, l'aurea opportunità della cavalleria di caricare le linee nemiche sul fronte orientale sarebbe svanita. Forse i prussiani avevano sfondato tutti i fronti, sottraendo la vittoria agli austro-ungarici. Forse l'Italia aveva deciso di onorare la sua alleanza con l'Austria ed era entrata in guerra accanto agli Imperi Centrali. La delusione lo soffocava.

Trott si tormentava i baffi da tricheco. — No, no. Niente di tutto questo, almeno per ora. Hanno chiesto un colloquio privato. — I suoi occhi cercarono fra i volti che lo circondavano. — Rozhmberk, Heida: voglio che voi due scortiate il tenente colonnello Szentmihalyi e me fino al confine. Lasciate qui le pistole.

Il vecchio confine con la Polonia russa, presidiato da tempo dalle divisioni di Sua Maestà Apostolica, era a venti minuti a cavallo di distanza. I colonnelli, nella loro *Phänomobil* nuova di zecca, ebbero una conversazione fitta da Potok fino al luogo convenuto, mentre Rozhmberk e Heida cavalcavano ai fianchi dell'auto, senza poter praticamente scambiare una parola. Lungo la strada, sospinte dal vento, le nuvole correvano sopra le loro teste, ma la campagna era nella morsa di una quiete esanime e umida. Il sole andava e veniva, e così il calore dei suoi raggi.

Un'automobile dell'esercito nemico attendeva lungo la sterrata che correva monotona da nord a sud, con ai lati solo filo spinato. Il vento, fino a quel momento troppo alto per farsi sentire, senza preavviso cominciò a soffiare raso terra, sollevando cavalloni di polvere che dal lato austriaco andavano verso identici cavalloni dalla parte russa. Ne risultò un vortice che si alzava e si placava senza lasciare traccia.

Un colonnello dell'armata dello Zar stava in piedi accanto al veicolo della Croce Rossa che presumibilmente l'aveva condotto fin lì. Gravemente, Trott e Szentmihalyi scesero dall'auto e vi rimasero accanto. Furono scambiati saluti impeccabili.

Dalla sella, Heida sentì il rappresentante della Croce Rossa parlare per primo, e poi il colonnello russo pronunciare il proprio nome, che era o suonava come Gorakin. Sembrava una colonna di sabbia del deserto, nel suo pastrano color ocra. Aveva un volto bello, paterno, e la barba azzimata di un Romanov. Alle sue spalle, a pochi passi di distanza, attendevano due ufficiali di stato maggiore, repliche più giovani del loro comandante, con barba curata e pastrano giallo. Fra di essi c'era un civile il cui volto, da lontano, sembrava solo una macchia pallida. Heida non l'aveva mai visto prima.

— È un fottuto diplomatico in bassa tenuta — mormorò Rozhmberk a Heida, mentre Trott avanzava da solo per raggiungere la sua controparte. Ricevuto l'ordine di smontare, gli ulani restarono due passi dietro Szentmihalyi, che era ancora accanto all'automobile.

— Ci può essere solo un motivo per cui la Croce Rossa è con loro. Quanto scommette che i russi si stanno già arrendendo?

Heida non seppe cosa rispondere. Ma vide Szentmihalyi vacillare e cercare la portiera della macchina per restare in piedi. La sua figura rigida oscillò sul serio, come un albero colpito alla base con un'ascia, che resta eretto solo in attesa del suo crollo. — Plashka — fu la sola parola che pronunciò, con una voce che sembrava provenire da uno strato di stoffa spessa, come se l'avesse detta contro una manica. Le spalle di Trott, quando giunse di fronte al colonnello russo, erano a loro volta infossate, come se qualcuno lo avesse colpito in pieno senza dargli il tempo di irrigidirsi.

Heida restò senza fiato. La foto nuziale che aveva visto a casa della signora Plashkova era vecchia di... quanto? Nove o dieci anni. E il capitano si era rasato la barba e i baffi dalla sera del brindisi alla locanda. Al suo fianco, Rozhmberk sibilò un'imprecazione irripetibile.

Gli ufficiali della Croce Rossa stavano riprendendo i loro posti a bordo dell'automobile. Il russo (si trattava di un uomo dall'aspetto così paziente: era possibile che di lì a poco Heida avrebbe dovuto guidare i suoi soldati contro altri soldati, vedendoli avanzare con le sciabole sguainate al comando di quell'uomo paziente?) si sfilò il guanto destro e strinse la mano nuda di Trott. Szentmihalyi si avvicinò rigido e fece lo stesso. Francamente, Heida avrebbe preferito di gran lunga avere un russo dall'aria maligna, al suo posto: un cosacco, o magari un circasso. Quell'ufficiale aveva una faccia da zio. Sembrava scusarsi per dover mettere in imbarazzo il nemico restituendogli un disertore.

Heida e l'impietrito Rozhmberk colsero una parola qui e là, mentre il vento soffiava senza direzione tutto intorno a loro, gonfiando verso l'alto vortici di foglie e fili di paglia.

A mezzogiorno, gli ulani se ne stavano come cani bastonati intorno ai loro comandanti in sala da pranzo. I tavoli erano apparecchiati, ma nessuno sembrava sul punto di sedersi e pranzare. Non si vedeva nemmeno un ussaro.

— Mi aspettavo che le mie medaglie si sganciassero da sole a quella vista, signori, e che mi scivolassero giù per il petto cadendo ai miei piedi. Per oltre tre settimane quella canaglia di Plashka aveva pianificato la fuga e il finto suicidio, corrompendo le guardie su entrambi i lati del confine! Sua madre sapeva tutto, e ha elaborato i suoi piani di conseguenza. Molto meglio per me contare fra le mie perdite uno come Comano, che si è limitato a seguire il richiamo della libidine ed è finito in trappola. Se fossi Szentmihalyi, non aspetterei nemmeno che la nuvola di polvere da sparo si sia dispersa sullo squadrone che giustizierà Plashka, prima di ficcarmi una pallottola nella tempia destra. — La figura imponente di Trott ricordava una mongolfiera rossa e blu nel momento in cui veniva gonfiata, o sgonfiata. — I debiti, l'adulterio, addirittura l'omicidio sono preferibili al tradimento. Qualunque cosa, *qualunque cosa*, ma non il tradimento! Finisce il mondo, se uno di noi tradisce.

— Be', Plashka ha tradito e il mondo è ancora qui — fece Rozhmberk sottovoce. — Ma in via di principio sono d'accordo.

— I russi — continuò Trott — hanno dimostrato un'insolita ponderatezza consegnando il disertore invece di farlo prigioniero, o – peggio – di permettergli di unirsi a loro. La mia opinione è che ci temano, e a ragion veduta. Dal canto mio, intendo mostrare pari ritegno quando i loro ufficiali cominceranno a cadere a migliaia nelle nostre mani.

Heida aveva un bisogno represso di piangere per la vergogna.

Il capitano Plashka, degradato, doveva comparire davanti al plotone d'esecuzione nel giro di un'ora. Trott aveva ordinato che tutti i suoi ufficiali assistessero all'esecuzione.

Il luogo prescelto era la distesa calcinata dietro la caserma ussara, dove solo le manovre a cavallo avevano risparmiato la morte per noia a generazioni di uomini in uniforme. I maggiori, i capitani e i tenenti più anziani formavano un gruppo serrato, mentre quelli più giovani e i sottotenenti se ne stavano pallidi e abbandonati. Jiri Vilem si fissava la punta degli stivali, Conrad si masticava i baffetti, Nemeth e Gabrinski tenevano gli occhi socchiusi.

Le finestre della caserma – Heida si guardò alle spalle – riflettevano il cielo cangiante, impedendo di vedere se i soldati ussari fossero accalcati dietro ai vetri a osservare. Quando si voltò di nuovo, gli uomini del plotone si stavano schierando, ognuno al suo posto.

Il tenente colonnello Szentmihalyi ha informato Plashka della morte di sua moglie, aveva in mente di scrivere al dottor Meisl, *e della colpa della madre. Ci hanno detto che a queste notizie Plashka ha riso, e poi ha aggredito le sue guardie come un folle. Ma quale sarebbe stata una reazione logica, anche per un uomo sano di mente?*

La prima fila del plotone si inginocchiò.

Nella sua meschina bigotteria, continuò a distrarsi Heida, *Zina Plashkova non poteva tollerare il disonore di un figlio che voleva simulare il suicidio e disertare dopo aver giocato d'azzardo e usato le relazioni adulterine della moglie per suo profitto. Le ci è voluta una settimana per elaborare il piano. Ha finto di spedire nella lontana Lhotka il suo servo più fedele, ordinandogli invece di nascondersi nelle vicinanze e uccidere l'odiata nuora la notte stessa della diserzione, così da far sembrare che Plashka avesse vendicato il suo onore prima di morire. Ma quale ragione contingente poteva usare Zina Plashkova per giustificare un crimine passionale? A quel punto è entrato in scena Comano von Comano, con il suo impudente biglietto d'appuntamento per la sera stessa...*

Il plotone d'esecuzione ricevette l'ordine di caricare i fucili.

Heida guardò in alto. *Cosa si saranno detti madre e figlio dopo che lui è tornato dal brindisi con i colleghi? Hanno discusso dell'imminente diserzione? Per una volta* Frau *Plashka era davvero uscita da sola, lasciando imprudentemente a casa il biglietto dell'appuntamento? Per suo marito non faceva alcuna differenza, perché in ogni caso avrebbe coperto la sua fuga simulando il suicidio di un uomo tradito. Per la vecchia Plashkova, invece, è stata un'occasione provvidenziale per vendicare l'onore della famiglia.*

*Nikola doveva uccidere con la sciabola che Plashka aveva lasciato insieme all'*attila *alla palude, rientrando dalla locanda, e infilare il biglietto dell'appuntamento come elemento di prova nella tasca della giubba, già ripiegata sulla riva per indicare il luogo del suicidio...*

— Puntate! — Fu Szentmihalyi in persona a pronunciare il comando. Heida deglutì.

Plashka ha disertato, ignaro dei piani della madre (visti da qui, i moschetti sembravano i denti di un rastrello puntato contro il condannato), *e stava già attraversando le linee quando Nikola ha sorpreso gli amanti sull'aia* (alla destra e alla sinistra di Heida, i volti dei colleghi erano del colore della farina). *Plashka era in territorio russo quando Nikola ha riportato la sciabola insanguinata sulla riva, lasciando così altre impronte di scarpe chiodate. Dopodiché è tornato a nascondersi* (c'era una sciabola anche in mano a Szentmihalyi, e la stava sollevando per dare l'ordine di sparare). *Plashka...*

— Fuoco!

Pronunciato in tedesco, l'ordine asciutto si perse nello strepito esplosivo della scarica dei moschetti.

Nei romanzi, pensò confusamente Heida, gli occhi sulla figura inerte del disertore, *nei romanzi queste scene non sono così squallide. Guarda come si alzano i piccioni dagli alberi distanti, e il battito delle loro ali è soffocato dall'eco degli spari. Se non riesco a renderla meno squallida, non posso combattere questa guerra. L'eco si disperde, i piccioni volano in cerchio per tornare a posarsi. Ricomposto, il plotone d'esecuzione si allontana marciando. Lo stesso fa l'ufficiale medico, dopo essersi accertato che Plashka sia morto. Il cappellano fa il segno della croce. Szentmihalyi sembra più vecchio di dieci anni, anche da qui. Se non riesco a rendere meno squallida la guerra...*

Praga

Frau M. era ancora a Neu Hof. Avrebbe trascorso laggiù il resto della settimana. Solomon Meisl sedeva davanti al nuovo servizio di piatti che la governante aveva riempito di squisitezze, in modo da fargli apprezzare le diverse forme e dimensioni delle porcellane. —

Non sappiamo quando le vivande cominceranno a scarseggiare — si era giustificata. — Mangi di gusto, dottore.

Se riorganizzava gli appuntamenti, pensò, avrebbe avuto tempo di prendere il treno della sera, trovare una stanza a Neu Hof e tornare tardi, mercoledì. I suoi piani non erano molto più elaborati di così. L'eccitazione sessuale della sera prima si era sciolta in una sorta di pudica dolcezza, un desiderio temperato della donna come compagna, anima gemella. Per vent'anni si era portato dentro questa *cosa* senza quasi saperlo. Aveva sorriso per la goffa infatuazione di Karel Heida nei riguardi de *La* Kinska, ma – ora se ne rendeva conto – solo perché sapeva che cos'è un sentimento vero. Non era stata *Frau* M. a farlo rifuggire e svoltare il primo angolo alla vista della sua deliziosa figura. Era…

Quanti fugaci convegni aveva avuto in quei vent'anni? Signore i cui volti e corpi aveva ineluttabilmente visto con occhio clinico, anche a letto con loro. Nei piattini ovali disposti sulla tovaglia immacolata, gli antipasti, il burro e le salse sembravano allegre macchie di colore.

Nel 1894 aveva osato baciarla una sola volta, dietro la vecchia torre Daliborka, fra le siepi piegate dal peso dei fiori.

Frau M. e il promettente dottorino ebreo. Lei aveva detto di no, allora. Ora no.

La governante sbirciò dalla porta, senza varcare la soglia. Meisl pensò che avrebbe dovuto allungare una mano verso uno dei piatti, ma non lo fece. Mascella serrata, gola stretta, stomaco chiuso. La terminologia medica si stemperava in un'incurante descrizione del fenomeno.

Era vero. Stava accadendo. Non riusciva…

Non riesco a mangiare perché sono innamorato.

Vent'anni sembravano un passo, un battito di palpebre, un palpito del cuore. Solomon Meisl era innamorato, e tutte le razionalizzazioni possibili mentre lei era lontana non reggevano più, ora che Gisela M. era tornata a Praga.

Cosa sapeva il povero, giovane Heida di tutto questo? Aveva

perso la testa per la guerra e per l'amore letto nei romanzi, sulle brande troppo strette del suo dormitorio militare.

Meisl si alzò da tavola e andò ad aprire la finestra affacciata a sud. Le strade e i tetti di Praga si estendevano di fronte a lui, la Città Vecchia e quella Nuova, Wyschehrad, fino a Podol e Dworetz, e ancora fino a Krch, e lungo i binari curvi per Neu Hof.

Lettera di Karel Heida al dottor Solomon Meisl:

Stimato dottor Meisl,

questa lettera è affidata, per garantirne la rapida consegna, al tenente Conrad (che affettuosamente chiamiamo "Il Non Parente" perché non può vantare alcun rapporto con il nostro glorioso feldmaresciallo).

Spero che lei sia in salute e felice. Tutto considerato, le cose mi vanno alquanto bene (veda sotto). A proposito, ho potuto finalmente togliere le bende dal torace, visto che le costole che mi sono rotto quasi un mese fa in Moravia sono perfettamente guarite.

La vastità del nostro Impero continua a sorprendermi: in tempo di pace, neanche gli incarichi nei luoghi più remoti ci fanno apprezzare come diversi, come distinti noi siamo. Ho letto da qualche parte che certe culture locali della Monarchia Duale sono "splendidamente incomprensibili", e malgrado non sia certo che voglia essere un complimento, l'affermazione continua a girarmi in testa. Vorrei avere la penna di un romanziere per poter descrivere i panorami pittoreschi e le genti che incontriamo avanzando. Si immagini che ieri, in un tugurio che sembrava un'escrescenza di muschio sul terreno, ho trovato in vendita i seguenti articoli: capelli umani dalla Cina per la confezione di parrucche, piume d'oca in quantità sufficiente da riempire un vagone ferroviario, trinciato marca Trabucco *e altri tipi di tabacco (se era quello), rami e perle di corallo presumibilmente del Mar Rosso, e – se si voleva – perfino una cosina viva e scalza, piuttosto carina.*

Basta così. Ho cominciato, caro dottor Meisl, ad apprezzare sinceramente i turni di pattugliamento, specialmente quando mi portano vicino alle linee nemiche. Più di una volta – anche se non lo ammetterei mai davanti al sergente Mourek – ho avuto la sensazione di giocare a nascondino. In effetti gli ufficiali più anziani, che hanno più esperienza, li chiamano Schnitzeljagd, *quel gioco in cui i cavalieri devono trovare pezzi di carta disseminati per i boschi. Non si tratta, dunque, di infantilismo residuo da parte mia. Non voglio dire che si tratti proprio di coraggio, anche se l'audacia è comune nei nostri ranghi. Ho visto e sentito di prodezze spettacolari compiute da ufficiali della mia età. Stanno cominciando a distribuire medaglie ed encomi, e non posso nascondere il bruciante desiderio di mettermi alla prova di fronte a coloro i quali mi hanno affidato la responsabilità di difendere il nostro amato Impero.*

Per il resto, devo riferirle quel che mi aspettavo sarebbe accaduto: segnatamente, che Frau *Kinska e io non ci frequenteremo più. L'ha scritto con grazia squisita in una lettera che mi ha raggiunto due giorni fa. Come lei aveva predetto a Praga, ha detto che lo fa per il mio bene. Forse perché mi ero preparato psicologicamente alla possibilità, il colpo è stato meno insopportabile di quanto temevo. Inutile dire che conserverò i due mesi della nostra relazione come un bene prezioso: se le dovesse capitare di vederla, le confermi che la mia gratitudine e la mia devozione sono immutate, e che se dovessi cadere in battaglia, il suo nome sarà l'ultima parola sulle mie labbra. Le spieghi, se del caso, che il suo medaglione potrebbe non venire trovato sul mio cadavere freddo solo perché i russi spogliano i caduti di qualunque oggetto di valore.*

En passant, *quando sono stato a Praga l'ultima volta ho chiesto a mio padre che gli antichi volumi in ebraico della nostra libreria andassero a lei, nel caso dovesse accadermi qualcosa: nessun Czernin o Lobkowicz è mai stato o mai sarà in grado di leggerli, e sono troppo preziosi per rimanere dimenticati su uno scaffale. Prima che pensi che io sia stato inghiottito dalla malinconia, caro dottor Meisl, lasci che torni ad argomenti più lieti, e che la ringrazi per la sua amicizia. Ha fatto di me un uomo più saggio, migliore.*

Ora devo andare, il mio letargico attendente è già alla porta e dondola come il picchiere della Bella Addormentata: se non gli do subito istruzioni, è capace di attaccare a russare lì dov'è.

Cordiali saluti,

Karel H.

PARTE QUINTA

LA CAMERA DELLO SCIROCCO

Improvviso, lo scirocco scuote la porta…

Georg Trakl
(*Die Junge Magd*)

POLONIA RUSSA, OLTRE IL CONFINE GALIZIANO

Giovedì 3 settembre 1914

Viste contro il sole brumoso, le ali vibranti dei passeri erano traslucide come madreperla; quasi trasparenti, simili alle pieghe dei ventagli di seta. Heida lo notò, dicendosi che aveva già osservato qualcosa di simile anni prima, durante una passeggiata da qualche parte, e l'aveva dimenticato.

Il sergente Mourek, in sella accanto a lui, sussurrò: — Ho sentito dire che se il vento tira giusto si possono fiutare. I russi, dico.

— Be', sottovento ci siamo noi. — Heida osservò lo stormo di uccellini tuffarsi in una nuvola di foschia più fitta, e svanire, come cancellati. La prima punta di disagio che aveva patito, una volta attraversato il confine con la Polonia russa, era stato il distaccamento del suo squadrone (ai comandi del capitano Rozhmberk) dalla Quarta armata alla Prima armata del generale Dankl, che si stava spingendo in territorio nemico, verso Lublino. Non era l'avanzata a turbarlo – *quella* era la benvenuta, finalmente! – ma il fatto che per il prossimo futuro non sarebbe stato in compagnia dei colleghi che conosceva bene. Tre settimane prima, Dankl aveva iniziato un'inarrestabile offensiva a nord di Leopoli, e seppure il suo impeto fosse stato fugacemente contenuto a Kielce, il 25 agosto era avanzato di altri centoventi chilometri, per battere i russi a Krasnik. Le cose nei giorni successivi si erano fatte confuse. Lontano, a sud-est di Halicz – che dava il nome alla Galizia – una feroce battaglia era finita in un massacro a colpi di baionetta, e la Prima armata vacillava. Per Halicz si combatteva ancora, e inaspettatamente anche per Krasnik, a trenta chilometri e passa alle spalle della truppa del tenente.

Cavalieri dotati di intraprendenza e sangue freddo erano stati selezionati per il rischioso compito di ricognizione nella terra di nessuno fra le città sconvolte dalla battaglia, indistinguibili se non per l'alfabeto con cui i loro nomi venivano scritti sulle mappe. Heida, la cui calma e buon carattere erano proverbiali, fu una scelta scontata. Quanto al maggiore Theodor Czitò, del Decimo reggimento ussaro, la sua era l'azzardata scelta di un burocrate che voleva una promozione. Ci fosse stato il colonnello Trott, lì, lo avrebbe bollato come *topo d'ufficio* privo d'esperienza. Ungherese dall'aria triste, con una brutta pelle, l'unico pettegolezzo che girava su di lui era che aveva dovuto rinunciare a un matrimonio d'amore per la mancanza di una dote congrua della sua promessa, e per due anni, dunque, aveva atteso il momento opportuno, scapolo e amareggiato, finché una svolta nelle fortune della famiglia di lei aveva reso il matrimonio possibile. Per rifarsi del tempo perduto, nei sei anni successivi sua moglie gli aveva dato quattro figli, nati in quattro diverse città di guarnigione. Oggi due di loro erano cadetti all'Accademia di Ludovico a Budapest; gli altri due erano ancora troppo piccoli e vivevano a Esztergom. Maliziosamente, Rozhmberk ipotizzò che ci aveva messo tanto a offrirsi volontario per il fronte serbo che, di conseguenza, era finito in Galizia. Il suo stesso squadrone lo conosceva appena.

— A me sa di vigliacco, cattiva scelta per uno che deve essere mandato in avanscoperta.

Ma eccoli lì, una pattuglia diretta a nord ai comandi del maggiore Czitò, e una a sud, sotto il tenente Heida. Pur potendosi confrontare con nemici isolati, nella speranza di fare prigionieri, avevano l'ordine di evitare unità di dimensioni cospicue e di tornare quanto prima con le informazioni raccolte. Il campo avanzato della cavalleria – con una parte dell'area di ricognizione delle pattuglie – occupava le terre del conte italo-polacco Urbansky von Mazzara.

Gli uomini di Heida procedevano guardinghi. Intorno a loro, un silenzio primordiale faceva sembrare il fronte a mondi di distanza. Nei boschi avvolti dalla nebbia, mai tagliati, forse mai percorsi da alcun essere umano, secoli di foglie marce esalavano un odore acuto di decomposizione sotto gli zoccoli dei cavalli. Mosche e zanzare assediavano le radure, dove l'acqua riempiva pozze salmastre e imbevibili.

Quando un unico sparò echeggiò da nord-est, Mourek e Heida si voltarono in quella direzione e si scambiarono uno sguardo teso. Non seguì alcun'altra detonazione; era come se quel singolo suono fosse sprofondato per farsi riassorbire dalla nebbia. — Qualche idiota si è lasciato sfuggire un colpo — affermò Mourek. Da quella parte, divisi in due plotoni, gli uomini del maggiore Czitò stavano procedendo in parallelo, con il compito di osservare il nodo settentrionale della ferrovia che portava da Wojslawice alla stazione di Leopoldow. Non c'era dubbio che in quello stesso momento il maggiore o il sottufficiale anziano stessero rampognando il soldato distratto. Concentrati, gli ulani tesero l'orecchio per cogliere altri suoni, il possibile segno di un'imboscata o di una schermaglia. Ma non arrivava alcuna reazione umana udibile, nessun rumore a eccezione del fruscio delle creature che cercavano rifugio nel sottobosco. Davanti a loro una foschia impenetrabile sembrava nascere in un punto specifico, un canale o una diga, ma la mappa indicava solo distese di verde pianeggiante.

— Andiamo — disse Heida, e Mourek fece segno alla truppa di procedere.

Praga

Il motivo "Francesco Giuseppe" consisteva in un disegno geometrico oro e argento che correva lungo i bordi del piatto, della ciotola o della tazza. Tenute contro la luce del giorno, le stoviglie – di porcellana fine – mostravano la luminosità opaca e il pallido color avorio di ossa sottili. Tintinnavano come cristallo a ogni tocco, e la superficie liscia e lucida aveva qualcosa di liquido. Meisl si mise il piattino della tazza sotto il naso e lo osservò.

— È pulito, sa? — *Frau* Platzer scoprì la caffettiera per controllare se fosse necessario riempirla di nuovo. — Cosa vuole che ne faccia dei vecchi piatti? No. *Non* li darò via, dottore. Darli via, proprio no. A qualche pidocchioso poco di buono che non distingue una tazza da una coppetta lavadita! Chiedevo solo per sapere se vuole che li impacchetti e metta via o che tenga i pezzi buoni nella credenza, nel caso noi si abbia più di ventiquattro persone a tavola.

— E quando mai abbiamo ventiquattro persone a tavola, *Frau* Platzer?

— Ne abbiamo avute venti, sei mesi fa. Dovrebbe saperlo.

— Molto bene, li metta via impacchettati. — Meisl finì il suo caffè. Aveva ripiegato il giornale sul tavolo per non dover leggere i titoli altisonanti: *KOMAROV OCCUPATA DALLA GLORIOSA QUARTA ARMATA – DANKL A OLTRE CENTO CHILOMETRI NELLA POLONIA RUSSA!* Non aveva dubbi che i biplani tedeschi avessero bombardato Parigi, ma per il resto… Un collega evacuato dalla Galizia nei giorni precedenti aveva portato notizie ben diverse da quelle pubblicate. Leopoli (Lvov), perla della regione orientale, era a rischio. — Il saliente austriaco intorno alla città non può reggere, Solomon: i russi arrivano da nord e da sud, con i cosacchi che si abbattono sulle nostre linee a ondate…

Per essere un uomo che odiava la guerra, si disse Meisl alzandosi da tavola, stava compiendo alcuni passi incongrui. Quando le aveva chiesto di mantenere la sua promessa di restituirgli il favore, la principessa Lobkowicz aveva acconsentito ad aiutarlo ad accelerare le pratiche relative al suo ingresso nell'esercito.

— Come volontario — gli aveva suggerito lei la sera prima, quando si erano incontrati privatamente in un piccolo caffè. — Almeno così potrà scegliere il suo veleno. Mio cugino l'Arcivescovo, che è ben informato, dice che la Serbia per il momento è persa.

— Questo lascia aperto il fronte in Galizia, Sua Signoria.

La matriarca lo aveva spiato, tamponandosi il tè dolce sulle labbra. — O qualunque ospedale militare dell'Impero, dottor Meisl. Compreso quello di Praga.

Era arrivata dritta al cuore del suo dilemma. Con o senza uniforme, poteva essere utile ovunque si ammassassero le vittime, da Brno a Cracovia, e in ogni presidio ospedaliero nel mezzo. Tuttavia lui, che pure ne percepiva la follia, anelava a raggiungere il fronte.

— Mio nipote *deve* farlo. Lei no.

— Combattere è un privilegio riservato a suo nipote?

— No, il privilegio consiste in quel che Karel *è*, caro dottore. Ha un prezzo. Quella stupida di mia figlia non lo capisce, e pensando a lui inzuppa i fazzoletti. Non le do consigli perché deve passarci, come io ho fatto con suo padre. La renderà più forte. Oppure no. Ma lei... so come vivevano i nostri ebrei, come tutti gli ebrei che vivevano nelle terre degli aristocratici. La prima linea dovrebbe essere un luogo di privilegio.

— Sa bene che non è così, principessa. Le reclute contadine vengono mandate al massacro tutti i giorni.

— È una vergogna: non hanno nulla da guadagnare dalla guerra.

Quella mattina, con *Frau* Platzer che si affannava intorno ai piatti vecchi e nuovi, Solomon Meisl aveva un appuntamento al Comando di Corpo d'Armata per discutere il suo desiderio di essere aggregato all'ospedale militare della capitale della Galizia, Cracovia. Perché proprio lì? Scherzava fra sé e sé, dicendosi che era perché l'ospedale sulla cittadella di Wawel era ad appena trecento metri dal quartiere ebraico di sotto, e a meno di un chilometro dal cimitero del ghetto e dal mattatoio, siti l'uno accanto all'altro.

Territorio russo

Il confine ucraino si trovava a non più di quaranta chilometri. Gli uomini di Heida avevano seguito un sentiero segnato sulla mappa, che conduceva a un crinale adatto come posto d'osservazione. Una macchia di alberelli ai margini dello spazio aperto – basso, forse saturo d'acqua – fu dove Heida decise di fermarsi per scrutare il terreno prima di attraversare.

La nebbia andava e veniva, a volte trasparente come una garza, altre volte densa come schiuma di latte. Attraverso i binocoli, l'ufficiale e il sottufficiale vedevano il loro campo visivo a forma di 8 attraversato dalle forme fantasma di altri alberi, cespugli, canneti. Passarono diversi minuti, e ancora niente, nessun suono. Secondo gli ordini, le due pattuglie avrebbero dovuto raggiungere la cima separatamente; gli uomini di Czitò sarebbero scesi verso la ferrovia, e la pattuglia di Heida avrebbe sorvegliato il territorio dal crinale, per poi scambiarsi le informazioni in un punto concordato al ritorno. Quel luogo d'incontro, una *majdan* o radura, cerchiato in rosso sulla cartina di Heida, al momento sembrava così lontano da non poter essere raggiunto. Eppure, nei giorni di marcia, una distanza del genere sarebbe stata coperta rapidamente, su strade diritte e solitarie.

I corvi passavano invisibili sulle teste degli ulani, traditi solo dal loro gracchiare stonato. La stagione era già troppo avanzata perché il sole della tarda mattinata bruciasse la foschia, o la penetrasse a sufficienza. Se non avesse saputo che ore erano, nemmeno con una bussola in mano Heida avrebbe intuito da che parte si trovava il sole in quel momento. Poiché si dirigevano verso est, doveva essere sospeso in alto, ancora davanti a loro, sopra la bruma. Stava per dare l'ordine di procedere, quando attraverso le lenti un movimento rapido nella nebbia, come un uccello che si levasse dagli arbusti, calamitò la sua attenzione.

— Soldati… — sussurrò Mourek. — Vengono da questa parte.

Gli ulani si defilarono dietro gli alberi. Mourek continuò a tenere d'occhio Heida, senza dare l'impressione di farlo; ormai conosceva i suoi uomini, ma non abbastanza bene il tenente per prevedere come si sarebbe comportato in un caso simile. Heida avvertì l'attenzione del sottufficiale; rimase tanto immobile che un nervo del collo gli lanciò una fitta acuta, come se gli fosse stato conficcato un ago nella carne.

Nella foschia era impossibile distinguere i colori delle divise. Sembravano sagome mutilate dai vapori dai fianchi in su, che procedevano in ordine sparso da sinistra. Non si sentivano rumori di finimenti, gli zoccoli dei cavalli avanzavano senza fruscii fra l'erba alta.

— Russi? — chiese Heida sottovoce.

— Devono venire più vicini, non riesco a distinguere i copricapo... forse, ora... Sì, *russi!*

All'improvviso, senza che la voce tradisse la minima esitazione, il sergente Mourek si fece pallido sotto l'abbronzatura. Heida se ne accorse con un moto d'ansia crescente, perché se Mourek era preoccupato, doveva avere ottime ragioni.

I soldati nemici erano smontati di sella, divenendo riconoscibili. Cauti, rimasero accanto ai loro cavalli a guardarsi intorno, come se davvero si potesse scorgere qualcosa.

— Gli ussari si sono divisi per raggiungere Miedniki — bisbigliò Mourek — quindi, anche se hanno visto i russi, hanno dovuto restare nascosti. A seconda del numero, tenente, dovremo fare lo stesso.

Heida non doveva consultare la mappa per ricordarsi che a sud, verso Wola, un reticolo di paludi rendeva difficile una manovra evasiva. C'era solo da sperare che la pattuglia del maggiore Czitò non fosse caduta in una trappola.

Mourek e Heida comunicavano a gesti, dando voce solo a poche parole, perché non si capiva ancora se il nemico aveva semplicemente mandato un pugno di uomini in ricognizione o se quella era l'avanguardia di un'unità più nutrita. Il fatto che i russi non parlassero suggeriva che anche loro, forse, erano in avanscoperta. — A meno che non si siano persi — fece Mourek muovendo le labbra sotto i baffi senza emettere quasi suono, ma anche di quello non sembrò convinto. Mentalmente, Heida stava contando gli uomini: tre, quattro, dieci... dieci in tutto contro i loro sedici.

Indicò il numero con le dita e Mourek annuì per confermare.

Anche a capo della pattuglia russa c'era un ufficiale inferiore, un *podporuchik* o secondo tenente. Mentre nelle settimane precedenti Heida si era preoccupato di dover fronteggiare un antagonista simile (considerando che solo per un capriccio del destino non potevano condividere un caffè o una cavalcata da colleghi), in quel momento non pensò a nulla del genere. Nemmeno provò alcuna simpatia per la sua controparte russa, che era semplicemente il nemico.

Il crinale andava e veniva, a tratti scomparendo del tutto. C'era da sperare, ragionò Heida, che la mancanza di intricati corsi d'acqua oltre la collina avrebbe significato meno nebbia, o nessuna nebbia, e una vista chiara in direzione di Hrubieszow. In quel preciso istante, come un *déjà vu*, ricordò di aver sognato quel momento la notte prima – una cavalcata con i suoi uomini in cima a una boscosa altura di Galizia. Da quella posizione doveva sorvegliare le terre di sotto, come aveva fatto davvero quella mattina. Nel sogno, sotto i suoi occhi si erano schierati migliaia, decine di migliaia di uomini in armi, l'esercito russo ordinato in corpi, divisioni, reggimenti, un gigantesco diorama di quelli che aveva visto delle battaglie di Waterloo o Canne attraverso uno spioncino, da ragazzo. E come nei diorami, nel sogno la luce cambiava, l'alba si mutava rapida in pieno giorno e in crepuscolo, per poi farsi notte. La grande armata si estendeva per miglia e miglia, in lungo e in largo per le pianure orientali.

Quei russi erano un manipolo, ed esitavano. Ufficiale e soldati studiarono guardinghi il terreno, ma non dispiegarono cartine. Montarono di nuovo in sella. Se erano esploratori, qual era il raggio previsto del loro pattugliamento, e perché ora stavano tornando indietro? Heida temette per un momento che la sua truppa fosse stata vista, ma nei gesti dei russi non c'era alcuna fretta, nemmeno un intento deliberato. Si limitavano a girare i cavalli per andare verso sud-est. C'erano le paludi, laggiù, e non potevano spingersi lontano. La nebbia li inghiottì completamente. *Vorrei che cominciasse a piovere*, pensò Heida, un desiderio che pochi giorni dopo i soldati di entrambe le parti avrebbero rimpianto di aver formulato. Ma in quel momento la pioggia significava che la foschia si sarebbe diradata.

Segnò sulla mappa il luogo dell'avvistamento. Più a sud, lungo il crinale, notò che una macchia d'alberi nascondeva una strada diretta a est, sottile come un capello sulla mappa. Sbirciandosi alle spalle, Mourek osservò Heida seguire quel sentiero con una matita, e annuì.

In silenzio, come una truppa fantasma, gli ulani attraversarono la distesa all'aperto, tallonando la scia erbosa dei cavalli russi. Il prato bagnato sembrava infinito, gli zoccoli ci sprofondavano. Ben presto il terreno si fece inclinato, segno che stavano raggiungendo il centro della depressione. Un muretto in rovina intorno a un campo fece capire a Heida dove si trovavano. La brughiera umida si estendeva a sud per pochi chilometri fino a Wola e Marianka, ma le paludi rendevano inaccessibili i villaggi da quel punto. Davanti, gli alberi radi – che sembravano ramazze smunte – corrispondevano al rettangolo punteggiato sulla mappa topografica, dunque il crinale, ancora invisibile, doveva trovarsi a non più di trenta metri di distanza. Una patina di umidità copriva le selle, i finimenti; l'erba sotto gli zoccoli dei cavalli mandava il suono di acque lontane. Poco dopo, la cima del crinale si disegnò davanti a loro: una linea irregolare e sfocata nella nebbia, un'immagine ad acquerello di tinte sfumate l'una nell'altra. Si estendeva obliqua da nord-ovest a sud-est, invisibile alle estremità. I robusti cavalli si arrampicarono di buona lena sul declivio coperto di cespugli, e raggiunsero la cima facilmente.

Nel sogno di Heida, la limpidezza sul crinale era tale da fargli dolere gli occhi. Nella realtà di quel giorno aveva quasi paura a guardare, anche se naturalmente lo fece subito. Il terreno era vasto, maculato da banchi di nebbia all'orizzonte, dove zone verdi e marroni fluttuavano fra masse di vapore. Il corso di un fiume lontano fu rivelato da un banco di foschia più spesso, che formava sui meandri una sorta di galleria di cotone. La vista a medio raggio era sgombra e nitida. I villaggi, la ferrovia, un campo in fiamme oltre i binari, dove si trovava la stazione di Miedniki. Gli ussari di Czitò, macchioline di rosso e azzurro chiaro, sobbalzavano su cavalli in miniatura in quella direzione. In quel paesaggio non si vedevano eserciti ostili; nessun movimento di veicoli o cavalli nemici - sembrava - da lì al cuore della Russia.

Il *podporuchik* e la sua truppa, nel frattempo, dovevano essersi trovati la via sbarrata dalle paludi.

Costeggiandole in cerca di un passaggio verso est, probabilmente avevano scorto il sentiero che fendeva il crinale, e forse avrebbero tentato la sorte attraverso quella gola stretta. Heida ordinò ai suoi uomini di scendere lungo il pendio est del crinale e aspettare.

Dalla quella parte, il piede boscoso della collina nascondeva il sentiero infossato. Uomini a cavallo sarebbero rimasti invisibili fino all'ultimo secondo. Heida, comunque, agì in base ai calcoli e all'istinto. Quando la pattuglia russa emerse e prese a raggrupparsi, la trappola era pronta. Per dieci secondi, forse, le truppe si trovarono faccia a faccia con le armi spianate, gli ulani intorno ai russi. Il loro giovanissimo comandante aveva l'aspetto sgomento di chi sa che ogni via di fuga ormai è preclusa. Ma avrebbe preferito la morte alla cattura? Heida, la cui inventiva faceva gli straordinari nel momento del bisogno, nel suo miglior francese ordinò a Mourek: — Sergente, faccia arrivare qui i rinforzi nel giro di cinque minuti.

Mourek, che al contrario degli ufficiali dello Zar non capiva una parola di francese se non *champagne*, ebbe il buon senso di ribattere: — Ai suoi ordini, *Herr Oberleutnant!* — Niente di più, ma quella frase fece il suo effetto sul *podporuchik* dalle labbra a forma di ciliegia e dai baffi neri, che rassegnato alzò le braccia, imitato dai suoi uomini.

Per Heida l'impresa più difficile fu non mostrare stupore per la sua stessa abilità tattica. Fare prigionieri era quanto di meglio potesse succedere in ricognizione; e non era stato sparato un colpo. Dato che solo di rado le pattuglie coprivano lo stesso territorio, una volta tornati al crinale gli ulani imboccarono il sentiero sterrato per Majdan Wielki, in mani austriache, il luogo in cui era stata allestita la centrale degli interrogatori. Mourek e due soldati scelti cavalcavano in coda per controllare i prigionieri bendati; il resto degli ulani seguiva ai lati, e Heida guidava il gruppo con l'ufficiale russo, al massimo diciannovenne e troppo avvilito per obiettare. Si lasciò sfilare il revolver, e se dimostrò abbastanza orgoglio da tacere la sua missione, rispose comunque a una o due domande, in un francese migliore di quello di Heida.

A Majdan Wielki i prigionieri furono consegnati al controspionaggio. Heida fece un rapporto dettagliato, ricevette i complimenti di un colonnello dallo sguardo austero e si entusiasmò a tal punto da dover accettare un sorso di grappa per calmare la respirazione.

Solo quando raggiunsero la stradina che portava al luogo d'incontro concertato, cominciò a considerare che avrebbe dovuto riferire ai superiori che Czitò aveva lasciato passare una pattuglia russa – circostanza che mitigava significativamente la sua soddisfazione. Mourek contribuì a complicare la faccenda. Scompigliando la nebbia, raggiunse la testa del gruppo e chiese di vedere la mappa dell'ufficiale.

— Considerato che abbiamo seguito l'itinerario piuttosto fedelmente, *Herr Oberleutnant*, direi che lo sparo che abbiamo sentito veniva da qui. — Puntava con l'indice a forma di martello verso l'area della radura in cui avrebbero dovuto incontrarsi con gli ussari. — Con il permesso del tenente, faremmo meglio a entrare in questi boschi di betulle con le armi in pugno.

Così fecero. Dal margine alberato, la radura colma di nebbia assomigliava a un pozzo magico traboccante di vapori. Nessun suono, nessuna figura distinguibile al centro, fatta eccezione per un cavallo spettrale che pascolava senza cavaliere. — Non sono ancora arrivati — osservò Mourek, e subito si morse la lingua. Il cavallo era sellato, e la sella era dell'esercito. Accanto al cavallo, qualcos'altro appariva e scompariva alla vista.

— È il maggiore! — Pistola alla mano, il sergente smontò di sella con l'agilità di un acrobata. Heida lo seguì a cavallo.

A capo scoperto, Czitò era inginocchiato nell'erba in una posizione poco dignitosa, improbabile per un ufficiale. Esitando all'improvviso davanti all'opportunità di fare un altro passo, Mourek si infilò i guanti nella cintura. — Forse non si sente bene — ragionò ad alta voce. — *Herr Major*?

— Non si muove affatto — replicò Heida.

La testa di Czitò non era reclinata sul petto, non esattamente: era incassata fra le spalle, come quando ci si abbandona allo sfinimento allentando i muscoli del collo. Di conseguenza il volto era abbassato, ma di poco. Sembrava fissare qualcosa a un metro di distanza da lui, o giù di lì, nell'erba bagnata. E dal foro di proiettile in fronte – fra gli occhi, il lavoro di un tiratore scelto – era stillato così poco sangue che il colpo fatale sembrava accidentale e quasi innocuo.

L'arma di Czitò era ancora nella fondina al suo fianco, il guanto destro penzolava dalla cinghia che lo assicurava al polso. Il *czako* di feltro dell'ussaro era rotolato sull'erba.

— Guardava a est, e non ha avuto il tempo di rispondere al fuoco — disse Mourek. — I cecchini russi nascosti nei cespugli l'hanno preso.

Heida si accovacciò accanto al corpo, controllando l'equipaggiamento. — E chi altro potrebbe averlo *preso?*

Quando Mourek andò a recuperare il cavallo di Czitò, il baio fece un unico scarto di lato prima di lasciarsi afferrare le redini. *Non è caduto di sella in questa posizione,* stava pensando Heida. *Forse era smontato per cercare delle tracce, o per un'altra buona dozzina di ragioni. Ma quando è successo, e perché era qui da solo?*

Da una certa distanza i colori dei cavalieri austro-ungarici – non c'era dubbio – erano visibili anche nella nebbia: in varie combinazioni di rosso e blu, stavano al colore terra gialla delle uniformi russe come le farfalle tropicali alle falene. Il tiratore scelto del *podporuchik* aveva sparato dall'interno del bosco, e se era così, quando? Mentre Mourek parlava ai soldati, ritti sulle selle in un silenzioso semicerchio, Heida si premurò di recuperare il *czako* del maggiore. Sotto la coccarda del copricapo, al feltro si era attaccata una lappola con i suoi uncini. Heida rimosse con cura l'involucro secco di semi. *È la prima vittima del nostro gruppo. Jiri Vilem non ha forse detto che uno di noi su cinque morirà in guerra? Ci sono cinque ufficiali nello squadrone, e il maggiore Czitò è il venti per cento ussaro.* L'egotismo della considerazione lo colpì in modo sgradevole, ma gli era venuto naturale farla. *È morto in ginocchio... che modo di toccare la gloria!* Ma non sembrava molto glorioso, solo estremamente definitivo.

Un suono metallico dai boschi alla loro sinistra fece saltare di nuovo gli ulani in sella. Heida e Mourek si voltarono con la pistola in mano, il braccio destro teso, nella tensione che precede il combattimento.

Gli ussari uscirono in colonna dal folto ed emersero nella radura attraversando una pozzanghera. L'arma di Mourek si ritrasse. — È la pattuglia del maggiore.

Gli ungheresi si avvicinarono; anche loro avevano abbassato le carabine appena riconosciuta la controparte boema, ma lentamente, uno alla volta. Il sergente maggiore in comando spronò il cavallo per passare davanti agli altri. — *Foehadnagy Grof* von Heida, cosa è successo?

— *Oermester* Pars. — Riconoscere il grado dell'altro in ungherese fu la massima concessione di Heida prima di passare al tedesco ufficiale. — Siamo appena arrivati anche noi. Perché non eravate con il vostro comandante?

Il sottufficiale rivolse uno sguardo sgomento al corpo esanime del maggiore. — Ma, tenente... credevamo che fosse venuto verso la vostra pattuglia. Abbiamo perso di vista il maggiore oltre tre ore fa. Si è allontanato a cavallo poco dopo la partenza, dandoci l'ordine di adempiere al compito assegnatoci. Così ci siamo divisi in due gruppi, come da ordini, e abbiamo continuato separati oltre il crinale, verso il nodo ferroviario di Miedniki.

— Perché mai il maggiore Czitò avrebbe dovuto unirsi alla mia pattuglia?

— Ha detto solo che stava cavalcando verso di voi, *Foehadnagy Grof* von Heida. — Confusione, risentimento, una nota di sospetto si dipinsero sul volto arido di Pars. — Abbiamo supposto che voi due aveste ordini ulteriori.

Il giudizio sprezzante di Rozhmberk su Czitò tornò alla mente di Heida, per quanto vergognoso fosse pensare che l'impreparazione, o peggio, la paura, potessero aver spinto un maggiore a cercare il sostegno di un tenente. Percorse con lo sguardo la radura, in cerca di tracce diverse da quelle dei cavalli austro-ungarici. — Avete avvistato unità nemiche?

— Sissignore. — Pars smontò di sella ed estrasse una mappa per indicare il punto. — Dieci uomini in tutto, che procedevano da nord a sud. Tolto il maggiore noi eravamo sette, e avevamo ordine di non ingaggiare combattimenti. Quindi abbiamo evitato ogni contatto e abbiamo proseguito. A Miedniki c'è da segnalare un campo di lino in fiamme dietro la ferrovia, e alcune fattorie saccheggiate a est di Lemieszow. Con il suo permesso.

Andò a chinarsi sul cadavere di Czitò, già circondato dai suoi compagni. Quando lo mise giù, la testa del maggiore si reclinò all'indietro, e lui l'accompagnò reggendola per la nuca fino a terra. Ne compose gambe e braccia. Sottovoce, gli ussari si scambiarono parole irose fissando gli uomini di Heida. — È dura perdere uno dei nostri — brontolò Pars a nome di tutti, come se gli ulani fossero in qualche modo responsabili.

Solo le tracce lasciate dalla pattuglia di Heida e dagli ungheresi erano visibili sull'erba della radura, che al centro assumeva una sfumatura bluastra. Il foro insanguinato sulla fronte di Czitò sembrava viola, come se in quel giorno nebbioso un filtro stesse mutando i colori delle persone e delle cose.

— Avete sentito sparare?

— Solo un colpo intorno alle sette, *Herr Oberleutnant*. — Pars alzò gli occhi dal corpo. — Pietà di Dio, ecco che cos'era: la pallottola del cecchino!

Non ci fu molta scelta, dopo. Il corpo del maggiore fu caricato sulla sua stessa sella e portato al campo, in una cavalcata cupa e silenziosa.

Praga

Alle nove, in una mattina di impazienti nuvole di pioggia sospese sopra i giardini del Belvedere, Frau *M.* lo vide al *Café Slavia*, prima che Meisl prendesse il tram per il Comando di Corpo d'Armata. Era vestita di grigio perla, non dissimile dalle nuvole minacciose di fuori. — È naturale che tu debba andare, Zalman, se senti di voler andare. — Si prese una ciocca di capelli fra due dita, lentamente, e se la fece scivolare dietro l'orecchio. Nel salone dalle linee essenziali, il minuto orecchino sul piccolo lobo dava una sensazione di delicata vulnerabilità, ma lei era lungi dall'essere fragile. Percepiva che Solomon non era il tipo di uomo che annuncia le sue intenzioni allo scopo di farsene dissuadere. — Le ragioni per cui desideri unirti all'esercito non sono importanti quanto la tua decisione di farlo. Non ti affliggere a cercarne.

Meisl posò i gomiti sul tavolo. Giunse le mani sotto il mento barbuto e la guardò. Si chiese se avendo ritrovato la sua donna a una distanza di così tanti anni, il sentire di dover partire per la guerra significasse qualcosa. Era vero che la sera dell'assassinio dell'Arciduca, nove settimane prima, aveva annunciato a Heida di voler rispolverare i suoi vecchi manuali di chirurgia. Gli impedimenti burocratici l'avevano condotto a girare a vuoto, come spuma all'ansa di un fiume. Non era probabile che arrivasse il suo turno al fronte se non lo avesse specificamente cercato: il successo professionale, la maturità e le relazioni personali facevano pendere la bilancia dalla parte di una tranquilla prosecuzione del suo lavoro, con il vantaggio ulteriore di un aumento di clientela, "dato che Marte" – nelle parole del suo vecchio professore di medicina legale – "favorisce Venere".

Desiderava forse rivendicare per sé il privilegio di cui parlava la principessa Lobkowicz?

— Sono previsti diversi passaggi — ragionò abbassando gli occhi dallo sguardo diretto e sereno di Gisela. — Trovare un sostituto affidabile per il mio studio a Praga, chiudere quello di Karlsbad... o viceversa, visto che le terme verranno certo impiegate come luogo di cura e convalescenza per le truppe. Bisognerà tenere *Frau* Platzer, naturalmente, a meno che non decida di raggiungere i suoi nipoti a Pribram; in quel caso dovrò cercare un'altra governante.

— Sembra che tu abbia già pensato a tutto. — *Frau* M. sorrise. Non disse, come avrebbe potuto fare un'altra donna, "Ti aspetterò qui", o "L'uniforme ti si addice", o "Mi spaventa l'idea di saperti lontano". Gli tese la mano senza guanto dall'altra parte del tavolo. — Scegli liberamente, Zalman, è già abbastanza difficile.

E avendole detto di amarla, Meisl sentì il dono prezioso delle sue parole, perché gli aveva detto che sì, anche lei lo amava.

Alla sede del Comando, in piazza Radetzky, il suo arrivo fu anticipato. L'aiutante di turno, un colonnello con una testa calva come una palla da biliardo, prese l'attenzione dei suoi superiori all'interessamento della principessa Lobkowicz come un ordine di provvedere al medico a tutti i costi. Eccezionalmente, il capo dell'ospedale militare di piazza Carlo era stato convocato per dare il suo punto di vista. Lo fece immediatamente, anche se non nel modo in cui sperava il colonnello.

La competenza di Meisl, affermò, sarebbe stata molto più utile dietro le linee, dove avrebbe potuto contribuire all'acceso dibattito sulla *prostituzione bordellizzata*, come la definì. — La conoscenza del dottor Meisl della posizione dei professori Blashko, Flesch e Mendel contro i bordelli dell'esercito è confortata dalla discussione seguita alla sua apprezzata conferenza di qualche giorno fa. Il dibattito di certo andrà avanti, e Praga può solo guadagnarci a far sentire la sua voce in merito.

Meisl poteva anche aver lasciato il cuore al *Café Slavia*, ma la sua mente era più che mai presente. Aspettandosi obiezioni simili, mise in tavola le sue carte. — Dato che autorità come Kuhn e Möller suggeriscono che siano chiusi tutti i bordelli e consigliano la moderazione sessuale da parte di soldati e ufficiali, credo che la voce di Praga nella questione possa essere superflua. Caro collega, io credo fermamente che l'istituzione di bordelli per l'esercito, per quanto sgradevoli essi possano risultare al nostro senso etico, sia assolutamente necessaria. Il soldato sposato e con una certa virtù resisterà alla tentazione come alla lusinga di qualunque altra trasgressione. L'uomo la cui lussuria è infiammata dal "libidinoso retroterra" del conflitto, per usare le parole di Hirschfeld, troverà un ambito nel quale i suoi istinti potranno essere contenuti. Temo che in assenza dello sfogo appropriato, il secondo tipo di uomo possa essere tentato di scaricare la sua energia sessuale contro donne e ragazze innocenti – e non solo quelle che appartengono a nazionalità nemiche.

Il colonnello gongolò. — Bene, questo risolve tutto! Mi sembra che il dottor Meisl, qui, comprenda perfettamente quel che serve ai militari. Dove altro potrebbe trovare migliaia di soggetti a disposizione e un campo di ricerca migliore dell'imperialregio esercito? Siamo fortunati che abbia considerato di prestare i suoi servizi alla Patria, e assicureremo che sia fatto tutto il necessario per accoglierlo fra noi.

— È tutto troppo affrettato — intervenne il primario. — Direi addirittura avventato...

Il colonnello strinse la mano di Meisl con un inchino secco della testa rasata.

— Sciocchezze. Signore, ha già provveduto alla sua uniforme?

Meisl fu preso alla sprovvista dalla rapidità con cui le cose stavano evolvendo. Rispose di non averlo fatto, e nemmeno aveva conservato la divisa di sottotenente d'artiglieria che molto tempo prima aveva usato per il servizio militare.

— Non importa, non importa, la fabbrica *Zvolsky* a Smichov sta facendo gli straordinari per rifornirci. Se necessario, possono confezionarle un'uniforme su misura. La Patria non può aspettare! Quando ha in animo di partire? Abbiamo un convoglio diretto in Galizia domani a mezzogiorno.

Territorio russo

Quando, durante l'avanzata di Dankl verso est, la tenuta di Mazzara era stata presa, il suo proprietario aveva scelto di restare, qualunque cosa succedesse. Aveva licenziato la nutrita servitù e si era ritirato nel padiglione estivo, un grazioso edificio di dieci stanze dello stesso rosa cammeo del resto della casa. Portali intagliati, false colonne, bordi color crema e cornicioni ondulati sopra le finestre; ogni stucco punteggiato di muffa decorava il padiglione come l'edificio principale e le mura. All'ingresso della tenuta si apriva un prato ben curato, ma intorno al padiglione – che sopra la porta esibiva una rosa dei venti e tre parole in lingua italiana: *Camera dello Scirocco* – cominciavano subito i boschi.

Di tutte le imposizioni fatte dagli austro-ungarici, Jan Stanislas Urbansky von Mazzara si era opposto solo (e invano) all'occupazione dello *chalet* del guardiacaccia, in cui una certa madame Sabine Lipa, appena arrivata da Leopoli, aveva provvisoriamente insediato l'alloggio per sé e le sue ragazze. Al di là di questo, nelle due settimane di occupazione imperialregia si era limitato a trasferire nel padiglione parte della sua biblioteca, insieme agli oggetti più delicati e alla sua collezione di licheni.

A prima vista, il conte Mazzara non aveva alcunché di polacco. Nato nel 1860 da madre siciliana, era un uomo piccolo e scuro, col volto sottile di un levantino. Gli occhi azzurri avrebbero potuto tradire la parte slava; ma a chi aveva interesse ad ascoltare, non esitava a dire che erano i suoi avi siciliani quelli dai tratti chiari, e che, per quanto ne sapeva, era il sangue degli antichi stupri turchi sulle donne polacche a renderlo bruno. Un intricato albero genealogico lo imparentava con uno degli ufficiali di lord Nelson e le sue vittorie nel Mediterraneo. Aveva modi squisiti, e pativa in dignitoso silenzio l'invadenza di due squadroni a cavallo, i loro richiami di tromba, le linee telefoniche tirate dagli ingegneri austriaci e l'esilio interno nel suo padiglione estivo. La sua parola d'onore gli garantiva la libertà di movimento e la prosecuzione delle sue attività venatorie e di raccolta dei licheni.

Dopo che Heida ebbe fatto rapporto – ambivalente dal punto di vista emotivo, data la cattura dei prigionieri da una parte e la perdita di Czitò dall'altra – il capitano Rozhmberk, a quel punto il più alto in grado, convocò gli ufficiali dello squadrone ussaro, e tutti e sei rimasero intorno a un tavolo per un'ora buona. Non poterono spiegare il comportamento di Czitò, né poté farlo l'addolorato sergente maggiore Pars, quando fu chiamato. I ranghi si fecero inquieti allorché furono controllate le carabine di tutti quelli che avevano partecipato al pattugliamento: una procedura umiliante, ma necessaria per scagionarli dall'eventuale accusa di aver sparato il colpo fatale, che gli uomini di Heida presero molto male.

Si sarebbe dovuto avvisare il Quartier generale dell'incidente. Rozhmberk, già di umor nero per via dell'ordine di rimandare indietro i suoi cani, prese la morte di Czitò come corollario di un complotto del Fato ai suoi danni. Da uomo a uomo, a Heida, nella sala di lettura dai tappeti rossi della defunta contessa Urbansky, disse: — Maledetti ungheresi. Sapevo che era un codardo. Ora dobbiamo spremerci le meningi per stendere un rapporto credibile su un ussaro che si allontana per andare a farsi ammazzare da un cecchino al suo primo giorno di guerra.

Siccome aveva gli stivali infangati, Heida rimase fuori dai bordi del tappeto orientale. — Questo non lo sappiamo.

— Perché, cosa vuoi dire?

— Che non era il suono di un colpo di fucile.

— Tu ti trovavi nei boschi, lontano, c'era la nebbia, e comunque che differenza fa? I fucili russi e le rivoltelle Nagant usano lo stesso tipo di proiettili. Sarà stato un colpo di pistola russa, allora.

— Non sono un esperto, ma chiunque l'abbia colpito gli ha sparato alla stessa altezza. — Era un momento buono come un altro, così Heida decise di rivelare ogni cosa. — Devo riferire un altro dettaglio sulla morte del maggiore, *Herr Rittmeister*. La sua Frommer, malgrado fosse riposta nella fondina quando l'abbiamo trovato, aveva sparato da poco. Per non innervosire gli uomini non ho detto loro nulla, ma ho trovato il tempo di estrarre la pistola e annusarla. Eppure i soldati e io abbiamo sentito un solo sparo, non due.

— Be', non diresti anche tu che è improbabile che abbia avuto il tempo di riporre l'arma dopo essersi preso una pallottola in mezzo agli occhi? Potrebbe semplicemente non averla pulita l'ultima volta che l'ha usata. Mi aspetto di tutto da un ungherese. Quanto all'unico suono, due pistole possono sparare nello stesso momento.

— In un duello, forse, non in guerra. Chieda a Mourek, glielo confermerà.

— *Non* lo chiederò a Mourek. — Rozhmberk camminava avanti e indietro senza requie. — Senti, Karel: finché eravamo in servizio di guarnigione, i tuoi giochi investigativi potevano anche essere divertenti. Ma adesso siamo in territorio russo; per quanto ne sappiamo, potremmo addirittura essere oltre le linee nemiche. *Non* cominciare a ricamare intorno alla morte di Czitò. Sul serio. Se solo ci provi, ti faccio rapporto.

— Non voglio cominciare a far nulla. Ma il maggiore Czitò ha abbandonato i suoi uomini durante una missione per andarsene per conto suo. Se aveva degli ordini speciali, dovremmo almeno esserne informati, in modo che smettiamo di interrogarci in merito. L'*oermester* Pars riferisce che anche loro hanno sentito un singolo sparo, meno di venti minuti dopo che Czitò era partito in direzione della mia pattuglia. Immagino che da parte del maggiore si sia trattato di una scusa. Non l'abbiamo mai visto, quindi, se aveva un appuntamento, non era con noi. — Heida si sforzò di non distogliere lo sguardo da Rozhmberk, che aveva la faccia scura. — Il tenente russo è rimasto zitto quando gli ho esaminato il revolver Nagant. Erano stati sparati due colpi dal suo tamburo, e tutte le carabine

Mosin-Nagant dei suoi uomini erano state usate in precedenza. Ho chiesto a chi conduce gli interrogatori di vedere cosa riescono a cavare da tutti loro.

Tormentando con lo stivale la frangia dell'elegante tappeto, Heida trasse un respiro profondo. — Come se non fosse abbastanza, i soldati del maggiore Czitò si comportano in modo strano, quasi fossimo noi i responsabili della sua morte. Sono tutti individui adulti, Dio del cielo, con i capelli grigi e i segni dell'età: dovrebbero avere più buon senso.

I dubbi infastidiscono in fretta i soldati. Con un moto d'impazienza, Rozhmberk si voltò, lasciandosi alle spalle il centro della stanza per guardare verso la finestra. I tre cani di Urbansky von Mazzara, un vecchio *retriever* da riporto e due bastardini vivaci, erano intenti a correre allegramente per la proprietà, mentre i suoi danesi attendevano nelle stalle di essere condotti lontano dal fronte. — Va' a controllare cosa combina il polacco, Karel. Non lo vedo da tutta la mattina, e Dio sa quanto non mi serva che sgattaioli dai russi, parola d'onore o no. Probabilmente sta catalogando i suoi funghi, ma va' a fargli visita – vedi se gli serve niente.

Prive del loro giardino d'inverno, le stanze al pian terreno del padiglione riecheggiarono all'incedere degli stivali di Heida come la cavità di una grande conchiglia. Un armadietto a vetri, con in mostra una collezione di armi da caccia, tintinnò al suo passaggio. Mazzara aveva ordinato che fossero rimossi gli alberi di agrumi e le piante, per fare spazio ai suoi mobili preferiti: a quel punto le palme dalle foglie larghe, gli alberi di limone e gli aranci premevano dall'esterno sulle vetrate delle porte e delle finestre, esotici e sperduti sullo sfondo dei boschi nebbiosi.

Gli arredamenti delle case antiche erano tutti uguali. Tele scure che coprivano intere pareti, sedie dalle gambe tornite, specchi dorati. Un tavolino quadrato con le gambe arcuate era praticamente il gemello di quello che nonna Lobkowicz aveva nel suo salottino; le poltrone in bambù dalla fitta trama a nido d'ape erano cariche di cuscini di velluto scoloriti. Quando Heida bussò alla porta accostata dello studio, attraverso lo spiraglio vide Mazzara disteso su una *chaise longue* con una coperta fino al petto e un libro in mano.

— Avanti.

Siccome Heida, la cui unità era stata l'ultima ad arrivare, era andato subito a presentarsi e aveva mostrato un interesse da lettore nella sua biblioteca, la cortesia di Mazzara nei suoi confronti era meno artificiosa di quella riservata ai suoi colleghi. — *Perché la scritta italiana all'ingresso del padiglione?* — aveva soddisfatto in precedenza la curiosità del giovane. — *Perché nelle tenute siciliane la* Camera dello Scirocco *è uno spazio scavato nel sottosuolo, arredato con panche di pietra e addirittura fontane, dove passare le ore soffocanti delle giornate estive, al riparo da quel malefico vento africano. È superfluo dire che nessuna brezza simile viene a infastidirci qui in Galizia, sicché non vi è alcuna necessità di scavi, e il nome che ho dato al padiglione è puramente metaforico. Ogni uomo senziente dovrebbe avere una stanza così.*

Quel giorno, levando gli occhi dal libro, disse: — Ah, tenente... Mi perdoni se non mi alzo. Come vede, non sto bene: un attacco di gotta.

— Mi dispiace. C'è qualcosa che possiamo fare per lei?

Mazzara si posò il libro sul petto, lentamente. Come la maggior parte della sua biblioteca, il volume era in francese, ma sotto la mano del lettore Heida scorse parzialmente il titolo: *Le Comte de Mon...*

— Quello che *potreste* fare, tenente – e che potrebbero fare anche i russi, cioè togliervi dai piedi – non lo farete di certo. Quindi sorvoliamo, ma grazie comunque per aver chiesto. E a proposito di domande, mi sbaglio o c'è stata un po' d'agitazione, là fuori?

Il ritorno della pattuglia doveva essere stato ben visibile dalle grandi finestre del padiglione, così Heida sentì di dover dire: — Abbiamo perso un compagno d'armi.

— Un ufficiale?

— Il comandante ussaro, il maggiore Theodor Czitò.

Mazzara batté le palpebre. Fu un movimento improvviso degli occhi, come quando a qualcuno viene gettato un oggetto in volto.

— Czitò? — La voce rimase garbata. — Non lo conosco. Deve essere stato uno degli "ospiti" che non si sono presentati. C'è un vecchio cimitero dietro il mulino della tenuta. Sono certo che vi si possa trovare uno spazio per il suo superiore caduto. E a meno che non divenga necessario farne una stalla per i cavalli, la cappella di famiglia dovrebbe essere disponibile.

È tale e quale a nonna Lobkowicz quando rimproverava i prussiani. Heida evitò qualunque commento e si congedò. — Grazie, riferirò la sua offerta ai miei superiori.

A metà pomeriggio non era stata ancora presa alcuna decisione sul corpo di Czitò, in attesa di istruzioni dal Quartier generale. Heida e Mourek stavano pianificando i pattugliamenti del giorno successivo, quando le truppe in avanscoperta nelle campagne tornarono dalla nebbia. Nell'aria c'era una punta di gelo, e ben presto cominciò a piovere. Gli uomini si rifugiarono nelle loro tende, i cani di Urbansky von Mazzara corsero in casa.

Alle otto, dopo che era stato servito il caffè, Rozhmberk diede agli ufficiali riuniti a tavola delle novità a sorpresa. Le truppe prussiane, reduci della vittoria a Tannenberg, erano state trasferite in treno al fronte meridionale per sostenere l'alleato austriaco. Un'ondata di "Cosa?" e "Quando?" accolse l'annuncio.

— Alcuni dei loro ufficiali potrebbero essere qui già domani. — Rozhmberk tagliò corto. — Prego, nessun'altra domanda. Alziamoci, piuttosto, per fare un brindisi in onore del nostro compagno caduto prima di congedarci.

Quando uscirono dalla stanza, però, prese da parte Heida di nascosto dagli altri. — Si figuri un po'. Per espressa richiesta della vedova, il corpo del maggiore Czitò dovrà essere trasferito a Cracovia.

Come tutti i suoi colleghi, Heida aveva reagito alla notizia dell'interferenza prussiana sul fronte meridionale con un certo risentimento e con l'orgoglio ferito. Le parole del capitano lo distolsero dal suo rimuginio. — A Cracovia? E perché non a Esztergom?

— E che ne so *io*, Heida. La signora deve avere amicizie altolocate, perché per noi è un disturbo non da poco. Mi stupisce che abbia appreso la morte del marito in tempi tanto stretti – a volte passano delle settimane. E nessuno al Comando di divisione si è preoccupato della condotta del maggiore durante il pattugliamento, su cui le garantisco di aver fatto rapporto. Gli alti gradi gli stanno coprendo il didietro per motivi che ignoro, ma quei motivi possono anche restare segreti, perché non sono certo curioso di conoscerli.

— Finché gli alti gradi non dicono che stava venendo incontro alla mia pattuglia…

Rozhmberk stava a gambe larghe, come cavalcasse il corridoio: era fiero delle sue gambe arcuate da cavaliere, e tese le ginocchia nelle braghe. — Ma guardatelo — sghignazzò — questo bamboccio di Mala Strana che comincia a mettere i denti! Era così ingenuo prima di conoscere quel medico circonciso. Scherzo, Heida. E complimenti per aver fatto dei prigionieri; *ich gratuliere mich.* Stasera le toccherà pagare da bere agli ufficiali dello squadrone da madame Lipa. Ho sentito dire che con il maggiore Czitò ha perso un cliente abituale, quindi sarà lieta di incontrarci.

— D'accordo. — Heida non aveva ancora visto lo *chalet* del guardiacaccia, e non gli fu difficile accettare l'invito.

— Mi dica, *Herr Rittmeister*: per caso il maggiore Czitò e Urbansky von Mazzara si conoscevano?

— Ne sarei sorpreso. Si sussurra che Czitò aveva cercato di evitare l'incarico in Galizia. Se non gli fosse servita una promozione, non avremmo mai avuto il piacere di avere lui e i suoi ungheresi fra noi. Perché?

— Il conte Mazzara aveva un'espressione strana quando ha saputo della morte del maggiore.

— Be', non ha motivo di amare nessuno di noi.

— Era solo un'impressione. Entrando nel padiglione, ho notato dal tintinnio del vetro che l'armadietto delle armi era aperto. — Alle finestre del corridoio, le gocce che scendevano oblique contro i vetri avevano già l'insistenza di una pioggia autunnale, e un suono malinconico. — Mi ha detto di soffrire di gotta, ma il mio inutile attendente, che se ne è andato a funghi invece di stirarmi l'uniforme, sostiene di aver visto il conte Mazzara mentre si dirigeva verso i boschi questa mattina presto.

— Il suo attendente, Heida? È tardo perfino per uno slovacco. Inoltre, Mazzara potrebbe aver avuto un attacco di gotta dopo la sua passeggiata. Non è un prigioniero, sa. Da madame Lipa fra un'ora, e porti i soldi! Niente baccano, vogliamo rispettare il lutto degli ussari, ma ringrazi che non sono ancora arrivati i prussiani, o dovrebbe placare anche la loro, di sete.

Il Salone Lipa non era esattamente *il* Salone Lipa. Sarebbe a dire che la sede originale era a Marienbad, sulla strada che portava a Tepla, dietro la barriera profumata di tigli che le dava il nome. Nel salone era consentito giocare a carte, ma non scommettere; l'alcol si doveva acquistare in loco; il grado non contava (ma gli ufficiali subordinati potevano accedere a orari diversi da quelli dei superiori); i pernottamenti erano severamente regolati, e dovevano essere autorizzati e pagati per intero in anticipo. C'erano a disposizione fotografie artistiche dei migliori studi di Praga, in versione seppia e dipinta a mano, che andavano dagli scatti in *deshabillé* alla candida esposizione delle parti intime. Le signore ricevevano gli ospiti completamente nude, con i capelli acconciati, i gioielli e delle ciabattine turche. Madame Sabine Lipa, quando era presente, accettava solo visitatori dal rango di colonnello in su.

E mentre la maggior parte delle tenutarie si accontentava di requisiti minimi – vita stretta, fianchi larghi, cosce carnose e un seno tondo, se non necessariamente generoso – *Frau* Lipa dalle sue impiegate esigeva tre o quattro ulteriori qualità: dovevano parlare correntemente due lingue (l'*yiddish* non valeva come idioma), suonare uno strumento (il piano o il violino), ballare il tango in maniera esperta e reggere il liquore meglio di un sergente dei Dragoni. L'ultimo requisito era obbligatorio, tanto che anche in presenza delle altre caratteristiche, la scarsa tolleranza all'alcol precludeva l'assunzione.

La sede invernale del salone fino a un mese prima era stata Budapest, seconda solo a Vienna per numero di Comandi e guarnigioni militari. Dall'inizio di luglio una versione itinerante del bordello aveva graziato Leopoli, nota anche come Lvov, sulla strada curva fra la Caserma del Chiostro Rosso e la chiesa del Carmelo. La guerra, malgrado la Quarta armata di Auffenberg, l'aveva cacciata di lì prima dell'assedio russo; così, come un'ape regina in testa al suo sciame, Sabine *Sa-Sa* Lipa aveva cercato un nuovo favo. La tenuta di Urbansky era una sosta nel trasferimento, e solo poche delle api operaie potevano raccogliere il miele negli alloggi ristretti del guardiacaccia.

Comunque, viaggiando con bauli di attrezzature che comprendevano abiti, biancheria per il letto, tende, tappeti, specchi, quadri incorniciati, due gigantesche felci in vaso e la raffinata riproduzione in marmo di una statua greca (fatta su ordinazione a Firenze), le ragazze della Lipa erano in grado di allestire la loro scenografia in due ore nette, trasformando qualunque ambiente in un locale sofisticato.

All'ingresso dello *chalet,* sotto un'esposizione irta di corna di cervo, un impudente ufficiale ulano aveva perfezionato la Venere con qualche tocco del belletto della sua ragazza sulla punta dei seni di marmo. Entrando, un Rozhmberk lucido di pioggia mandò un bacio alla statua e annunciò: — Oggi Heida ha fatto dei prigionieri, quindi paga da bere a tutti noi... ma non più di una bottiglia a testa, è solo un tenente.

Cracovia, Galizia, venerdì 4 settembre

Meisl arrivò a Cracovia sotto una pioggia senza vento. Le nuvole basse nascondevano la cima della collina di Wawel, un

Hradcany in miniatura ai suoi occhi di praghese. La linea ferroviaria era la stessa che arrivava da Vienna, entrando da nord. La guerra, lì, sembrava molto più vicina. Alla stazione centrale, dove Meisl scese, tutti i trasporti erano militari, e medici e barellieri aspettavano i feriti sulla banchina.

Un collega della clinica anatomica doveva andarlo a prendere, accompagnarlo all'ospedale militare numero 15 e poi agli alloggi in cui avrebbe preso congedo dai suoi abiti civili. Lungo i binari, i medici dell'esercito andavano e venivano preoccupati, e un odore di acido fenico si spandeva ogni volta che le ambulanze aprivano i portelli per accogliere il loro carico. Divenne chiaro molto presto che il suo contatto non era lì, quindi Meisl lasciò il bagaglio al deposito e fece a piedi le poche centinaia di metri per arrivare all'indirizzo della clinica in via Copernico. Si vergognava a chiamare un taxi mentre tutto intorno a lui uomini in bende insanguinate tremavano sulle barelle.

Il collega – il suo nome era Wolfszahn, malgrado i suoi denti ricordassero quelli di una pecora più che di un lupo – gli diede il benvenuto all'ingresso dell'ospedale. Dopo i saluti di circostanza e le spiegazioni generali, si scusò per aver mancato l'appuntamento. — Mi trova un po' *bouleversé,* come dicono i francesi, perché ho appena accolto il corpo di un cugino acquisito, vittima fresca del fronte russo. Ma venga, si levi dalla pioggia, è zuppo. Manderò a prendere i suoi bagagli mentre aspettiamo un'automobile.

Mentre attendevano la vettura, Wolfszahn ebbe il tempo di approfondire la storia del cadavere speditogli dal fronte. Meisl lo ascoltava in silenzio. Disorientato da una notte insonne dopo il suo ultimo incontro con *Frau* M. e dal lungo viaggio in treno, assecondò la sua naturale inclinazione a stare comunque a sentire. La vittima era un maggiore degli ussari, apprese, ucciso a sud di Lublino. Appena era stata dichiarata la guerra, sua moglie aveva chiesto in via riservata al cugino a Cracovia di far portare il corpo, nello sventurato caso di un incidente fatale, alla clinica anatomica prima che a casa, a Esztergom. — Lo sa come sono le donne, non riescono a rassegnarsi al pensiero di perdere il loro compagno per un destino cieco.

L'automobile era in ritardo, e Meisl cominciò a interessarsi alla storia di Wolfszahn abbastanza da chiedere di vedere il corpo.

Abbassando il telo che copriva il cadavere, Wolfszahn non smise la sua espressione perplessa, a labbra serrate. — Davvero, non capisco perché mia cugina abbia insistito che i poveri resti di Theodor fossero mandati qui: cosa c'è da approfondire in un'eroica morte sul campo? Come minimo avrà una citazione. La carriera dei suoi figli è assicurata.

Alla luce elettrica – il pomeriggio piovoso era buio – Meisl si chinò sul corpo in uniforme. Con gesti consumati controllò la rigidità degli arti, deducendone che la morte era intervenuta circa trentasei ore prima. Notò il terriccio sulle ginocchia dei pantaloni, il fango secco intorno ai tacchi e ai bordi degli stivali. — Non è stato ucciso durante una carica, desumo.

— No, durante un pattugliamento. Come c'era da aspettarsi, i suoi commilitoni gli hanno amorevolmente pulito il volto: i margini della ferita ora sono meno indicativi della distanza e della posizione del tiratore rispetto a lui.

Meisl diede un'occhiata al foro del proiettile. — Comunque i bordi intorno sono piuttosto regolari. Il proiettile è stato sparato da una posizione frontale, direi, e alla stessa altezza. Era in sella o era smontato da cavallo al momento della morte?

— Era inginocchiato nell'erba.

Spiegava il terriccio sulle ginocchia. — Inginocchiato? — si interrogò comunque Meisl ad alta voce.

— Ho visto cose più strane. — Wolfszahn gli diede un rapporto dettagliato dell'incidente, arrivato insieme al cadavere. Ancor prima di leggerlo, la curiosità di Meisl montò appena vide il nome dell'ufficiale che l'aveva firmato: Karel Heida. L'arrivo dell'automobile interruppe l'informale esame *post mortem.* Passando per le strade al crepuscolo, andarono alla cittadella dell'ospedale militare numero 15. Lì, Meisl trascorse una mezz'ora da solo con il primario, un anziano chirurgo che aveva presieduto più corti marziali di quante non amasse ricordare. Aveva iniziato la carriera come ginecologo, e salutò la specializzazione del nuovo arrivato come la comparsa di uno spirito affine. Poi fu la volta della casa su via San Sebastiano, dove alloggiava parte del personale sanitario. — Sempre che non abbia urgenti impegni di servizio — disse Wolfszahn a Meisl stringendogli la mano — apprezzerei il suo parere riguardo Theodor prima della sua partenza per il fronte. Sembra che lei sia un esperto di decessi per arma da fuoco, che siano o meno cagionati dalla guerra. Possiamo cenare insieme?

Le scale erano buie, e a Meisl mancava già la modernità di Praga. Armeggiò con la chiave nella serratura, entrò nel suo alloggio, trovò un interruttore e accese una fioca lampada a sospensione. — Prima di accettare il suo invito, devo sapere se ci sono motivi diversi dall'affetto, professor Wolfszahn, che rendono sua cugina ansiosa riguardo il decesso del marito. Altrimenti non vedo cosa vi sia di eccezionale in una triste morte sul campo.

— Non posso rispondere alla sua domanda. Theodor era singolarmente riservato in merito alle sue faccende. Noi parenti abbiamo avuto l'impressione che la sua carriera fosse seguita con un occhio di riguardo, ma la sua esperienza a Vienna risale a oltre vent'anni fa: un lungo periodo per restare "cari alla Corona". La famiglia desidera escludere altre possibili cause di morte, tutto qui.

Nel rapporto che Meisl aveva intravisto in clinica, il tenente Heida scriveva di ritenere che il maggiore Theodor Czitò fosse solo al momento dell'attacco, lontano dai suoi uomini, e che la sua arma, malgrado avesse sparato di recente, *era nel fodero*. Quest'ultimo dettaglio, negando da una parte la teoria del singolo colpo sentito dai soldati, precludeva anche la fantasiosa ipotesi di un duello, durante il quale due armi avrebbero potuto far fuoco nello stesso istante. Oppure no?

— Mi unirò a lei per l'autopsia — dichiarò Meisl — a condizione di conoscere tutte le circostanze della vita del maggiore che suggeriscano alternative possibili alla morte per mano nemica. Non abbiamo molto tempo per elaborare una teoria. Dopo che mi sarò presentato a rapporto, domani, i miei doveri mi assorbiranno per intero.

In effetti, durante la deprimente mezz'ora che aveva trascorso con il primario dell'ospedale militare, Meisl si era fatto un'idea di quel che si celava dietro i titoli altisonanti dei giornali. La battaglia per Leopoli era persa, eppure le vittime che gremivano la stazione dei treni non venivano da laggiù. — *Sembra che Auffenberg abbia ordinato di abbandonare malati e feriti mentre la Quarta armata procede a evacuare la città. Avrebbe schierato le truppe slave e ungheresi come ultima barriera-cuscinetto per coprire la ritirata delle unità austriache. Si teme che prigionieri e caduti siano decine di migliaia, e non so dire quanti sopravvivranno alla cancrena e al tetano. Non le posso nascondere, Meisl, che l'attende un lavoro disumano.*

Da solo, sul pianerottolo buio, dopo aver salutato il collega, con la pioggia che sferzava di fuori, Meisl sentì affollarsi su di sé gli eventi delle ultime ventiquattro ore. Aveva davvero lasciato Praga, la sicurezza della sua carriera, tutto quel che aveva puntigliosamente costruito negli anni, per *quello?* Il baratto sembrava perverso. A quell'ora *Frau* Platzer aveva finito di riporre il servizio con il motivo "Francesco Giuseppe", proteggendo i piatti nuovi con cartone e paglia. Gli oggetti nel suo studio giacevano solitari, il giorno e la notte si sarebbero alternati sulla Niklasstraße, e sulla casa di Gisela a Neu Hof... Quanta della sua sicurezza di sé veniva da quei luoghi familiari, da quella routine ben collaudata? Era deliberatamente passato da una realtà nota a un mondo strano, le cui regole doveva imparare dal principio. La firma di Heida sul rapporto dell'esercito, il sospetto di un possibile delitto sembravano i soli legami con la sua vita precedente, e Meisl si trovò ad aggrapparsi a quei piccoli elementi di familiarità. Wolfszahn sarebbe tornato a prenderlo nel giro di un'ora, eppure lui indugiò sul pianerottolo, ascoltando la stessa pioggia che cadeva sulla città perduta di Leopoli, sul glorioso esercito imperialregio intento a tracciare egoistiche linee etniche mentre fuggiva.

Le parole sentite all'ospedale militare numero 15 gli risuonarono nelle orecchie. — *Non bastassero le notizie della ritirata, Meisl, mi amareggia riferire degli abusi dei quali le nostre forze si sono macchiate, specie nella Galizia orientale, i cui contadini considerano alla stregua di sovversivi simpatizzanti dei russi. Un soldato morente ha confessato lo stupro di tre giovani ragazze, ma si è giustificato dicendo che lo aveva ordinato il suo comandante, dopo che un compagno era stato ucciso da un proiettile vagante. Abbiamo notizia di casi di castrazione su entrambi i fronti, non dissimili da quelle giunte dalla Serbia il mese scorso. Un capitano la cui* vita – *così chiamano il membro maschile – è stata mozzata con una roncola a Krasnik, sta agonizzando al secondo piano...*".

Si aspettava che la guerra fosse diversa? Da anni Meisl non entrava in una sinagoga per la preghiera del *sabbath.* Quella sera, indossata l'uniforme, prese a destra in fondo a via San Sebastiano e cercò il tempio al limite del vecchio ghetto, alla fine della strada. Tornò in tempo per vedere i fari dell'automobile dell'esercito avvicinarsi al suo portone, e schizzare acqua da una pozzanghera prima di fermarsi.

Territorio russo

La giornata al fronte era stata quantomeno interessante. Ben piantato e grigio a quarant'anni, il nuovo arrivato tenente colonnello Edwin von Sickingen portava i capelli a spazzola e aveva baffi curati, corti, ispidi sul labbro superiore. Sorrideva poco, non amava le feste né l'umorismo che si scatena intorno ai brindisi, partecipava alla Messa domenicale con la solennità di un convertito. Le sue prodezze a Tannenberg gli erano valse riconoscimenti ai più alti livelli, dettaglio che aveva influito sulla scelta dell'Alto comando tedesco di spedirlo laddove risultava necessaria la precisione prussiana.

In privato non faceva mistero del suo disprezzo per i capi dell'esercito austro-ungarico, derivante non solo dalla sua osservazione della loro capacità di comando, disastrosa sul fronte meridionale (e orientale), ma anche dalle storie raccontate da suo padre, i cui soldati avevano sgominato il fiore della nobiltà austriaca a Sadowa. Sickingen, però, non era tanto cieco da non saper fare eccezione per certi giovani ufficiali di Sua Maestà Apostolica, sempre che avessero *la stoffa*, come invariabilmente definiva le qualità di resistenza, lucidità e intraprendenza che ai suoi occhi distinguevano un futuro comandante.

Il venerdì pomeriggio, subito dopo il suo arrivo, gli bastò un'ora di conversazione con gli ufficiali di cavalleria per concludere che, per quanto concerneva gli ulani, la stoffa era rappresentata dal capitano Rozhmberk e dal tenente Heida. Gli altri ufficiali, essendo sottotenenti appena usciti dalla scuola cadetti, a giudizio del prussiano erano buoni solo per fertilizzare i campi di Galizia.

Heida, come c'era da aspettarsi in virtù del suo coinvolgimento familiare, aveva studiato la Guerra delle Sette Settimane, e principalmente la battaglia di Sadowa (Koeniggrätz, come era indicata sulle mappe della *Wiener Neustadt*), con più attenzione dei suoi compagni d'accademia. Dunque, sapeva benissimo che il padre di Sickingen era stato al comando diretto del vittorioso conte Moltke su quel campo insanguinato. Sickingen, d'altra parte, era stato diplomaticamente informato dal capitano Rozhmberk della parentela con i Lobkowicz; e quando, dopo la riunione, il giovane gli fu presentato, fu lui a prendere l'iniziativa.

— Dobbiamo metterci una pietra sopra, tenente — scandì con la sua parlata lenta del nord, del tutto priva di levità. — La salute di mio padre fu compromessa da quella battaglia terribile, quindi non c'è molto da dire, ora, al di là del fatto che siamo compagni d'armi contro un nemico comune.

Heida si sentì le guance in fiamme quando parlò, con altrettanta austerità. — Il principe Francesco Lobkowicz è morto dissanguato, da solo, al buio, dopo aver guidato l'ultima carica contro i vostri fucili Dreyse.

— Motivo per il quale c'è un reggimento austriaco che porta il suo nome. — Sickingen impedì a Rozhmberk di intervenire. Disse: — Promette bene per noi e male per i russi, poter contare sui discendenti di simili uomini. Se il suo Paese avesse firmato la Convenzione di Ginevra, alcuni dei feriti di quella guerra avrebbero potuto essere soccorsi. Tatticamente, il generale Benedek avrebbe dovuto ordinare la carica mentre i nostri guadavano il fiume, invece di lanciarci contro i suoi ulani nel pomeriggio, quando siamo stati in grado di falciarli.

— Una simile manovra di arretramento gli era riuscita a Solferino, signore, e quegli ulani impedirono il vostro inseguimento. Posso ricordarle che avevamo respinto la Prima guardia prussiana poco prima che il disastro ci colpisse? — Fu come se Heida stesse ascoltando qualcun altro parlare in sua vece, perché l'impertinenza in presenza di un superiore gli era aliena quanto recitare una poesia in sanscrito. Non riusciva a comprendere da dove gli affiorasse una tale spudoratezza.

Il prussiano sbuffò. — Quando si subiscono perdite del genere fra i propri ranghi, tenente, è davvero una magra consolazione: lo imparerà. — Poi si voltò verso Rozhmberk, che era sulle spine. — La mia prima raccomandazione all'Alto comando austro-ungarico è che la sua cavalleria si renda meno visibile da lontano; ne sia prova la perdita che avete subìto non più tardi di ieri mattina. Nel giro di sei mesi, le uniformi variopinte saranno un retaggio del passato – la muta sarà completa su tutti i fronti.

— *Karel, du Narr!* — Subito dopo, Rozhmberk affrontò fisicamente Heida in corridoio, mettendolo con le spalle al muro. — È forse impazzito, lì dentro? Cosa le è saltato in mente?

— Non lo so.

— Grande idea menzionare Solferino, una battaglia che abbiamo perso! Meno male che Sickingen era in vena d'essere magnanimo. Ora si è giocato la possibilità di essere al suo comando, che è l'unico modo che tutti noi abbiamo di ottenere direttive chiare.

Quel che gli era preso, cominciò a capire Heida, era il ricordo di come nonna Lobkowicz fosse andata a Graz, dopo che l'Imperatore aveva salvato Benedek dalla corte marziale, per schiaffeggiare pubblicamente il generale sulla Jakominiplatz, "sotto la colonna dei Turchi". Cosa che sarebbe stato meglio tacere a un tenente colonnello prussiano.

Sgridato con asprezza il suo attendente per aver dormito sul lavoro, Heida si fece tanto inquieto da estorcere a Rozhmberk un mugugno di permesso per tornare a visitare la radura in cui era stato trovato il corpo di Czitò. Mentre von Sickingen trovava da ridire su ogni cosa all'interno del campo, lui indossò la sua bella *pelzulanka* per tenere alla larga l'umidità e il freddo, e si avviò.

Quasi venti ore di pioggia avevano inzuppato d'acqua il terreno. Zhizhka arrancava paziente, districando gli zoccoli da un fondo di fango e foglie in grado di far impantanare un cavallo meno capace. Rami, radici, tronchi rovesciati – una geografia di forme troppo irregolari per essere affidabili, se solo uno le guardava da un'angolazione diversa – circondavano Heida da ogni lato; eppure, in linea d'aria, la *majdan* non era lontana dalla tenuta di Mazzara. Un uomo capace di muoversi per quei boschi ci sarebbe arrivato facilmente in un paio d'ore, anche a piedi.

La richiesta di una vedova del corpo del marito e un'arma nel fodero, ecco in virtù di quali circostanze agiva Heida; in cerca di cosa, non lo sapeva neanche lui: il segno di un secondo proiettile, da qualche parte, come se la foresta avesse potuto rivelargli un segreto? Quando a metà pomeriggio arrivò sul posto, la vista delle betulle a est della radura lo convinse della futilità del suo compito. Ci sarebbe potuto passare il fuoco di una mitragliatrice senza lasciare tracce. Heida sprofondò nel fango fino alle caviglie, quando tagliò lungo lo spazio aperto per arrivare sul lato ovest, dove aveva legato il cavallo.

In un momento del genere un tiratore scelto avrebbe potuto

abbatterlo impunemente, e il pensiero lo fece trasalire di squisita trepidazione.

Che pena le insegne a lutto sui battenti del palazzo dei Czernin! Che echi di pianto nelle stanze delle donne! Heida immaginò il dottor Meisl pronunciare il suo elogio funebre, e Polyxena Kinska dietro un velo nero, pentita di averlo abbandonato solo pochi giorni prima della sua morte. *Didi chiamerà Karel il suo primogenito*, predisse con morboso egoismo, *e naturalmente nonna Lobkowicz morirà di crepacuore*. Solo quando gli stivali toccarono il terreno su cui era stato inginocchiato il corpo di Czitò, si rese conto che non sarebbe stato presente ad alcuno di quegli esiti consolatori: sarebbe stato irreparabilmente *morto*, nella sua *pelzulanka* nuova di zecca.

Fortunatamente nessuno gli sparò. Sul margine ovest del bosco, la pioggia, rotta dai rami frondosi, produceva un suono diverso, più delicato; certi alberi stavano già facendosi rosso pallido e giallo. La vecchia betulla accanto a quella dove aveva legato Zhizhka aveva un ramo spezzato. La pioggia formava fili di perle lungo i suoi ramoscelli fradici, che Heida tirò per slegare le redini. Fu allora che notò un segno sulla corteccia, la cui sottile pelle bianca appariva strappata da qualcosa che le era sfrecciato vicino per finire nell'albero di dietro, ad altezza di spalla. Il coltellino da tasca di Didi, che portava sempre con sé, risultò utile per incidere ed estrarre dal tronco il frammento di metallo. Deformato com'era, ci sarebbe voluto un esame più che attento per capire quale arma l'avesse sparato. Eppure... Heida tornò a voltarsi verso il centro del *majdan*, pensieroso.

Esploratori di entrambi gli eserciti potevano ben essere transitati di lì nei giorni passati, senza contare i cacciatori e i bracconieri abituali. Il colpo poteva essere stato esploso praticamente da chiunque: ma il segno sulla corteccia della betulla era fresco, stillava ancora linfa nel tentativo di guarire. Heida abbassò gli occhi, guardò ai suoi piedi, ma non vide nulla tranne funghi schiacciati in poltiglia.

Tornato alla tenuta, non rivelò la sua scoperta. Dopo aver portato il cavallo nella stalla, evitò con cura la stanza in cui il tenente colonnello Sickingen illustrava la battaglia di Tannenberg, e attraversando il prato rasato si avviò alla *Camera dello Scirocco.*

— I russi, gli austriaci, e ora i prussiani. Tutti quelli che hanno giocato a dadi sopra le vesti della Polonia sono qui, tenente. Aspettiamo altri? — Mazzara lo disse con un sorriso affabile, tanto che Heida non poté prenderlo come un insulto. Rimase lì a cercare una scusa per la sua visita. — Comprenderà la mia preoccupazione di questi giorni, mentre la battaglia infuria a Leopoli. Mia sorella è la superiora del convento del Cuore Misericordioso a Klasterna, ai piedi del monte Francesco Giuseppe.

Dire che a Leopoli *infuriava* la battaglia era un eufemismo, anche se come civile Mazzara non era tenuto a sapere nulla di più. Per quanto Heida avesse capito del cupo preambolo di Sickingen, tre armate austriache e quattro controparti russe stavano disegnando una spirale di cerchi che minacciava di distruggere la città.

— Lei ha l'aria di chi capisce l'importanza di procurarsi un riparo dal vento *e* dalle intemperie, tenente.

— Direi, signore, che è vero l'esatto contrario.

— Già. Allora devono essere i suoi stivali a dare quest'impressione. Riconosco il mio errore, e spero vorrà perdonarmi.

Heida si era pulito con cura le suole e i tacchi, ma era rimasta qualche significativa traccia di fango. — Come va la sua gotta? — scelse di chiedere.

— Piuttosto male. La podagra è una tortura per i piedi. — Accanto alla *chaise longue,* su un tavolino dalla superficie di vetro, ramoscelli pallidi, simili ad alghe, erano disposti su fogli di carta quadrati. Quel giorno il volto di Mazzara sembrava viscido, di quel particolare grigiore che le pelli del sud acquisiscono quando il sangue si ritira dalla superficie. — Ho paura che le mie passeggiate nei boschi dovranno osservare una pausa. Non vuole accomodarsi?

Heida si sedette di fronte a lui, su una panca coperta di cuscini. Era stato seduto su una panca anche la sera prima da Madame Lipa, dove non era accaduto niente degno di nota. Aveva pagato quel che gli spettava in termini di bottiglie di champagne, era stato soprannominato in italiano *bel biondino* da una prosperosa ragazza di Riva (la compagna del capitano Rozhmberk per la serata), e se ne era andato presto. Rassegnato alla perdita delle grazie della Kinska, ne soffriva abbastanza da rifuggire i piaceri mercenari, ma non tanto da rimanervi indifferente. — Ho interrotto la sua lettura? — chiese.

— No, no. — Il libro sulle ginocchia di Mazzara era diverso da quello che aveva in mano solo poche ore prima. Adesso erano le favole di La Fontaine, in un prezioso volume in quarto, che con noncuranza posò sul pavimento accanto alla sua seduta. — Amo le fiabe francesi con gli animali, lei no?

— Le ho lette da piccolo.

Heida rimuginava. Le sentinelle avevano confermato che Mazzara era entrato nei boschi alle spalle del padiglione il giovedì mattina presto, con i suoi cani e la sua sacca per la raccolta dei licheni. Alle dieci era rientrato. Se il suo attacco di gotta era sopraggiunto fra quel momento e la una, quando Heida gli aveva fatto visita, perché mentire al riguardo?

— I licheni sono solo una scusa per le mie escursioni nel bosco, sa. È la vita animale ad affascinarmi. Quando mi vedono uscire di casa con un fucile, i miei ingenui mezzadri credono che vada a caccia. La verità è che porto il fucile perché altrimenti capirebbero il motivo per cui seguo le tracce degli animali.

— *Non* capirebbero, vuole dire.

— Vede? Anche lei è confuso. Parte dal presupposto che bisogna essere un cacciatore per seguire le orme degli animali.

— Non è così. Si può essere uno zoologo, o qualunque altro tipo di studioso interessato a questa o quella creatura.

— Creatura: che bella parola, paragonata a bestia. Sono lieto che l'abbia usata, tenente. È l'uomo l'unica bestia.

Era un filosofeggiare spicciolo; Heida non ne fu colpito. — Eppure ho visto splendidi fucili da caccia e armi di fabbricazione russa, nell'armadietto là fuori.

— Ah, sì. Mi piacciono le armi. È il mio sangue siciliano.

Fuori, la pioggia andava e veniva. Man mano che diminuiva d'intensità, spettri di nebbia tornavano a occupare gli spazi sotto agli alberi. Entrando nei boschi da dietro il padiglione, attraverso una vegetazione troppo intricata per averne ragione a cavallo, un buon camminatore avrebbe potuto abbreviare notevolmente le distanze. Heida aveva studiato e ristudiato la pianta topografica, e non solo per i suoi doveri di pattugliamento. *Da ieri ha anche pulito e lubrificato le pistole*, si trovò come una provocazione sulla punta della lingua. *Perché?* Fissò il confine del bosco, spumoso di nebbia, come un'onda gelata nell'atto di sommergere il padiglione.

Mazzara catturò la sua attenzione. — La foresta è un luogo che fa paura. — Una misura di tensione, o di disagio fisico, gli rese più bianche le nocche delle mani intrecciate in grembo.

— Sì, addirittura un luogo di morte — rincarò Heida.

— Ci crederebbe? Quel che accade nelle valli e nei borghi ricompresi nella mia proprietà, spesso mi sfugge. Le mie terre sono così vaste, tenente, che senza l'aiuto delle mappe catastali non sarei in grado di dirle fino a dove si estendono. Ne ha appena varcato la soglia, con i suoi uomini. I miei affari sono curati da gente fidata; i miei contadini sono industriosi; non c'è molto bracconaggio, e – mi dicono – la vita in generale è buona per i miei cristiani e i miei ebrei. Di questo vado molto orgoglioso.

Ostacoli all'avanzata dell'esercito. Abbattere le foreste, bruciarle: erano questi i compiti che prima o poi sarebbero stati assegnati ai soldati, qualunque cosa pensasse Mazzara. Heida osservò la sua stessa tensione. — Le sue terre si estendono fino alla Russia?

— E oltre, incontrando i possedimenti della mia defunta moglie russa. Foreste mai tagliate in mille, duemila anni, distese di terra fitte d'alberi in cui l'uomo non ha mai messo piede dal principio del mondo. Riesce a immaginare un posto dove lei potrebbe essere il primo *homo sapiens* a camminare? Sono privilegi che si ritiene abbiano solo gli esploratori di paesi lontani. E io posso godermeli nel mio cortile, per così dire, ogni volta che lo desidero.

Mazzara si sistemò la coperta sulle ginocchia, cominciando un lento massaggio. — Lei sostiene che i boschi sono luoghi di morte, come se lo sapesse per certo. Ha sentito parlare dei dipinti di animali ad Altamira?

La domanda non aveva alcuna pertinenza; forse era solo intesa a confondere. — Sono antiche pitture in una grotta spagnola — rispose conciso Heida.

— Esatto. E sa cosa significa il termine *Bos primigenius?*

Ovviamente Mazzara stava cercando di distrarlo, di impedirgli di rilevare il suo disagio e fare altre domande. Ma di tutte le lezioni di lingua che padre Jiranek gli aveva inculcato, Heida era orgoglioso in special modo del suo latino. — Certo — replicò. — Significa bue primordiale, primitivo.

— Proprio così, tenente. *Uro*, lo chiamano gli scienziati. *Tur* è il termine polacco per definire la creatura, che corrisponde al termine *Taurus*. Un grande toro domina le immagini di Altamira, tanto possente che al suo cospetto le altre creature si ritraggono atterrite. Modello del Minotauro, signore della morte, l'avo di tutti i buoi selvatici europei trascende il resto. Alla spalla, il *Bos primigenius* è alto quanto lei, il manto è ispido e nero, le sue immense corna si curvano in avanti – non si può confondere con altre razze di bestiame. Non è mai stato provato che la creatura sia scomparsa dai territori polacchi, e chi può dire cosa si nasconde laddove la foresta si fa impenetrabile? *Io* ho ragione di credere che dei poderosi *Uros* popolino ancora le mie foreste. Nient'altro che un bisonte più grosso degli altri, dicono gli zoologi, ma io so quel che so. Quasi tremila anni dopo la sua presunta scomparsa, ho udito il suo richiamo, come un tuono prolungato... e le assicuro che gela il sangue. Non ne ha avvertito l'oscura presenza nei boschi?

Appena in tempo, Heida dominò la sua giovanile tendenza a seguire l'immaginazione e a farsi abbindolare dalle storie che sentiva. *Tutto quel che ho avvertito è stata la presenza del nemico,* avrebbe voluto ribattere, ma sarebbe stato come riconoscere la bugia di Mazzara. — Quindi fa solo finta di cacciare selvaggina e collezionare licheni — osservò invece.

— Sì, a beneficio dei contadini, sapendo fin troppo bene che l'*Uro* non apprezza gli intrusi.

Heida si alzò in piedi. — È tutto molto illuminante, signor conte, e la ringrazio per la conversazione. Il dovere mi chiama altrove, ma prima di andare, potrei approfittare della sua biblioteca?

— Certamente. Che libro sta cercando?

— *Il conte di Montecristo*.

Per un istante impercettibile, gli occhi di Mazzara sfrecciarono altrove prima di ritornare a Heida. — Mi dispiace. È un titolo che non possiedo.

All'esterno la nebbia strisciava su per le mura della tenuta, scivolando in cima e riversandosi di sotto, lungo i mattoni e l'intonaco, come a rivestire quella barriera e renderla innocua. Aveva ricominciato a piovere, e l'avrebbe ben presto dissolta. Heida cavalcò da solo sul sentiero ghiaioso che portava allo *chalet* del guardiacaccia, lungo i boschi in cui le sentinelle erano chiazze rosse e blu a intervalli regolari.

A malincuore doveva ammettere di aver costruito un edificio traballante per albergare i suoi sospetti, quando forse l'ufficiale russo aveva già ammesso l'uccisione del maggiore Czitò; e in fondo nemmeno un diniego da parte del *podporuchik* avrebbe garantito la sua estraneità. Le congetture di Heida si fondavano sulla stranezza della scorreria solitaria del maggiore nella radura. Era probabile che fosse andato a incontrare qualcuno, ma il legame con Urbansky von Mazzara gli sfuggiva.

Avendo ricevuto ordini da Rozhmberk di non sottoporre ad alcun interrogatorio gli ussari di Czitò, Sa-sa Lipa gli sembrò l'ultima speranza di raccogliere qualche informazione. Poche ore prima, la reazione delle ragazze alla morte del maggiore aveva confermato la sua popolarità fra di loro, tanto radicata da dover risalire a Budapest, se non addirittura alla casa madre di Marienbad. Ma madame Lipa sapeva essere un osso duro. Quando Heida la sera prima aveva galantemente offerto lo champagne, aveva ricevuto una lezione sull'impenetrabilità all'alcol delle signore.

— *La ragione è patriottica* — aveva spiegato lei, spegnendo il suo sigaro in un posacenere a forma di cuore. — *I nostri ospiti sono depositari di informazioni militari, e sappiamo tutti quanto un'atmosfera rilassata possa stimolare la conversazione, addirittura la confidenza. È imperativo che le signore non rischino di rivelare alcun dettaglio alle orecchie sbagliate a causa dello champagne che hanno ingerito.* — E aveva ingollato il vino senza battere ciglio.

Gli occhi di Heida vagavano sulle deliziose cosce delle ragazze.

— *Significa che ci sono delle spie fra i suoi ospiti, madame?*

— *Solo se ci sono delle spie fra i suoi ufficiali, tenente.*

Se ne era andato poco dopo, percorrendo a piedi, al buio e sotto la pioggia battente, i cinque chilometri di distanza dalla casa principale, perché aveva bisogno di rinfrescarsi.

Alla sua partenza da Praga, sua madre, in lacrime, gli aveva dato in dono *Il giardino dell'amore onesto*, una raccolta di saggi sul corteggiamento ed esempi di lettere d'amore da usarsi in diverse occasioni, per scrivere a una fanciulla notata a teatro o comprenderne i sentimenti dopo un primo incontro. Era rimasto sveglio per la metà della nottata a leggere le sciocche esortazioni alla virtù, facendosi di umor più nero minuto dopo minuto. *La grazia della sua avvenente figura, che tanto fascinosamente ieri sera riluceva nel* foyer, *ha soggiogato del tutto il mio cuore...* E: *Fanciulla divina! Il più delizioso dei sentimenti che mai abbia penetrato il mio intero essere è quello che con voce risoluta oggi mi parla dal profondo dell'animo: sì, io l'amo!*

Quelle formule vuote, che in altro frangente avrebbe trovato divertenti, addirittura comiche, in quel momento lo avevano infastidito, se non proprio depresso.

Quel pomeriggio, mentre cavalcava verso lo *chalet* del guardiacaccia, ebbe il tempo di commiserarsi e inzupparsi fino alle ossa. *Diventerò vecchio e solo come il dottor Meisl*, pensò, e già la possibilità di morire in guerra si mutava nell'immagine dei grigi decenni a venire, senza una compagna, o, peggio, sposato con una delle sue lontane cugine Mitrovitz.

Nonostante l'ora, le ragazze di madame Lipa stavano ancora dormendo. La brusca cameriera che aprì la porta disse solo questo: — Le signore riposano — con il suo robusto accento ungherese.

— Sono qui per vedere madame Sabine.

Sa-sa Lipa riaccese un sigaro quando lui entrò nel salottino pieno di tappeti, e non alzò lo sguardo dalle carte da gioco. Non rubò neppure un'occhiata all'altezza della cintola dell'ufficiale, in piedi dall'altra parte del tavolo. Con voce da fumatrice, dichiarò: — Lei sa bene di essere almeno quattro gradi gerarchici sotto i miei interessi.

— Sì, madame. Mi chiedevo se potessimo parlare.

— Anche solo guardare è un privilegio — replicò la donna, e si abbottonò la camiciola di pizzo sui seni; ma forse lo fece solo perché la nudità, dopo i cinquanta, non regge a lungo l'esame ravvicinato di un uomo della metà di quegli anni. Heida, in effetti, ignorò l'operazione di contenimento con stoffa e pizzi. Fissava il tavolo delle carte, dove stava seguendo il solitario della donna. Sul panno verde c'erano sette carte, ognuna con una carta di valore inferiore, di colore contrastante, a coprirle a metà; un due nero su un tre rosso, un fante rosso acceso su una materna regina nera. Sa-sa spazzò via le carte con una mano, raccogliendole in un unico mazzo. — Sicché lei vorrebbe parlare — rispose alla sua esitante proposta. — E di cosa?

Cracovia, domenica

La sua prima mattina a Cracovia, Solomon Meisl la trascorse a incontrare i colleghi dell'ospedale, visitare i reparti, conoscere coloro i quali contribuivano alle attività dei medici – infermiere, portantini, farmacisti. A mezzogiorno ebbe l'impressione di svegliarsi da un sogno convulso, tanto intenso che la sua vita precedente, e addirittura la recente autopsia sul corpo di Czitò, sembravano essere relegati su scaffali provvisori. Semplicemente non c'era tempo. Il capo chirurgo dovette chiamarlo per due volte con il suo titolo, prima che lui lo distinguesse dal suono dell'acqua che scorreva nel lavandino.

— *Oberfeldarzt*, aspettiamo un treno di feriti per la una. Mangiamo insieme un boccone, prima che arrivi.

Consumarono dei panini frugali in ufficio, promettendosi di non discutere del lavoro d'ospedale almeno mentre mangiavano. — Per me è una regola — disse il vecchio capo chirurgo. — Immagino sia andato a letto presto, ieri sera, dopo il viaggio?

Meisl confessò che non era stato così. Appreso che aveva trascorso la maggior parte della notte a eseguire un'autopsia su un ufficiale caduto, il chirurgo indagò. — Czitò, ha detto? Ecco un nome che speravo di non sentire più.

— Be', lei ha un discutibile vantaggio su di me. Io non l'avevo mai sentito fino a ieri.

— Ma le è familiare il nome della contessa Berezov?

— Mi dispiace, no.

Il chirurgo morse il panino, masticò su entrambi i lati con la meticolosità appresa alla scuola militare e infine si tamponò i baffi bianchi. — Oh, alla fine sono passati venticinque anni, siamo colleghi, e inaspettatamente è stato richiesto un esame autoptico... Potrebbe esserle d'aiuto per mettere le cose nella giusta prospettiva. Ai tempi in cui lei stava ancora studiando medicina, la giovane contessa galiziana Berezov era dama di compagnia a Corte. Disgraziatamente per lei, la defunta Imperatrice le ordinò di tenere d'occhio quel che accadeva fra il principe ereditario Rodolfo e la sua amante ebrea...

— Il caso Vetzera!

— Sì, immaginavo che almeno di quell'episodio si sarebbe ricordato. L'arciduca Rodolfo, a sua volta, aveva ordinato a uno dei suoi compagni di reggimento di tenere occupata l'inopportuna Berezov, cosa che l'ufficiale provvide a fare precipitandola nella disgrazia. E anche se all'epoca la cosa passò per una vivace seduzione, in qualunque contesto al di fuori di quello imperiale sarebbe stata chiamata stupro. Le prove fisiche non lasciavano dubbi in merito. Il fratellastro della Berezov – aveva un nome diverso che ora non ricordo – fu messo sotto sorveglianza speciale malgrado il suo titolo e le sue vaste proprietà, per impedirgli di cercare soddisfazione nel sangue. Lo scandalo sarebbe esploso in faccia a tutti quelli coinvolti, se l'arciduca Rodolfo due giorni più tardi non fosse stato trovato morto per sua stessa mano impazzita, dopo aver ucciso la sua amante al casino di caccia di Mayerling.

— E questo, in effetti, è tutto ciò che noi abbiamo appreso all'epoca. Era un evento da non discutere.

— Sciocchezze. La cosa più triste è che la disonorata Berezov – fino a quel momento fidanzata a un Raab zu Rauenheim – si vide cancellare precipitosamente il contratto matrimoniale. Circostanza che non fece che peggiorare l'ignominiosa cacciata da Corte che aveva subìto immediatamente. — Da sopra le lenti degli occhiali quadrati, il capo chirurgo guardò l'orologio alla parete e regolò di conseguenza quello da tasca. *Nulla in lui è avventato*, osservò Meisl. *La capacità di salvare vite di quelle mani e di quello sguardo occhialuto dipende dalla misura, dal ritmo, dalla compostezza nel bel mezzo della sofferenza frenetica: una lezione degna di essere appuntata, ora che sono diretto al fronte.*

— Si legge in letteratura, *Oberfeldarzt*, che le signore abbandonano il mondo a seguito di simili accadimenti. Di tanto in tanto avviene anche nella vita reale. Questo per quel che riguarda la Berezov. Quanto alla brillante impresa del seduttore, la canaglia avrebbe dovuto essere degradata, o punita con due anni di lavori forzati per violenza carnale dall'assemblea d'onore del reggimento e dal giurì divisionale. Tuttavia, dato che per coincidenza era stato uno degli ultimi ufficiali a vedere vivo Rodolfo alla vigilia della sua dipartita, le cose furono rapidamente messe a tacere anche per quanto lo riguardava, rimpinguando la sua fidanzata (che fino ad allora era risultata inaccettabile all'Alto Comando proprio per l'assenza di una dote) con una considerevole somma di denaro. Si sposò nel giro di un mese, con sorpresa dei suoi colleghi, che ignoravano la fonte delle improvvise ricchezze dei suoi suoceri.

Meisl scosse il capo quando il chirurgo gli offrì una sigaretta. — È un episodio infame, ma in che modo dovrebbe aiutare la mia indagine?

— Il matrimonio avvenne a Buda, dove l'ufficiale – il *tenente* Theodor Czitò – si era trasferito per proseguire una carriera militare indistinta, che ai miei occhi è ben più di quanto meritasse. Non mi vergogno ad ammettere di averne seguito il decorso da lontano, come prova il mio album di ritagli. Morire a un mese dall'inizio delle ostilità, nello stesso paese in cui la sua vittima ha trascorso la sua infanzia, è una forma di giustizia poetica pressoché perfetta. Mi dica, come è stato ucciso?

— Un colpo attraverso il lobo frontale – l'area prefrontale – di un proiettile Nagant, sparato da un fucile o da una rivoltella russi. Era in piedi e si è accasciato sulle ginocchia, centrato da qualcuno a non più di quindici passi da lui. Tutto è possibile, e non avendo visto il luogo in cui è morto mi sono limitato a osservare il fatto. Il dottor Wolfszahn – cugino acquisito di Czitò – sembra convinto che ci sarà una citazione al valore, ma *entre nous*, considerate le circostanze sottolineate nel rapporto, personalmente non la giudico una tipica morte a seguito di un'imboscata.

Il chirurgo soffiò sul fiammifero acceso per spegnerlo. — Non dirà sul serio, mi auguro.

— Invece sì. Per quanto io gli abbia fatto pressione per avere dei dettagli, il dottor Wolfszahn ha affermato di ignorare qualunque incidente possa aver disturbato la carriera del cugino: una menzogna involontaria o intenzionale, alla luce di quanto mi ha appena raccontato lei. La cosa certa è che era ansioso di trasmettere i risultati dell'autopsia alla vedova.

— E a Vienna, senza dubbio. Non mi sorprenderei se questa non fosse l'ultima volta che sente parlare del maggiore Czitò. Dopo essermi occupato delle ferite della contessa Berezov, anch'io ho pensato di aver chiuso con quel disgustoso ungherese. Quanto è vero che *ciò che avrete detto all'orecchio nelle stanze più interne, sarà annunziato sui tetti*!

La profezia trovò riscontro prima di quanto non si aspettassero i due. Meisl stava iniettando del sedativo a un soldato con le convulsioni, quando un inserviente richiamò la sua attenzione alla porta della stanza del pronto soccorso, dove Wolfszahn era rimasto senza entrare. Il pavimento, sporco di sangue e urina, avrebbe potuto essere lungo chilometri, tanta era la distanza fra loro in quel momento. Meisl finì il suo turno prima di ascoltare quel che il collega aveva da dirgli in corridoio.

— ...È stato chiarito ai più alti livelli con il responsabile dell'ospedale, ed è stato predisposto il viaggio.

— Avevo avuto l'impressione che la morte di suo cugino per mano russa gli sarebbe valsa una citazione. In che misura potrebbe essere di conforto alla vedova una mia visita al luogo in cui è caduto?

I dentini di Wolfszahn si scoprirono in una schiera gialla. — Via, Meisl! Non sapevo della sua fama di investigatore quando ci siamo incontrati ieri, ma posso dirle che a Vienna sono sorpresi del fatto che sia venuto a prestare servizio in prima linea. È improbabile che tengano uno specialista in un pronto soccorso da campo, quando può dirigere faccende legate alla sanità da una posizione molto più elevata.

Meisl perdeva di rado la pazienza. L'insinuazione che le sue competenze si potessero comprare con un incarico dietro le linee gli fece andare il sangue alla testa. Dovette ricordare a se stesso che sotto il camice insanguinato ora indossava un'uniforme, per controllare la rabbia prima di dire qualcosa di cui si sarebbe pentito.

Lontano dalle orecchie di Wolfszahn, anche il vecchio capo chirurgo misurò le parole.

— Speravo di poterla tenere qui almeno una settimana, *Oberfedarzt* Meisl, in modo che potesse familiarizzarsi con le pratiche d'emergenza. È spiacevole che lei debba andare in zona di guerra per un incarico la cui rilevanza umanitaria considero nulla, e la mia immediata richiesta al Quartier Generale sarà che sia rimandato a Cracovia per un ulteriore addestramento. Comunque, avendo poco tempo, vorrei prestarle questo. — Dal cassetto della sua scrivania, estrasse un album del tipo comune fra gli uomini in carriera quanto fra le signore. — Il novantacinque per cento dei ritagli di giornale contenuti qui dentro non c'entrano con quell'ignobile mascalzone, e nulla distingue in modo particolare quelli che hanno a che fare con lui: ma ha davanti a sé diverse ore di viaggio prima di giungere a destinazione, e l'esercizio della pazienza è sempre utile.

Territorio russo

Di fronte a Heida sul prato ben curato, Mourek soppesò il frammento di piombo nella mano callosa. — È proprio un pezzo da 7 grammi, tenente, e deve aver colpito un nodo nel legno, perché si è deformato. Ma scommetto la paga che è stato sparato da una Frommer. Naturalmente potrei sbagliare.

— Eravamo tutti d'accordo che è stata una Nagant a uccidere il nostro comandante — osservò il sergente maggiore Pars.

— Sì, e il proiettile sparato contro il maggiore Czitò ha trovato il suo bersaglio. — Heida evitò di sospirare, per non dare ai sergenti l'impressione di essere frustrato dal dubbio. Come c'era da aspettarsi, Sa-sa Lipa non aveva scoperto le sue carte, tenendole strette al seno prosperoso. Tutto quel che Heida aveva appreso era che a un certo punto, nella carriera di Czitò, c'era stato un precipitoso trasferimento, dopo il quale il maggiore aveva iniziato a frequentare assiduamente il suo bordello. Quanto tempo prima? Nel 1911. I colleghi di Czitò a quell'epoca erano ancora cadetti.

Quanto ai soldati della sua pattuglia, tutti volontari, erano arrivati solo dopo l'inizio delle ostilità, quindi sarebbe stato inutile violare il divieto di Rozhmberk chiedendo a Pars o agli altri dell'improvviso trasferimento del maggiore. Disse: — Supponiamo che questo proiettile sia stato esploso dalla Frommer di Czitò: come potremmo spiegarlo?

— Non potremmo — protestò Mourek. — Il maggiore guardava a est, quindi, anche se avesse sparato – e non l'ha fatto, visto che la sua arma era nel fodero – avrebbe puntato in quella direzione, e lei avrebbe trovato la cartuccia sul lato orientale della radura.

Pars scosse il capo. — Qualunque cosa abbia in mente — si raccomandò — sarebbe meglio per gli uomini se non diffondessimo voci di omicidio ai danni del maggiore. Perché se non sono stati i russi ad ammazzarlo…

Vedendo Pars rizzare il pelo come il suo omonimo gatto, Heida lo interruppe. — Sì, come stanno i suoi uomini, *Oermester?*

— Francamente, signore, sono scontenti che il corpo del comandante sia stato portato via, perché non possono porgergli gli appropriati omaggi. Molto scontenti. Vogliono sapere perché è successo, e i nostri ufficiali non hanno risposte in merito.

Non era consigliabile menzionare un'autopsia, visto che implicava l'apertura dello stesso cranio del comandante. — La sua vedova lo voleva a casa — disse Heida scegliendo un'accettabile mezza verità, prima di mettere in tasca il frammento di piombo che Mourek gli aveva passato lanciando uno sguardo d'antipatia alla sua controparte ungherese. Per paradosso, al di là dell'emozione di uscire in pattugliamento, la morte di Czitò era stato il solo evento a sollevare l'atmosfera inconcludente che Heida aveva sperimentato dopo la gloriosa dichiarazione di guerra. Tutti i giovani ufficiali, ansiosi di combattere, mordevano il freno e vedevano la vita di campo come un iniquo prolungamento della vita di guarnigione.

Qualunque cosa, immaginò stupidamente Heida, anche una cattiva notizia, avrebbe alleviato il tedio dell'attesa della battaglia. Vedendo Mourek e Pars scattare insieme sull'attenti, si voltò in direzione dell'edificio principale, verso cui i due sottufficiali rivolgevano lo sguardo.

Il tenente colonnello Sickingen e il capitano Rozhmberk erano fianco a fianco sulla gradinata, una compagnia cui ussari e ulani avrebbero dovuto abituarsi. Più singolare era l'espressione di sgomenta serietà di Rozhmberk, che sembrava cercasse aria respirabile, come se qualcosa, all'interno, minacciasse di soffocarlo. — Tenente Heida, immediatamente a rapporto! Mourek, Pars, adunate gli ufficiali per una riunione straordinaria delle truppe.

Anche un oggetto più piccolo di uno spillo si sarebbe sentito cadere durante il discorso di Sickingen agli ulani e ai loro compagni ussari.

— Il nemico si è assicurato Leopoli e Stryi, e sta insediando un governo d'occupazione per la Galizia. I combattimenti continuano a infuriare intorno a Halicz, mentre sotto il comando di Auffenberg la Quarta armata è impegnata in una ritirata strategica a ovest. Rawa Russka e Krasnostaw dovranno essere tenute a ogni costo, e lo saranno...

Heida smise di ascoltare dopo un po'. Le parole si fecero spesse come la nebbia che li circondava. La voce lenta del prussiano scandiva nomi di luoghi – Grodek, Przemysl, Krasnik, Mikulajow – e il tenente li percepiva come suoni sconnessi, fastidiosi. Nella stanza non c'era traccia di fumo (Sickingen era contrario a quell'abitudine), eppure a tutti quelli seduti intorno al tavolo sembrava mancare l'ossigeno. Cos'era successo negli ultimi cinque giorni, come avevano fatto le vittorie e le avanzate a trasformarsi in sconfitte e ritirate? Brusilov, Russkij, Ottava armata, Terza armata... Krasnostaw doveva essere tenuta? Era quaranta chilometri più arretrata di quel campo! Il tedio dell'attesa non era nulla al confronto: la paura della guerra che li ignorava, della ritirata imposta prima del sapore del sangue, faceva star male Heida per la disperazione.

Fortunatamente, dalla nebbia di parole eruppe una frase. — Abbiamo un'opportunità per ribaltare la situazione in questo settore, signori. — Sickingen parlò nella sua modesta uniforme grigia da campo, come uno scoglio determinato a infrangere l'onda.

— Ormai il nemico è alle nostre porte. Altri due giorni di pattugliamento mentre si avvicina il mio reggimento, e poi *scenderemo in azione.*

La tetraggine si trasformò in applausi selvaggi prima che la pacatezza richiesta dal prussiano potesse essere riconquistata. Gli ufficiali si dispersero subito dopo (era mezzogiorno, ma nessuno pensava a mangiare), e in meno di un'ora la notizia aveva fatto il giro del campo.

Quanto frammentaria fosse effettivamente la situazione in Galizia, emerse da un'attenta illustrazione della mappa. Le unità austro-ungariche potevano ancora muoversi avanti e indietro lungo diversi corridoi, il disastro si poteva ancora evitare, la Seconda armata stava arrivando dal nord della Serbia, e così via.

Heida andò a recuperare il senno nei boschi intorno al padiglione. La nebbia cominciava di nuovo a salire dopo la pioggia. Nel freddo meridiano i fossati fumavano, le gocce stillavano abbondanti dai rami spostati, il silenzio era rotto dai suoi passi, e nient'altro. Nel giro di due giorni la foresta sarebbe stata lasciata all'avanzata degli austro-ungarici o al toro primordiale di Mazzara, chiunque fosse arrivato prima. Sarebbe rimasto, il conte, nella sua stanza al riparo da venti che lì non soffiavano? Cosa sarebbe accaduto a Sa-sa Lipa e alle ragazze?

E se Czitò odiava i polacchi, ne derivava che Mazzara aveva ragioni da siciliano di nascondere un romanzo sulla vendetta, e la sua presenza nei boschi il mattino della morte del maggiore?

Le tende, il recinto dei cavalli, l'invadenza dell'esercito nella tenuta stonavano con la solitudine umida dei boschi. Heida vide il vecchio maggiordomo del conte, così decrepito che su di lui sembrava crescere il muschio, passare con un vassoio coperto davanti a una guardia ulana, che lo richiamò indietro e sollevò il coperchio prima di lasciarlo proseguire verso il padiglione. Non era da lui saltare il pasto, ma Heida decise comunque di tornare dentro a scrivere delle lettere.

Mentre si avvicinava all'edificio principale, un *tac!* secco, come di legno colpito con una mazza, richiamò la sua attenzione sul retro della costruzione.

— Non entri nella linea di fuoco!

La voce di Sickingen lo bloccò mentre svoltava l'angolo, un momento prima che Heida vedesse il bersaglio di legno centrato in pieno.

— Chiedo venia, *Herr Oberstleutnant.* Non mi sono reso conto che il tenente colonnello fosse qui.

Sickingen abbassò il braccio teso, con in volto l'espressione più gradevole che era probabile avesse mai. — Questa era precisamente la mia intenzione, tenente: non essere notato. — Gli mostrò la pistola che aveva in mano, una Parabellum vistosamente modificata. — Vuole sapere che cos'è?

— No, signore.

— È un congegno americano. Si avvicini, guardi. Assicurato alla canna, questo cilindro d'acciaio serve a disperdere i gas, così che quando la pistola spara si sente solo uno schiocco, come un colpo di frusta. Si chiama silenziatore. — Sickingen procedette a una dimostrazione colpendo il bersaglio con un rumore attutito. — Il nostro esercito lo sta sperimentando per le operazioni segrete, ma lei comprenderà i vantaggi in generale di smorzare l'esplosione di un colpo di pistola. Una preziosa convenienza.

Heida rimase in uno stato di ovvia ammirazione, fissando l'arma. — Il nemico ne fa uso?

— Spero di no. Sarebbe seccante, se i cosacchi fossero già a conoscenza dell'invenzione.

— Ma si potrebbe adeguarla a una rivoltella Nagant, *Herr Oberstleutnant?*

— Certamente sì. — Puntando l'arma in una posa da manuale, Sickingen sembrò perdere interesse nella curiosità di Heida. Eppure, tirando il grilletto, si premurò di aggiungere: — Sarebbe un bel guaio se fosse usata contro di noi durante un pattugliamento.

All'ora di cena, che fosse lo stato di pre-allerta, che fosse per l'appetito intorno alla tavolata, la morte di Czitò sembrava un episodio già dimenticato. Rozhmberk si tenne il commento per sé finché fu possibile, poi, appena Sickingen si fu ritirato, si sporse verso Heida, che stava sbucciando una mela. — Che cosa c'è? È stato zitto tutta la sera, quando, a Dio piacendo, presto vivremo la vera guerra... Per inciso, fra stasera e domani notte faremo meglio a giocarci un mese di paga lei sa dove.

— Be', non siamo a Praga, dove potrei andare a mangiare dai miei genitori. Non posso giocarmela su niente, la mia paga.

— Ah! Sua nonna è ricca, di certo non le farà mancare ogni agio. Oppure può fare come l'*Oberstleutnant*, che non mangia carne, è astemio e va a letto con le galline.

Heida posò il coltello. Per un attimo fissò le due metà della mela sul piatto, con l'improvvisa, sgradevole consapevolezza che il suo controllo sulla vita non andava molto al di là di quei piccoli gesti. Eccolo lì, nel mezzo della Polonia russa alla mercé della guerra, degli ordini, delle intemperie, come una canna nella tempesta, e una mela era l'unica cosa che riusciva a dominare. *Al riparo dai venti*, aveva detto Mazzara. Di quali venti parlava, da quali cercava riparo?

Uno a uno, gli ufficiali ussari si alzarono da tavola. Fatto il saluto al capitano, si accesero sigari e sigarette e uscirono dalla stanza, senza dubbio con l'idea di rivedersi più tardi da Sa-sa. Rozhmberk li osservò andarsene, agguantò mezza mela dal piatto di Heida e se la ficcò in bocca. — Hanno ragione, sai — commentò passando di nuovo al "tu". — Mieti il grano quando il sole è alto, eccetera eccetera. Sickingen disapprova la presenza delle ragazze alla tenuta. È bene che ci muoviamo tutti, perché mi spiacerebbe far fare ignominiosamente i bagagli solo a quelle signorine.

— Giusto. — Heida masticava preoccupato la sua mezza mela, prendendone piccoli morsi.

— È tutto quel che hai da dire? Non devi fare il muso solo perché ti ho ordinato di lasciar perdere Czitò. Avanti, allegria. Ti ho detto che ho raccolto certi pettegolezzi su Sickingen, di come ha amato e perso…

Heida non prestava molta attenzione a Rozhmberk.

Eppure, dal suo chiacchiericcio alla fine emerse qualcosa. — …Lui la corteggiava con la mortale serietà di un ufficiale dell'Alto comando prussiano… Lei, diciotto anni, meno della metà dei suoi, ha scelto suo cugino, il famoso musicista, che aveva venticinque anni più di lei invece dei venti di Sickingen! Così, visto che si era già convertito al Cattolicesimo nella speranza di conquistarla, ha finito per sposare una zitella dell'aristocrazia romana – per non sprecare la conversione, oppure perché aveva rinunciato al suo sogno d'amore. E cosa fa la ragazza che l'ha mollato, se non perdere il marito a meno di due anni dal matrimonio? Così, adesso lei è una giovane vedova disponibile, e lui è sposato.

Rozhmberk sospettava che Polyxena Kinska l'avesse lasciato? Heida lo guardò a labbra serrate.

— Be', mi dispiace per lui.

— Dipende. Alla moglie italiana di Sickingen potrebbe venire un colpo, oppure l'Italia potrebbe tradire la sua alleanza ed entrare in guerra al fianco dei francesi, e allora potrebbe esserci una decisione di Sua Santità a Roma, *et voilà*! Si dice che Sickingen porti ancora al collo un medaglione con una foto della ragazza. Riesci a figurartelo?

Heida si alzò da tavola.

Fuori, intorno alla casa, la pioggia aveva saturato il terreno. Per tutto il giorno gli acquazzoni estivi si erano alternati alla pioggerellina, tenendo alla larga la nebbia. Le aiuole grondavano, e grondavano i boschi.

Nei campi intorno alla tenuta, riferì Mourek, le tende tenevano bene, e laddove erano piantate nell'erba non ci sarebbero state difficoltà. Il che significava che su altri terreni ce ne sarebbero state. La ghiaia gemeva e scricchiolava sotto gli stivali di Heida, mentre camminava dal giardino formale al padiglione. Visto di fronte l'edificio sembrava buio, ma nell'aggirarlo scorse il bagliore soffuso di una lampada attraverso la parete vetrata. Mazzara era alla sua scrivania con una coperta sulle ginocchia, intento a pulire quella che sembrava una pistola da duello a canna lunga. Sentì il tenente bussare sui vetri e gli rivolse un cenno d'invito. Così Heida ritornò sotto la pioggia battente alla porta principale, la trovò aperta e fece il suo ingresso. Lungo il corridoio, l'unica luce filtrava dallo studio in fondo, disegnando un cuneo sul pavimento. Le ante dell'armadietto delle armi tintinnarono sollecitate dai passi dei suoi stivali, e si aprirono con un lieve cigolio quando vi passò davanti. Con cautela si sfiorò la cinghia della fondina fino ad assicurarsi di avere l'arma a portata di mano, quando varcò la soglia.

Olio, stracci e spazzolini erano schierati in fila sulla scrivania dove Urbansky von Mazzara aveva smontato un'antica pistola a percussione con l'impugnatura nervata e la canna esagonale. Fra le mani, però, aveva un'arma gemella ben assemblata e luccicante, con la leva del cane ricca di intarsi già sollevata.

Galizia

Il treno di Meisl non andò oltre Jaroslau. I ponti sul San e sulla Vistola erano stipati di convogli provenienti dalla direzione opposta. Quando le porte si aprirono, dall'oscurità piovosa salì un suono di motori e carrozze, con lo scalpiccio irregolare dei cavalli ferrati e dei piedi in marcia che si fermavano prima di attraversare. Pietosamente, la notte non mostrava appieno la misura della marea in riflusso della Quarta armata. Nel suo scompartimento, gli ufficiali che erano diretti a nord per chiudere il vuoto fra la ritirata di Auffenberg e l'avanzata della Prima armata di Dankl si erano fatti sempre più taciturni. Krzeszow era la sola località che ogni tanto veniva pronunciata, a indicazione del fatto che – in treno o con altri mezzi – avrebbero dovuto tornare indietro per oltre dieci chilometri e tentare la sorte con la linea che descriveva un ampio cerchio a nord. — Avremmo dovuto prendere il convoglio per Baranow — disse qualcuno.

Meisl si chiese perché non avessero preso la tratta che tagliava il settentrione da ovest a est, da Cracovia a Sandomierz, seguendo la riva sinistra della Vistola appena fuori dal confine galiziano. Anche quella non era più percorribile? Fradicio di pioggia, un ufficiale ulano salì a bordo per cercare un collega. *Tomaszow*, *Rava-Russka* furono le risposte che diede alle domande dirette, ma era impaziente, e continuava a spostarsi di carrozza in carrozza.

Dal suo posto al finestrino, guardando fuori Meisl calcolò che il treno si era fermato a una cinquantina di metri da un ponte. All'orizzonte sud-occidentale, con un rombo basso, esplosioni pallide come bagliori di fulmini indicavano... cosa? assedi, attacchi, cannoneggiamenti? Il rapporto di Heida sull'ufficiale morto, inginocchiato sull'erba di una radura fra i boschi, assumeva i contorni di una leggenda. Decine di migliaia di uomini si stavano muovendo nel cuore della notte, aspirando solo ad ammazzarsi gli uni con gli altri.

Per tutto il pomeriggio, la sera e la notte, Meisl non aveva dormito un istante. I duecento chilometri percorsi fino a quel punto erano una sequenza dilatata nel tempo e nello spazio da lunghe attese di fronte a depositi e stazioni, dall'incrociare di treni ospedale, dal baluginio dei convogli lanciati a portare truppe fresche al macello. Aveva letto l'album dei ritagli del chirurgo fino a quando la luce del giorno l'aveva permesso, poi il treno aveva proseguito al buio, finché uno degli ufficiali aveva acceso una lampada a olio, e i volti – preoccupati, tesi – si erano scolpiti tutto intorno.

Meisl aveva continuato a sfogliare le pagine finché vecchie osservazioni, notizie risalenti a decenni prima, si erano incrociate nella sua mente con gli istanti convulsi che stava vivendo, sospeso fra due luoghi, fra due vite. Scorrendo gli articoli ingialliti e le fotografie diligentemente identificate, vide alcuni anni riassunti in appena mezza pagina; altri che si estendevano per due, addirittura tre pagine stampate a caratteri minuti. Le pagine intere erano riservate agli anniversari di Sua Maestà Apostolica e ai grandi eventi, ma nessun evento, per quanto importante, era rappresentato da più di un articolo o fotografia. Il comune denominatore era la progressione del titolare nelle differenti unità, e la carriera apparentemente indistinta e agiata di Czitò. Era arrivato a leggere l'anno 1904, quando l'ungherese era stato assegnato alla guarnigione di Pozsony.

Allorché il dondolio e il rantolo della locomotiva cominciarono di nuovo, il fragore di cannoni lontani non si sentì più, come i suoni discordi della ritirata, lo scorrere del fiume nel suo letto. L'ufficiale ulano si affrettò in cerca della porta.

— Ci sono notizie da Krasnostaw? — Per chiederlo, Meisl si alzò dal suo posto.

L'ulano replicò senza guardare. — Si dice che il nemico l'abbia occupata, non lo sappiamo per certo. Ma Dankl è uscito vittorioso da Tomaszow.

Cominciarono a muoversi. Un capitano di fanteria, rimasto seduto a masticare lo stesso sigaro spento per ore, commentò: — Bene. Abbiamo sganciato la maggior parte delle carrozze e stiamo tornando indietro.

Il treno ripercorse a ritroso gli ultimi dieci chilometri fino al raccordo di Przeworsk, o lì vicino. Il buio era assoluto. Gli ufficiali dovettero smontare e aspettare il trasferimento successivo in una casa vuota vicino ai binari. La pioggia si sfogava sulle pareti di legno; il pavimento e le scale sapevano di muffa. Era come trovarsi nell'Arca, con il diluvio che aspettava di trascinarli in quaranta giorni di flutti. I mesti compagni di Meisl bevevano da fiaschette di metallo, facendo i turni sulle due panche disponibili. Rimase vicino alla provvidenziale lampada a olio e continuò a leggere.

Aveva finito le notizie del 1907 (con un piccolo appunto di un documento reggimentale relativo all'assegnazione di Czitò a Steinamanger-Szombathely), quando un conducente in uniforme scivolò all'interno e scattò sull'attenti. — Sono venuto per portarvi fino a Zawichost — informò i passeggeri. — Poi i signori ufficiali dovranno cavarsela da soli.

Ci vollero altre due ore, durante le quali la futilità dell'incarico divenne tanto evidente a Meisl da dargli voglia di abbandonarlo appena ce ne fosse stata occasione, per tornare dove c'era bisogno di lui. Era grottesco pensare a un luogo devastato dalla guerra come a una scena del crimine, e il suo recarsi laggiù era un insulto alla ragione. Intorno a lui, gli ufficiali meditavano chini sulle mappe e si scambiavano idee su come continuare per le loro destinazioni. Meisl, che per quanto ne sapeva era diretto dove i russi avevano già sfondato le linee, subì una bizzarra metamorfosi dalla passività alla testardaggine quando un ufficiale di fanteria osservò che procedere oltre Zawichost era impensabile.

— Qualcuno deve pur passare — obiettò, come se l'inutilità delle sue consegne fosse redenta dall'impossibilità di svolgerle.

— Nessuno ci riesce. È semplice, *Herr Oberfeldarzt*: non può proseguire.

A Zawichost, però, Meisl si accorse che qualcuno, dopotutto, a est ci stava andando. Prima sentì un canto profondo dallo spazio invisibile al di là dei binari: parole tedesche, ma non una canzone austriaca, un suono lento e caparbio quanto le marce suonate con corni e fanfare a Praga erano vivaci e vacue. Grigio su grigio, alla luce fioca dei camion spinti al minimo, teorie di soldati formavano l'immagine evanescente di un cingolato composto, uomini-animali-macchine.

— Che soldati sono quelli? — chiese Meisl a un'ombra dall'elmetto chiodato.

L'ombra produsse un suono di tacchi battuti. — Siamo dell'artiglieria prussiana, diretti a Krasnostaw.

— Come si fa a unirsi al vostro convoglio?

— Può chiedere al capitano Kesselring, è l'ufficiale reggimentale in carica.

Mazzara ascoltò senza interrompere, le mani scure impegnate a montare gli elementi dell'antica pistola sulla scrivania, finché l'arma finita non fu identica alla sua ben oliata gemella. Calcio a calcio, posò le due pistole da duello una di fronte all'altra. Dopo che Heida ebbe finito di parlare, sotto i suoi occhi aprì il cassetto superiore e ne pescò un panno di lana ripiegato. Mentre ci si puliva le dita, disse: — È vero che non conoscevo di persona il maggiore Czitò. Non le ho mentito. Eppure venticinque anni fa il suo defunto collega ha offeso me e la mia famiglia in maniera così ingiuriosa che la sua morte difficilmente avrebbe potuto lavare l'onta.

Aveva imparato a dissimulare l'ira, oppure non vedeva motivo per cedere a quell'emozione? I suoi occhi luminosi erano illeggibili. Se Mazzara avesse recitato un testo mandato a memoria, la sua voce non avrebbe potuto essere più pacata. Al confronto, Heida si rodeva dentro.

— Poche persone conoscono i fatti, tenente, e io non ci tengo a metterla a parte degli odiosi dettagli. Sia sufficiente dire che, dato che all'epoca abitavo a Leopoli, sono stato sottoposto a detenzione preventiva dal governo austriaco per timore che cercassi una sanguinaria vendetta. La sorprende? La mia discendenza meridionale mi rendeva sospetto agli occhi di chi, per ragioni *superiori,* intendeva garantire il benessere di Czitò. — Mazzara impedì con un piccolo moto del panno di lana il tentativo di intervenire da parte di Heida. — No. Ora lei dovrà esercitare la sua pazienza e ascoltare. Consideri che per due anni, separato a forza da mia moglie e impossibilitato a mettere piede in Galizia, sono vissuto qui in uno stato di isolamento pressoché totale, un Edmond Dantes dei giorni nostri. Uomini migliori di me hanno perso il senno per molto meno! Ma vede, questa era la terra dei miei avi, e ho scoperto che nelle foreste anch'io, il sofisticato uomo di città, potevo trovare cose interessanti, se solo avessi avuto la volontà di imparare. Per lei e i suoi uomini questo è un teatro di guerra. Per me, le piante, gli animali, la favola del mitico *Uro*, ogni cosa è divenuta una fonte di consolazione. Alla fine, questo padiglione è diventato il prodotto reificato di quella consolazione, costruito per permettere alle mie piante del sud di condividere la terra con le loro controparti del nord, grazie al calore sicuro delle pareti di vetro. L'ho chiamata la *Camera dello Scirocco* per le ragioni culturali che le ho già esposto, ma specialmente perché è divenuta lo spazio simbolico del mio scampo dai malevoli venti della vita, fra cui quello della vendetta è il più terribile.

Quando Mazzara raddrizzò la schiena contro la poltrona, le caviglie e i piedi malati gli spuntarono per un istante da sotto la coperta, e lui li nascose alla vista con una smorfia. — Nei momenti di maggiore tensione – e converrà che la guerra e la presenza del suo esercito qui meritano tale definizione – mi sforzo di ricordare a me stesso dell'intrinseco errore di cercare una riparazione violenta. In questi casi il mio memento è la rilettura de *Il conte di Montecristo,* la storia di vendetta più terribile di Dumas, l'unico libro della mia biblioteca che non presto. È un'opera pericolosa nelle mani di un lettore giovane o ingenuo, tanto che per il protagonista sarebbe stato più adeguato l'appellativo di Montesatana che di Montecristo. Lei è giovane e ingenuo, tenente Heida, come dimostrano i suoi puerili sospetti sul mio conto. Lei non *sapeva* nemmeno che nella mia vita esisteva davvero un motivo per odiare Czitò, eppure in virtù di pochi indizi – un romanzo francese, le armi che regolarmente pulisco, forse addirittura la passeggiata che ha precipitato l'aggravarsi della mia malattia – in cuor suo lei mi aveva già condannato. Ora viene qui, cosa che le fa onore. Ma si guardi da una tale fretta: come l'ozio, è opera del diavolo. E *diabolus*, dopotutto, significa "calunniatore".

Il fatto che Mazzara riuscisse a tenere un'aria tranquilla e una voce pacata mortificava Heida ancor più della rabbia. Il pianto della pioggia, di fuori, rifletteva il suo sentimento.

— Non so nemmeno da dove iniziare per scusarmi, conte Mazzara.

— Ebbene, i suoi sospetti non le hanno dettato alcun'azione, che è più di quanto possa dire dei magistrati di Sua Maestà Apostolica. E la sua lezione l'ha appresa in privato, circostanza che risparmia imbarazzi a entrambi. Nel giro di poche settimane arriverà l'autunno, e non ci vuole un grande stratega per capire che ben presto sulle teste di tutti noi soffieranno venti più forti. Spero che troverà il suo riparo da essi.

— Non considererà l'ipotesi di lasciare la tenuta?

— Mai. Può non sembrare così, ora... ma questa *sarà* di nuovo Polonia.

Heida aveva altre cose da fare quella sera, eppure avrebbe preferito crogiolarsi nel suo senso di colpa. Disse, voltandosi per uscire: — La leggenda degli *Uros* nei suoi boschi è solo questo, vero? Una leggenda...

— Era intesa a ricordarle che la vita è molto più complicata di quanto crediamo.

La distanza dal locale di Sa-sa sembrò più scura, lunga e solitaria che mai, e molto più deprimente di quanto la destinazione giustificasse. Dentro suonava un grammofono, le luci al piano di sopra erano accese, e quando Heida rifiutò di lasciare la sua *czapka* alla vecchia ungherese, lei lo coprì di insulti incomprensibili. La fortuna volle che Rozhmberk fosse al piano terra, con la rosea ragazza che parlava italiano sulle ginocchia. Con il naso nella coppa di champagne, fraintese l'irritazione di Heida. — Sei un po' in ritardo per buttare la paga con le signorine — ancora il "tu" fuori ordinanza — ma bevi qualcosa, ce n'è per tutti. Unisciti alla festa di sopra.

— Posso avere un momento con il *Rittmeister*? — Heida parlava senza guardare direttamente Rozhmberk, per via della ragazza. Un barlume di natiche scoperte, sotto un corsetto di stecche di balena, si levò di fronte a lui quando il capitano scavallò le gambe spingendo giù la bionda dalle ginocchia. — Dammi dieci minuti, dolcezza — le disse, e al suo subordinato: — D'accordo, ma fai in fretta.

Le parole uscirono dalla bocca di Heida come se fosse stato

qualcun altro a pronunciarle al suo posto. — Ho bisogno di vedere le piastrine identificative di tutti gli ussari che hanno partecipato al pattugliamento di giovedì mattina.

Rozhmberk infilò di nuovo il naso nel bicchiere, lo sollevò dopo un istante e smise di sorridere. — Lo sapevo che il tuo silenzio non presagiva nulla di buono! A che scopo? È stata una maledetta pallottola russa ad ammazzare Czitò: *lascia perdere*. Inoltre abbiamo già controllato le armi dei soldati – di quelli del maggiore e anche dei tuoi.

— Temo di dover insistere.

— Tu sei fuori di testa. Far prigionieri ti ha dato al cervello! Prima mi ammorbi con sospetti balzani su Mazzara, e ora... Che ti prende, Karel, perché non lasci le cose come stanno? Alla vigilia di una battaglia non è una buona idea creare malcontento fra i ranghi. Agli ungheresi non piacerà.

— Non è necessario che lo sappiano.

Per tutta la sera i soldati avevano fatto la fila nelle cucine sotterranee dell'edificio principale, dove restavano i cumuli raggruppati delle loro uniformi mentre, del tutto nudi, pallidi o rosei, si avviavano alle vasche che li attendevano nell'altrettanto spaziosa dispensa. Unità dopo unità, con meticolosità austro-ungarica, passavano a turno nei contenitori di zinco che ogni cinque bagni venivano vuotati e di nuovo riempiti, un rituale di pulizia che presto sarebbe stato retaggio del passato, ultimo frammento della vita che avevano conosciuto nelle caserme pulite e dopo le marce del tempo di pace.

— Mourek, è il modo meno invasivo di procedere — disse Heida per sollecitare il dubbioso sottufficiale. — Quelli della pattuglia di Czitò fanno tutto insieme, e ora si stanno lavando. Entri e controlli i portadocumenti che hanno in tasca. Io monto la guardia alla porta.

Mourek obbedì. Partendo da un capo della stanza in penombra, si fermò a ogni pila di vestiti, fece scivolare la mano nella tasca destra delle braghe e ne estrasse il piccolo astuccio d'ottone che conteneva le generalità del possessore. — Acsad... — lesse ad alta voce. — Acsad... Acsad... Acsad... — E ancora e ancora. Heida rimase alla porta, a spuntare una lista e tenere il conto.

Dopo, nonostante l'eccitazione, qualunque speranza di parlare con Rozhmberk svanì. Le luci erano spente allo *chalet* del guardiacaccia, il grammofono era silenzioso, e se Sa-sa era ancora in piedi a giocare a solitario, certo non sarebbe venuta alla porta. Dal margine dei boschi, le sentinelle risero sottovoce sentendo Heida picchiare il battente contro il legno, invano.

Zawichost. Non ci avevano combattuto una battaglia centinaia di anni prima? Meisl aveva vaghi ricordi scolastici del fatto, privi di altri dettagli. Strano come un insignificante villaggio sul fiume potesse diventare un luogo in cui si faceva la Storia. In treno e sui camion, i prussiani si preparavano a muoversi. Alle loro spalle, la nebbia che saliva dalla Vistola velava ampi tratti di campagna, anche dopo che un pallore livido aveva cominciato a far intravedere la schiarita del cielo orientale.

I soldati cantavano, in chiave bassa: *Fedele, al Reno la guardia sta...*

Il capitano Kesselring finalmente gli andò incontro, mentre era ancora accanto ai binari con il suo bagaglio ridotto. — Mi dispiace di averci messo tanto, *Herr Oberfeldarzt.* Le responsabilità di preparare un reggimento per l'ultimo tratto di una marcia forzata sono gravose. — Sui trent'anni, senza barba come la maggior parte degli ufficiali tedeschi, parlava con cadenza bavarese e aveva un modo teso di sorridere, mostrando tutti i denti. — Come posso esserle d'aiuto?

A Cracovia, Wolfszahn gli aveva assicurato che il viaggio era stato pianificato nei minimi dettagli. La verità era che ai più alti livelli si ignorava quale fosse la situazione sul campo. Lo stesso Meisl aveva difficoltà a spiegare i suoi compiti al capitano. Kesselring, però, sembrava ben disposto. — Il suo incarico la porta dove siamo diretti anche noi, e dove ci ha preceduti il nostro ufficiale comandante. Costi quel che costi, arriveremo lì in meno di sei ore.

Territorio russo, 6 settembre 1914

All'alba, il telefono da campo confermò che il reggimento di Sickingen era in avvicinamento, e al più tardi a mezzogiorno sarebbe arrivato a Zholkiewka.

Radendosi davanti allo specchio di Mazzara, nella stanza da letto di Mazzara, dopo la sua notte brava Rozhmberk aveva recuperato un nobile senso del dovere, e aveva una fretta indiavolata di prepararsi. La richiesta di Heida di riparlargli da solo implicava che doveva vestirsi senza l'aiuto dell'attendente, fatto che rese la sua impazienza più affilata del rasoio con cui si stava radendo.

— Questo è troppo! — sbottò quasi subito. — Avresti dovuto semplicemente ordinargli di mostrartelo, Karel. Non è una condotta degna di un ufficiale frugare di nascosto fra gli effetti di un sergente.

— L'*Oberstleutnant* Sickingen dice che con questa guerra le abitudini dovranno cambiare. Se dobbiamo mettere da parte l'uniforme ulana tradizionale, possiamo prenderci anche altre libertà.

— *Tu* che citi un prussiano! Tua nonna ti strangolerebbe. Non avessi buttato giù uno o due cognac di troppo ieri sera, non avrei mai autorizzato quella perquisizione durante l'ora del bagno. Se i nostri colleghi ungheresi lo venissero a sapere, dovrei dare un bel po' di spiegazioni. — Il rasoio sfiorò pericolosamente i baffi di Rozhmberk, rimuovendo furioso il sapone. — A cosa serve, comunque? Steinamanger è il distretto del comando dell'Undicesimo reggimento ussaro. È ovvio che gli uomini di Czitò vengano tutti da quella zona.

— Sì, ma i soldati della sua pattuglia provengono tutti dalla stessa cittadina: Acsad.

— E allora?

— Allora è probabile che si conoscessero prima di arruolarsi volontari.

— Arruolarsi volontari o essere coscritti?

— Arruolarsi volontari. Tutti volontari per essere agli ordini di Czitò.

Rozhmberk si allontanò dallo specchio, strizzò un asciugamano a mollo nel lavandino e si pulì il sapone residuo dalle guance. Aveva fatto un lavoro migliore di quanto lui stesso non si aspettasse, quindi agguantò la sua *ulanka* e infilò impetuosamente le braccia nelle maniche. — Ascolta, ci hai già messo tutti in imbarazzo con Mazzara, e ora questo. Ripeto: dov'è la novità? Si sono arruolati volontari; si chiama lealtà magiara.

— O qualcosa d'altro. — Heida passò la cintura al capitano. — I loro numeri di reclutamento sono sequenziali. In altre parole, si sono arruolati uno dopo l'altro, lo stesso giorno. Non lo trova piuttosto singolare? Io devo sapere se è successo qualcosa, e cosa, al distretto militare di Steinamanger-Szombathely nel 1911 o giù di lì, quando, stando a madame Lipa, il maggiore è stato precipitosamente trasferito. Incidenti, disgrazie, problemi con le reclute…

— Non vedo come svuotare lo zaino di un sergente maggiore ti abbia condotto a formulare questa sciocchezza.

— Nello zaino c'erano lettere, un paio di ricevute e un modulo commerciale inoltrato a Pars da sua moglie.

Cintura allacciata, fondina chiusa, *czapka* indossata. Rozhmberk si contemplò allo specchio. — Ah! E da quando leggi l'ungherese?

— Non è necessario saperlo leggere, basta sapere quel che tutti sappiamo: come dare ordini in quella lingua, e qualche essenziale termine militare, per esempio *fegyver* – come in *Fegyvergyar.*

— La fabbrica d'armi di Budapest?

— La Fabbrica di Armi Leggere e Automatiche, precisamente, dove vengono prodotte le Frommer degli ussari e le nostre Roth-Steyr. Gli stivali…

— Cosa?

— Si è dimenticato di mettersi gli stivali, capitano. Stando al modulo, Pars ha lavorato alla *Fegyvergyar* fino alla metà di luglio, poi si è arruolato volontario. Ora, perché un tecnico specializzato di un'industria essenziale per lo sforzo bellico dovrebbe scegliere di fare il soldato quando sarebbe molto più utile al suo posto di lavoro?

Seduto sul letto, Rozhmberk si sforzò per far scivolare gli stivali di cuoio sui calzettoni. — Magari è un patriota.

— Forse. Credo che questi uomini, Pars in testa, abbiano deciso di arruolarsi volontari per scegliere dove andare, e – con un po' di fortuna – agli ordini di chi. Il perché ancora non lo so.

— E potresti non scoprirlo mai. Sickingen pianifica di mandare avanti gli ussari; il loro squadrone leverà il campo oggi pomeriggio.

— Allora il tenente colonnello Sickingen deve essere immediatamente informato dei fatti.

— I *fatti?* Non hai in mano nulla, Karel. Ti staccherà la testa a morsi, se solo lo avvicini con questa favola del fuoco amico!

— *Herr Rittmeister*, supponga che il colpo che ha ucciso il maggiore Czitò sia stato esploso da una Nagant, modificata in modo che noi non ne sentissimo il fragore, mentre abbiamo sentito quello della Frommer di Czitò quando ha cercato di salvarsi la vita. Ora, come specialista d'armi alla *Fegyvergyar*, Pars avrebbe avuto accesso ai nuovi brevetti e addirittura alle armi e innovazioni straniere, come il revolver Nagant e il congegno che attutisce le detonazioni noto con il nome di silenziatore. Quando l'*Oberstleutnant* Sickingen mi ha fatto vedere come si usa, dapprima sono caduto nella trappola di incolpare i russi per l'uccisione. Ma, a parte il fatto che non si trovavano sulla scena del crimine, le Nagant che abbiamo sequestrato al comandante russo e ai suoi sottufficiali non erano dotate di silenziatori. Non aspettandosi di essere fatti prigionieri, non avrebbero avuto alcun motivo di disfarsene o nasconderli. D'altra parte, Pars aveva tempo in abbondanza per liberarsi – Dio solo sa dove nei boschi – dell'arma russa e del silenziatore che ha usato, e per questo la sua Frommer d'ordinanza era immacolata quando l'abbiamo controllata.

— Hai prove che vadano oltre la tua immaginazione?

— No. Comunque penso che, qualunque fosse il loro movente, i soldati di Czitò l'abbiano attirato nella radura e l'abbiano assassinato. Urbansky von Mazzara parla di un *delitto* che il maggiore avrebbe commesso un quarto di secolo fa, anche se probabilmente non è stato questo a originare l'omicidio. Se ho ragione, Czitò stava guardando a ovest, da dove è arrivato con la sua pattuglia, quando Pars e gli altri l'hanno affrontato nella radura. Sono scesi da cavallo, per non calpestare con gli zoccoli l'erba del luogo in cui avevamo tutti appuntamento. Appena resosi conto delle intenzioni dei suoi uomini, Czitò deve aver estratto la sua Frommer d'ordinanza e fatto fuoco, mentre Pars faceva lo stesso. In ogni caso, la pallottola del maggiore è andata a vuoto e si è incuneata nella betulla in cui l'ho trovata. È caduto sulle ginocchia lì dove si trovava, ma prima di andarsene, i suoi soldati l'hanno voltato verso est – dalla parte del nemico – e hanno rimesso la sua Frommer nella fondina, pensando che nessuno avrebbe controllato un'arma rinfoderata.

— Ma *perché* l'avrebbero fatto?

— Non lo so, ma potrebbe saperlo la vedova di Czitò.

Girando sui tacchi, Rozhmberk si buttò la *pelzulanka* sulle spalle. L'interesse si era già trasformato di nuovo in impazienza, così aprì la porta e spinse fuori il tenente prima di uscire a sua volta.

— Tu sei pericoloso, Karel. Ti mando a prendere i prussiani al crocevia di Zholkiewka, dove non puoi fare danni.

L'incrocio, sotto un fazzoletto di cielo terso, era un mare di fango argilloso. Laddove le pozze coglievano la fenditura nelle nubi, la riflettevano con tanta precisione da sembrare buchi scavati fino all'altro capo del mondo. Come se i cieli blu australi, pensò Heida, stessero brillando nella Polonia russa. Volavano le rondini, e le nuvole correvano su boschi infiniti. Cosa aveva detto Mazzara, degli *Uros* che vagavano per le lande, con un richiamo che gelava il sangue? Dalla strada per Tarnawka, il cigolio e il fragore in aumento significavano solo che l'unità di Sickingen, a cavallo e motorizzata, stava affrontando il pantano per arrivare al crocevia. Ben presto suoni e immagini giunsero a coincidere, trasformandosi – come da aspettative – in uomini in sella ad animali o a bordo di macchine. Di inaspettato c'era l'uniforme austro-ungarica accanto a un ufficiale prussiano nell'automobile di testa. Heida si lanciò in quella direzione fra gli schizzi di fango.

— *Herr Oberfeldartz?*

Riconoscere il suo amico e mentore nelle vesti di un maggiore del Corpo medico fu quasi uno choc. La sensazione di fallimento che si era portato dentro dal rigetto delle sue teorie da parte di Rozhmberk si tramutò in un'improvvisa, inverosimile speranza di poterne provare in qualche modo la fondatezza, un processo confuso che il capitano Kesselring interruppe ripetendo risolutamente la sua domanda.

— Quanto dista la nostra meta, tenente?

— Le mie scuse, *Herr Hauptmann*. Poco più di un'ora, *Herr Hauptmann*.

— ...Dunque, accade che uno dei ritagli del 1911, che apparentemente illustra un incidente in cui un giovane ebreo perse la vita, provenga da un giornale sionista magiaro, la *Ungarländische Jüdische Zeitung* di Bettelheim. Non il genere di foglio che un chirurgo cattolico dell'esercito compra abitualmente; nondimeno non è sfuggito alla sua attenzione, perché è scritto in tedesco, e per un motivo specifico. Ecco qui il ritaglio, in alto a sinistra sulla pagina dell'album. Come sto per spiegarvi, costituisce uno sfondo credibile per la teoria che il tenente Heida vi ha poc'anzi esposto.

Meisl aveva chiesto e ottenuto che per il momento solo Sickingen e Rozhmberk assistessero al delicato rapporto preliminare sulla morte di Czitò, frutto dell'ora di viaggio trascorsa in macchina con Heida dal crocevia di Zholkiewka, dopo che il tenente aveva affidato il suo cavallo a un caporale prussiano.

Intorno alla tenuta, i soldati austro-ungarici e tedeschi – molti dei quali sarebbero morti nel giro di una settimana – si preparavano a partire. Gli ordini e i richiami di tromba echeggiavano flebilmente nella pioggia. L'unico cambio di programma, ordinato in via precauzionale, era che gli ussari non avrebbero marciato davanti agli altri.

— L'articolo riferisce di un'esplosione a Guens, nell'Eisenberg dell'Ungheria, dove l'Undicesimo reggimento ussaro della vicina Steinamanger quell'anno era impegnato nelle manovre estive. Imprevedibilmente, un proiettile vagante d'artiglieria ha centrato in pieno l'ufficio di reclutamento locale. Al di là della vittima ebrea, di conseguenza, ci sono stati dieci *gentili* morti e diciotto gravemente feriti, ragazzi di campagna cresciuti in groppa a un cavallo e convinti che fare i soldati fosse più agevole che spingere un aratro. Stavano facendo la coda solo per chiedere informazioni; per arruolarsi sarebbero dovuti andare a Steinamanger.

Rozhmberk, accasciato sulla sedia, si raddrizzò. — È stato reso noto il nome dell'ufficiale coinvolto?

— No, e non appare nemmeno in questo articolo. Ma è ragionevole pensare che fosse Czitò, visto che il capo chirurgo ha incollato accanto al ritaglio una notizia del periodico dell'Esercito Imperial-regio che indica il trasferimento del maggiore da Steinamanger a Pozsony lo stesso giorno della disgrazia.

— Un altro distretto militare, e un'altra unità.

— Il Sesto reggimento ussaro, esatto. L'esplosione a Guens avrebbe potuto passare per una fatalità, specifica l'articolo, non fosse stato per il dettaglio che in quella particolare seduta d'addestramento non avrebbero dovuto essere usate munizioni da guerra. Ma lor signori conoscono meglio di me il detto: *Fa' la guerra come fosse manovra, fa' le manovre come se fossero guerra.*

— Avremo bisogno di una lista di nomi delle reclute morte, magari anche di quelle ferite.

— Non si erano ancora arruolate, capitano, quindi non appaiono in alcun documento militare. Ma tre quarti dei ragazzi – compreso l'ebreo, l'unico di cui viene fatto il nome – venivano da Acsad, un posto abbastanza piccolo per presumere che tutti quelli che ci abitano in un modo o nell'altro siano imparentati. Oserei dire che la documentazione locale, civile e religiosa, confermerà il fatto. Forse addirittura i numeri di arruolamento sequenziali che il tenente Heida ha notato sui documenti personali degli ussari si riferiscono al giorno del terzo anniversario dell'esplosione.

Fino a quel momento, l'austero Sickingen non aveva detto una parola. Era rimasto seduto con la testa massiccia sulla mano, posa che per un tenente colonnello prussiano poteva essere segno di profonda angoscia.

— Se dovessimo accertare — intervenne gravemente a quel punto — che un manipolo di padri e fratelli sono ricorsi a questo per punire un ufficiale dall'incompetenza criminale per il lutto che ha causato, allora ogni commento sulla giustizia dell'esercito sarebbe davvero triste. Le prove sono circostanziali finché non otterremo una confessione o dei riscontri più concreti. Se dovesse essere provata la colpa, bisognerà fare di loro un esempio, o nei ranghi si scatenerà l'anarchia. E il gesto in sé rimarrà fonte di scandalo, anche dopo la sanzione. — Alzandosi in piedi, il prussiano sovrastò gli altri ufficiali. — Signori, devo conferire con il vostro Comando e il mio, prima di dettare delle direttive al riguardo. Tenente, mi segua.

Rozhmberk rimase nella stanza con Meisl, la cui incarnazione militare stava osservando fin dal suo arrivo con un misto di divertimento e disprezzo.

— Scuoierà Heida per questo — predisse — io l'avevo avvisato. Voi due avete il pallino di creare guai, ma da un ebreo me lo aspetto. Da un aristocratico, no.

Meisl sorrise per evitare di irritarsi. — E che mi dice dei guai che sembrerebbero aver creato i soldati di Czitò?

— Io ci piscio, sugli ungheresi e le loro faide; sono peggio dei siciliani. A proposito, se ancora pratica il suo mestiere, il mezzo italiano proprietario della tenuta sta male per la gotta. Lo trova nel padiglione estivo con i suoi cani e i suoi funghi.

Imbarazzato per il suo errore, durante il viaggio in macchina dal crocevia Heida non aveva condiviso con il medico i suoi sospetti su Urbansky von Mazzara. Il risultato fu che Meisl – che per paradosso sapeva dell'aristocratico polacco più di chiunque altro, lì – gli fece visita ed ebbe con lui una gradevole conversazione, senza riconoscerlo come l'uomo la cui tragica storia aveva sentito a Cracovia.

La tregua meteorologica non sarebbe durata a lungo. Gli squarci di cielo terso si stavano richiudendo sopra la linea degli alberi, e il vento umido risuonava nei boschi come una marea crescente. Prima del calar della notte avrebbe piovuto di nuovo, dando ai soldati un assaggio delle fatiche a venire. L'*avanzata* si mutò in *ripiegamento*, perché ripiegamento era un termine meno doloroso di *ritirata*. Nella luce crepuscolare, a un'ora di distanza, l'imbattuto reggimento prussiano aspettava al crocevia che l'alleato austriaco si unisse alla marcia.

Secondo l'esito delle consultazioni di Sickingen con il suo Comando, i soldati della pattuglia di Czitò sarebbero dovuti comparire davanti a un *militärauditor* di lingua ungherese, sempre che "le circostanze lo permettessero". Chiaramente, un giudice militare con quelle caratteristiche non era a disposizione nei paraggi, quindi l'altra scelta – affrontare Pars e i suoi subordinati con un'imputazione formale – divenne lo scomodo compito del prussiano per la sera. Conferì dunque con gli ufficiali dello squadrone ungherese. Aspettando di essere chiamati dentro, Meisl e Heida camminavano sulla ghiaia di fuori, sotto un cielo sempre più plumbeo.

A Heida i racconti sugli *Uros* e i venti maligni quella sera sembravano più credibili, perché si sentiva vulnerabile. Avrebbe voluto non essere mai uscito in ricognizione con Czitò, non aver mai sentito lo sparo nei boschi, mai iniziato a sospettare l'omicidio. Qualunque cosa stesse succedendo nell'edificio, sarebbe stato meglio scoprire che il sergente maggiore Pars e i suoi uomini erano innocenti, e uniti dalla sola lealtà magiara, per usare le parole di Rozhmberk. Non l'avesse considerato un segno di codardia, l'avrebbe condiviso con Meisl.

All'occhio critico di Meisl, d'altra parte, in due mesi Heida sembrava molto cambiato. Era la natura dello sguardo, della parola pronunciata, un'urgenza eccitata e irriflessiva, ancora di animo buono ma più oscura, come se qualcosa avesse guastato il latte della gioventù. Non era un processo irreversibile, non ancora. Il sangue in trasparenza sotto la pelle tradiva sempre una certa timidezza e un imbarazzo repentino, i segni dell'onestà di un cuore. Ma quanto a lungo sarebbero durati?

Le parole fra loro si erano già fatte difficili, e le formalità militari pensarono al resto.

— Prima che me ne dimentichi, *Herr Oberfeldarzt*, qui ci sono alcune lettere che le avevo scritto. — Heida si infilò una mano nella giubba e ne estrasse un pacchetto. Non riusciva a usare il "tu" dell'esercito, e il suo modo di rivolgersi a Meisl restò sospeso fra l'amicizia e la rigidità. — Mi rendo conto di scrivere fin troppo, come mi ricorda Didi, quindi non è che debba leggerle. Ma eccole qui. Verrà al fronte insieme a noi?

Meisl mise in tasca le lettere, in modo altrettanto goffo. — No. Viaggerò con voi solo fino a Tarnawka. Devo finire il mio addestramento all'ospedale militare di Cracovia, che spero di tutto cuore lei non abbia mai ragione di visitare. Dalla nostra amata città, comunque, le porto i saluti di sua nonna. È stato grazie ai suoi buoni uffici che ho potuto accelerare il mio arruolamento.

— Alla stazione era molto seccata con me per non averle detto che partivo. Mi chiedo se capisca che c'è una guerra.

— Capire? Le ha mandato lei la *pelzulanka* che le piace tanto! Non è stata un'ammiratrice segreta, tenente. Le suggerisco di scrivere a sua nonna, non solo per ringraziarla, ma per conoscerla meglio. Ne vale la pena.

Heida sembrò un po' deluso della provenienza del suo soprabito preferito. Dalla finestra illuminata dietro la quale si discuteva della morte di Czitò, si voltò verso i boschi, dove il vento tuonava come un'onda di piena. — Ma è una vecchia signora — esitò. — Non saprei cosa dirle...

— Credo che possa dirle qualunque cosa. Non c'è molto che non sappia di *lei*.

— Ma alla sua età, le spezzerei il cuore se...

— Non si spezzerebbe, tenente, nemmeno se le dovesse accadere qualcosa. Il suo cuore si è spezzato tanto tempo fa.

Heida sospirò, ma probabilmente solo perché discutere di cuori spezzati gli aveva ricordato i suoi patemi d'amore per Polyxena Kinska. Poco avvezzo a parlare di sé, Meisl respinse qualunque minima tentazione di dire che il suo, di cuore infranto, finalmente era stato ricomposto. — Che cosa le ha detto Sickingen, se posso chiederlo? L'ha intrattenuta a lungo.

— Oh, mi ha dato ogni genere di consigli, e ha detto che, se mai avrà dei figli, ci sono due cose che non permetterà loro di fare: giocare agli investigatori e pilotare un aereo. Credo sia perché il capitano Kesselring gli ha detto di volersi unire all'Aeronautica. Ha detto anche di voler richiedere che io venga assegnato al suo comando, se la cavalleria dovesse esaurire i suoi incarichi in questa guerra. E io che pensavo di non piacergli!

— L'invito la soddisfa?

Con il vento arrivarono alcune gocce sparse di pioggia. Dai boschi, del tutto neri ormai, indistinguibili dalla notte, il fragore prolungato d'acqua battente continuò a cavalcare le tenebre. *È questo il suono che Mazzara confonde con il verso del grande toro, il richiamo che gela il sangue.*

Meisl, estraneo nella sua nuova uniforme, si informava con la stessa cortesia di sempre, ma quella sera il meccanismo era doloroso. Il tenente scelse di non rispondere. E alla fine gli disse esattamente quel che aveva deciso di tenere per sé.

— *Herr Oberfeldarzt*, le confesso che speravo che lei restasse a Praga, nelle vesti del dottor Meisl. È grandioso, ovviamente, che si sia arruolato, ma lei appartiene – come posso dire? – alla mia immagine della città. Il suo studio, i suoi quadri, la Niklasstraße, le conversazioni che abbiamo avuto… Con il suo permesso, penserò a lei come se fosse rimasto laggiù. Mi fa sentire sicuro.

Qualunque decisione di procedere contro i soldati fu deferita al mattino seguente. A causa di ciò, oltre che della pioggia fitta, Heida vegliò a lungo nella stanza che si affacciava sul retro della casa, del padiglione e dei boschi scuri.

Gli sembrò – non riuscì a spiegarselo, non era un sogno – di cavalcare nel sottobosco intricato, davanti a betulle e abeti radicati al suolo, fino a una *majdan* d'erba verde-blu come quella in cui era stato ucciso Czitò. Ma stava anche cadendo, disarcionato, come se Zhizhka avesse inciampato in un ostacolo impossibile da saltare. Il suolo gli era venuto incontro, piante e melma che cedevano. Poi le cime degli alberi, il cielo caliginoso che formava un grande anello sopra di lui, senza vento, silenzioso.

Era disteso nell'erba, a faccia in su? Il cielo e il silenzio durarono un tempo lungo e intatto. Furono attraversati da rondini dalle ali d'argento e da stormi di oche; la luce cambiò, le nubi e la nebbia proseguirono oltre. Poi, dal silenzio, sentì uno schianto di rami spezzati, come se un cavaliere venisse verso di lui. Sempre più vicino. Il cielo fosco si fece scuro, oppure fu lui a chiudere gli occhi. *La mia vita*, pensò, *i miei giovani anni. Che cosa hanno a che fare con questo*? Il suono divenne il ritmo alternato di un battito cardiaco, o l'ansito convulso dopo una corsa. Dal buio, su di lui scese un alito umido e caldo, profumato di foglie e corteccia. Gli riempì i polmoni. *Questo è l'odore del mondo*, gli venne bizzarramente da considerare fra sé.

Il buio, il profumo e il suono presero forma: una forma immensa e lanosa; un duplice sbuffo di vapore uscì dalle narici nere della creatura il cui muso lo toccava. Aveva occhi cupi e fondi, e dalle labbra tumide gli pendeva del muschio. I ramoscelli e le foglie disseminati sul mantello lo rendevano un essere della terra, come si fosse levato in quel momento dal più profondo sottosuolo e portasse ancora i segni dell'affioramento alla luce. La lingua era nera, ruvida, con i bordi possenti ma delicati gocciolanti di schiuma. Heida si protese verso la barba intricata dell'*Uro*, e ci lasciò sprofondare la mano.

Durante la notte, come accadeva in quei giorni, si trovò un *militärauditor* di lingua ungherese, all'insaputa di Heida, Meisl, e pure di Sickingen (per non parlare di Rozhmberk). Ebbe luogo un confronto con il giudice, durante il quale – così diceva la deposizione firmata esibita dagli ufficiali ussari la mattina – l'*Oermester* Tibor Pars e i suoi uomini non negavano alcunché, ma neppure offrivano spiegazioni o dettagli. Il *militärauditor* arrivò insieme agli ordini dall'alto - ben al di sopra del Comando di Corpo d'Armata - di evitare la corte marziale per non deprimere lo spirito combattivo della truppa, così che la sveglia del mattino vide i soldati di Acsad già sulla strada della linea del fronte più avanzata, il saliente a rischio di Krasnostaw.

Sickingen era furioso con il modo di gestire la disciplina dell'esercito austro-ungarico, ma la disciplina prussiana richiedeva che trattenesse la rabbia. Lo preoccupava di più che gli esploratori di Kesselring avessero avvistato truppe russe a Tarnawka. *Scendere in azione* sarebbe stato più semplice di quanto avesse promesso ai giovani ulani entusiasti.

Quanto a Karel Heida, si svegliò con la sensazione che il privilegio di essere stato visitato dall'*Uro* in qualche modo lo differenziasse dagli altri, non sapeva ancora se nel bene o nel male. Forse in natura non c'era quella distinzione, solo la benedetta neutralità dei fenomeni. La guerra – fu un giudizio passeggero formulato mentre il sonno lo abbandonava, perché presto sarebbe tornato al suo entusiasmo – all'improvviso gli parve meschina, irrilevante in confronto alla vastità delle foreste e delle alture. Per un momento detestò la stupidità dell'uomo, la sua stupidità personale, e la brama di violenza facilmente soddisfatta del soldato. Fu come un battito di ciglia, una breve oscurità che fa intuire quel che nasconde, e svanisce appena l'occhio si riapre, ritorna la luce e le cose tutto intorno si fanno di nuovo banali. Sarebbe stata un'ardua fatica, dopo, ricordarsi di aver sbattuto le palpebre.

Considerò la possibilità di dire a Mazzara del suo sogno – o della sua visione? – ma a Mazzara non serviva una simile conferma: lui aveva sentito il mugghiare della grande creatura, il richiamo che gelava il sangue. L'avrebbe raccontato a Meisl, invece.

Mentre il capitano Rozhmberk si preparava a spronare i suoi ufficiali con le notizie da Tarnawka, Heida si alzò, infilandosi gli abiti che gli erano stati dati per uccidere o essere ucciso. Allegramente, com'era sua abitudine, com'era fra gli uomini della sua età e della sua educazione, e illusione. Davanti a lui si annunciavano le feroci battaglie che avrebbero strappato alle loro case e alle loro vite centinaia di migliaia di esseri umani, le ritirate e le penultime resistenze, le disfatte sulle rive gonfie dei fiumi d'inverno e le ultime resistenze. Poi si sarebbero altrimenti raggruppati, e ci sarebbero stati altri combattimenti, la riconquista del terreno perduto. E poi un altro fronte, e un nemico diverso, e ancora, ancora.

L'*Uro* restava come il Mito nel cuore del labirinto, nella sua oscura, poderosa perfezione, a significare l'indomita grandezza della natura. Al sicuro dai cacciatori, dagli inseguitori, dalle guerre, dai cattivi venti della Storia. Forse Heida l'aveva solo sognato. Al contrario del più potente degli imperi e del più progredito degli eserciti, però, le creature del Mito non hanno bisogno dell'occhio mortale dell'uomo per esistere. Esse *sono*. E non svaniscono dalla terra.

NOTA FINALE DELL'AUTRICE

La camera dello scirocco è un'opera di fantasia. Se da un lato mi sono sforzata di rievocare con la massima precisione possibile usi, costumi, luoghi, linguaggi, musiche e tradizioni popolari dell'Impero Austro-Ungarico alla vigilia della sua scomparsa; dall'altro lato tutti i personaggi delle vicende narrate – a partire da Solomon Meisl e Karel Heida – sono frutto della mia immaginazione. Ciononostante, qua e là ne *La camera dello scirocco* fanno capolino alcune figure realmente esistite, delle quali mi sono permessa di citare battute e osservazioni che esse effettivamente formularono. Tali figure sono quelle di Franz Kafka (il suo aspro giudizio su "i combattenti e la loro stupidità" risponde a verità storica), dei coniugi Fanta (mecenati praghesi e amici intimi dello stesso Kafka), di Sandor Ferenczi (medico e psicoanalista ungherese, fra i protagonisti della prima dissidenza a Freud) e di Albert Kesselring (lo stesso controverso Kesserling che, col grado di feldmaresciallo, comandò le truppe tedesche in Italia nell'ultimo scorcio della Seconda Guerra Mondiale). Incidentalmente, il tenente colonnello Edwin von Sickingen è il patrigno di Martin Bora. Ma questa, come suol dirsi, è un'altra storia.

B.P.

GLOSSARIO

Alaszolgaja: in ungherese, “agli ordini!”.

“A to bylo, a to bylo u Solferina...”: “Fu così / fu così che a Solferino / il sangue scorse più del vino”. Versi di una canzone boema dedicata alla battaglia di Solferino.

Bar-mitzvah: termine ebraico che indica il raggiungimento formale della maturità (13 anni e un giorno per i maschi, 12 anni e un giorno per le femmine).

Bigos: spiedini tipici della cucina polacca.

Czako: tipico copricapo degli Ussari.

Czapka: copricapo di cuoio, feltro e metallo degli Ulani, o Lancieri mitteleuropei. Con una punta quadra di feltro e coda di cavallo nera raccolta di lato da una catenella dorata.

Der Kunstwart: rivista praghese di arte, cultura e spettacolo degli inizi del XX secolo. Franz Kafka ne era un accanito lettore.

Dreidel: particolare trottola ebraica.

Foehadnagy Grof: in ungherese, “tenente conte”.

Fräulein: in tedesco, “signorina”.

Gentile: non ebreo.

Glockenspiel: parola tedesca che designa il metallofono, strumento musicale in uso nelle bande dell’esercito.

Graben: parola tedesca che indica il fossato dei bastioni cittadini. Vecchio nome dell’elegante viale praghese Na Prikope, ora come in passato luogo preferito per il passeggio.

Hrabe: in ceco, "conte".

Hràdchany: la collina del Castello a Praga. Molti edifici compongono il complesso del Castello, dalla residenza reale al vecchio Arcivescovado, dai palazzi dei Czernin e Lobkowicz alla cattedrale di San Vito, senza dimenticare il notissimo Vicolo d'Oro.

Herr Generaldirektor: in tedesco, "signor direttore generale".

Herr Hauptmann: in tedesco, "signor capitano".

Herr Oberst Graf: in tedesco, "signor colonnello conte".

Herr Rittmeister: in tedesco, "signor capitano di cavalleria".

Josefstadt: vedi *Judenstadt.*

Judenstadt: uno dei molti nomi del Ghetto di Praga. Noto anche come *Josefov* o *Josefstadt* (dall'imperatore asburgico Giuseppe II), vide i suoi inizi nel 1067. Il quartiere, popolatissimo e congestionato, fu rinnovato mediante massicci interventi urbanistici tra il 1897 ed il 1917. Il labirinto di antiche strade rese note da Kafka e Meyerink fu sostituito da ampi palazzi e viali spaziosi. Restano tuttavia l'antico cimitero ebraico (dove, tra gli altri, è sepolto il pio rabbino Loew, mitico creatore del *Golem*), e le sinagoghe di Maisel, Pinkas e Vecchia-Nuova.

Jugendstil: letteralmente "Nuovo Stile" artistico e architettonico, noto in Italia come *Liberty*, e in Francia e altrove come *Art Nouveau.* Fiorì a cavallo tra il XIX e il XX secolo. Il ceco Alphonse Mucha, pittore, illustratore e disegnatore di gioielli, ne fu grande esponente. Praga annovera molte case, negozi e alberghi in questo stile.

Ka-ka-ka: gioco di parole basato sulle "k" di *Kaiserlich-Koeniglich* (Imperialregio).

Kaiserrock: giacca tipica dell'Austria-Ungheria nel primo scorcio del Ventesimo secolo.

Kleinseite / Kleinseiter: il "Piccolo Quartiere" di Praga, detto in tedesco *Kleinseite*, e in ceco *Mala Strana.* Sorge ai piedi della collina del

Castello, e ospita alcune delle strade e piazzette più suggestive di Praga. Jan Neruda, scrittore praghese (che dà il nome alla principale via di *Mala Strana*, la Nerudova, e da cui il poeta Pablo Neruda prese lo pseudonimo) scrisse nel 1878 la gustosa antologia *Storie di Mala Strana*. Gli abitanti del Piccolo Quartiere erano detti in tedesco *Kleinseiter*, e parlavano con riconoscibilissimo accento locale.

Kol Yisrael arevimze laze: in ebraico, "ogni ebreo è responsabile per gli altri".

Konopistye: castello a est di Praga, dimora dell'arciduca Francesco Ferdinando e della sua amatissima sposa morganatica, la contessa ceca Sofia Chotek. L'assassinio di Francesco Ferdinando e di Sofia a Sarajevo, il 28 giugno del 1914, offrì all'impero austrungarico il pretesto per lo scoppio della Prima Guerra Mondiale.

Landwehr: milizia territoriale dell'esercito austro-ungarico.

Legitimationblatt: tesserino militare, "carta d'identità" dei soldati.

Mano Nera: società segreta serba. Nota anche come *Ujedinjenje ili Smirt* ("Unificazione o Morte"), fu creata nel 1903 da estremisti radicali per realizzare "l'unione di tutti i serbi". Non disdegnava l'uso di mezzi terroristici, e fu implicata nell'assassinio del granduca Francesco Ferdinando, a Sarajevo, nel 1914.

Matzoh: galletta a pasta dura, tipica della tradizione ebraica.

Mazel tov: espressione yiddish che significa "buona fortuna".

Militärauditor: magistrato inquirente degli eserciti austro-ungarico e prussiano.

Möbeljud: in tedesco, letteralmente "ebreo del mobilio". Indicava un tuttofare, di solito molto povero, che si metteva al servizio di ufficiali distaccati in zone disagiate e procurava loro generi di conforto dietro modesto compenso.

Mulatieren: divertirsi smodatamente (vecchia espressione tedesco-ungherese).

Narodna Odbrana: in serbo, “Difesa nazionale”. Società politica creata nel primo decennio del XX secolo per prevenire l’annessione della Serbia da parte dell’Austria-Ungheria. Connessa alla *Mano Nera* (vedi).

Oberfeldarzt: in tedesco, “signor maggiore medico”.

Obrlajtnant Hrabe: in ceco “tenente conte”.

Oermester: in ungherese, “sergente maggiore”.

Oy a broch: espressione ebraica che esprime sconcerto, forte sorpresa. Un equivalente italiano potrebbe essere: “Per la miseria!”.

Pane obrlajtnant: in ceco, “signor tenente”.

Pelzulanka: giacca pesante degli ufficiali ulani.

Phänomobil: automobile “de luxe” dell’Impero Austro-Ungarico.

Pivarna: in ceco, “birreria”.

Pogrom: in russo, letteralmente “devastazione”. Attacchi dell’esercito contro comunità ebraiche nella Russia zarista. Per esteso, in altri Paesi dell’Europa centro-orientale, improvvise esplosioni di violenza antisemita nelle aree urbane.

Prasna Brana: a Praga, la Torre delle Polveri (così chiamata perché nei secoli scorsi era adibita a deposito di munizioni ed esplosivi).

Pruchod: a Praga, passaggio segreto all’interno di una dimora aristocratica o di una vecchia abitazione.

Sabbath: il giorno di osservanza religiosa e riposo del calendario ebraico. Va dal tramonto del venerdì alla sera del sabato.

Schlamperei: parola tedesca che indica lassismo, mancanza di disciplina, disordine inaccettabile.

Slechna: in ceco, “signorina”.

Süsser: vezzeggiativo tedesco, letteralmente "dolcezza".

Treu bis an den Tod: in tedesco, "fedele fino alla morte" (motto degli ufficiali austro-ungarici).

Ulanka: capo d'abbigliamento degli Ulani, o Lancieri. L'*ulanka* dei Lancieri austrungarici era di gabardine blu chiaro con filettature del caratteristico panno rosso.

U zlateho lva: in ceco, "al leone d'oro".

U zlatehu jelena: in ceco, "al cervo d'oro".

Wiener Neustadt: città austriaca, sede dell'omonima accademia militare per le classi alte e nobili dell'Impero.

Yiddish: il dialetto tedesco-ebraico delle vecchie comunità ebraiche dell'Europa centrale e orientale.

Zde: in ceco, "sì".

INDICE

Finito di stampare nel mese di settembre 2007
presso C.P.M. S.p.A. - Casarile (MI)